这一生，我来过，
遇见了一个人，他叫阮宝玉。
苍天，细雪，见证！

欣梦享
ENJOY LIVING

揽月攻略

拙玉记

殿前欢 著

团结出版社

第十章 图腾 152

第十一章 血饲 174

第十二章 首丘 194

第十三章 结盟 212

第十四章 易帜 231

第十五章 惊蛰 258

第十六章 留侯 276

番外一 罪孽 293

番外二 墨兰 296

目录 一

第一章　少卿　001

第二章　隐秘　013

第三章　素燃　031

第四章　赌约　049

第五章　折翼　059

第六章　杖脊　080

第七章　锦囊　099

第八章　乱夜　122

第九章　刺龙　135

留侯

第一章 少卿

月亮是圆的，眼前这人的眼珠子也是圆的。

这是阮宝玉醒来之后的唯一观感。至于其他的，他一概想不起来。沉默良久，他说了句所有失忆者的经典台词："我是谁？"

眼前正看着他的这个人似乎不爱说话，只伸出一根手指戳了戳他的胸前。阮宝玉低头，看见自己的胸前挂了一块牌子，上书三句大白话：

> 我叫阮宝玉。
>
> 我很有钱。
>
> 送我去府前街阮府赏银十两。

原来，他叫阮宝玉，还很有钱。宝公子立刻"哦"了一声，抬头又问道："现在你可以送我回去了。"

那人还是不说话，又伸出手指戳了戳他的胸前，在"府前街阮府"这五个字上晃悠了一下，那意思是要他自己回去。

宝公子又"哦"了一声，再度轻声问："那请问府前街在哪里？"

那人起身，终于开口："往南不远就是。"说完，他一撩衣摆，背过身，已是准备离去。

宝公子还是慢吞吞地"哦"了一声，又愣了下神，等那人走到八步开外时，才又问一句："那请问南边是哪边？"

那人脚步不停，还是只伸出了一根手指。阮宝玉看得清楚，那人伸出的是食指，比一般人的略长些，手指指的应该就是南边了。

这一次宝公子没再发出“哦”的一声，因为那人已经走远了，所以他拿手圈住嘴巴，朝他大喊了一声：“喂！”

声音很清亮，那人缓缓回身，迎着月辉露出一张侧脸。

“谢谢！”迎着月光，宝公子露出了一个灿烂的笑容。

直到日上三竿，帛锦才骑着他的“菊花青”不紧不慢地来到大理寺。没办法，虽然他这个侯爷只是挂了一个大理寺卿的虚职，但不免还是要去应个卯。寺里李少卿远远地看见他的身影，便连忙喊人摆上了侯爷最爱的葡萄。

葡萄是西番贡品，因为帛锦爱吃，皇上就常将其赏给大理寺，衙门里上上下下没少沾他的光。

锦衣侯帛锦倍受圣上恩眷，这是朝野上下尽人皆知的事。

帛锦为所谓的恩眷冷笑一声，坐下身来，拿起一颗葡萄，用极缓慢的速度剥着皮，冷声道：“那阮少卿今儿该来上任了吧，人呢，怎么没见？”

“禀侯爷，是今儿上任，可人还没来。”

“没来？都日上三竿了还不来？”

李少卿有些讪讪地，赶忙赔笑：“阮少卿素来散漫，但颇有才名，曾是圣上钦点的状元，在山西的时候还接连破了几宗大案……”

说话间，正主已经到了。

那位阮少卿立在院口，正仰头眯眼，努力想看清牌匾上的大字。李少卿连忙疾步走到他身侧，耳语道：“快快快，侯爷都到了，你却……”

真是太监都急死了，皇帝却还优哉游哉。

阮少卿往里瞟了一眼，正好看见帛锦，却仍是不紧不慢地掸掸衣衫、扶扶官帽，道：“这不怨我，我出门的时候蛮早的，哪里知道今儿街上会有花会呀，那花魁又长得那么好看……”

因为路边的姑娘好看所以迟到，这理由还真是充分。

李少卿越发讪讪地，只好拉着他的衣袖，将他拽到帛锦跟前，弯腰行礼：“侯爷，我来介绍，这位就是……”

“阮少卿，大名阮宝玉，住府前街，还很有钱。”帛锦冷声接话，眼睫低垂，在脸上落下两道扇形的阴影。

李少卿被吓了一跳，赶忙转为奉承："侯爷还真是关心下属，这么快就知道了阮少卿的住处，属下对侯爷的敬仰之情真是……"

一旁的阮宝玉却是神色自若，只俯身凑上前去瞧帛锦。两个人都快眼对眼了，他才"哦"了一声，仍旧不紧不慢地说："原来昨晚瞧见我晕倒的人就是侯爷呀……"

帛锦冷笑，一时无语，又找了颗葡萄来剥。

宝公子在街上看了半天姑娘，这时早已口渴难耐，他咽了下口水，道："侯爷不必替属下忧心。属下因脑袋被人敲过，所以有个时不时会晕倒的毛病，醒来之后也会糊涂一阵，但最多五六个时辰便可恢复。大夫说了，没有性命之忧的。"说完，他又恶狠狠地咽了下口水。

帛锦无奈，只好做了个手势，请他但吃无妨，又问："听说你是状元出身？"

宝公子正忙着吃葡萄，没空说话，便连连点头。

"可是我看你那块牌子，是半点文采都没有。"

两句话的工夫，宝公子已将一串葡萄吃完了，先是用官服的袖子擦了擦嘴边，又伸出他那湿淋淋的爪子在怀里掏了半天。他掏出那块牌子，在帛锦眼前晃了晃，问："侯爷是不是说这块？"

帛锦点头。

"禀侯爷，属下也想文采斐然，可又怕撞见我晕倒的是个粗汉，好不容易识得几个字，再被所谓的文采斐然弄晕了。"

帛锦失笑，抚着额头："没想到你的心思倒是细腻。既然如此，为什么要写自己很有钱呢，就不怕人家把你绑了？"

"不怕。"宝公子将手上的汁水也悉数抹在官服上，"一来，侯爷要相信世人多善，二来嘛，我根本就没钱，屋里穷得漏风，所以不怕被人勒索。"

"那你就不怕绑匪撕票？"

"不怕。我长得这么好看，是人都不会忍心杀我。"宝公子亮出他如同宝石般璀璨的笑。

帛锦非常想问阮宝玉怕不怕被人所害，但不合时宜。为了压制这个想法，只好硬生生地转移话题："那好，既然来了大理寺，就好好干吧。"

宝公子"哦"了一声，终于有了三分正经，道："禀侯爷，近来寺里的案子我已先做了功课，觉得少年脑仁一案最是蹊跷，想从它查起。"

“就是那十八个被劈开头颅、没了脑子的少年的案子？”

“是。”

帛锦沉默半晌，若有所思，过了很久才回神，起身道：“那好，你查吧。我还有事，先走了。”

在连灌了八杯热茶之后，宝公子终于满足地叹了口气，开始翻阅卷宗。

一旁的李延直瞅他：“你是几辈子没喝过茶，还是早上看姑娘好看，口水流得太多虚脱了？”

二人曾是同窗，在一个书院念书，所以说话毫无遮拦。

宝公子伸了个懒腰，露出一口白牙，粲然一笑，道：“从昨儿晌午起，我就没喝过茶水。”

“怎么着？你不是水牛吗，突然转性了？”

“我不是想着今儿要来上任，公家有的是茶，就没喝，替自家省些茶叶。”宝公子一伸懒腰，“算了，说了你也不懂，你家是黄金万两只等闲，哪里会懂我们穷人的苦楚？”

李延翻了几记白眼，也是无话可说，只好去看卷宗，问：“这个案子到底哪里蹊跷？我看证据确凿，判得没问题啊……”

宝公子慢慢抬头：“我凭什么要告诉你？”

李延被气到舌头打结，身体后仰：“是是是，你别告诉我。反正在你的眼里，世上的人只分两种，好看的和不好看的。很不幸，我是后一种，所以白白把你推荐至京城，活该遭你的白眼。”

宝公子闻言，很是郑重地点头，眯眼道：“要说好看，你觉没觉得，咱那位上司才是好看得举世无双？你仔细观察过没，他那双瞳仁不是全黑的，而是带着很暗很暗的紫，神秘得很。”

李延瞠目结舌：“你，你不是眼力很不济吗？怎么才打了一个照面，便连人家瞳仁带紫都瞧见了？他鼻孔里有几根毛，你瞧没瞧见？”

“没瞧见。”宝公子愣了一下，他连忙起身，将卷宗一把抱起，突然间变得雷厉风行，“我现在就去瞧一瞧，回头告诉你。”

“喂——”李延的这声长唤完全是在浪费时间。阮宝玉这人虽然温暾，但为了瞧美人，绝对是一往无前，脚底好似踏着风火轮。见状，李延只好作罢。

帛锦是怎样的一个人，圣上赏他的那些美人又是如何全都没了消息，这些传闻相信不用他说，宝公子也很快便会知晓了……

书房内，窗幔紧掩，不见一丝光亮。帛锦坐在凳上，慢慢地擦亮火石，点燃手上的纸张。纸张泛黄，很快就烈烈燃起，烧到最后，只剩了纸心的一个字——“无”。

帛锦冷着脸，慢慢看着这字被燃尽，火苗继续下延，烧到了他的手指。

不是不痛，只是如今这样的人生，有痛感未必是坏事。世界在此刻适时地寂静下来，陪他一起体会活着的滋味。

在他手指变成焦炭前，敲门声响起，管家在门外小声道：“侯爷，大理寺阮少卿求见。”

“不见。”

“他说是为案子来的，请侯爷务必一见。”

书房里一片寂静，过了许久，房门突然大开，帛锦冷着脸立在门口，问：“人在哪里？”

管家带路，帛锦进门时，看见阮宝玉正仰着脖猛灌上好的铁观音。见上司出现，一着急，差点被茶叶末子呛到，闷头一阵猛咳。

帛锦目不斜视，只当眼前宝公子喷水的画面乃是虚像，径自到上座坐定，举茶而饮。听到座下咳嗽声渐息，他才开口问：“阮少卿找我何事？”

宝公子眨巴着眼，吸吸鼻翼，毕恭毕敬地出列作揖：“侯爷，我眼神不好，晚上看人都是双影子，眼一模糊，脑子也跟着犯晕……”

帛锦放下茶盅，静静地看着他，不吭声。

“那个……卑职能不能近前答话？”宝公子也不是省油的灯，直接挑明。

“嗯。”帛锦算是有求才应。

待靠近之后，宝公子立刻对帛锦展开粲然一笑，挺直腰板，道：“卑职是为了‘脑仁’一案。”

帛锦的眼睫垂得更低，静待他的后话。

“属下怀疑这是一桩冤案。”

“证据呢？”帛锦很自然地打起官腔。

宝公子突然沉吟了一句：“侯爷，我肚子有点饿了。”紧接着，他的肚子发出一记怪响，声音响彻全厅。

须臾，果然不负宝公子的期待。

“少卿可以留下用饭。”帛锦说。

宝公子惊喜交加，却更加过分地说：“我家每顿都是要吃鱼的。”

这顿饭，帛锦的筷子几乎没动。而坐在下首的阮少卿很本分地用餐，吃一口就瞄帛锦一眼。于他而言，这顿饭吃得很是满足！

“我一向少食多餐，侯爷如此，过于铺张浪费了……”风卷残云后，宝少卿开始数落。

帛锦微愠，仍是耐着性子问：“少卿，你是收得了哪些证据，说那案子是冤案？”

筷子在瓷碟边沿停住，宝公子一怔，如实相告：“目前尚无确凿的证据。”

帛锦听了，还来不及发火，就感到自己的背脊开始刺痒，心也随之浮躁起来。他连忙将手抵住眉心道：“既然没有证据，那就没有翻案的可能，快点将案子转交刑部定罪吧。”

“啪”的一声，阮少卿将筷子拍在桌上，站起身恭敬作揖：“侯爷，此案有蹊跷，大理寺不是草菅人命之地。”

“行了，这事暂交予你全权处理就是！”恍惚间，帛锦摆手作罢。

“侯爷真乃青天再世！”

“够了，我累了，你早点回吧。”帛锦没心思再与他纠缠下去，疲倦地站起身，直接下了逐客令。

“侯爷真懂养颜之道！”阮少卿露出谄媚万分的第二个笑容。

帛锦突然冒出一股子冲动，想活活掐死眼前这个下属。

“侯爷，我可以将这桌佳肴打包吗？”

“阮宝玉！”

“卑职在。”如春花盛开般地露出第三个笑容。

“你……滚！”

深夜，府前街巷间，一只白纸灯笼前后游荡。掌灯的是一个七八岁的孩子，亮着稚嫩的声音，长长地喊着：“阮宝玉，回来喽！阮宝玉，快回来喽，回家吧！回来喽！”

刚走进巷口的宝公子被吓了一跳，定神后，忙一把夺过纸灯笼："我和你结仇了呀？要你大晚上跑出来叫魂？"

"你还好意思说？我一个小孩子，这么晚了还要如此辛苦地出门，不是因为担心你又昏倒了，不识归途吗？"

阮少卿这才悔悟，忙不迭地点头，赔笑称"是"。

"你啊，连马都不如……"

"此话怎讲？"

"老马识途，没听说过吗？"小童见他没事，大摇大摆地打道回府。

"对对对！我连老马都不如。阮侬少爷，您小人不记大人过。放心，我没昏过去，已经平安返家了。"

那个叫阮侬的小孩"嗯"了一声，迈出几步，依旧觉得不解气，转回头，对着阮宝玉继续发牢骚："可怜我小小年纪就开始持家……"话说到一半，似乎是想起了什么，他将眼一瞪，"你没昏，那是去哪里鬼混了？老实交代！"

"是饭局，正常的饭局，上司请的。"阮宝玉小心翼翼地回答，忍住了举手抹汗的冲动。

"最好是！你别忘了，你是拖家带口有家室的人。"

宝公子"嗯"了一声，不置可否。

"真的是正常饭局吗？"进了家门，阮侬杀出一记回马枪。

"当然！"宝公子脖子一扬。

"那你为什么笑得如此奇怪？"

月下，宝公子摸了摸脸，问："我有吗？"

"你睡觉前把柴房的断柴理好。"阮侬眼中已经开始泛酸，他打了个哈欠，决定不再计较。

"嗯。"

"今天居然这么爽快？"阮侬斜了他一眼。平日叫宝公子干活，可是惯会耍赖，还要趁机提条件。

"吃得饱，干劲足。"

"你不会想天天去蹭饭吧？"

宝公子想：想得可真美，人家未必肯呢！

"阮侬，你能到后山帮我抓只兔子吗？"阮少卿弯下腰，讨好地请求。

可惜，第二天一大早，阮宝玉发现，自己根本叫不起阮侬。在吃了十八记劈心无影脚之后，只好识趣地提着笼子，独自进山。转了大半天后，他终于瞧见了目标。

“小兔子，乖乖地到笼子里来，让爷开心一下！要不，爷先给你笑一个？”阮宝玉眯着眼，亮出他那灿烂的笑容，准备色诱。

跟前的兔子看都不看宝公子一眼，依然悠闲地啃着青草。宝公子挂着笑，撩起长袍下摆，慢慢靠近兔子大爷，目测两者的距离很近了之后，倏然纵身，来了个饿虎扑食。

兔子耳朵一动，警觉地逃离，却也没跑太远。宝公子见还有机会，后腿拼命一蹬，挣扎性地又扑腾出几步。这一猛冲，算是成功地追到了兔子短短茸茸的尾巴。更准确地说，是宝少爷的鼻子正对上了兔子的……臀部。

兔子潇洒地逃跑了，宝公子泄气般呈“大”字形趴在了地上。宝公子甚至产生了一种错觉，这只兔子在消失前，还鄙夷地横了他一眼，才没进草丛深处的。

半晌，宝公子才坐起身，伸手抹掉沾在鼻尖上的两粒兔屎。

“死兔子，等着瞧！”

功夫不负有心人，约午后三刻，阮宝玉终于又听到了熟悉的窸窣声。他努力张开衣袍，又是一次飞扑。这个相当完美的飞扑，引得路边树上的乌鸦都受了惊，“哇哇”地疾飞上天。

宝公子大义，舍身啃泥，终于功成，把个兔子压得半扁，牢牢抱在了怀里。

内房，漆黑一片。黑暗里，帛锦终于有了动作，他起身点燃了一根蜡烛。

有人在外头敲门，“笃——笃——笃”，意味深长的三声。帛锦却不回应。

外头那人用了力，木门应声而开。有细碎的脚步声渐近，白衣白鞋、黑色瞳仁，清冷干净的一个人。

这是圣上亲赏的一位美人，叫迟柳，来的时候曾被交代过锦衣侯喜欢人穿素衣，尤其是白色，所以迟柳一如既往地纤尘不染。她细步来到帛锦跟前，仰起有些单薄的脸，楚楚开口：“侯爷，这天寒地冻的，侯爷一个人睡，不冷吗？”说完，又呵了一口气，搓了搓双手。

帛锦冷笑了一声，没说话。

于是，迟柳又近了一些，轻声道："奴婢畏寒，侯爷介不介意帮奴婢暖暖手？"

见帛锦依旧沉默，迟柳伸手向帛锦的外衣探去，手还未碰到衣襟，便被帛锦一把捉住，将人毫不留情地推了出去。

帛锦的声音还是森冷："伸腿能把下人腰板踢断的主，却跑来这里装柔弱，你累不累？"

迟柳愣了一下，并不尴尬，继续装着一副弱柳扶风的样子，斜斜地靠上帛锦的肩，捧起了他的右手。因为中午被火烧过，帛锦的这只手带着伤，加上不曾处理，看着有点可怖。

迟柳吸了口气，将他的手指放到嘴边，吹了吹，问："侯爷这是怎么了，疼不疼？"

帛锦没有表情。桌上那根蜡烛的烛火突然跳了跳，燃出的光有点诡异，是淡淡的紫色。

帛锦低头，看着眼前的这张脸，不由叹了口气，问："为什么非要来招惹我？养在别院吃穿不愁，不好吗？"

迟柳有些迟钝，只仰着脸，热辣辣地看着他。

屋里的那根蜡烛越发诡异起来，不止火苗，连升腾的烟气也袅袅带紫，散发着一股说不清的诡异香味。可惜的是，迟柳未曾发现这些，只觉得浑身发烫，脖颈处却是微微发凉，衣衫似乎很黏腻，黏腻得有些让人受不了。

迟柳有些受不住，伸手抹了一下，终于察觉出异样——身上这湿淋淋的一片，分明就是血！迟柳低呼了一声，这才发觉脖颈一阵刺痛，手摸上去，发现那里有一道窄小的伤口，正是这一身鲜血的来源。自己是什么时候被割喉的，血又如何慢慢地淌了一身，自己居然半点也不知道！

帛锦森冷的声音响起："明天你就离开候府吧，我不想再见到你。出去吧，捂紧你的脖子，你还有救。"

迟柳张了张嘴，最终却什么也没说，只伸出手牢牢捂住那个伤口，踉跄着夺门而出。

帛锦依旧未动，只听得夜风拍动着房门，发出"吱呀吱呀"的声响，一声又一声。到蜡烛即将燃尽时，那紫色的火苗突然妖异地升高，做了最后的一番挣扎，最终还是灭去。一切又都归于黑暗，沉静的无所不容的黑暗。

一夜很快过去，一个白天也即将过去。

帛锦坐在书房里，侧头看着斜阳一寸寸西挪，许久后听到管家在门外禀报：“侯爷，大理寺阮少卿他……”

“昨晚不是已经告诉你了？这人登门不用再通报了，直接打发走！”

管家将头一低，为难地说：“他……昏倒在我府门口的台阶上已经多时了。”

“当作路人，不用搭理。”

“可是，阮少卿他穿着官服……”

已经一个月没发病的宝公子，居然在三天之内晕倒了两次。

色令智昏，绝对是色令智昏！

帛锦冷着脸，对这位下属实在是没办法，干脆差人去叫李少卿，让他想法子把这位打走。

不过一盏茶的工夫，李延就赶到了。宝公子也醒转过来，睁着迷茫的眼睛，先看了看李延，又看了看帛锦，比较过后，立刻目标明确地飞快地挪到帛锦身边，又开始说他的经典台词：“我是谁？这里是哪儿？”

帛锦没吭声，一甩袖子走人。

上司离场，那李延立刻没了正形，哼道：“你叫阮宝玉，被爹娘卖给我了，你要为奴为婢，给我当牛做马。”

宝公子反应慢了半拍，眨眨眼，“哦”了一声，过了一会儿才皱起眉头问：“为什么是卖给你？我不要卖给你，我要卖给刚才那位大爷。”

李延立刻拉长了脸：“你个小样，还敢挑主子？主子我现在要回府，你好生跟着，可别跟丢了。”

宝公子“哦”了一声，爬起身，这才发现怀里抱着的兔笼。

“啊，那个，这兔子是你爹送的，买一送一，买你送兔子。”李延连忙补充。

宝公子又“哦”了一声，乖乖地跟在他后头。路上经过一面铜镜前，他还很臭美地照了两下，开始嘀咕：“你确定我爹没诓你？”

“啊？”

“你不觉得我太老了？你确定我还干得动活儿？”

“少废话！再废话，我割了你的舌头！”

一个时辰过后，李延一边重复这句话一边吩咐：“你出点力，让你替我搓背，你当挠痒痒呢？”

宝公子只好撇嘴 :“本来就是，你腰这么松，做主子的还不如奴才我好看，真是……还不许人家说。”

听了这话，李延的眼一眯 :“这么说你的腰很紧？那好，下来，跟主子我比一比。”

宝公子一愣，扁着嘴，不大愿意。后来想想他是主子，主子的话焉能不听？于是开始脱衣服。

解腰带的时候，他看了看身上的刺绣，摸摸鼻头 :“怎么我这衣服虽然脏，质料却很好？我爹不是因为很穷才卖我的吗？”

正四品少卿，官服的质料当然很好。李延开始阴恻恻地笑。

宝公子脱到差不多了，突然眨了眨眼，问 :“主子，我怎么觉得你很眼熟？”

昏倒之后，他会犯浑，但恢复起来也快，这会儿就已经开始恢复了。李延坐在浴桶里，看他脱得只剩一条亵裤，笑得瘫成了一堆泥。

片刻过后——

“你个天杀的李王八！”

李府内房爆出一声大喝。宝公子双眼赤红，比笼里兔爷的眼还红百倍，他一把揪住李延的头发 :“你这个混蛋，趁我不记事戏弄我，还让我给你当奴才！”

“好好好。我是混蛋，随便你怎么处置。”

又是片刻过后，李延已经彻底服软，耷拉着头，比那只兔子还温顺。

宝公子余愤未平，还气喘吁吁地，他恶狠狠地说 :“那好，你现在就替我做件事，你看见那只兔爷没？我要它的脑子。”

李延愣了，一双眼瞪得斗大 :“你不是一向最和善吗？在书院的时候你抢我的鹿肉干，还一边吃一边骂我不是人！”

“你少提那些没用的，快动手，这是公干。”

“啥公干？替公家做兔肉干？”

“刑部拿住的那个犯人，在他屋里搜到了一堆脑子，审讯的时候他不是说那全是腌好的兔脑吗？”

“这种鬼话你也信？蓝色药水腌兔脑，恶心成那样，他腌来干什么，吃吗？”

“我信。”宝公子慢吞吞地说，“有人曾经告诉过我，蓝袋汁腌兔脑入药，这是一种巫术的药引。”

“谁告诉你的？还巫术药引？既然是药引，那人犯为何不申辩？”

“这些你不用管，反正你得替我弄。我知道你怕血，可谁让你戏弄我呢？这是惩罚！”

半个时辰过去了，兔子还被李延捏在手里，宝公子的语气已经不那么坚定了：“你觉没觉得它在瞪着我？眼神很哀怨？”

李延立刻点头，也瞧着宝公子，眼神比那只兔子还要哀怨。

就在这时，有人推门，门没闩，来人一推，门户立刻大开。李延的眼神就更加哀怨了。不敲门直推而入的，是他那尚书老子。跟尚书大人一起立在门口的还有个人，那人长身玉立，穿着一件玄色的大氅。

李大人正得意又谦虚地介绍着：“这位就是小儿，没啥出息，只在大理寺做个少卿。”待看清房中二人的情形，李大人无语了——他那没啥出息的少卿儿子，这会儿只穿了内衫，正和另一位同样只穿着内衫的少卿蹲在一起，手里还捏了只兔子，情形十分……诡异。

李延一向怕他老子，理所当然地慌了神，站起身来，面红耳赤地问：“爹……爹你不是说下了朝还有宴席，今天要晚回的吗？”

这一解释，越发显得人心虚。李尚书乌云盖脸，脸沉得几乎能滴下墨来。李延急忙解释，因为心慌，结果兔子脑、人脑地扯了半天，也没说出个所以然，气氛顿时显得有些尴尬。

门外那位来客在此时咳嗽了一声，居然好似听懂了，开口道：“蓝桀汁腌兔脑，这是一种巫术的药引没错。”那人声音低醇，好听得很。

过了一会儿，他又道：“不过，少年人脑也是一味药引，你们知不知道？”

大氅掠地，那人缓缓踏进门来。

第二章 隐秘

京郊，凌云道，路尽头是京城童生考试报名处。道不宽，两旁摆满了测字算命的摊头，多到让人目不暇接。五颜六色的招牌旗子迎风招展，让人眼花缭乱。

据说，这条道路中的某块石头曾绊倒了一位六岁的天才童生，那童生后来青云直上，故而这路被命名为“凌云道”，成了京城里童生必“摔”之路，处处能见到有人在练习“狗吃屎”，摔得鼻青脸肿还兴致盎然。

看！又摔了一个！宝公子相当不屑地斜眼一瞧，绝对没自己抓兔子时的动作来得好看。

这时，阮依嘴里很臭屁地叼了根狗尾草，流里流气地问他：“你确定我谎报这个短命的生辰八字，童生试能额外加分？”

“这八字吉利得很，阳年阳月阳日阳时，哪里……哪里短命了？”

“为什么我觉得你的回答是事先准备好的？”阮依挑眉问道。

“这个是秘密，连李延都不晓得，我也是费了好多功夫才换回来的。”宝公子毫不含糊，工整作答，“你成日叼着根草做什么？”

“练牙！”阮依痞气地掀起一边的嘴角，头一歪，人也一抖一抖的，“以后叼刀用。”

“老子做官，你个小子居然想做贼？”阮少卿完全不能理解他的暴力美学。

阮依无视他的反应，问：“你的案子整得如何了？抓到真犯人了没？”

“贼人狡猾得很，见有人顶罪，就不肯就范了，哪里是说抓就能抓到的？”宝公子心虚地说。

“也是，就凭你这个软蛋……”

“你……你从哪里学来的浑话？”宝公子俯下身，扳过阮侬的肩头，一脸浩然正气地说，“你有很多词可以用的，都比它优雅含蓄。”

“可是这个更简明扼要啊——你个软蛋！”

宝公子咬牙，今天他不纠正好阮侬，他就自罚不去看美人了！

“阮宝玉！”

宝公子正在气头上，听到身后居然有人叫自己，还没来得及回头，阮侬就将草根朝他嘴里一塞，乖巧地作揖行礼：“李叔叔好！”声音骤然变得富有朝气，十分讨喜。

“阮侬真乖！”李延对阮侬笑笑，扭头又怪阮宝玉，“不是说好了一起去送阮侬报名吗？你怎么不说一声早到了？”

宝公子不答，闷头嚼草。

“你啃什么仙草啊？”李延飞起一条腿去踢宝公子的屁股。

“我爹说他最近火气大，吃青草消火。”阮侬亲昵地抱住宝公子的脑袋，对着李延笑。

“你听他的歪理，迟早被带坏！”李延笑着抱起阮侬，“这么小就被逼着来考童生，你爹真狠，给你打名气也不用这么早啊！”

阮侬摇头，口齿伶俐地回道：“爹说，名气是不能换钱的；不过，我若能早点入仕，可省他几年的饭钱。”

李延闻言，气愤地瞪了阮宝玉一眼！

阮宝玉叹了口气，拍拍脸整出个微笑：“李延，和你打个商量。”

“做什么？”李延明显受了阮侬引导，对他爱理不理。

“我把阮侬的户籍住地写在你家北边的旧宅了。”

“那边荒废太久了，跟鬼宅似的，你写到那边做什么？”

“不是说穷人家有补助嘛……”阮宝玉头一歪，踢着路边的石子。

石子滚到路中间，绊倒了一名正在奔跑的男子，男子高兴地欢蹦几尺高：“这回中定了！”

宝公子感叹：“造孽啊，有人注定是要活到老考到老的。”他回头，却见李延已经气得翻白眼，阮侬正在用手为他顺气。

“李延，答应吧，答应吧！”宝公子恢复了耍宝姿态。

李延头晕，终于点头："我派人去老宅等你的救济款就是了。"

"派人不可靠。"

"就那点碎银子，你还怕别人携款潜逃？"李延的脸被气得由红转青。

"我把你当自己人啊！"宝公子毫无保留地送上粲然一笑，"别人怎么能和正直的你比呢？"

阮依一撇嘴，委屈地直眨眼："李叔叔！"

李延实在招架不住这对父子："行，阮侬放心，叔叔我亲自去等这笔款子！"

宝公子颔首，表情极为认真地指点道："记得别带下人，咱就是穷人。"

夜色很美，月光很冷。老宅，枯灯，一切景色都很萧条。

蹿入的黑影脸上蒙着布，只露出一双眼睛，人在月雾中叹气，小心地四下张望。这宅子不小，却荒废得可怕。远远望去，除了主屋有点光亮之外，四周漆黑一片。蒙面人无声无息地潜入，环视四周，似是在等着什么。

夜风呼啸，蒙面人终于采取了行动，大大咧咧地跑去敲房门。

这投石问路的动作未免太大。

"深更半夜，谁啊？"李延暴躁地喊道，披上衣裳揉眼走出。

蒙面人闻声一滞，转身想溜，眼前却霍然亮起火光，火把顷刻成群，官兵已然列开了阵势。

在井然有序的队列中间，宝公子笑容灿灿地伸手一指："我等你多时了，你穿着夜行衣的身材真不错……给我拿下！"

话音落地，官兵刀剑破月，纷纷呼啸而来。蒙面人剑法出众，对付重重官兵，居然游刃有余。李延大骇，立即反应过来，夺过手下的剑刃，悍然参战。双方恶斗正欢，蒙面人却不知为何，动作稍稍有了迟疑。李延趁着这一线之隙，以剑直削扫对方腰际，瞬间飞逸出一道血线。

宝公子跳脚惊呼："流血的姿势也那么帅……李延，记得要捉活的！"

李延愤恨地抛给宝公子一个大白眼。

蒙面人则皱紧眉头，执剑虚刺，一手从腰际扔出一个包裹。趁众人疑为暗器避开时，他纵跃而起。在跳上墙垣逃逸前，他还深深地看了阮宝玉一眼。

包裹落地，竟然有碎银子露出。

李延收剑怒目质问："他为什么还带着银子？"

“兴许他是送补贴的。”宝公子懊恼地扯了扯自己的耳垂。

阮少卿说，放出疑犯出逃的假消息可以引蛇出洞。

阮少卿说，抓人不易，耐心等待，愿者上钩。

阮少卿说，他胆子大，一个人等在宅子里，即使有鬼也吓不死他。

阮少卿还说……

不！不需要阮少卿多说一句了，眼前只有一个事实——他被耍了！

李延龇牙骂道：“阮宝玉，你个混蛋！”

官兵们一起收工，宝公子拿着那袋碎银，很坚定地宣称这是证物，要拿回去研究。

李延情绪还没平复，一路继续龇牙。宝公子就一路拍他：“在你府里，那位客人不是说了，少年脑浆做药引，可以让男人重振雄风，这是上古邪方。一共需要二十一个少年的脑浆，而且阳气越盛越好，而这位人犯已经作案十八起，还差三个。”

“所以你就放假消息，说咱抓的疑犯跑了？勾搭他出来作案？”

“嗯。”

“还给阮侬报名童考，弄个阳年阳月阳日生的假生辰？”

“嗯，报名那会儿都轰动了，大家都议论我家阿侬，说这小子的生辰不得了。”

“然后又把阮侬的住址报成我家的废宅，等人家来上钩？”

“嗯，少卿，你真是我的知己。”

“那你为什么让我来这里等着？”李延一下跳将起来，情绪彻底发作，“为什么不干脆拿你家阮侬作饵？反正他又不是你亲生的！”

宝公子立刻正气凛然地回他：“妇孺是应该被保护的，不能拿来冒险！”

“我两者都不是，所以活该被拿来冒险？”

宝公子咳嗽一声，扭着手指：“那个……拿别人作饵，别人会生气的。”

“我难道就不会生气？”

这下，宝公子也不作声了。过了一会儿，他开始转移话题：“我觉得，这次来的不像正主。”

李延不理他，望着天当作没听见。

“如果是正主，按照他的武功，直接就进去劈了你的脑袋取浆子了，为什么还要敲门？咚咚咚地，那么大声。”

李延开始冷汗如瀑，忍不住问道：“那照你的意思，如果这位是正主，我就已经被劈了脑袋取了浆子了？”

“嗯。”那厢宝公子郑重地点头，“我没想到他的武艺居然这么好。”

李延已经气得风中乱颤，忍不住又问了句：“那他不是正主，他来干什么？”

“不告诉你！”

这下子，李少卿差点真的被气到吐血，连忙找了面墙扶着。

“明天我们一起去侯府，禀报上司的时候我顺便告诉你。”

“我不去！我不要顺便知道，我有节操的！”

“可是……”那宝公子又开始扭手指，“你不去他就不见我，他也不来大理寺办公。你爹是尚书，他肯定会见你，到时候我跟着你一起进府！”

“不去！阮宝玉你听着，老子今天要跟你绝交，我要是再听你差遣，就是你生的！”

李少卿回绝得没有余地，人也昂着头，迎着夜风拂袖而去。

路上只剩了阮宝玉站在那里，他“哦”了一声，随后蹙眉：“也真是的，你能不能换个誓发？每次都用这个，我又不是壮士，哪能生出你这么大的儿子？”

第二日午后，锦衣侯府门前，李延上前作揖道：“请管家禀侯爷一声，大理寺李延求见，有公事需要禀报。”

管家进门，过了一会儿回转，说了声：“李少卿请。”

李少卿进了门，后面的阮少卿也立刻跟上，进了门。

帛锦在偏厅，里面光线偏暗，燃着浅淡的香。为了御寒，厅里的木椅都铺了狐皮，帛锦就坐在一张纯白的狐皮上，左手撑头，眼底空空。等了片刻，他开口：“阮少卿找我何事？”

语气仍是不带什么感情，只有那么一点意兴阑珊。

阮宝玉立刻就绽开了笑：“侯爷真是睿智，知道是属下要见侯爷。”说完又加一句，“侯爷是知道的，我眼神不好，所以……要凑近点禀报，侯爷不介意吧？”

帛锦没说话。宝公子立刻上前一步，开始向上司汇报案情。

听到最后一句，帛锦问：“你说来的不是正主，那是什么人？”

“我觉得他是来触动机关的。”

“什么叫触动机关？”

“就是知道有诈，特地以身犯险，将我们的陷阱触动，提醒正主不要中了圈套。”

这一句，让帛锦对他有了三分敬意。

这时，李延终于开了口：“提醒他难道不会传消息，为何非要以身犯险？你以为个个都跟你似的只会犯傻？”

阮宝玉被挤兑了也不回嘴，只是看着帛锦。两人四目对视，完全忽视了李延的存在。

帛锦眼底略动，正想开口，却看到管家进了厅门，低头奏禀：“侯爷，圣上宣见。”

“现在？”

“是。”

帛锦低头。从这个动作，宝公子看出了他的不情愿。

过了一会儿，帛锦开口：“那好，你准备轿子。”

他站起身来，宝公子立刻跟在他身后从偏厅出来，一直跟着，还学他走路的姿势，还差点踩到他的脚后跟。快到大门的时候，帛锦终于忍不住，霍然转身看着他。

宝公子立刻绽开一笑，道：“我不是有意要跟着侯爷，实在是侯爷的身姿太过好看，情不自禁，想学学！”

从侯府到皇宫，路程不长，只要一盏茶工夫。

跨进大殿朱门的时候，帛锦吸了口气。

长得一派风流倜傥的圣上正负手候着他，见他进门，嘴角上挑，微微一笑。

帛锦下跪：“微臣参见圣上。”

圣上脸上的笑意更明显了，很是亲热地上前扶他起身，看了他一会儿，这才轻声道：“他回来了，就在京城。”

“谁？”

“他。”言辞肯定又意味非常。

帛锦垂下了头。

过了一会儿，圣上又道：“听说那个少年脑仁案有了进展，你们那位新少卿好像设了个局，虽然没捉住人，但把人伤了，就伤在右腰。”为了示范，他将手在帛锦的腰眼处重重一拍，“就是这里，右腰！”

“大夫，给我这么好看的病人出诊，你居然还忍心收二十两！”听到大夫最后给的出诊诊金数目，宝公子发出一声惨叫。

大夫有点想哭：“少卿，阮大人，这里面有您一个月要用的药材，通血明目，样样名贵，收您二十两，我真的是赔本，您……”

“十九两。”阮宝玉斩钉截铁，“大夫，给我留一两吃饭吧，我拖家带口的，开销大，您可怜可怜……”

大夫是个老先生，闻言只好举手投降：“十九两，阮大人，全听你的。”

阮宝玉立刻咧嘴露出笑容：“先生真是好人，既然是好人，就再帮我个忙如何？”

大夫立刻后退一步：“真的不能再便宜了阮大人，我……”

“不是便宜，再便宜你就折本了，还咋混，对不？”

大夫连连点头。

宝公子起身，笑眯眯地说：“我只是想请先生看看，如果有人这样走路，是有什么不对？”说完便举步。步态完全变了，沉静无声，和今日帛锦的姿态一模一样。

他在侯府，跟着帛锦从偏厅走到大门学了一路，学得起码有九成像，这会子也一点没忘。

大夫蹙眉，摸着山羊胡让他再走一遍，于是宝公子又走了一遍。过了一会儿，大夫斩钉截铁地说：“这人腰上有伤。如果真是这么走路，肯定是腰上有伤，虽然极力隐忍，但还是不自然。”

大理寺偏厅，茶气袅袅，茗香四溢。

“第四十七遍了。”李延站立，头枕红柱，依稀嘟哝。

“什么？”宝公子大梦方醒。

“我说你，不灌茶，情感充沛地点这些赃银，已经第四十七遍了。”

“是吗？”阮少卿捏着钱袋抬头，困惑地望着天色道，“这确实不像我的速度……”

李延横眼，不屑地“哼”了一声。阮少卿低头，拿着钱袋继续点银子。

“宝公子，我必须提醒你，我们已经打草惊蛇了。如今我们必须想想，如果犯人不再用以往的方式得到脑仁的话，那他会采取什么方式继续呢？”

“李延，我们的上司是个怎样的人？”

“你到底有没有想这个案子？”

“怎样的？”宝公子抬头，姿态坚挺。

李延终于决定无私奉献给宝公子一点灵光，他坐下与阮宝玉平视：“你听着，侯爷不是你想象的那样。”

“哦？”

“侯爷和皇上的关系也非比寻常……”

……

“你是说，侯爷和那个炼丹的方士交好，皇上愣是把两人搞得反目成仇了？”

“这只是谣言，不能全信的。”李延为难地整整官帽。

“那个方士有什么特别，竟值得侯爷这样？”宝公子瞪眼，杀气腾腾！

李延脸如受重击，铁青着脸迟迟不发一声。

“李延，你去寻个牙婆来。”

李延拢眉，当即会意。罪犯不愿再涉险，可那药方成功在望，他怎会轻易放弃？现下最快且最有效的途径，很可能是买卖奴仆。

“你早就想到了，是吧？”李延眯着眼，猜测阮宝玉拖延的理由，“你方才不会是在想办法，打算不动声色地拖我入局吧？”

阮宝玉摆摆手，撩起官袍就向门外走：“为了补偿你，这次我当饵。”

“外头快下雨了，你做什么去？”李延见状心疑。

“向上司申请补贴去。”宝公子头也不回地果断作答。

“少卿大人，如果我再劝你一句——”

“你就是我生的！”

寒雨零星，天地之间尽是灰蒙。帛锦在书房看书，却见下人拎着一块巨大木牌，步履匆匆地经过门外回廊。牌上朱赤大字赫然写着“府内新进恶犬看院，如有擅入者，后果自负”。

帛锦觉得好笑，随口问了句：“这是做什么用的？”

“管家说阮少卿站在门对面，神色极其恐怖，挂上这牌子，以防不测。”

下人如实禀报。

帛锦听后一阵沉思。

侯府门外三丈半，宝公子眼盯铁门，双手僵垂在身侧，与侯府大门持续对峙着。骤然间，大门洞开，帛锦独自一人从里面缓缓走出。

“阮少卿，找我有事？”言语如空中浮云，悠悠飘荡。

宝公子伫立着，知趣地报以一笑，倏地拔腿地冲了过来。帛锦先是一愣，而后瞳仁冷绝地一缩，人还没回神，身体已经做出了反应，随手将宝公子扔了出去。宝公子横飞出去，撞到对街的矮墙才收住势头，四脚朝天地闷声落地，泥花带雨，四下溅开。

“你……没事吧？”帛锦微讶，没想到自己对这人会如此排斥。

雨洼里，阮少卿边暗咒自己迟钝边费力起身，官服已经湿透，拖泥带水，他脸上却无半点狼狈的神情。他恢复神采，擦干嘴角的血丝，戴正顶上乌纱，恭恭敬敬地向帛锦行礼：“侯爷，下官要回大理寺办案去了。”

帛锦沉默须臾，负手冷冷一笑：“那，不送了。”

宝公子领命，豪爽地迈开几步，又回过头，不忘粲然一笑：“侯爷，你必须承认我方才的样子确实神气！”

侯爷的气力真不小，左膝盖被撞得都快没知觉了。宝公子深深吸了一口气，迎着小风，淋着小雨，自认风雅。可先前李延的话一直让宝公子觉得不自在。

帛为国姓，帛锦侯爷是先帝武皇的亲孙子、当今圣上的亲侄子、齐王唯一的儿子。

原本齐王才是先帝钦定的太子，可惜他福薄，枉死荒野，死时双眼被挖，脸上只剩两只滴黑血的窟窿，没命当皇帝，也没等到自己的孩子降世，听一声孩子的啼哭。王妃得到此噩耗后，情绪失控，导致早产。分娩后三天，王妃香消玉殒，也跟着去了。嗷嗷待哺的孤儿被送进后宫，由皇后，也就是孩子的祖母亲自照看。

同一日，与齐王同为嫡子的十三皇子帛泠被册立为太子。

日月如梭，帛锦日渐长大，聪明灵秀，极讨先皇的欢心。先皇好几次欲越过自己儿子，将皇位改传给皇孙。但此举遭到内阁大臣的不满，他们连连上书，称祖宗规矩万万不能逾越。先皇自然也没能将自己的想法付诸实践，但这一时兴起，也埋下了祸根。

先皇驾崩后，新帝即位，让皇帝最不舒服的就是这个侄儿。那时候满朝风雨，百官都在等候意料中的一场杀戮。可是最终，什么也没发生。帛锦只是被圣上由王降为了侯，理由很简单：与宫廷方士沈落勾结，品行不端。

沈落被逐出皇宫，帛锦也被软禁了好几个月。不过之后倒是风平浪静，帛锦倍受圣上恩眷，华宅美人，受赏无数。

天地依旧灰浊一片，只是雨好似大了些。宝公子抬头望天，自言自语："侯爷，我要开始查案了，本来也不想牵连你。可是十八条人命，到底不能让他们枉死啊。"

雨断断续续地下了好几天，天是一天比一天阴冷。

天气不佳，烟花地的生意却没因此清淡，照样艳歌频频、媚香袅袅。绘香院是个中翘楚，自然更是人声鼎沸。

只是浮华流金之地，难免有阴暗角落。而后门柴房处正是一阴暗所在，里面潮湿阴冷，被送到这里的，一向不是什么走红交运的主。

今天一早就有人被送了来。那人一只眼上满是血污，看样子还被打断一只手、一条腿，只剩了半口气，被送来时已经不成人形了。院里做粗活儿的阿大上来瞟了一眼，有些稀奇："这是谁？没见过。是新人？新人怎么就被折磨成这样了？"

陪着来的老鸨立刻横了他一眼："不许问！反正这个人咱不要，谁想买就拿去。"

"瞎了眼又断手断脚的，有谁会买？莫非是疯了来买一个废人？"

那老鸨恶狠狠地甩下一句："说过不许问！"过了一会儿，又回头，"还有，这位……小哥，有任何话你都得听他的，不许问为什么，要是敢违逆一句，仔细你的皮！"

阿大就此迎来了一桩让他苦笑不已的差事。

一个废人，居然还要卖十两！消息放出去三天，才终于有人来买。

阿大刚走进柴房，那位小哥就问："买我的爷长啥样？"

"胖胖的，没头发，很有福相！"

"不卖！我只卖给二十五岁左右的、穿素色衣服、身高和你差不多的爷。"

阿大有点想哭。

“还有，你去给我弄点吃的，要瑞芳斋的兔腿，再加三两白干。兔腿要热的，凉了我不吃。”

阿大更想哭了，撇了撇嘴：“你确定你被打残了？为什么你中气这么足，比我还能吃？”

“再多问一句，小心你的皮！”屋里立时飞出一块干柴，“还有，去跟妈妈说，我要补妆，我的妆都花了！”

阿大很仔细他的皮，没再敢问，只好上街替这位去买兔腿。

“二十五岁左右的穿素色衣服的身高和我差不多的爷，会来买你？我呸！”一路上他愤愤地骂，“你就做梦吧！”

梦不仅能做，而且有的时候还能成真。

是夜，绘香院有人来敲后门，居然是位爷，穿着一件浅蓝色棉袍，二十五岁左右，长得眉目清秀。

“据说你们这里有很有灵气的奴仆卖，十两是吗？”那人轻声道。

阿大眼珠子几乎要爆出来，有点口吃地回他：“那个……那个，人是已经被打残的，你……”

“没关系。”

阿大只好回身，把那位才吃了四条兔腿的小哥横拖了出来。

被拖出柴房的时候，这位爷还饱嗝连天，这会子倒好，见了买主立刻挺尸，动也不动。

那人蹲下身，小心翼翼地检查：“打成这样，不会已经死透了吧？”声音轻轻的，像几年没吃过饱饭的模样。

说着话，他伸手对着地上那位的大腿狠狠拧了一把，见那昏迷的男子眉心一动，才放心地取出银子抛给阿大。

“少了点儿。”阿大掂了掂银子，开始为难地挠头。

“一个被打残的仆从，卖十两你们不嫌太黑？”

“最近京城不太平，官府都没了主意，说要清查户籍，人牙子最近都不能接生意了，现在两条腿的活人比三条腿的蛤蟆还难弄……”

那人听后也不废话，多丢了二两碎银给他，生意算是成交了。

阿大进了绘香院后，那人谨慎地望望四周，确保无人后，立即扛起那被打残的小哥，匆匆消失在黑夜巷尾。这人清癯修长，看着羸弱，其实耐力很好，气力也大。他一路七弯八拐，丝毫没有耽搁，还巧妙地避开了闹街，到了东城偏角一座废弃已久土地庙内，才把混混沌沌的小哥安顿在泥人神像后。

点上油灯后，他从容地端详了会儿地上的人，细声建议道："来年投胎，找个好人家吧。"

那小哥倒是争气，这个时候居然掀了掀眼皮，手指颤动，嘴张开，做出"救我"的口形，可惜一个字都没出口。那人笑笑，笑容却比冬夜还冷，瞳孔里无一丝怜悯。他高高举起事先备好的尖头小锤，对着地上之人的后脑勺道："我救你！"

小锤落下的瞬间，行凶之人与垂死的小哥之间莫名地多了一块牌子。残灯诡秘地闪动，让人看清牌子上写着三句话——

我叫阮宝玉。

我很有钱。

送我去府前街阮府赏银十两。

行凶者的脸色瞬间由白转青，动作完全僵化，而小哥灵活地滚向了另一侧，利索地站起身，慢条斯理地拍去身上的灰尘，笑道："对，你应该再添上一句：'吾乃大理寺少卿'。"

此时，庙外破门轰然倒地，李延领着官差冲入，顷刻灭了这厮狗急跳墙的火苗。

"罪人沈落，还不认罪服法？"宝公子冷然斥道。

贼人见大势已去，竭力控制着自己簌簌发抖的双手，抛落锤子，束手就擒。

大功告成，官兵押着犯人连夜返回大理寺。

李延趴在自己的桌案上，意兴阑珊地磨着墨，写那烦人的卷宗。

几天前，两人定计，下令人牙子暂不做生意，逼得罪犯只剩从绘香院买人这一条道。

"价钱要便宜。他如果有钱，早就买人来取脑仁，何必犯险敲人后脑？"宝公子猜测着犯人会开的条件，"被打残的瞎眼仆人，会买的人，除了变态，就极有可能是他。反正他要的是脑子，不是人。"

只此一条，就极大地缩小了范围。

“你作饵，有没有想过会被人五花大绑？”李延当时不明白，这局宝公子明明可以不涉险，为什么非要坚持亲自上。

可惜任性的宝公子坚持：“我就是想亲眼看看那人到底多聪明。”

门廊上有足音传来，宝公子已经换回官袍，精神抖擞迈着方步走了进来。

李延抬头就问：“你怎么知道他就是沈落？”

宝公子很是得意，乌纱两侧的官翅颤颤，正要答话，门外却有人禀报：“侯爷来了。”

阮少卿眼色随之一黯，遗憾地垂头看着手里的钱袋：“侯爷，你果然还是来了。”

天意难测，居然又开始下雨。

帛锦冒雨而来，入了前厅，只将额前湿漉漉的发丝拨开，冰冷的雨珠沿着两颊缓缓滑落，渗进他的脖子里。

厅内，蜡烛平静地燃着，焰芒火影偶然随风摇曳不定。帛锦低头，见烛光之下有两道人影，可惜来的不是阮宝玉，而是李延。他缓缓抬眼，冷冷扫过左右后才问：“阮宝玉呢？”

“禀大人，他在连夜审案。”李延躬身作答，从从容容。

“少年被杀取脑的案子又非小案，你们不知会我一声，就连夜一人独审！是不是太不将我放在眼里了？”

“侯爷言重，只是李延好奇，大人怎么断定阮少卿此刻审的是这个案子？”

帛锦不怒反笑：“是与不是，咱们去看看就知道了。”说着话，他起身就想出门，却被李延黑着脸上前拦住。

“让开！”帛锦冷哼。

李延抿唇，取出个钱袋，铆足了劲问道：“这钱袋，侯爷应该认得吧？”

风将门猛然推开，冷气窜入室内，连呼吸都化成团团白雾。

“我不明白李少卿的意思。”帛锦依旧面如冷玉，眼睫半垂，掩住眸里的寒焰。

“侯爷，我们上次设局时，逃逸那人曾扔下钱袋作为暗器，而这个布袋就是当晚那只。阮少卿认得它是侯爷的。”李延将钱袋递到帛锦眼前。

帛锦没接，转身悠然地坐到原先的位子上，冷冷一笑：“你们这是想栽赃？”

"阮少卿过目不忘，清楚地记得那晚他晕倒醒来第一次遇见侯爷时，侯爷正弯腰看他。彼时，侯爷腰间的这只钱袋就恰巧垂在他眼前。"

帛锦听后，往后一靠："这钱袋做工一般，用料也极其普通，京城店铺到处能见。即使我有相同的，你怎么保证别人必定没有？李少卿，你这玩笑开得过头了！"

"这袋子是普通，可这上面滴着几滴蜡油，蜡的颜色是紫的。如果我没有记错，紫蜡是皇上专门恩赐给侯爷的，全京城也恐怕只有侯爷才有。"

"你把想说的话，都说了吧。"

李延叹息："侯爷，沈落犯案证据确凿，你还想包庇他吗？这事若是被皇上知道了，又该怎么说？"

"不用拿皇上来吓我！做大理寺卿的是我，不是他阮宝玉。今夜这案，我非参与不可，你若不同意，大可拦我试试。"

"果然官大一品压死人啊……"门口蓦然传来话音。此刻，声音的主人正站在门前风口处。

帛锦不屑地望去，缓缓吐出三个字："阮宝玉。"

"卑职在。"宝公子不顾李延的眼色，积极奉送上了自己灿烂的笑。

"案子断得如何，沈落呢？"

"侯爷，我不觉得辛苦，如果侯爷实在过意不去，可以赏赐属下一些物件，权当鼓励。"

"我问沈落怎么样了。"

"侯爷放心，这次现场缉凶，人赃并获，他是翻不了案了。"

"他都招了？"帛锦、李延异口同声。

"侯爷请看供词。"宝公子不理李延，一味向帛锦靠近。

帛锦眼中噙笑，接过案卷，双手用力将纸卷从中撕裂。李延冲上前阻止，可惜太迟，只见帛锦的手在空中一扬，那碎裂的残纸如片片枯叶般飘零落地。

"侯爷真神，怎么做到的，能再来一次吗？"不知什么时候，宝公子已站在帛锦跟前，怀里还抱着厚厚的一沓卷宗。

李延气闷，帛锦冷哼。

宝公子瞥见李延的面色，忙赔笑安慰："没关系，刚刚侯爷撕的是我手抄的京城花榜美人的名单。"随后，宝公子瞧见帛锦极为阴狠的眼神，一股无形的压迫感滚上胸口。他为难地垂头，“只是拿错了，侯爷不会扣我俸禄吧？”

帛锦与李延双双面如死灰，好似阮少卿刚刚讲了个恐怖故事。

“侯爷，再撕一次吧。”

宝公子又想起了什么，拽着李延出了门。

“你要做什么？”李延皱眉。

“我想再单独欣赏一次上司的英姿，你就不必作陪了。”

可怜的李延还没配合地露出一副痛心疾首的表情，就已经被宝公子无情地关在了门外。

宝公子利索地关上门后，心虚地扭过头，却发现帛锦在微笑。烛光下，这笑中居然带出些许的温润：“你赶他走，究竟想对我说什么？”

宝公子回身，双手藏于袖中，低低开口：“兔子脑是巫医针对孕妇难产用的土方，而少年的脑仁却是另一个方子的药引。传说只要攒到二十一个脑仁，再加上秘方，可治男子绝嗣。”宝公子说到这里，恰当地一停，又继续道，“所以，我一开始以为是犯案之人身患此症，可设局那夜却不见主犯，反而节外生枝，来了个高手。那人脱身时用钱袋做暗器，而我……恰好认出那钱袋是侯爷的。”

“继续。”帛锦一手支颐，平静地看着火烛。

“就此，我认定线头该在侯爷身上，所以我向李延打听侯爷的过往。”

“然后知道了沈落？”

“是。我想，沈落不肯让侯爷受苦，所以才会动手害人；而侯爷可能是一时寻不到沈落，又不忍他一再涉险，因此在催我定案不成后，便以身犯险触动机关，警示沈落。”

阮宝玉说到这里便停了下来，后面的事情无须多说。沈落执迷不悟，终是落网，而锦衣侯此次还是为他而来。

许久之后，帛锦缓缓开口：“听阮少卿的意思，我为他、他为我，我们对对方还真是有情有义啊。”

宝公子连忙点头，就差双眼含泪。

“好故事，真是个好故事！”又是一个微顿之后，帛锦拍掌叫好，姿势倦怠，可这顿巴掌却是拍了许久。

“侯爷……”

“李延知道多少？”

宝公子微一犹疑，正色回复：“他只是恼恨侯爷一味包庇沈落。”

帛锦满不在乎地叹了口气：“说了半日，我只想问宝公子，我可否单独见沈落一面？”

宝公子侧过头，露齿一笑：“必须有我作陪。”

这场重逢，并不激动，也无恍如隔世之感，帛锦只是有些感慨，这一段和他相关的人生终于可以作结。

帛锦走到那人跟前坐下，眼神没有丝毫波动。

对面这位和他只隔数尺的清秀男子，名叫沈落，爱穿素色，兴头上来一顿能吃半头猪，可却喜欢捧着胃装柔弱，煞是有趣。有他作陪，人生理当不会寂寞。

那时新帝登基，大难临头，帛锦倒也坦荡，大不了扔下富贵荣华，和这位有趣之人一起远走天涯，从此笑笑闹闹，不也是一辈子吗？

为此，他做了周全的安排，先是自己金蝉脱壳，不动声色地人间蒸发，随后藏在京城中，等风浪稍平，所有人都以为他已经走远，放弃追逃时，才传口信给沈落，要他和自己会合，从容地去浪迹天涯。

那天是数九的最后一日，他记得自己坐在马车上，看着一路上的风景。枯枝都抽出了新芽，那绿是那般鲜活，仿佛带着希望，正从他心头萌出。到了约定的地方，沈落已经候在那里，手里捧着包袱。

以前两人见面，这位沈落君总是迟到，然后眼睛闪着泪花道：“大哥，你不会怪我吧……”

而这一天的情况和以往有所不同，沈落居然没有迟到，早早地在巷口等他。帛锦下了马车，走得近了，这才发觉他浑身颤抖，眼睛里闪着泪花。见到他后，沈落开口，说的还是那句：“大哥，你不会怪我吧……”

这是个陷阱，陪沈落一起来的还有新登基的圣上，他骨肉至亲的十三叔。也就是这一天，他所拥有的一切都被彻底粉碎。

他记得很清楚，那日，他们被双双拿下，押回宫中，一路上走了起码一个时辰。这一路，沈落都在颤抖，一如风中残叶。他那时不忍，伸出一只手来握住了他的肩，一直到目的地。

目的地是皇宫深处一间阴冷潮湿的黑屋，屋子最特别之处就是正中有一张大台。帛锦被捆住四肢，绑在了那张冰凉的大台上。咫尺之外的圣上带着笑，笑得是那样玩味。

他说：“记得有人曾跟我提过，要毁掉一个骄傲的人，最好的办法，就是彻底碾碎他的尊严和希望。”说完，他便让人递上了一碗药。

从那一刻起，帛锦的时间永远停顿。只要一闭上眼，他就能清楚看见沈落，看见对方手里端着那碗药，眼泪流了一脸，一边颤抖一边向他走来，嘴里重复着这样两句——

“我也没有办法，真的没有办法。你不要怪我，大哥，真的不要怪我。”

如果那日，眼前这人能够顾念自己一分，一刀插入自己的心脏，保全自己最起码的尊严，自己都会如他所言，不去怨他、恨他。可惜的是，他没有。

为了保全自己，他亲手给自己灌下了那碗药，让自己成了一个彻彻底底的废人，再不能人道。这便是阮少卿口中那有情有义的沈落君的所作所为。

故事大抵就是如此吧。

这是场死局，那一碗药灌下，他心寒凉，可不能否认，沈落也倍受煎熬。事后，沈落设法逃出宫去，失踪三年，又冒大险取少年脑仁做药，这一切的一切，都说明了他很愧疚，无处容身。

如今三年过去，两人第一次重逢，帛锦听见的还是这句——

“我没有办法，真的没有办法。如果不那么做，不只是我，我全家都会死得很惨！”

和三年之前有所不同的是，现在的帛锦有了气力，听见这句话，嘴角勾起无声的冷笑。无所谓恨，也无所谓怨叹，心若凉了，连怨恨感叹都觉得太费气力，所以他只是冷笑。

沈落的情绪则明显激动得多。愣了片刻后，他冲上来，跪在帛锦脚下，仰头道：“只差三个人我的药就要配成了，你弄我出去，到时候你就可以好起来，我们还可以一起去浪迹天涯。”

帛锦闻言又笑：“是谁告诉你这个方子的，你竟真的相信了？”

“我能配出来的！你莫忘了，我是全国数一数二的方士，是先皇御用的炼丹师！”

帛锦不语，缓缓眨眼，睫毛隔断光线，眼底沉沉，里面是世上至深的黑暗。过了许久，他才说道：“你以为，你亲手断送的我的一生，会因为你的一颗仙丹就重新回到正轨？就好像被你亲手毁掉的情分，会因为你这一场愧疚就重新来过？”

冷冷一句，充满讥诮。

一旁的阮宝玉连退三步，差点因他这一句喷出血来。原来这才是自己一直想要揭开的真相，比所有的猜测推断还要残酷百倍。

不远处，帛锦又说了一句：“太天真了。这么天真可不像你啊，沈落沈公子。”

就这一句，已经明显生出杀意。帛锦没有丝毫迟疑，伸出手，在沈落脖间使力一扭。

沈落应声瘫软，苍白瘦削的脸前栽，埋在了帛锦双膝间。

阮宝玉没来得及上前阻止，他发觉自己双腿灌铅一般，居然是一步也不能动。

而帛锦这时起身，广袖逆风，里面一把薄刃闪着光，很快就被他握在手心，架上了阮宝玉的脖颈。

“我没有恻隐之心，也不怕死后被打入十八层地狱。如你所见，现在的我，已身在炼狱。”

幽闭的斗室里，帛锦没再停顿，薄刃携风，在阮宝玉颈间骤然划下一道血线。

第三章 素燃

死在侯爷刀下，倒也不至于太冤。这绝对是宝公子当时真实的心理活动，可惜的是，这一幕没有发生。

那柄弯刀划上他的脖颈，的确精准无误地找到了他的动脉，可最终只划破了他的皮肉。李延李少卿在最关键的时刻出现，因为手里没有武器，隔着老远便将钱袋一把砸了过来。这厮武功平平，钱袋生风，差点把阮宝玉的后颈砸出个窟窿，可也在最后关头把弯刀震开。

帛锦微愣了下神，这一会儿工夫，李延已经插到他们二人中间，开始扯高嗓子喊人："来人啊！人犯死了！"

牢房里立刻呼啦啦地围上来一群狱卒。而李延此刻毫不犹豫地站在阮宝玉这边，冷着一张脸对帛锦道："属下方才看到的那一幕，还有劳侯爷解释！"

这厮武功的确不怎么样，可对阮宝玉绝对是一片赤诚。

过了一会儿，阮宝玉一边捂住伤口，一边大声回他："人犯方才自尽，侯爷正在责问我看管不严！"

"沈落是自尽的？自己能把自己的脖子扭断？"

一天之后，在皇宫内殿，当今圣上这样向帛锦发问。

帛锦垂头，脊背生疼，冷汗一层又一层地涌了上来，他几乎看不清眼前的一切，于是很潦草地答了声"是"。

"当时谁在现场？这案子是阮少卿负责的，是不是他？"

"不是。皇上知道，沈落之死和他一点干系也没有。"

圣上闻言，低下头去，看着帛锦："阮宝玉把这案子查了个彻底，已经知道了你的秘密，你难道不想他死？”

“想。”

“那你还为他开脱？”

帛锦的头垂得更低，脊背锐痛难当，可仍立得笔直。

于是，圣上的笑又玩味起来：“你是想他死，可是推搪陷害这种事你还是不屑做的，对不对？”说完，他便伸手，在帛锦的右腰眼处重重一拍。

帛锦仍是垂头，没有太大反应，可圣上收手时，五指上却沾了猩红之色。

圣上又笑道：“那夜去的人果然是你，你是不想沈落被抓，泄露你的秘密？还是想自己先找到他，亲手将他结束？”

“两者都有。”

“很好，敢作敢当、有所不为，你风骨犹在，做叔叔的也很欣慰。”圣上拊了拊掌，紧接着话锋一转，又将手覆上他的腰，在伤口处用力碾压，“只是你武艺好似大退，当年长剑一举莫敢不从的亲王少帅，竟被几个埋伏的官兵撂倒，还落了伤。”

帛锦身形摇晃，终于撑不住，一个趔趄单膝跪地。腰间剑伤倒不是最重要的，击倒他的是脊背上那刺骨的阴疼，那感觉仿佛有千万根绵长的针正从那里穿出，带着利爪，勾缠着他的四肢百骸。

“很难受是吗？是不是因为我赏你的紫烛最近不够用，所以你武艺大退、形神潦倒，到这殿里来，连立也立不稳了？”一旁，圣上轻声询问，语调却极尽恶毒。

帛锦不语，只能伏在原地喘息，头渐渐贴近地面，冷汗一层层上涌，将他身周的地面悉数打湿。

圣上慢慢俯下身来，道：“不如你试试求我，求得好了，我便赏你紫烛。”

地上，帛锦微颤了下，继而哑声道：“我不求你，绝对不会。”

这一声喑哑但决绝，他的骄傲，的确是还没有被完全碾碎。

于是圣上摊开了手：“不愿意那就不玩，无妨。”说完又一步步走近，低头看着他，“你是真的真的很可怜，看在叔侄的情分上，我就赏你十根紫烛吧。”

帛锦垂着头，仍是冷汗层出、不能直身，却没有伸手去碰那十根紫烛。

“不承认你可怜是吗？没错，你是生得俊朗无匹、天纵英才，可是你想想，这天下地上可有人真心对你，对你一腔赤忱、生死不计？没有！过去没有，今后……更不会有！”

圣上长笑一声，扔下这刺骨的话便拂袖而去。

侯府门前，阮宝玉立在门口，半个身子趴在门板上，不依不饶地扣着门环：“喂，给我开门，我有公事禀报。别告诉我侯爷不在家，侯爷的轿子一个时辰前从宫里回来，走的角门，我都瞧见了。”

大门出乎意料地应声而开，宝公子靠门靠得太近，当即一头栽到了管家怀里，脸色顿时黑成一片。一旁管家的脸色也很不好看，他将手一比：“我家侯爷说了，少卿若是想死，他在内房候着你。”

阮宝玉立刻大声道：“我非常想死！请问侯府的内房在哪里？”

管家不作声了，引着他穿过游廊亭榭，走了许久后停下，将手一指：“那里就是，少卿请吧。”

阮宝玉“嗯”了一声，毫不畏惧地跨步上前，在门上敲了两下。

屋里黑魆魆一片，帛锦低哑的声音传来：“门没锁。”

宝公子“哦”了一声，轻声推开门。进到屋里，只见到黑漆漆一片，摸黑半天，好容易瞧见桌上有半支点剩的紫烛，于是摸出火石来，道：“侯爷，我眼神不大好，能不能点根蜡呢？”

黑暗里，帛锦沉默了半天才开口：“抽屉里有白蜡，你找出来点吧。”

可怜宝公子一个半瞎，在房里摸索了半天，好不容易才点燃蜡烛照亮。

帛锦明显才刚洗浴过，头发湿着搭在肩头，身上只松松穿了件月色长袍，就这么懒散坐在地上，靠着床沿，那姿势要多潇洒就有多潇洒。

阮宝玉立刻扭着手指问：“侯爷，冬日湿寒，你这样……”

话说到一半，他已经完全忘词，只看见帛锦的腰上一道赤红，正洇透衫子，渐渐漫了开来。想到这道伤口是自己亲自领人捅的，宝公子的手指扭得更勤了，他脱口而出：“侯爷，是我错了，我对不住你！”

帛锦方才抬眼，幽幽地说：“你没有错。”

宝公子刚松了口气，却听到他又跟上一句：“但你还是得死。”

锦衣侯不是个喜欢说废话的人，言落刀至，那把薄刃架上阮宝玉的脖颈，轻轻催动便割破了他颈上缠着的绷带。

阮宝玉立刻大声道：“侯爷的秘密我绝对不会泄露，否则让我脸上生疮、头发掉光，变个两百斤的大肥猪！”

这个誓发得不可谓不毒，可惜的是，帛锦毫不买账，薄刃欺进，立刻割破了他的皮肉，鲜血顺着伤口渗了出来。宝公子继续大声道："侯爷，你相信我！"

帛锦闻声笑了出来："相比于这样的信誓旦旦，我更相信死人才不会开口。"说完刀口便又进去半分。

这话虽是笑着说的，可阮宝玉依旧听出了透骨寒凉，心下一横，便将脖子一梗，往刀口上一送："好！那就听侯爷的，既然侯爷非要杀了我才肯放心，那我就顺着侯爷！"

帛锦一顿，等到阮宝玉脖间鲜血顺着血槽流了满手，他这才抬头："你方才说什么？"

"我说我都听侯爷的，我对侯爷一腔赤忱，死生不计！"

帛锦的眼眯起，他将身立直，慢慢逼近："你说什么都愿意听我的？"

"是！"

帛锦的神色有了些微妙的变化，有些讥诮，也有些好奇，他看着阮宝玉，慢慢放下了手里的刀。阮宝玉见事有转机，忍不住上前一步。于是历史重演，帛锦单肩用力，不过一分内力，那宝公子便好似一只米袋，被他"砰"的一声甩出了门去。

脖子上流了起码三碗血，又被人过肩一摔，正常人便是不死也要残了。宝公子的非凡之处在这时体现了出来。身心俱受重创之后，他居然还能立起，一步步又走上前来，而且走得很认真，好像在数步子。

"十步，这次侯爷你把我摔开了十步！上一次你摔我的时候起码有十二步！侯爷果然对我越来越手下留情了！"

等走到帛锦跟前时他雀跃，居然又是咧嘴，笑得灿烂无比、欢欣万分。

到了第二天，阮宝玉还觉得这一定是场梦，整个人都昏昏沉沉的，一直托着腮在大理寺发呆。

李延也在，还带了他的肥猫来，他一边摸着猫咪肚皮一边拿眼斜他："沈落的案子就这么结了？自己把自己的脖子扭断，你扭一个给我看看。"

宝公子毫无反应，继续托他的腮发他的呆。

李延有点稀奇："怎么你今天不瞧案子不说，连公家的茶居然也不喝了？"

"不喝，今天我身上有仙气，就算不吃不喝也能抵饱。"

“成，随你吧。那你总该看看案子吧，你一整天没做正事了。”

“不看，你自己看。忙飞了你就没空喂猫了，省得你作孽，把一只丰神俊朗的碧眼黑猫喂成肥猪。”

李延有点气喘，恶狠狠地盯着他，又恶狠狠把一个卷轴硬铺到他眼前。

永昌银矿！只看了这四个字，宝公子便蹙起了眉，正经说道：“我不能看东西，我脑仁被敲过，现在头疼！”

李延也立刻正经起来：“头疼我替你找根带子绑在额头上，阮少卿您稍等。”

“没用。我现在没法看东西。”阮宝玉拂了拂衣袖，很快就端着方步出了衙门。

忙到半夜，李少卿才回到李府，回府后的第一件事就是找了件新内衫，差下人裁成袜子。袜子做好，他就日夜穿着，硬熬了三天三夜没脱也没洗脚，一直就这么套着。

到第四天，这袜子便成了宝。他先把它脱下，又用袜子搓了一遍脚，然后才选了只味道更胜一筹的，撕成一条，小心地搁在官服袖儿内。一切都安排好后，第二日他照常去大理寺，见了那个整日发飘不做正事的阮少卿。

天可怜见，帛锦侯爷这天无聊，居然来大理寺巡视。

机会来了！和阮宝玉略说了两句之后，帛锦便告辞离开，李延也起身跟在帛锦身后，定要送侯爷出门。寺里路面有些不平，于是他很有理由地摔了一跤，又顺势把手伸到帛锦面前，将他身上的长衫“哗啦”一声，硬是撕下来一条。

这一下，虽然帛锦不悦，李延却乐开了花。他从袖里偷偷掏出提前准备好的那条长布，忍着笑走到阮宝玉跟前，道：“刚才你看见了吧，我那一跤虽然是故意的，可也跌得不轻，可你看我弄到了什么？这可是从侯爷衣衫上扯下来的布！”

阮宝玉拿着那根长带，突然想起了一件要紧事：“先前那个因脑仁案被捉的疑犯呢？没放吧？”

“没。你不是千叮咛万嘱咐不能放，说你还要审。我就奇怪了，既然已经查明人家是冤枉，你还审个什么劲？”

“去把他传来。”宝公子顷刻间恢复了他那过目不忘的本领，“还有，前几天你给我看的那个卷宗，永昌银矿的那个，也找来给我，再瞧一遍。”

人犯被传来时，宝公子正拿手指依次划着卷宗，一目十行地阅览。

人犯下跪道："多谢阮大人为草民洗冤，大人真是包青天再世！"

阮宝玉头也没抬："你的确是冤枉的，兔脑腌来是给产妇止血，是种巫药，是他们孤陋寡闻了。"

"是是是，大人明鉴。我那兔脑的确是腌来给产妇止血的，大人真是如青天再世！"

"可你受审时为何不说，宁可被人冤死，也一口咬定那兔脑是腌来做菜的？"阮宝玉毫无先兆地拔高了音调喝问一声，吓得那人立时一凛。

"小……小的……是名……那个巫师，咱们做巫药的，总归……总归不大光明。"那人额头直冒冷汗，好不容易才回了这么一句。

"这么说，你入行已深，很懂巫术和巫行的规矩，所以才宁死不说？"

"是是是。"那人立刻点头如捣蒜。

"入行很深的巫师，居然不知道腌兔脑是用来引产的而不是用来止血的，被我一诓就诓了个正着？你根本就不是巫师，那兔脑也不是腌来做药的，我猜得对不对？"

阮宝玉这话说得和缓，却绝对有效，让那人脸色立时大变。

风寒月冷，大理寺临时关押嫌犯的地牢，巫师抬头，有些失神地看着头顶方寸大小的一扇气窗。窗台上蹲着一只野猫，碧眼闪着荧光，正森冷地看着他。

阮少卿说得没错，兔脑并不是巫药，那是一根引线，一根绝对不能被牵起的引线。

"如果我是主子，若知道有人对我指使的手下起了疑心，我也会把他灭口，将这根线索砍断。你说对不对？"心念至此，巫师喃喃一句。

窗台上，猫咪低头"喵"了一声，似乎也表示同意。

"所以我要小心，十万分地小心。"那巫师又喃喃道，弯腰，枯瘦的手拿起地上那已经冷透的馒头，掰出一半，踮脚凑到猫咪眼前。

猫咪看来饿极了，并不挑食，犹豫片刻后咬下一口，不消片刻便吃完了半个馒头。猫咪似乎意犹未尽，一双眼直盯着他手掌中另外半个。巫师定了定心，又担心这是慢毒，等了许久，才举手将馒头一口口咽下。

猫咪见乞食无望，弓了弓身子，准备离开。就在这时，那巫师突然一只手卡住颈脖，另一只手张开五指，痛苦地抓上了墙。五指指尖劈裂，在墙上留下五道深深的血痕，可他圆睁着眼，却不能为这痛苦发出哪怕一声呼喊。

见血封喉，这毒是如此霸道，甚至不允许他临死时发出一声凄呼。暗褐色的血从他的五官渗出，他佝偻着身子，在地上挣扎、扭曲，拿手指蘸血，写了几笔，一个字还没写完，就已经四肢抽搐，万分不甘地咽下了他在人世间最后一口气。

地牢始终安静，好似什么都没发生。

猫咪到底无灵，不能明白这里发生了什么，又弓了弓身子，碧眼射出寒光，轻巧地跃下窗棂，很快便消失在夜里。

翌日一大早，李延就心急火燎地来找宝公子。他跨进门槛，正在大院子里喂鸡的阮依笑眯眯地出来相迎："李叔叔好！"

"你爹呢？"

"还在睡呢。"

"还在睡？衙门出大事了！"李延说着话就跑进了房里，抓住瘫睡在床上的阮宝玉猛晃他的双肩，可惜宝公子没有任何反应。

阮依为难地耷拉下头，撇了撇嘴："他前几晚没怎么睡，整晚干巴巴地瞪着眼瞅房梁，昨晚倒是出了奇，竟然睡得非常踏实，所以……"他说着话，手里不知什么时候多了一棵大白萝卜。他松手一掷，大萝卜相当准确地掉在了宝公子的脸上，可惜成效依旧不大。阮依连连叹息摇首："叔叔你看，我连这法子都用了！"

李延深思须臾，撩袖跳上床铺，对着宝公子的耳朵嚷了句："阮宝玉，侯爷来了！"

宝公子真乃神人，闻言居然一跃而起，眼都没张开就问："侯爷在哪里？"当他睁眼瞧清跟前的是李少卿时，他立即缩退到床角，咬着被子，含糊地质问，"你想怎样？"

李延面不改色地挑眉："宝公子，那个巫医死在大牢里了。"

"我昨天审的那个？"宝公子仍睡眼惺忪。

"对！就是昨天要你给他一天时间考虑的巫师。"

"怎么死的？你怎么现在才说啊？"宝公子踢开被子大吼。

李延没空和他再抬杠，如实相告：“是中毒，七窍流血而亡。”

宝公子愣住，冷静地扭头看着阮依：“儿子，我刚刚不小心把伤口吼裂了。”

阮依却只惊喜地仰望着李延，满含期待：“李叔叔，那个死掉的囚犯真的流了很多血吗？我……我能去看吗？”

赶路走到一半，阮少卿突然停住脚步：“我不能去了！”

“为什么？”李延不解。

“我还有事，你先去！”宝公子拍着额头。

李延当即被气得发抖，指着宝公子的鼻尖喝道：“都什么时候了，还有什么事比破案更重要？”

宝公子拽着李延的衣角，诱哄道：“人死已成事实，验尸有仵作，破案还有你李少卿呢！别耽搁正事，快去吧！新鲜的尸体还在等你呢！”

等李少卿反应过来，眼前早没了宝公子的踪影，只剩一溜尘烟。

阮少卿回了一趟家，没等阮依盘问就再次拔腿飞奔出了门口，恰巧与一人撞了个满怀。

“阮少卿好！”那人凤目长眉，笑颜倜傥，生着美人沟，外罩玄色大氅，正是那日在李延家遇到的人，“在下萧彻。”

宝公子笑着回礼，恍然大悟般道：“上次在李尚书家，为那脑仁一案，多谢公子提点，来日一定酬谢！”萧彻是藩王临淮王送来的质子，对他的称谓实在让宝公子为难。

“少卿唤我本名就成。”萧彻微笑，“我看择日不如撞日。今日……”

宝公子闻风色变。

“今日就让我做东请少卿如何？”

宝公子悄悄咽了口口水，还没回绝就听到萧彻说：“裁春楼如何？”

这话被追出来的阮依听到，他猛地一拧宝公子的手臂：“不要为了几盘菜就找不到北了！”

宝公子眼睛发直，鼻孔却朝天，他忙不迭地摇晃手指：“对对对！你无事献殷勤，非奸即盗，本官能那么肤浅吗？”

阮依松了口气。

萧彻略一低头：“那就请少卿到我的住所小酌几杯，如果觉得闷，我请锁欢院的花魁来助兴也成。”

半盏茶后，巷口只听得阮侬高声怒骂："喝你的花酒去吧！暴食暴饮，伤口一定会裂开向外冒油的！"

几杯美酒下肚，宝公子开始承认，萧彻此人还算不错，笑容里总带着寒冬暖阳般的温和。

"少卿在想什么？"

"啊，你这里好香。"宝公子信口开河。

"可能是这屋里的兰花香吧。"

"哦，兰花啊！"阮宝玉热情地环视，果然盆栽兰花不少。

"这些兰花很少见，应该很贵吧？"宝公子若有所思地摸着额上的头带。

"都是从家乡带过来的，寄托思乡情而已。开花的那株原是我友人的心爱之物，特别赠我的。"

"那……转送我吧。"宝公子眼眸炯炯有神。

萧彻的嘴角忍不住一抽。没等他拒绝，宝公子又补上粲然一笑，说："就把这株送我吧！"

半个时辰后，率先见到阮少卿的不是李延，而是锦衣侯帛锦。他见到阮宝玉时，宝公子正努力地从府院的狗洞里钻进来，手里还小心翼翼地抱着一株兰花。

今日的帛锦仍旧是拒人千里般冷漠，唯一不同的是，长发只用了绳带随意绑成一束，落在身后，发丝在风中微动。

帛锦并未动气，只冷笑着勾勾指头，示意宝公子走出树荫，站到日头底下。宝公子也识相，捧着兰花端端正正地站好，用目光探询他的用意。

"这日头照着你，出来的居然是人影，不是狗影。"帛锦故作纳闷地说。

阮宝玉一怔，旋即露齿一笑："侯爷就是侯爷，连说冷笑话也那么生动逼真！"

帛锦垂眼无言。

"侯爷，这花好看吗？我专门弄来送你的。"宝公子还是乐呵呵的，笑容俊朗，赤诚一片。

帛锦转眸还没开口，却听苑外有人高唤："皇上驾到！"

缄默须臾后，帛锦开口："你穿着官服？"

"穿着。"宝公子尚未明白什么情况，便被帛锦拎进了暗室。

宝公子打量着四周，心跳加速。

皇上到访，不打发掉这位天子，侯爷是不会回来的。于是，他悟性极高地颔首，摸摸床沿："我在这里等待侯爷好了。"

"放心，我是不想让他知晓你来这里躲懒而已！"帛锦拂袖而去。

房门一关，宝公子顿时陷入无边黑暗，过目不忘的他自然记得哪里能取烛。他一路摸索，最终燃起一支。这次用的不是白烛，是紫色的，宝公子觉得这蜡烛又好看又有情调，可惜——

"点一支不够亮，十支又太亮了，就五支吧。"他绝不黑心，留下五支以后慢慢用。

五支紫烛点亮，能见度正好。没想到这紫烛居然还带异香，五支同燃，味道不算浓烈。

宝公子自得地一会儿支颐欣赏着蜡烛滴紫泪，一会儿挥手嗅嗅清香，时间一长，又觉得闷在房间里未免太无聊了。他估测不出皇上什么时候能回宫，索性研好墨，舔舔笔尖，龙飞凤舞地写起了诗。

好香！闻得人有点发飘了。他没注意，桌脚那株盛开的兰花，无声地蔫落一片花瓣，紧接着又是第二片……

花败，坠落枝头，天子帛泠心不在焉地将脚下的梅花踩碎。

帛锦规矩地跪拜下去，皇帝遣退旁人后，回转对他一笑："你是不是病了？下跪还挺着个脊背，整个人硬邦邦的。"

帛锦抬头，直视皇帝："臣不知有何病。"

帛泠打量了帛锦好一会儿，又微笑地看了看天，才挥手道："起来吧。这两日你没上朝，朕担心你的身体，所以特地来看看。"

皇上顾自折梅游园，帛锦静静跟在后头。走出几步后，帛泠扬起嘴角问："昨日刑部御前告状了，知道告的是谁吗？"

帛锦抬头时正好瞧见阮宝玉已经摸出暗室，在不远处的游廊转角向自己猛烈地招手！他忙收回目光，半敛眸子，道："微臣不知。"

"有什么好装的？当然是你们大理寺，告的就是少卿阮宝玉！"

帛锦余光扫见宝公子站在一扇雕花木门前开始翩翩起舞，他咬牙沉声质问："刑部怎么会告到他头上？"

皇帝顿了一下，没料到帛锦会是如此反应，随即淡淡一笑："这位大理寺少卿屡次扣下该转到刑部的卷宗，过段时间又一股脑儿地发还，弄得他们不是闲得吹灰，就是忙得脚难落地，鸡犬不宁。"

宝公子缓缓打开那木门，圆眸眯着，对着皇帝背影吐起了舌头。

"阮宝玉！他……他兢兢业业、为国为民，人……人也老实本分！"帛锦一字一字地解释。而此刻"老实本分"的宝公子已经明显神志不清了。

"朕知他能干。"帛泠皱眉，"但永昌银矿是国库用银主脉。劫银一案已经铁定了，竟然还被他扣着，他是何居心？"

"阮少卿扣下卷宗，自然有他的道理。铁案未必不是冤案！"

"你在袒护他？"帛泠奇道。

帛锦张了张嘴，想说什么，不料远处传来一记奇怪的声响——阮少卿抬着屁股对着皇上这边放屁了！

"臣愿亲自去永昌银矿复查此案！"帛泠正想循声看看怎么回事，却听得帛锦倏地来了那么一句，转而盯着锦衣侯的双眼，问："爱卿身骨大不如前，又能离京多远、多久？"他语气揶揄，眼里却闪着极为复杂的情绪。

见皇帝的注意力被成功转移，帛锦继续说："皇上，臣即使身子大不如前，也是朝廷官员，为皇上分忧是臣子的本分。"

"好！朕准你离京查案，近日启程吧！"

宝公子学着大鹅摇摆迈步，终于不慎跌倒。

帛锦躬身，广袖掠地："臣遵旨！"

送走帛泠后，帛锦便找阮宝玉。刚进回廊，就见那活宝在水池里扑腾，手里还抓着一条红鲤鱼："今晚我就要吃这鱼！"

帛锦靠在曲桥栏前，顺手一指："这条太一般了，抓那条。"

宝公子"哦"了一声，放了手里的鱼，去抓另一条。

帛锦睨着他试探道："你吃错什么药了，敢在皇帝跟前耍宝？你是想害我，还是自己作死不想要命了？"

宝公子听后，眉飞色舞地摇着手指："我告诉你个秘密，天王老子我都不怕！我不怕！"

帛锦冷冷地瞪他。

"那……我怕你，行不？"大冷的天，宝公子居然满面绯红，眉上的汗珠滴下，“侯爷，我还写了诗！”他猛然想起，擦干湿漉漉的双手，将纸笺取出。

见那纸上还滴了紫色的蜡油做点缀，帛锦勃然大怒，心里已经明白发生了什么：“你……你点了紫烛！”

“侯爷，我不抓鱼了，现下我感觉很好。”宝公子拍拍自己滚热的脸颊，斩钉截铁地说。

帛锦默然许久后，长长地叹气：“我送你回家！”

“不要，我不要回去！”宝公子冲上前，而后再次被扔出八步之外。

“还没醒吗？”大理寺内，李延浓眉紧蹙问着屋里的仵作。

“少卿放心，小公子现下只是喝了宁心茶睡着了而已，与刚才受到了惊吓晕倒不同。”仵作泰然回复。

原来，阮侬见阮宝玉出了门，就偷偷溜到了大理寺，一是气不过，想向李延告状，二是好奇想偷看尸体。谁知道他刚摸进停尸的小屋，就受到惊吓晕倒了。

“以后停尸那屋一定把门关紧锁实，特别是验尸时，更要谨慎！”李延厉声继续教训，“看把这孩子吓得……”

蓝衣仵作立身一旁不迭地点头，连连称“是”，后举目道：“少卿大人，我已经查清楚巫师身中之毒了……”

李延伸手阻止，打了眼色让他门外说话。

“到底什么毒？”李延问。

“这毒名为朝暮，分成两味：一朝一暮，两者分开对身体并无大害，放在一起就是剧毒。”

李延负手点头：“毒有一味是下在馒头里，那另一味呢？”

“另一味应该下得早些。”

“早些？”

“应该早两三个时辰，属下推算，应该是阮少卿审这位人犯的时候。”

李少卿紧锁双眉，一言不发。

仵作偷偷看了看他，只好跟着沉默，静立在一边不敢作声。

不久后，李延终是深叹了口气，甩手快快地遣仵作退下，自己依旧挂着长脸。谁知他走出三步，突然又唤住仵作：“蓝仵作，死者先前留下的兔脑，你要记得留下，不得丢失！”

蓝仵作忙躬身应下。

李延点点头，向审案的大堂踱去，边走边摇头。

巫医临死前留下了血字，可惜只写出个“疒”就被阎王无情地招了去，这案子依然混沌，可线索就这么断了。想到这一层，李延气得一跺脚。这时，脚边响起几声猫叫，他低头，见是他家肥猫“印子”靠了过来。印子全身黑毛乌亮，因脊背上有两朵大小不同的白毛酷似梅花印，所以得名“印子”。

李延俯身，伸手想摸摸印子的额头，印子却不肯低头，仰着头瞪着眼对他喵喵直叫。李延觉得印子的眼神极为蹊跷，便迈步跟进。

走廊尽头拐角不远处，有一只野猫横躺着，猫腹起伏，口里含糊呜咽，奄奄一息。他连忙绕开带路的印子，径自来到野猫跟前细瞧。只见这猫眼眯成一线，嘴角挂着血丝，但还有气。李延心中一紧，大声唤道：“来人，把蓝仵作叫来！”

不消一刻，蓝仵作赶到。

“你看看这猫是怎么回事！是不是和那巫医中了同一种毒？”

蓝仵作急忙蹲身，翻翻那病猫的眼皮，又取银针沾血观色闻味后，才起身谨慎地禀报：“症状大致相同，只是这猫中毒较浅，现在医治应无性命之忧。”

李延拂袖：“你先告诉我，它和巫师是不是中了同一种毒？”

“八九不离十。”

李延原本郁郁的眸子逐渐清亮，他先吩咐其他差人送病猫去解毒，转头又问蓝仵作：“如这两味毒相遇时已过了最佳时机，是否时隔越久，毒性越低？”

“按理来说，是这样。”

李延点了点头，他记得盘问过牢头，牢头说巫医好心，吃饭前总是先分一半吃的喂好窗子外面的野猫后才肯自己食用。

李延冷笑，一只杀兔取脑的巫师，大难临头怎么可能好心喂猫？分明是他畏死，怕被人暗算，所以先喂了野猫，证明没有被下毒才敢吃！只可惜千算万算，他还是遭了毒手，死于非命。

眼前这只野猫，应该就是昨夜吃了半只馒头的那只。馒头里的毒只有一味，按理猫不会毒发。除非它满大理寺乱窜，最终也遇到了这第二味毒药。

那么这味毒药应该就在……

李延低头，寻着带血的梅花足印，一路跟到审案的前堂：“另一味毒果然还在前堂！”

从侯府回到大理寺的阮少卿有些发怵地看着灯柱上摇晃的火头，问：“你是说，有人将另一味毒混在了灯油里，灯油燃烧，毒也同时被人吸入体内？”

“正是！猫血就是在这铜灯柱下消失不见的，于是我灵机一动，命人验了灯油，丝毫不差，就是朝暮的另一味！”李少卿拢拢衣领，摆出一副英明神武的样子，而旁边的宝公子却整个人软绵绵的，好像迈不开步子。

“阮少卿，你怎么了？难不成受了刺激？”

宝公子垂下眼睛，抚住自己的喉咙：“灯里有毒，那我不也中毒了？会不会毒发，毒发的样子难不难看？”

“灯油早换了！你又只中了一味，根本不会有事。退一万步说，就算毒发了，小小的野猫都没死，你是绝对死不了的，最多被毒得口眼歪斜、满脸毒疮！”李延撇撇嘴。

“那是，那是！好人终归有好报的。看！你家印子有了新相好！这猫真通情达理，懂得以身相报！”宝公子万分感慨地指着对面房梁上两只晒太阳的猫，冷不丁后脑被李延轻轻一拍。

“报你个头啊，那两只都是公的！”

宝公子似笑非笑地干咳了几声，回到自己案桌前。

“阮宝玉，这巫师的案子就这么结了？”

“灯油的毒是谁放的能查到吗？”宝公子托着下巴。

李延摇头：“油是去年元宵节前买的，放在小仓库里也没什么人管，调包太容易了。”

“线都断了，结了吧！”宝公子同意了，而后提笔在纸上写下了个大大的“疒”字。

案子结了，事情却没完，阮宝玉必须去哄儿子高兴了！

“儿子，爹刚发现家里的一只母鸡居然下蛋了！以后我们天天有鸡蛋吃了！”阮宝玉提着只母鸡兴冲冲地进了屋。

“我要上书院去了。”阮侬耷拉着头，闷声闷气。

“那我送你去吧！顺道探望你家教书先生。”宝公子弯腰与儿子平视。

阮侬为难，小心翼翼地问：“爹，你确定吗？我家先生长得很难看！”

宝公子顿时中招，后退三步：“真的很难看？”

“嗯，很难看！”

“那……我还是不去送了，衙门事情也多。”宝公子望天皱眉。

“嗯！这只鸡你放回笼子前记得做个记号，省得以后你贪吃误杀了。”阮侬出门前，还不忘回头叮嘱上一句。

宝公子点头如捣蒜：“嗯，我这就做记号！”父子之间果然是没有隔夜仇的！

阮侬出门后，宝公子蹙眉，做个什么记号好呢？给鸡染色！染什么颜色呢？当然是这天下第一好看的紫色！

宝公子打定主意，美滋滋地把整个鸡头染成了紫色，又前前后后左左右右欣赏了个遍。他打开鸡笼的竹门，正想把鸡放回去，脊背却突然一痛，如芒刺疾扎，疼得他周身一僵，冷汗直下，手也无力地一松。手里的母鸡逃脱开，竟然扑腾着翅膀，“咯咯咯”地飞上了屋顶……

鸡飞蛋打，阮少卿的状态也开始急转直下。

脊背上的疼痛并没有一直揪心般疼得厉害，却十分绵长，好似探着他的心肺，一下又一下地挠拨，让他浑身上下每一寸都在隐隐作痛。他一晚上没有睡着，冷汗把被褥湿了一回又一回，可早上他还是起身，穿上官服去了大理寺。

帛锦说了要去查永昌银矿的案子，那这两天就应该会来寺里看卷宗。

在强大力量的驱动下，宝公子勉强挨到大理寺，趴在桌子上拿起笔，有一搭没一搭地写着字，眼睛却始终瞄着门口。

一旁的李少卿凑过来，看他：“你这又在写什么？新的京城美人名册？”

宝公子撇撇嘴，把字亮出来给他看——

病、疼、疟、癞

这好半天他一共就写了四个字，却又出了一身冷汗，纸头都被浸得烂糟糟的。

李延就很是稀奇：“你不是让我结案了吗，那还在这里琢磨这些‘疒’字做什么？”

阮宝玉哼道：“结案是暂时的，因为我还有别的事。”

“什么事？”

“陪侯爷去永昌银矿，山高水长，一路欢畅。”

李延的眼睛立刻就瞪了起来，他先问了侯爷为什么要去永昌，之后突然转过弯：“为什么你有事这案子就得结？我难道不是人，我就不能查？”

宝公子趴在桌边，懒洋洋地递过来一个眼神，意思很明确：我鄙视你已经鄙视了很多年。不过话他还是会说得和软一些的：“我审案的时候灯油里就下了毒，说明寺里有内奸，而且离你我很近。咱们就先结案，让他松懈，我不在的时候你正好留神观察。”

说完他便提笔，又开始写字。

疒字头，耳旁，急，这是个“瘾”字。

他写了许久才写完，李延已经忍不住发问：“为什么你的手一直在抖？”

宝公子霍然抬头，觉得眼前一片迷蒙，还不及回他，就已经听见门外有人扬声：“侯爷到。”

他站了起来，却没立住，往前一个趔趄，顿时栽了个头破血流。帛锦进来的时候，阮宝玉已经倒在地上，人有些神志不清，拿五指不停抓着地面，手上血肉模糊。

李延也急了，一脸一头的汗：“难道是朝暮，这毒……”

一旁的帛锦不语，蹲下身来凑近去看阮宝玉的双眼。那双瞳仁本来墨黑，现在却依稀有些带紫。帛锦叹了口气，蹲在地上犹豫片刻，最终一把拎起阮宝玉，将他扛上了肩头。

锦衣侯向来只骑马不坐轿，于是，阮宝玉和他同骑着那匹菊花青，一路半昏半醒，最终来到侯府，进了那间内房。宝公子越发神志不清，连眼珠子都不会转了。

一旁的帛锦仍是沉默，到里间寻了根长绳，一句话没有，就把他牢牢捆在了床柱上。

阮宝玉冷汗如瀑，人已近乎虚脱，可仍有精神咧嘴：“侯爷……你……这是要干什么？我……我……要是做错了什么，侯爷多担待。”

帛锦仍是冷脸，绑好他后坐到桌边，倒了一杯冷香，无声无息地在那里慢品，瞧也不瞧阮宝玉一眼。

阮宝玉有点气闷，心神一恍惚，脊背上的疼痛感又来了，一波波向每个毛孔弥散。他开始有种感觉，心里像住着一只兽，咆哮着对什么东西无限渴望。

又是一身冷汗流了出来，他被那渴望折磨着，呼吸越来越重，心跳似战鼓，终于忍不住开口："侯爷……我……我……我要……"

"你要什么？"桌边帛锦问了句，一双眼半眯。

"我……我要……"阮宝玉磕磕绊绊地道，"我……我要侯爷……喝的那壶茶。"

帛锦冷笑一声，伸手打开抽屉，取出一支紫烛。

火石擦亮的那刻，阮宝玉顿悟，那只嘶啸的兽从心里冲将出来，和他一起迫不及待地吞下了紫烛的第一缕香气。这就是他要的东西，那莫名地咬着他内心的渴望，其实就是这缕香气。

"你要的不是我喝的这壶茶。"帛锦幽幽叹了口气，将手掌拢上烛火，"你要的是它，紫烛中混着的一种药，名字很好听，叫作素燃。"

素燃，多好听的一个名字。记得那时帛锦被沈落所伤，人在皇宫养了将近一个月的时候，开始有人拿了这种蜡烛来，每次在他床头点燃一支，紫烟袅袅。有了紫烛，痛苦似乎不再那么难熬，沈落这个名字似乎也不再那么锥心了。

"你该感谢它帮你渡过难关。"

两个月后，圣上亲来探望，也是这样拢着烛火，说的话让他今生难忘。他说："让紫烛呈现紫色的是味药，一味能够致幻成瘾的毒药，名字叫作素燃。只要你乖，我以后也会赏你。恭喜你，我亲爱的侄儿，从今日起，你此生再没自由。"

回想到这里，帛锦说了句"只要被它缠上，此生你便再没了自由"，掌心收拢，"啪"一声将烛火熄灭。

紫烟应声消散，阮宝玉一怔，感觉就像被人活生生剜了心，发出一声抓狂的嘶叫。

几步外，帛锦沉声道："两天后我会再来见你。"

他毫不犹豫，将门锁好后便扬长而去。

两天后，宝公子已经不再灿烂，人挂在床柱边，半张着嘴巴，只剩一口气。帛锦进门时，他半点也不知道，等帛锦把他放进澡盆里，喂他茶汤的时候，他醒了，还醒得十分彻底。

帛锦没耐心替他洗浴，就像猪蹄汆水似的把他在澡盆里上下推了几把，很快就将他一把拎起，湿淋淋地拎上了床。而后帛锦起身，找出一根紫烛点燃放到了床头，就在他眼前。阮宝玉吸气，心头滚过一道疯狂的战栗。

两天过去了，他以为自己不再渴望。可是他错了，等这紫烟一旦升腾，他才发现，原来那头渴望的兽还在自己心底，半分也不肯离去。

“多么美妙的滋味啊……”心底里这道声音在低低徘徊，在他灵魂里回荡。这个，便叫作心瘾。

如无意外，他一定会全心全意、飘飘欲仙地品尝这种美妙滋味。可是现在……

“吹灭紫烛，亲口吹灭。”帛锦沙哑低沉的嗓音悠悠传来，“你要明白，素燃虽然美妙，却不是你能沾染的。”

第四章 赌约

侯爷的医治手法镂尘吹影，阮宝玉整个人闷在被里，先发了一会儿抖，然后才露出头来，眨着眼睛道："多谢侯爷帮我戒瘾……"

此时，桌上点着一支白烛，帛锦就靠在桌边，一只手撑头，眸里湛紫一片。

"我不是帮你，只是恨而已，因为恨它，所以不想它再去折断另一个人的翅膀。"

这个"它"，当然是指素燃。

阮宝玉吸了口气，抬头："紫烛里面有毒是吗？侯爷你也成了瘾？是谁害侯爷这样？"

帛锦冷笑，站起身来，将门打开，道："这个与你无关，你现在可以走了。"

"侯爷，既然我可以戒掉，你也可以！"

"你可以走了。"

第二遍。

阮宝玉有些讪讪，裹着棉被起身："侯爷，我的衣服还湿着，这夜风嗖嗖的，万一吹坏了……"

"这与我无关。"

"侯爷，我脑仁被人敲过，很容易晕倒的！"

"你可以走了。"

第三遍。

帛锦的脊背又像万针齐刺般疼了起来，这一次，他再不废话，一把将阮宝玉甩出了门外。

第二天，日上三竿，阮宝玉才磨蹭着到了大理寺。

李延隔着老远迎过来，上下看了看他，蹙起眉头："到公家来却不穿官服，你这玩什么，玩作死？"

阮宝玉眼睛朝天，不理他，猛一抖头顶的官翅："我这不戴着官帽吗？"然后，又哼着小曲往后堂走。

李延继续蹙眉，跟在他身后又开始发问："为什么你要撇着腿走路，像鸭子一样？"

阮宝玉"哼"了一声，走到后堂，撑着头，哗啦啦翻着卷宗："这几天你每天去我家十几趟，辛苦了，我现在已经没事了。"

李延将头别过去，做出一副漠不关心的腔调："你死了才好，我去你家，是看你死了没，死得透不透。"话才说完又忍不住发贱，问，"你干吗撅着屁股不坐凳，屁股上长钉子了？"

这一次阮宝玉没理他，撅着屁股趴在桌子上嘟囔："卷宗呢，我的卷宗呢？"

"永昌银矿的？是这个吗？"

宝公子"嗯"了一声，继续撅着屁股，眼睛凑得很近，一页页地看那卷宗。

很贱的李延又忍不住问："侯爷那天把你带走做了什么，我去侯府，那个……看你死得透不透，也没看到。"

"侯爷带我回府解毒。"阮宝玉据实以告。

"然后呢？"

"然后我就好了啊。"阮宝玉转移话题，"你娘出身皇族，皇室的事情你应该知道一些。我想问你，你说过圣上恨侯爷恨得要死，可为什么不要他的性命？"

"我就不告诉你！"李延总算找到机会报仇，扭啊扭地回到自己桌子前。不过一会儿，李少卿又过来，凑在阮宝玉旁边装腔作势地看卷宗。

阮宝玉叹了口气，苦口良言："你还是告诉我吧，你姓贝名一戈，不告诉我会睡不着的。"

李延心想也是，于是苦着脸道："唉，我是疯了才跟你说这些宫里的是非，真是作死。其实……虽然先皇已经不在，可是太后还在。太后是侯爷的亲祖母，向来疼他入骨，而且又颇有权威，所以……"

宝公子闻言慢慢抬起了头。

所以圣上留帛锦一命，但却不甘，于是让沈落亲手伤他，毁了他的自尊，又拿紫烛做牢，让他成瘾，将他彻底控制。所以帛锦才会那样颓唐，举手投足透着生无可恋。

最是无情帝王家，真是半分没错。阮宝玉叹了口气，趴在桌边，感慨了不过一会儿，正主就到了。

这次帛锦来时，没人通传，走近后，他朝阮宝玉扬手扔了样东西。宝公子接过之后才发现，原来是自己的官服，昨晚落在了侯府，这会儿还湿答答的。

李延的脸立刻不自觉地发绿。等帛锦一发话，他立刻大声："侯爷要去永昌，下官愿意随行，阮少卿就留寺里主持事务！永昌县令是下官宗亲，如此则万事方便！永昌气候湿闷，阮少卿要是去了，保不齐三天就晕倒两次！"

说完这三句，他回头看了一眼阮宝玉，欢快地等他跳脚。

可是阮宝玉没有跳脚，不仅没有跳脚，还在吃东西。那卷宗不厚，纸张也算细腻，不一会儿已经被他撕下三四张，伸长脖子咽进了肚。吃完之后他居然厚颜无耻地上前来，朝帛锦严肃且郑重地抱拳："很抱歉侯爷，现在卷宗缺失，还缺了顶要紧的几页。"

"那怎么办？"这一次，连帛锦都开始觉着有趣。

"没关系，卷宗属下已经看过。"

"我也看过！"一旁李少卿立刻大声。

"那请问李少卿，案子一共死伤多少，一共多少银矿，损失多少，当时形势如何，又有哪里有蹊跷？"阮宝玉立刻跟了一句。

李延双目一翻，好容易靠住桌子，才没被他气晕过去。

"强盗打劫银矿，最后一共生擒一十七人。矿银一共损失约一万两。据说强盗当时被团团围住，插翅难飞。最蹊跷的地方是居然没有搜到赃银，一万两白花花的银子，居然在官兵的眼皮底下人间蒸发。还有就是这群强盗的头领，官兵记得那人极其骁勇，可最终活不见人死不见尸，在铁桶一样的包围下蒸发了！"大理寺门外，阮宝玉一边汇报一边随着帛锦走远。

而寺里，李延憋着气，正闷头寻他那头肥猫，好不容易寻到，立刻拎起耳朵一把揪住它。

"半天不见你影子，是不是又寻那只野猫去了？"可怜的李少卿穷凶极恶，"你个呆猫，那是个公的，而且顶没良心，一点也不念旧情，你就死了心吧！"

死了心的李少卿留守大理寺，顺便还要照料阮侬，而阮宝玉则称心如意，和帛锦一同坐马车去了永昌。

非常奇怪，素来骑马的帛锦这次居然选择了马车。帛锦一路无话，阮宝玉想开口说说案情，看他一副恹恹的模样，也识相作罢。

第二天，阮宝玉终于看出帛锦不对劲了，趁帛锦不备时，上前摸了一把他的额角，立刻失声：“侯爷，你在发高烧。”过了一会儿，又叫，“侯爷，你右腰在流血，怎么过了这么久伤口还没好？”

帛锦“哦”了一声，嗓子发哑：“没什么，素燃吸久了，伤口是比较难愈合。”说完就拿头抵住车角，冷汗一拨又一拨，很快将身上的风裘湿透。

阮宝玉立刻明白过来：“侯爷，你是不是要吸素燃？属下这就出去赶马。”

帛锦深呼吸，从怀里拿出一个纸包，塞到他手间，里面有紫烛，可只有四根。

“去永昌来回至少一个月，只有这四根，你替我计划着用，而且我们决计不回头。”帛锦咬着牙，这几个字说得极是费力。

玲珑如阮宝玉，立刻就明白了九分。虽然中毒已深，可帛锦仍然不甘心受人摆布，带着区区四根素燃出远门，也许便是戒瘾的第一步。于是他轻声说：“那我能为侯爷做什么？”

“看好紫烛，不许我抢夺，还有就是闭嘴。”帛锦沉声说了一句，头还是抵着车内一角，而后干脆翻身，只留给阮宝玉一个脊背。

下一刻，有人被横着扔出马车，而马车上扔人的那位神色自若地吩咐出发。

落地的阮少卿再次坚强地站起身，拍打着尘土，沮丧地看着地面：“这次怎么是十步？”骏马嘶鸣，宝公子握拳自我安慰，“是马在动，所以远了，一定是这样的。”

见帛锦从窗口探头看他，他立刻喊道：“侯爷，等等我啊！”

马车在官道上微微颠簸，一路天涯。

“听说永昌的猪肉很好吃。”宝公子乐呵呵地点着游记宝典上的内容给帛锦看。

“那是因为给猪喝的是人乳。”帛锦瞟了他一眼，而后恹恹地侧身看向窗外的远山。

“这……我还是吃鱼好了。”

不一会儿，宝公子眸子微动，又开始了新话题：“侯爷背疼不舒服？我帮你揉揉……”

帛锦昨夜控制着自己少吸素燃，现在身体时不时地出冷汗，心燥时，他将颈子扯开了些。转头看到宝公子还是笑呵呵的，帛锦狠狠剜了他一眼，没说话。

“侯爷身体不舒坦，不用费力甩我出去，我自己能跳！”

转眸间，马车里少了个人，帛锦拢上衣领喃喃道：“居然真跳了。”

永昌银矿，四字以蔽之——富得冒油。

十里永昌矿洞多，左右作坊也多，开采出的银矿只需几日就能提炼出银子，官家集中查验后将这些银两运上京师，烙上印记就能成为官银。

银子多人就不穷，虽然流通受官方限制，但多少还是能抽出油水的，外加山高皇帝远，不能说人人都财大气粗，但至少是家家丰衣足食，每逢佳节，还都爱斗个富。总之，这里百姓安居乐业，年年上报都是“狱空”记录第一，总得皇帝额外嘉奖。谁想今年出了那么大的事，银矿年出银六万，这次一下就少了一万。

皇帝都跳脚了，办事的地方官却还保持着拖沓的恶习。如果不是皇帝下旨封路，做出只许进不许出的规定，估计现在都看不见案子卷宗的正影。

北方春迟，风里还卷着零星寒沫。知府段子明站在迎接队伍的最前面，削尖的狐狸脸略低着，浅浅埋在衣领的银毛里。帛锦一下马车，他就迎了上去，宝公子被硬生生地挤出两步开外。

帛锦面不改色地还礼，宝公子利索地拍开段知府欲伸出的爪子：“你想对侯爷做什么？”

段子明小移半步，冷冷地瞥了一眼宝公子，道：“你又是谁？”

“随行的大理寺少卿。”

段知府报以一笑，春风暖阳的调调，眼帘却伏得很低，几乎遮住眼睛：“你是随行来的大理寺少卿？官印拿来，我瞧瞧。”

语气挑衅，却合规矩，宝公子只能取印。

段子明草草地扫了眼官印，却对宝公子挂着的木牌产生了浓重的兴致，指尖点字，慢慢细读道：“我叫阮宝玉；我很有钱；把我送到大理寺卿面前，赏银十两。”

接风的人群低头闷笑，帛锦则回过头去望了宝公子一眼。牌子的内容什么时候改了……

段知府啧啧：“我出三十两扔你进猪圈，这里都未必有人肯卖力那么做。”

宝公子捏着牌子的手紧了紧，秀雅地笑道：“你把钱给我，我马上自己去！”

段子明没料到阮宝玉来这招，杵在原地发愣。

“阮少卿，不得胡闹！”帛锦驳斥了一句。

阮少卿张口欲言，却还是乖乖地闭上了嘴。

段子明眉目展开，又一次挤开宝公子，侧身恭敬地引路：“大人来得真巧，今朝正是这里叩谢天地厚爱的好日子，我已在府中设下家宴，一为过节，二来正好为大人洗尘。”

宝公子嘟囔道：“我们是来审案的，谁要去赴你的鸿门宴！”

段子明眼珠一转，为难地问宝公子：“少卿，你今日就要审案？”

“正是，我今日就要审案。”

“段知府，这案子拖不得。”帛锦也朝段知府笑笑。

“禀大人，本地每年此时节庆，供奉天地，这风俗下官改不得。”

帛锦皱眉。

“不过，少卿还是坚持马上要审案吗？”段子明放柔声音，欺身靠近宝公子。

“正是！”宝公子怒视着他，于寒风中昂首挺胸，相当无畏。

“大人，卑职有主意了！”知府用手指顺了顺眉毛，“阮少卿既然那么执着，就让他去审案，大人来赴宴，这样两不耽误。”

“我……我一个人不行，而且我不认得衙门。”

“少卿真会说笑！下官自然会派人护送阮大人去衙门，并协助阮大人查清案子的。”

宝公子拧着手指，气得说不出话。

“大人说了要审，那就去审吧。”段知府一把推开他，“侯爷，这边请！”

宝公子一个趔趄险些跌倒，一只手极为敏捷将他扶住，那人低声道：“你去吧。”

帛锦发了话，宝公子只好撇着嘴离开。

这次审讯，可以说一无所获。阮宝玉心思完全不在这上头，惊堂木都快拍断了，一群贼人也只会摇头。

“你们头目呢？”摇头。

“劫的一万两银子呢？”摇头。

“真没人情。”宝公子头疼，从袖里掏出一只长匣，“不知道侯爷如何了，这个段知府真讨厌！”

这是一只用来装扇子的楠木长匣，密闭性能极好，此时装着李延给他的那根衣带。匣子一路没曾开过，这猛然一揭，味道立刻四散。那可是李少卿三天三夜不洗脚不脱袜硬沤出来的味道！几个劫匪终于有了动静。有人皱眉暗暗用手肘顶顶另一位，悄声道：“这味道好熟悉，好似头目那气味。”

阮少卿耳尖，再次一拍惊堂木：“你们说什么，什么味？再不回答，大刑伺候！我要叫你们生不如死，生不如死！”

劫匪们愣了片刻，相互交换了眼神，好似觉得交代实话并无大碍。

“我们头子脚臭，而且最恨洗脚，那个……那个味道……和大人的味道差不多。当然，大人的清爽多了。”一位胆大的膝行上前，如实回明。

阮宝玉一怔，重新坐回座位，若有所思地看着盒子里的带子。

好你个李延，别人欺负我，连你也欺负我，你……你等着！

这时，堂外却传来击鼓声。有人击鼓，意味着有人来鸣冤！阮宝玉收起盒子，吩咐将劫匪押回牢房，传击鼓人上堂。

被带上来的是位老婆婆，后面还跟着一条邋遢、羸弱的大病狗。

“老人家，你这么晚来做什么？”阮宝玉走下桌案，搀扶起老妇人。

“老身是来报案的。有人要杀……”妇人年纪挺大了，情急之下说话都带了大喘气。

“杀谁？”阮宝玉正色以对，耐心细听。

“杀……杀这条狗！”老妇人坚定地朝身后那只病狗一指。

答案足以让正常人晕倒，可是阮少卿只神秘微笑，安慰道：“老人家，本官是借这里审案，这案子我管不了。”

妇人眯着眼，茫茫然地瞅瞅衙门大堂高悬的匾额，一时没理解。

几分狡黠染点圆眸，宝公子缓缓笑道：“我现下就带你去找段知府断这杀狗案！”

到了知府宅门，守门的差役报信回转后，原本那张苦瓜脸也变得十分客气，提着盏新灯躬着身让抱着病狗的阮宝玉和老太太进了大庭院。

头顶的弯月已爬得老高，阮少卿却还在沿着甬道绕弯。弯有大有小，有左有右，宝少爷抱狗的胳膊开始发酸。

“怎么还没到？”他忍不住问道。

“快了，快了，不远了。”“苦瓜脸”带着笑，提高灯笼。

一盏茶的工夫，又连拐了四个弯。

宝公子不挪步子了，恼火地捡起一块板砖对着那引路灯一砸：“老子不走了！让那个姓段的来接！”

此时，一旁的月洞门开了，有人嬉皮笑脸地道：“阮少卿，有失远迎。”

段知府率先走出，带出一股混着酒气的热风，阮宝玉瞥了眼随之而出的人群，心里郁闷非常。

“苦瓜脸”见了段子明，忙上前耳语了几句。段子明摇头说：“阮少卿，你怎么把我家新灯笼给砸坏了？你得赔我。”

一听到要赔钱，阮宝玉抱着病狗，身体本能地缩了缩，转眼又眯着眼在人堆里找帛锦。

月洞门那头，帛锦靠在抄手游廊前，正将目光投向他。月下，那对紫瞳尤见灿亮，清清冷冷的模样与其身后厅堂内的喧嚣相比，显得格格不入。

宝公子突然觉得鼻头发酸，十分委屈地眨巴着眼睛，想上前却被段知府恶意堵着。他恶狠狠地将病狗往段子明的怀里一送：“不就是个灯吗？等会儿赔你就是！你先断了这案子再说。”

听完叙述后，段子明垂下眸子，漫不经心地说：“我知道了，这案嘛，过两日再审！”明显是在打哈哈。

“段大人，你是这里的父母官，切莫忘记各衙门的戒石上刻的，‘尔俸尔禄’……”

“‘民脂民膏’。”段子明很客气地点头接下宝公子的话，“可本官最近烦心事多，外加狱空记录已毁，对这案子实在提不起任何兴趣。”

宝公子瞪他，正经八百地瞪他。

段知府终有了为官的自觉，微微弯腰拱手道：“不如下官拿从四品的官衔与正四品的少卿大人，打个赌。”

“你想怎么样？”宝公子睁圆了眼睛。

“我与大人打赌，你断人案，我断狗案。少卿若先破案，在永昌这段时日，我必将当牛做马，为奴为仆；可如果我先破案，烦请少卿上书，推荐我顶你的位子，你我换个官衔，如何？”段知府靠近宝公子，轻声细语地商量着。

“我……我不要！”阮宝玉再寻帛锦，目光依旧被段子明挡住。

“大人身为大理寺少卿，怎么可能输给我？这不过是让下官产生点破案的兴趣，大人执意不肯，莫非是自知不如我？”

“你！”司马昭之心！

“‘尔俸尔禄，民脂民膏’，少卿大人不会是徒有虚名吧？”

众目睽睽之下，宝公子无奈被赶上架：“赌就赌！”

“好！你我三击掌！”段知府得利后，有点不好意思地抬眉偷望阮宝玉，“阮少卿，人情归人情，我们赌注不管怎样，这灯你还是要赔我的。”

“你要我赔多少？”宝公子咬咬牙问道。

“不多，白银五百两。”段知府回答。

得了这个答案后，宝公子立时跳脚，唾沫星子乱喷。

可是人家是地头蛇啊！地头蛇很耐心地向他说明这不是一般的灯。灯外罩琉璃，灯芯是玛瑙碾碎当丝，如果不是被宝公子砸了，可燃百日不灭。宝公子能说什么？他只得乖乖地立欠条签字画押。

回去的这一路，宝公子一直耷拉着脑袋，嘀嘀咕咕算着自己大约要几年才能本利还清。

帛锦冷哼：“笨！”

宝公子讨好地笑：“侯爷不在身边，心神不宁，一时失察嘛！其实我不怕的！侯爷一定会帮我的！”

“你与他有差吗？”帛锦别开眼。

宝公子笨拙地站起，洒脱地掸去身上尘土：“他当然不如我。人像九尾狐，舌如乌鸦噪，暴似三脚虎，毒比两头蛇！整个就是禽兽不如，怎么和我比啊！侯爷放心，我可是最出类拔萃的！”

帛锦冷冷地望着他，叹气道：“你以为他的狱空记录真只是运气好，只是等皇帝大赦天下，牢狱才得以清空？”

宝公子歪头与帛锦对视，浑然不觉这话里的意思。

“他的破案狱空记录排名第二。”

阮宝玉悔悟，蹿到帛锦跟前，用期待的目光问道：“那得第一的人呢？”

“死了。”

宝公子一怔，又点点自己的鼻头：“侯爷！那我呢，是不是第三？”

帛锦静默了片刻，瞧了一会儿夜月，终于寻了个比较安慰人的答案：“不记得了。”

随后，他毫无悬念地听到宝公子自夸：“哎，我出道晚了点，就暂时屈居第三吧。”

此时，侯爷的背又开始锥刺般疼痛，他再不理会阮宝玉，径自跨步疾走。宝公子还在自我陶醉，嘴角牵出一道弧线。

待他们走远，一直隐藏在巷尾的人影才缓缓探出了半个身子。

第五章　折翼

翌日天明，段知府果然一改半死不活的温暾样，冷起了脸端坐正位，扫了眼缩在墙角休憩的大狗，开始问案。他从地保挖到村长，三五人一拨，逐个过堂辨认这病狗。一轮轮地过去，大家走马观“狗”，终是有个村长跪倒在地，磕头回禀：“回大人，这狗我认得。”

段子明狐笑道：“讲！”

“是我们村的牛大盖家养的。”村长如实以告。

段知府点头吩咐差役：“把牛大盖叫来。”

不消三刻，牛大盖被带到堂中，却是身裹麻孝，两眼如桃红肿。一旁的病狗见到了主人，“汪汪”叫了两声，瞪着眼想挣扎着站起，却听牛大盖怒斥：“滚开！”

段子明身子后靠，冷冷地打量了下委屈而不敢上前认主的病狗，眯眼质问牛大盖原因。

牛大盖跪地哭诉道：“大人明察，这狗害死了我爹。”

原来这老病狗确实是他爹养的，老头平日里没事就爱牵着狗到处溜达。前些日子，老人家牵着狗到矿洞附近串门，结果不慎摔死了。事后听人说起，是因狗突然狂叫跑没了影，牛老头着急去追造成的。

说的人摇头叹息：“谁知晌午是人狗同去，傍晚却只有狗回来，还到处乱叫！有心细的觉得不对，于是就随狗跟了过去，这才发现了牛老头的尸体。那人本想将尸体带回，可惜老头又壮又重，根本搬不动，等回来叫齐人再去那里，结果出了怪事，尸体不见了！”

牛大盖也算是个孝子，一听到自己爹为了追狗而摔死了，而且死不见尸，立刻拿着锄头追狗。狗也算机灵，受了几锄后，已经逃逸离家数日了。

"为何不让狗去寻你爹的尸首？"

"小的一时恼火，怎么想得到这个？随后是借邻家的狗找，可也寻不到。"

"所以你恼恨，想要害死这狗喽？"知府追问。

"大人，小的最近一直忙着找爹的尸体，哪里有时间管它？"

也是。段子明颔首，又问："那你想想，这狗还做过什么坏事，让人恨得要弄死它？"

还没等牛大盖回答，堂下有人左右分拨人群，冲出大吼："段子明，你无耻！"

段子明顺声望去，鼻孔哼哼，身体前倾掀唇亮齿："阮少卿，你有眼疾吧！近前来，看看清楚，我齿如珍珠，排排整齐，哪里无齿？"

"我问你，这个是什么？"宝公子高举手中几张大纸，怒问。

"本地邸报！"

"果然是地头蛇，想出的名字也又臭又毒！好个诋毁纸报。"宝公子咬牙，把手中纸揉捏成球，扔向段子明，"叫你诋毁我！"

原来，他为探敌情，特地换穿便服，想混进爱看热闹的百姓堆里，偷瞧段子明断案情况。沿路走来，却总见两三人传发纸单，路人皆领一份细阅，看后总是发笑。他也好奇地领了一份来看，却不料说的正是他与帛锦来的全过程，甚至还提及了自己与段子明的赌约。

叙述中，帛锦冷傲孤绝、风华绝代，而他——

"我就是地头蛇，你待怎样？"段子明不含糊地梗着脖子。

宝公子冷笑着点着自己凉凉的鼻尖："我就算是风雪霜打鳏夫脸，也比你愁苦苍凉忍尿相，强上百倍千倍！"

"你……阮宝玉！你有胆再把这话说一遍！"

宝公子踏进大堂叉腰，摆开顶天立地的架势："段子明，撅起尔的驴耳，给爷听仔细了……"

堂内堂外除了他们两个对骂，周围都安静得很。一边的随堂师爷率先反应过来，本着衙门家丑不可外扬的原则，识相地指挥差役关闭了审堂大门，成功地将热血的官衙上司与看热闹的百姓隔离后，也火速撤离了。而堂上两人继续靠近，嚎吼对喷，随后也不知是谁先动了手，两人倒地扭到了一起。

宝公子骂人可以，打架却简单，只会双手轮拍，间隙里至多是抬腿送蹄。段知府逐渐占了上风，他一下翻了身，将宝公子压在身下，硬揪起他的衣领。

“你们两个真是空闲。”审案桌前有人发言，声音低沉悦耳，是帛锦。

阮宝玉当即推翻段子明，吸着鼻子首先告状：“侯爷，我审十七个，段知府只审一只，我已经很吃亏！他还刻意隐瞒流动户籍资料。他作弊！”

帛锦平静地将案上笔录看完，斜扫了一眼宝公子：“成何体统！”

宝公子擦擦鼻上的细汗，和颜悦色地整理好衣服，对着帛锦频频送笑。而帛锦早将目光投向段子明。

段知府也低眉垂目：“那……我愿意让他十七个时辰就是！”

“谁要你让！把流动户籍资料给我，我要查案！”宝公子当场反驳。

“你们两个，十七个时辰后都要结案！”帛锦起身，迈出正堂。

宝公子眼带惶惶，一路尾随着。穿过卵石甬道后，帛锦终是止步，冷冷回头：“你跟着我做什么？破案去！”

阮宝玉咬着唇，耳根红通通的，帛锦大大咧咧地拎起他的后领，没意外地又把他扔了出去，居然还是八步。

宝公子此次倒没气馁，精神抖擞地站起身，歪着头灿烂地一笑：“侯爷，我马上就去破案！请侯爷放心！”

阮少卿这次行动迅猛，说断案就断案，等不及段子明补送案卷，先去勘察了劫银现场。他学侯爷骑马，不坐官轿，一路和风微寒却也轻柔，吹得他精神振奋。偶尔落花花瓣滞在他肩头，他便侧头吹开。路赶到一半，队伍忽然停下。

阮宝玉询问原因，差役回禀：“前面有人赶尸。”

“赶尸？”宝公子挑眉，一直听闻过这么新奇的事，却无缘见到，好容易有了机会，可看这时辰……

正矛盾着，只听当地随行差官窃窃私语：“这次赶的是北村的翠巧姑娘，好似要赶回自己的家乡安葬。”

“是吗？好好一个大美人居然客死他乡，哎，挺惨。”

宝公子听后，眼睛发热，又开始犯病：“居然死的是个美人，我都没见过就死了。这……这太可惜了。我要去瞧瞧，对着尸体哀悼几句。就瞧瞧，哀悼下，应该用不了多长时间。”

料想段子明也没那么快。

阮宝玉下马，很克制地围着美人转了三圈，摸着下巴叹气："可惜了这么个美人坯子。"说完又开始绕着那棺材打转，问赶尸的，"这个棺材是做什么用？"

赶尸的低头答："白天的时候，尸首就装在棺材里，晚上再赶。"

宝公子"哦"一声，拿指头指着尸首："你一次赶五具尸首，却只用一副棺材？怎么，最近死人很多吗？"

赶尸的还没出声，旁边随从已经回答："回大人，咱这附近还有个铜矿，最近出了瘟疫，死了好些人，所以赶尸的就忙了。"

赶尸的也连忙补充："挖矿的大多很穷，买不起棺材还乡，所以只能将就，白天找个阴凉去处躲着太阳。"

阮宝玉又"哦"了一声，这次他直接拿手拍了拍棺材，咧嘴道："这么大副棺材，若是藏银子，怕是能藏不少呢！"

赶尸的立刻慌了神，连声说"不"，抬手就将棺材盖打开，要阮宝玉查验。

一旁的随从也跟着说："大人，这人叫阮方，在这一带赶尸也有些年月了，人人都认识他。前阵子丢矿银的时候，段大人也验过他的棺材，怕他有夹层，把棺材劈成八瓣来着。"

"劈成八瓣后呢，没有？"

"禀大人，没有。"

嫌疑已经排尽，那叫阮方的身上有一股恶臭，估计是尸气，阮宝玉终于受不住，起身上马，叹气道："同样是姓阮，咋做人的差别这么大呢？你怎么就长得一点也不好看，还长了一脸麻坑？"

阮方没听清他讲什么，侧身赶着尸首靠边，给他让道。

天空这时又飘起了细雨。永昌向来潮湿，泥土松软，阮宝玉催马远去，一路留下深深的蹄印。不多时矿洞已到，阮宝玉下马，指头勾勾，让带来的犯人上前，问："你们是在哪里打劫的银子？"

犯人将手一指："这里，这里……这里，矿洞附近的炼银作坊，全都抢了。"

"抢完之后呢？"

"之后官兵就来了，打起来了。"

"我问你抢来的银子呢？"

那人犯眨眨眼，想了半天，中气十足回答：“我不知道！”

阮宝玉绝倒：“抢了半天你连银子在哪都不知道，你是干什么来了？”

“当家的说了，抢的人只管抢，运银子的只管运银子，这叫……啥？对了，叫分工！”

“嗯，这分工的确好。你们负责冲锋陷阵，你们当家的主要负责卷银子跑路，很好很好。”

那强盗闻言立刻就撇起了嘴：“可不是？当家的不是人，还哄我们，说是这次事成，酒随便喝，女人随便摸！”

阮宝玉翻了个白眼，又问：“那你可记得他们运银子是朝哪边去的？”

人犯立刻凑了过来：“大人，我这要立了功，有没有奖赏，能不能赏个女人？”

不关心能不能饶命，却关心有没有女人可摸，这人就是一个傻子。最可悲的在于那十七个活捉的人犯中，此人还算是智慧超群的。看来这强盗头子的确计划周详，带来打前锋做炮灰的，全都是些没大脑的戆头。

阮宝玉叹了口气，知道问他已是无用了。

果然，问他一共来了多少人抢银子，不知道；问他现场除了他们还有些什么人，不知道；问他运银子的人朝哪里去了，不知道。连强盗头子姓甚名谁，他也不知道，还中气十足地道：“当家的就是当家的，谁没事研究他姓啥叫啥。”

一路无功，阮宝玉只好找身后的官兵，让他们重演了当日打斗的路线。而官兵们众口一词：“来的时候就没看见有人运银子，没看见。”

阮宝玉无语，沿着矿洞仔细看了下地形，而后催马回转。回转之后阮宝玉当然要找帛锦，向上司汇报案情。

帛锦没有听段子明的住在段府，而是另外寻了个清静的住处，对于这点，阮宝玉甚感欣慰。进门的时候，他一咧嘴，朝帛锦道：“侯爷，我回来啦。”

帛锦斜靠在凳上，看他兴高采烈的，便问了一句：“案子有进展了吗？”

“目前没有。”

“没有你走路还发飘？”

阮宝玉嘻嘻一笑：“侯爷觉得我该怎样，蹲在墙角冥思苦想？那我立刻就去！”

这话说完，帛锦却没有反应，反而凝神看向窗外，过了片刻丢出一只茶盅去，声音冷肃：“出来！”

茶盅去势凛冽，却没砸中暗处那人，落在院内立时粉碎。

来的显然是个高手，这时也不再躲藏，现身出来，抱拳道："小的见过侯爷。"

帛锦紫眸微缩，冷笑出声："方倪方副统领，圣上居然派你前来监视我，对我果然是上心至极。"

方倪，禁军副统领，大内数一数二的高手，帛锦所言不虚，当今圣上对他的确很是上心。

方倪将拳一抱，也是面不改色，道："圣上是担心侯爷的安危，特派下官暗中保护。"

帛锦闻言又是冷笑："我这里很安全，不劳方副统领费心，副统领还是请回吧。"

"未必。"方倪抬头，一双眼在暗夜精光乍现，"下官方才就看见有人潜进侯爷房内，还请侯爷海涵，为了侯爷的安全，让下官入内一搜。"

情势顿时有些紧张。

阮宝玉四下打探，果然看见床后有人影闪动，看身形应该是个孔武有力的男人。不等他判明形势，那厢帛锦已经发话："不必了，来的是我旧部，找我叙旧而已，不敢劳动方副统领。"

他这般坦荡，方倪倒是有些意外，隔了一会儿才说："那下官更要进去了，来的时候圣上曾有口谕，如有故人来见侯爷，下官是要悉数拿下的。"

"不行。"

"侯爷，这是圣上的旨意，下官也是身不由己。"

"方副统领。"帛锦起身，袖里真气流窜，"既是旧部，就是曾和我比肩浴血沙场的兄弟。你说，我可会束手让你将人拿去？"

方倪觉察到不对，立刻运掌，掌风横扫，瞬间将木门击得粉碎。那人就在床后，他一眼瞧得分明，掌风回转，毫不凝滞便朝床后荡去。一旁帛锦没说话，硬受了他这一掌，袖里薄刃出鞘，冷冷泛着寒光。

"走！"只这一字，床后那人已经意会，击碎窗格脱身，很快就消失在夜里。

没曾吸过素燃的帛锦，实力不在方倪之下。可是现在，能把方倪缠住一盏茶的工夫，他就已经出尽全力。

那人已经走远，而方倪也不敢动真格伤他，脱身后立刻跃上屋顶，追着那人朝南而去。于是，院里只剩下帛锦和阮宝玉。

宝公子立刻扑上来："侯爷您真帅！无敌帅！"

帛锦却不说话，扶着墙慢慢走回屋里，又慢慢坐下，过了一会儿脱口吐出好大一摊鲜血。阮宝玉吓得不轻，忙去扶他，这才发觉他仍在发烧，衣服也被冷汗湿透。又过了一会儿，帛锦又吐出一口血，将阮宝玉整个衣摆都染红了。

阮宝玉站在那里仿佛失了魂，道："这个方倪是活腻了不成？居然出手把侯爷伤成这样。"

帛锦慢慢埋头："他没有下重手，是我已经废了。没了素燃，就跟个经年的痨病鬼一样，禁不起一点风吹。"

"那怎么办？侯爷，我去找大夫！"

"没用，除了素燃，其他一概没用。是我太天真，居然以为可以将它戒掉。"

"那怎么办？素燃已经没了！带来四支全没了！"

"不怎么办。至多一死，无非一死……而已。"帛锦缓声，将头伏上桌面，从容地浸入黑暗，失去了意识。

帛锦昏了过去，阮宝玉开始忙活，先拿毛巾给他敷着额头替他降温，接着又将他湿淋淋的衫子换了。

他站在床边，拳握了又握，这才说了一句："不管是谁，把侯爷你伤成这样，都不可饶恕！"

这个"谁"，自然不是指方倪。

这一句逆天的话说完，他就出去找了大夫，大夫来看完诊，他又出去寻了一架梯子，费力地爬上屋顶，坐在那里吹风。过了一会儿，方倪无功而返，果然不走正门，从后面翻墙而入。

阮宝玉坐在屋顶，拿手圈嘴，大喊了声："喂！"

方倪摸摸后脑勺，纵气跃了上来。

"侯爷被你伤得快死了！"

方副统领还算沉稳，听完这句也没从屋顶上栽下去。

"麻烦你现在到屋顶最高的段狐狸家抢匹快马，回宫跟圣上说侯爷现在需要紫烛。你武功这么高强，连骑带飞三天足够了吧！"

方倪沉默了片刻，又摸了摸后脑勺，过了一会儿，从怀里掏出一只纸包。

“紫烛？是这个吗？临行时圣上要我带了。还有一句话要带给侯爷。”将纸包打开后他轻声道，“圣上说，折断翅膀的鹰是飞不出牢笼的。”

阮宝玉心口大痛，拿着紫烛退后，一个恍惚踩错了步，直接从屋顶摔了下去，屁股着地，立刻摔成了八瓣。

用了紫烛之后，帛锦在清早醒来，拥着大氅，眯眼看着那半截紫烛，说的第一句就是：“我果然是只被折断翅膀的鹰。”

说完，他就斜靠在床角，没有任何要理睬阮宝玉的意思。

阮宝玉气闷，屁股疼得要死，只得一瘸一瘸地走到衙门。

衙门里，段狐狸正好也在，在对牛大盖问话，见他瘸着进来，立刻笑靥如花，活脱脱一副狐狸相。

那牛大盖也是个多嘴的，见到阮宝玉这样，忍不住问了一句：“大人这是怎么了？走路一瘸一瘸，倒跟我那长短脚的老爹似的。”

比什么不好，偏偏要将丰神俊朗的宝公子比作他那死鬼老爹。阮宝玉的脸绿得要滴出水来，他阴森森靠近，道：“你看清楚了，你爹要是有我一分好看，哪里还会生出你这种样貌的儿子来！”

“那是，那是，我爹哪能和大人比，除了长短脚，还大小眼、酒糟鼻，可比大人您难看多了！”

阮宝玉不说话了，眨着眼睛半蹲下来：“你刚才说什么，你爹是长短脚，大小眼、酒糟鼻？”

“嗯！他绝对比大人您难看！”

“你爹多高？”

“比大人还矮，嗯，矮半头的样子！”

听完这句之后，阮宝玉直身，居然毫不计较，立刻抬手道：“来人，提犯人，我们再去一次矿洞！”

说是去矿洞，宝公子却一再重复必须走原路，走到一半又停了下来，问：“我们就是在这里遇见那个死美人的吧？”

首先回话的是那个嫌犯，道：“是的，大人，那姑娘虽然死了，可还是漂亮得很！”

阮宝玉横了他一眼，蹲下身来，撅着屁股看了半天，开始自言自语：“没错，这就是那姑娘的脚印。”

弯腰仔细看过脚印之后，他站起身来，居然学那死美人被赶尸的样子，又僵又板地走了两步，才抬手道：“好了，去矿洞！”然后，他龇牙咧嘴地跨上马，忍住屁股的剧痛，扬鞭走在了前头。

到了矿洞，还是那些问题，强盗还是一问三不知，不同的是阮宝玉开始陪他一路回想抢劫经过。

“是从这里开始抢起的吧。”

“嗯。”

第一个被抢的作坊，靠近矿洞一条支道的出口。

“怎么抢的？”

“我们冲在前面，把人全砍了。”

“然后呢？”

“然后，我们就去前面那个作坊接着砍人。”

“银子你们不管？”

“有人专门捡银子，我们只管杀人，不是说过这叫分工吗？”

就这么一路讨论着，阮宝玉已经陪他走过八九个作坊，托着腮问：“他们捡完银子没有跟着你们吗？”

那强盗蹙起眉头，很努力地回想。

“使劲想，想得清楚了，赏你个女人！”

这刺激之法显然是奏效了，那个强盗立刻大声道：“我想起来了！他们一开始是跟着我们的，好像就是从这里开始，他们不见了！当时我们杀红了眼，就只管接着往前杀，没顾上盯着他们！”

一旁的官兵闻言上前来：“对，大人，就是从这里开始，前面还有四个作坊，里面的人全被杀了，银子却没丢，没人捡！”

阮宝玉默不作声，沿着抢银子的路线来回走了几遭，又问：“那你们当家的呢？是捡银子还是杀人？”

“杀人！当家的领头杀人，咱们才放心跟着他，不去管银子的。”

那官兵也跟着应声：“是！那头日甚是骁勇，我们赶到之后，有好些兄弟丧命在他那把横刀之下。”

“那他人呢？”

“逼退我们兄弟之后，往那个方向跑了。”官兵将手一指，对着前头第一个被抢的作坊。

“那你们不搜？”

“怎么不搜？”那官兵恨恨地说，“城里挨家挨户地搜，出城的就更不用提了，且不说活人，就连附近铜矿死了被赶尸的也都一个个戳过，怕他装死人。结果就是没有，这厮真是生了翅膀，飞了！”

从矿洞回转，宝公子又去寻帛锦：“侯爷，我可不可以在你这里想案子？靠着侯爷的仙气，我脑仁都不疼了。”

帛锦不说话，他就不客气地落座，一双眼盯着帛锦侧脸，食指不停叩着桌面。

“侯爷！”就在这时有人发声，在门外说话，“下官段子明有事求见。”

于是，阮宝玉恶狠狠前去开门。

“侯爷。”那段子明进门后立刻上前，一张狐狸脸埋在裘皮围脖里媚笑，“我查出为什么有人要杀牛大盖家那只狗了。”

“阮大人，你输了。”片刻之后他又回身，朝宝公子扬起他的尖下巴，“少卿这个位子马上就是我的了。侯爷很快就会发现，我远比你聪明，就连胳肢窝的毛都比你齐整！”

宝公子也不着急，翻了个白眼：“好，这点我不及你。你赶紧回去熏香，省得无毛有味狐臭骇人。”

“你才需要熏香呢！熏完就留在咱湘西，学人赶尸，反正这少卿你也做不成了。”

听到这里，宝公子却不再作声，慢慢站起身来，道：“你说什么，赶尸的都要用熏香？”

“是，还会带着香料防止尸气沾身，咋样，我替你弄点去？”

“也就是说，赶尸的没有臭烘烘的？”

段子明这次也意识到玄机，不回话了，眯起一双长眼看着他。片刻之后，阮宝玉开口：“我的案子也破了，侯爷！”

半个时辰之后，帛锦陪他二人到了矿洞，因为来得匆忙，就只带了几个亲兵随行。

段子明走在前头，一只手引路：“侯爷随我来，不要理那个我说来矿洞他就也要来矿洞的无赖。”

阮宝玉落在后头，紧盯着帛锦修长的背影，一点也不着急。

“为什么有人非要杀那只……狗呢？”进矿洞之后，他拖长音调，声音就一直在矿洞里回荡。

不等段子明回话，他立刻又自问自答：“是因为狗是要找主人的，即使主人已经死了，它也会追着不放。”

段子明顿住脚步，将头微微偏了，也阴阳怪气地回话：“敢问阮少卿，你这是在做什么，是在替我断案吗？”

“是又怎样？”

“很好，那阮少卿请继续。”

阮宝玉于是继续：“牛大盖他爹已经死了，尸首却是不见，这只狗去寻他主人的尸首，又妨碍了谁，弄得别人非要灭它的口不可？除非……”

“除非这尸首有问题，牛大盖他爹是被人害死的。”帛锦也不禁接了一句。

“不是。”阮宝玉摇头，“牛大盖他爹是追狗摔死的，这个我仔细问过，不止一个证人可以作证。”

“那就是这尸首有用处。”帛锦慢慢抬头，“可是……一具尸首能有什么用处？”

“侯爷，湘西这里盛行赶尸，一具尸首如果肚囊空了，就……”

“就可以藏不少银子！”帛锦和阮宝玉异口同声。

“没错，侯爷果然是一点即透。”阮宝玉立时又笑得灿烂起来，“所以说，赃银失踪和这黄狗被追，根本就是同一宗案子！”

“最先给我启发的，是那天牛大盖说的话。”阮宝玉低声开始回述，看向段子明，“你记得吗？那天他说，他爹是长短脚、大小眼、酒糟鼻。”

“是。”

“我前夜也来过矿洞，路上遇见过一个赶尸的，赶了五具尸首，我记得很清楚，其中一个就是长短脚、大小眼、酒糟鼻。”

一个职业赶尸的，没有人出银子雇他，却无缘无故来赶牛老爹的尸首，是要作甚？阮宝玉的疑问就是从这里开始，所以他火急火燎地去了现场。

万幸，永昌气候潮湿，冬雨不歇，那些赶尸留下的足印还在。

别人的足印他不好判断，可那死美人他是围着看了三圈的，腰细如柳不堪一握，要是上秤肯定比他宝公子要轻得多。

因为这个，他就在原地，也学着被赶尸的样子，僵挺着往前走了两步。不出意外，那美人的脚印比他的还深，深得多。这就说明美人身上有东西，很重很重的东西。

“这很重的东西，就是失踪的赃银。”回忆到这里，阮宝玉下了结论，“失踪的一万两银子，就是这么被藏在尸首肚里，一批批地运了出去。”

“赶尸运银子？这么慢这么麻烦，他是疯了不成？”一旁段子明立刻冷哼。

“一万两银子，合七八百斤，每人肚里藏十斤，大概需要七八十具尸首。”

“是啊，区区一万两，费这么大周章，真是疯了。”

“一万两雪花银，可以够一个普通人风风光光地活上几辈子，我朝年产矿银不过十几万两。我倒想问问富甲一方的段知府，您这‘区区’二字从何而来？”

段子明的脸立刻发白，他明显是被阮少卿的这句话噎住了，咳嗽了一声：“好，就算你说得对，人家不怕麻烦，那这银子又是怎么跑到尸首肚里去的，那匪首又去了哪里？”

“敢问段知府，矿洞是不是只有这一条？”

“废话。矿洞当然有好些条，有些是挖光废弃的，早就没人去了。”

“禀……禀告知府大人。”这时，他们身后的亲兵中突然有人站了出来，“那个……废弃的矿坑，不是……不是没有人去的。”

段子明脸色顿时发青。

“守矿的兄弟有人收了赶尸人的好处，便让他们白天歇在废矿里蔽日……”

“一向如此？”段子明厉声。

“一向如此，好些年前……就这样了。”

“那矿银被劫的那天呢？废矿里应该也有赶尸的吧？”话说到这里，阮宝玉终于扬声，粲然一笑。

不久后，有人禀明，一切准备妥当。帛锦点头，紫眸微微眯起，目光犀利，如寒雪冰刀。

稍远处屋里的两位大人倒还挺安分，乖乖地背靠背坐在地上，被结实地捆着。宝公子再次认定这地方与自己犯冲，环视着四周围困他们的尸体，除了个美女外没个好看的。

而跟前那位满脸麻子的赶尸人更不用说了，布料上好的衣裳穿在他身上，也遮挡不住满身土气。如今这厮还大大咧咧地坐在长凳上，用手一会儿抠搓自己的脚丫，一会儿凑近自己鼻子闻闻那脚臭味儿，宝公子当场脸变得惨绿，别过头一阵恶心。

“你不会怀上了吧？”段知府眉眼弯弯，冷嘲热讽。还好他们被捆着，他可不想见这个没出息地抱着自己发抖。

宝公子继续青着脸，用手肘捅捅段子明，低声建议：“他一直在这里赶尸，和你肯定有几分交情，不如你去引开他的注意，我若出逃成功，绝对会替你报仇的。”

“我为什么要听你的？”段子明表面依旧笑得很奸，声音听起来却似在磨牙。

“因为我官位比你高上那么一点点。”

段子明横了他一眼，眼神像冰刀似的要剐了宝公子：“阮大人，卑职清楚地记得——你我是捆在一起的。”

一语点醒梦中人，宝公子在觉悟中深深叹息：“我忘记了。如此一来，只能走这条路了。”

“什么？”

“和难看的人谈判！”宝公子说完，突地咋呼起来，“赶尸的，你就是那个劫银的头目吧？你把银子藏在哪里，藏得稳妥不？还余下多少没运？搬运人手够不？要不……我帮你搬，段大人愿意留下做人质！”

段子明颈上青筋暴跳，被缚的手却只能在宝公子后腰狠狠拧上一把。

“他和我是本家，都姓阮。”阮宝玉欢欣地解释，又朴实无华地补充上一句，“虽然长相云泥有别。”

段子明翻了个白眼，运气真背！自己上辈子怎么积德的，这辈子要和这号人捆扎在一起？

“这位大人，您弄错了。赶尸的确实姓阮，而我不是！”赶尸的瞄了眼屋外的境况，回身露牙一笑。

阮宝玉与段子明交换了个眼神，异口同声地问道：“你到底叫什么？”

“这我不能说。虽然你们都要死了，但是万里总有一。小的觉得二位到阎王那里报到时，做个糊涂鬼比较好。”假阮方十分狡猾。

“那真的阮方呢，被你杀了？”段子明将自认顶顶好看的双眉一拧，正色道。

“正是。他就是个坑坑洼洼的麻子脸，纯粹‘痣多星’一个，麻子多一块少一粒没人会注意的，易容起来十分容易。”

“我记得差役说过，案发当时阮方是在西面矿洞里休息……”

“差役来查的时候，就已经是我了。银子其实就藏在那个矿洞里，差役只戳过尸身防人假冒，当然不会怀疑我。”

“你和真阮方原本就是一伙的吧？”阮宝玉推测，“否则你藏银怎会如此顺当？”

强盗头目怔了会儿，寻思说这些并没什么大碍，便笑道：“原先是这么商量的，可惜五五分赃对我而言亏得太多了。何况，赶尸就那么几招，挺容易学会的，所以我一个人足够了。”

阮宝玉开始仔细分析。

“你领着群傻子闯进作坊抢银子，一路人管着往前冲杀人，一路则管着抬银子。负责杀人的见着官兵就砍，管银子的在后头跟着，这样一个作坊一个作坊的砍过去，砍了七八个作坊，到了第四个作坊，也就是离阮方休息的那个矿洞最近的地方。杀人的继续向前杀人，而你则命令抬银子的不用跟了，把银子抬进矿洞藏好。”

“他们当然不知道这都是你事先就计划好的，这个矿洞其实就是安排阮方赶尸休息的地方。当他们把银子埋好后，阮方便杀了埋银子的，灭了他们的口。而这时你已经杀到了最前面的作坊，估摸着时间差不多了就趁乱折回，到了矿洞杀了阮方，化装成了他。原来负责杀人的手下早就杀红了眼，心眼也直，哪里知道身后面的勾当？所以被抓后一问三不知。”

“阮方”沉默了好一会儿，终于点头承认道：“也算我运气好，邻地的铜矿那边死了挺多人，我藏尸分批运银，比预计的次数要少很多，这次已经是最后一批了。”

永昌银矿出名，开采钱自然分派得也多，相比之下，邻地铜矿的开采条件就要差许多。所谓“靠山吃山，靠水吃水”，本地人当然都愿意去银矿做活，谁还会去铜矿？所以那矿洞里的矿工一般都不是当地人。

“既然已经得逞，你为何还要埋炸药？”段子明打断了强盗头目的得意，只问自己关心的，“如果不是你杀了牛老爹，说不定你早远走高飞了。”

“阮方”眼珠一转，又迟疑了一下：“拿人钱财，替人消灾。如果我说有人出大价钱要我埋炸药才是正经事儿，劫银只是我临时起的贪念，二位信吗？”

“本府不要银子，你把藏炸药的地方告诉我。我放你走！”段子明有点着急了，区区万两银子算什么？

“江湖道义在先，改不得的。”“阮方”连连摇头。

“那人出多少？我加倍。”

“段大人，这不行……”“行”字刚滚出喉，只听得一声轰鸣，一阵地动山摇后，房子整块地陷下去……

“阮宝玉……”

耳朵在轰鸣，太阳要下山了。

阮宝玉睁开眼皮，第一眼就瞧到不远处有个人的嘴巴在动，好像在和人说话，可惜那个人不是自己。

那自己是谁呢？他努力想了想，最后肯定自己不知道。他身边居然还躺了个人，昏迷着，看情景估计伤得挺重，而这厮天生一张惨白狐狸脸，令他作呕！于是，宝公子很自觉地将眼睛整成斗鸡眼状态，继续盯着远处的那个人。

远处那人应该注意到他醒了，走过来与他说话了，可他的耳朵还在轰隆隆地响。

“我是谁？”阮宝玉像霜打茄子般虚弱地问。

夕阳下，那人带紫的瞳仁略微缩了缩，狐疑地盯着他看了片刻，伸出手指，戳了戳他胸前一块牌子。宝公子愣住了，只看着那人，没去看牌子。他感到耳朵有些痒，于是他顺手一摸，摸到热热黏黏的湿润，手伸眼前一瞧：“我流血了。”接着头一歪，又昏过去了。

初春，皇宫西海池边，春花倒映碧波，同样嫣红斑斓。

当今圣主帛泠与萧彻正在池边对弈。帛泠下棋风格犀利如尖刀，天生威严；而萧彻落子严谨，算是讨巧求生。

微风再起，萧彻溃败：“臣认输。”

“萧少保不善弃子。”帛泠持白子凝视碧水，闲闲道，“与帛锦一般。”

萧彻只得赔笑：“臣一时眼花，错看一子以为自家，导致‘劫’不得解。”

“一时眼花事小，只是既然有‘成王败寇’的道理，少保就该学会顾全大局。”帛泠话锋突然一转。

萧彻心底深深一寒，谨慎地斟酌字句："君是君，臣当臣，均是天命所归；况且方寸棋盘怎么扯上‘大局’二字？”

“可惜这世上总会有人成王，相对地，也必有人为寇。”帛泠喃喃自语，嘴边弯起一抹嘲笑，眼如深潭，寒波泠泠。

萧彻埋头默然理着棋子，不敢作声。

这时，内侍奉上越地的贡茶。帛泠接过，视线上移，望着茶盅上方那旋着的暖烟，又想起了某人。

“陛下，方副统领那边有人回来了。”亭外有人通禀。

帛泠“嗯”了一声："命他步晖殿等候。”转而起身。

萧彻识相，忙躬身而送，待天子走后，他才想起手上扔执着一枚黑子。他浅笑着拂拂衣角，随手将黑子抛出。子落白钵之中，轻轻一声，尘埃落定。

“卑职见过圣上。”步晖殿内，回转的不是方倪，是他的亲信。

帛锦还没回来，负责盯梢的方副统领自然还要尽责，所以派人先来传递消息。不消片刻，来人已经把永昌的情况说了个大概。

帛泠显然对那个私下探访的帛锦旧部很感兴趣，追着问了句："来的是谁，没追到可看清楚了是谁？”

“回圣上，方副统领说，看样貌那人像是裴翎。”

“裴翎是谁？”

“这人是一介武夫，也没有什么太大的军功，以前一直随着侯爷打仗，是个指挥使而已。”

“就为了护住一个区区指挥使，他硬受方倪一掌，差点送了命？”帛泠勾起唇角，“看来我说得一点没错，他心性未改，还是这么执拗，不懂得弃子。”

“是。”那厢来人顿首，“副统领有话，侯爷心性未改，但武艺大退，而且受素燃所制，圣上可以不必忧心。”

帛泠闻言陷入沉默，心底涌起一股奇异的滋味。亲手折断他的翅膀，看他颓靡堕落却依旧执拗，这滋味，可真是奇异美好至极。

同一时刻，萧彻已经走出皇宫。天气阴寒，在入轿之前，他将风裘又裹紧了些。体弱畏寒，这对旁人不算什么，可对他而言，却是莫大的耻辱。

临淮王萧鼎，曾随先皇平夷定邦，戎马一生从无败绩，如今仍然镇守北疆，是一藩之主。可自己作为他的子嗣，居然先天体弱，别说习武，就连杆长枪也提不起，这不是耻辱是什么？

新皇初立，临淮王功高震主，圣上要他送质子入京时，京内百官就曾断言，送来的一定是萧彻。临淮王共有两子——萧彻、萧旭，哪一个比较无足轻重，明眼人都看得分明。而事实证明，来的果然是萧彻。

圣上不悦，猜忌之心更重，所以才有了先前那机锋重重的一席话——“可惜这世上总会有人成王，相对地，也必有人为寇。”

这句话已经说得极重，重到他萧家绝对担待不起。

此时，路上的风更紧了。萧彻低头，将拳抵在唇边，咳嗽了几声，终于上轿，一扬手吩咐道：“起轿回府。”

忠君者未必得报，这十里官场，果然不胜寒凉。

“冷。”

百里之外的永昌，觉着不胜寒凉的还有少卿宝公子。

“冷。”又叫了一声，终于有人理他。

不远处那个穿着锦衣的人回头，说了一句：“你这人果然比段子明更像个祸害，居然只昏了这么一会儿就醒了。”

段子明是谁？怎么这名字听着这么恶心？宝公子蹙起眉头，脑仁剧烈疼痛，又开始思索那个严峻无比的问题——我是谁？

还不等他说话，那人已经走近，蹲下身来，道：“那赶尸的已经被炸死，之前他有没有跟你说过什么？”

赶尸的又是谁？宝公子再度蹙起眉头。

昏倒之后必然犯浑，他这毛病看来没有好转。帛锦只好叹气，抬高声线：“把尸体肚子里的赃银都收好，抬上段知府，咱们先回去。”

炸药炸塌了房屋，尸体里的赃银也就露了出来，官兵们如今正在收拾。

宝公子的耳朵嗡嗡作响，耳郭里仍有鲜血外渗，可话仍是大致听清了。尸体，赃银。这字眼还真耳熟。还有两个字，好像和这个有关，非常非常重要，跟着这两个词一直在他喉门盘旋，呼之欲出。是什么呢？

脑仁越来越疼。有人上来开始抬他，往洞口走。出洞口了，山路不太平顺，天上的星星眨啊眨，还挺美。

“炸药！矿洞里还有炸药！”

等他想起这要命的两个字时已经晚了，刹那间，矿洞已经地动山摇，有声巨响从矿洞深处传来，轰隆隆的，顷刻已到耳边。

巨响之后，山里陷入暂时的平静。阮宝玉喘着气，已经想起自己姓阮，正在费力地回忆自己的名字，突然间就看见山顶一阵烟起，顷刻间已是尘土飞扬。

山崩！在所有人反应之前，山顶已经有不止一块巨石落下，激起漫天尘烟。阮宝玉的第一反应是扭头看向帛锦。

第一块巨石已经近到眼前，他看见帛锦回身，眸里紫光微闪，劈手夺过了身后一个官兵的长刀。很普通的一枚长刀，刃口很薄，被他握在掌心，挑上了下坠的巨石。长刀毫无意外地被折断，可巨石也被他借力挑起，斜飞击上一棵红杉，将红杉拦腰砸成两截。

广袖随风激荡，这一刻，帛锦侧目，顾盼间凛凛生风，并没有一丝畏惧犹豫。山石还在顺着斜坡滚落，可是阮宝玉眼里，就只剩了跟前帛锦这攫人眼光的锋芒。

所以当山上一群碎石滚落，帛锦力竭，眼看就要被一块巨石砸中头顶时，阮宝玉毫不犹豫地扑上去，一把将帛锦推落。当巨石砸中阮宝玉肩背，将他右肩死死压住时，他的心情只得有两个字：值得！

一天之后，阮宝玉吊着胳膊，半边身子肿起，可回忆起这段经历仍然是扬扬自得。

被炸那会儿他伤了耳郭，听力大大受损，所以说话也分外大声，他对面的段子明脸色也越发惨白。

银矿被连根炸起，他罪责难逃，而这只是他脸色发白的原因之一。更要命的是，他受了伤，右耳被炸飞半个，伤了他的傲气和脸面。想起这些他就气恨，说话也有气无力的："那下官就恭送侯爷和少卿回京。"

"为什么要回京？矿都被炸了，案子还没完。"

段子明转头看向帛锦。帛锦还在发怔，闻言轻咳一声，道："阮宝玉，我们必须回京，这是圣上的旨意。"

侯爷发了话，阮宝玉当然没意见，于是他冲段子明道："也好，我们回京，这案子你先查着，虽然肯定查不出什么名堂。"

段子明翻了个白眼。

“强盗头子已经被炸死，那到底是谁引爆的炸药？这是其一。其二，为什么他要等我们出洞才炸，为什么不把我们一锅端了？”

宝公子这话绝对不是废话，段子明只好哼哼：“是，少卿。请问少卿还有什么吩咐？”

阮宝玉侧头，想了一会儿之后大声道：“有的！”

“少卿请吩咐。”

“听说你们这里的猪很出名，做熏肉极好，多少银子一只？”

“少卿想买最好的那种？”

“废话，那当然！”

“最好的猪从仔猪时起便吃人奶，出的肉叫雪花肉，也不算太贵，二两银子一斤，请问少卿要半只，还是整只？”

阮宝玉愣住。

“二两银子一斤，的确不贵！”宝公子最终一甩头，豪气地说，“你这就出去，给少卿我采买，买上个……三两！”

三两雪花猪肉，蒸熟后拿盐腌，再拿布包紧，做出的肉枣也不算小。阮宝玉随帛锦回到京城，在自己院里躺下，看见桌上这只肉枣，心情就十分舒畅。

不过一会儿工夫，李延李少卿果然驾到，怀里抱着刚下学的阮侬，见到他就鼻孔朝天：“让你跟我抢着去永昌，活该！怎么才砸断只手，没把你四只蹄子一起砸断！”

阮宝玉低头，做出一副浑身胳膊疼的苦相，答他：“是啊，我知道错了，这次回来，还有事求你。”

“啥？”

“你帮着跟你爹求个情，让他保住段子明，毕竟他也是你家的宗亲。”

“你求的我肯定不帮。”

“这么绝情呀……”阮宝玉闻言蹙起了眉，“亏得我还念你的好，千里迢迢给你带了肉枣，永昌有名的雪花肉呢。”

李延“哼”了一声，恶狠狠地骂了句“不稀罕”，可心里又按不住欢喜，对着那只肉枣瞧了又瞧。

“尝尝吧。我千里迢迢带回来的。”

“我闻闻臭不臭。”李延的手探了过去。他吃得极仔细，生怕阮宝玉这难得的情义被自己一口吞没了。

“好吃吗？”

“不错，永昌的雪花猪做熏肉，那可是一绝，还是贡品呢。”

“熏得入不入味？”

“入味的。”

又过了一会儿，躺在床上的阮宝玉轻声开口，语调往上，心情万分舒畅：“那……你有没有觉得，这个……裹肉枣的布，有一点点眼熟呢？”

不用说，那根用来扎紧肉枣的布带，就是那根用他套在脚上三天三夜沤到臭的袜子裁的布。

可怜的李少卿吃了大瘪，但硬气还是有的，一梗脖子：“熏肉嘛就是要熏，臭豆腐还是用臭水泡出来的呢！”

阮宝玉的心情越发舒畅：“哦，那你为什么不吃了？还剩着呢。”

李少卿又一梗脖子，瞪大眼睛把剩下的肉枣咽了，恶狠狠地喊了一声：“好吃！”

宝公子直捶床，快活得要起飞，但还是连忙表示关怀：“好了，现在已经吃完了，你赶紧回去吧。”

“为什么？”

“回去吐啊，我担心你憋太久憋出病来，心疼你。”

这一句可绝对是真心话。

可惜的是，李少卿没机会回怼，因为院里来人，细声细气地在那里说话：“请问阮少卿在吗？郎尚书有请。”

刑部郎尚书，大理寺的顶头上司，这才是阮宝玉第三次见他。

刑部的光线偏暗，郎尚书看起来有点心力交瘁，见面就叹气：“阮少卿，事情为什么会这样？你和侯爷去之前，就只丢了一万两官银而已，去了可倒好，银矿都被人炸平了，你怎么交代？”

阮宝玉的第一反应就是抬头：“这件事情和侯爷完全无关，查案的是下官，出事也是因为下官。”

“和侯爷有没有关系，你我说了不算。”郎尚书又叹口气，将头别了过去，看往皇宫方向，“要在那里，圣上裁夺的才算。”

阮宝玉的心立刻被吊了起来："这么说，圣上已经问过侯爷的罪了？"

"是。"那厢郎尚书答话，"看来这次圣上是动了真怒，你们刚刚回京就召了侯爷入宫，都不等明日早朝。"

话不曾说完，阮宝玉已经不见。

第六章 杖脊

帛锦不在侯府，人还在皇宫紫英殿内。不过，圣上看起来倒并不真动怒，而是饶有兴味地俯身看着他，道：“你可以解释，告诉我永昌银矿被炸和你无关。”

帛锦跪地低头，不说话。

“永昌银矿年出官银六万两，几乎是我朝出银量的一半，如今被炸了个彻底，就这个罪责，我拿你怎么样都不为过。”

帛锦还是低着头，声音清冷：“那就请圣上责罚。”

帛泠冷笑一声，缓缓踱步：“我到底是你十三叔，应该体恤晚辈。这样吧，你告诉我那个裴翎的去处，还有他找你做什么，银矿这件事我便不追究了。”

“他找我叙旧。”过了许久，帛锦有了回话。

帛泠勾起嘴角：“很好，那他的去处呢？我很好奇，当日他是怎么成了漏网之鱼？”

帛锦沉默。当日，跟随他的旧部、和他交好的朝官，都经历了一场不动声色的血洗，这一切，他记忆犹新，所以此刻，抬头时他仍有恨意：“这个问题恕微臣不能回答，诚如圣上所言，微臣从来不懂弃子。”

帛泠的唇角越发上扬，他叹气：“你果然还是这么执拗。”说完便伸手击掌。

“啪啪啪”，清脆的三下后，有太监提着一根木棍进来，是根暗红色的雕花沉香木棍。帛泠的声线里含着抑制不住的兴奋，显得有些嘶哑：“杖脊这种活儿需要技巧，你可要拿捏好了，千万别把侯爷打残了。”

太监弓腰应了一声，上前，道：“还请侯爷除衫。”

帛锦后背僵硬，顿了一会后，缓缓脱去朝服，露出上身。年少时便从戎，所以他的肤色并不十分白皙，呈蜜色，后背肌肉流畅，人虽然瘦削但绝不羸弱。

帛泠踱步，找了张扶椅坐下，一只手搭上了唇："杖脊二十，如果侯爷后悔了，肯回答我的问题，那便立刻停止。"

有了这句话，他这十三叔也不完全是无情无义。

那厢太监顿首，闻言挥起长棍，照准帛锦的脊骨狠狠落下。

一杖虽然不能碎骨，可被一根重愈十斤的沉棍打中脊梁，这滋味绝对难以消受。帛锦咬牙，努力没有改变跪姿，只是伸出一只手去，握住了前面的书桌。

第二棍下来，皮肉已经发紫，脊骨更是受创，每一个骨节都依次传递着疼痛，叫嚣着传往腑脏深处。

第三棍，第四棍，第五棍……

帛锦始终无语，而帛泠就这么冷眼看着他那只右手越握越紧，五指指尖苍白，几乎要将红木桌腿捏断。

第十棍了——若是文臣，十棍杖脊，就足够让人残废，终生不能行走。可是帛锦仍跪得笔直，膝下甚至没曾挪过一分。帛泠吸了口气，右手食指伸到唇边，呼吸开始粗重。

第十一棍，帛锦身子前倾，脱口吐出一道鲜血。

杖脊仍在继续，用上技巧，木棍绝对不会打破皮肉见血，可这每一棍都落在人最最脆弱的脊梁，比皮开肉绽更伤人百倍。帛锦的后背开始出汗，每个毛孔里都淌着细密的冷汗。渐渐地，汗水打上地面，蒸腾起痛苦的热气。

这是痛苦的滋味，这滋味本身就已经让帛泠着迷，更何况眼前受苦的这人是曾经如朗月般圆满无缺的帛锦。帛泠开始兴奋，搁在唇边的右手开始止不住地发颤。

"你退下。"几乎是毫无意识地，这三个字出了口。

太监闻言，立刻出殿，临行前看到他的眼神，于是将那根沉香棍留下，放在了他的脚边。

紫英殿内一时无声。

帛泠提着那根长棍，一步步走到帛锦身后，右手轻轻按上他的脊骨，叹了口气："你现在松口还来得及。"

帛锦依旧沉默。于是，沉棍携风落下，第十六棍，落点准确，在椎骨中央。帛锦喉咙里冲出一股灼热的气流，人急急往前，额头有一滴冷汗后甩，正巧甩上了帛冷右手食指。

李府，富贵闲适的所在，可李少卿此刻的心情一点也不闲适。他把自己关在房里，先是扒着马桶边吐到抽筋，然后一屁股坐在凳上，拿着那根发带瞪眼。

瞪了一会儿，眼珠子都累了，他还不解气，去床边拿了个枕头，用仙气带勒住，想象是勒着阮宝玉的脖子，咬牙切齿地骂："你个乌龟壳子王八盖子，老子以后要是再理你，就是你儿子生的！"

正骂得起劲，外头有人敲门，李少卿甩手扔出去一个枕头："都说过少爷我今天辟谷，不吃饭了，不要再来烦我。"

外头没回音，过了一会儿，门被推开，宝公子挤了进来，嘻嘻地笑，脸上堆着谄媚。

李少卿立刻把他那已经很累的眼珠子再度瞪起，恶狠狠地道："谁放你进来的，哪个小厮？我这就去打断他的腿。"

宝公子挠挠头，继续笑着，答非所问："咱娘最近好吧，好久没拜见她老人家了？"

李延立刻"呸"了一声："那是我娘，你是我媳妇吗？咱娘咱娘，我娘跟你一点干系也没有。"

"那请问，咱娘最近有没有进宫去陪陪太后？太后在宫中寂寞，咱娘是太后的亲侄女，应该常进宫去瞧瞧的。"

李延蹙起了眉："你又想干什么？又准备阴我？我告诉你，我是有智慧的！"

"我是在求你。"宝公子吸吸鼻子，"看在这十几年我尽心尽力欺负你的分上，我求你帮我这一次。"

"我再说一次，我是有智慧的！"

"我求你……"说这一句的时候，阮宝玉已经有了三分严肃。

"没用！端茶下跪也没用！"

过了一小会儿，阮宝玉将那只受了重伤的右臂从绷带里脱将出来，费力端起了桌上一只茶杯："那如果我……用这只手端茶向你赔礼呢？"

他的肩胛受了重伤，就这一个动作，已经是满头冷汗。

李延愣住了，过好久才反应过来："做什么？你玩真的？"

"真的，今生今世，从未如此认真过。"那厢，阮宝玉费力将茶杯举高，送到了他眼前。

紫英殿内，帛锦在喘息，痛苦湿淋淋的，一寸寸撩着他的神经。

沉香棍还在帛泠手里，他将手指按上帛锦的骨节，在方才落棍的地方施上内力，狠狠地捏住，声音沉住发话："为什么，为什么饱受痛苦屈辱你还要活着？"

帛锦挣扎着握住书桌，想要立身起来。身后的沉香棍在这时高举，裹挟着帛泠所有的内力，狠狠敲上了他的腰椎。

"我替你回答，你活着，是因为我还没死，因为你恨我。"

一棍之后，帛泠矮身，将脸贴近帛锦，吐出的气息热辣辣地扫着帛锦的脸颊。两张有三分相似的脸，印证着彼此相连的血脉。

"因为恨我，所以活着，多么美妙……"

帛锦咬紧了牙，将头昂起，使尽所有气力退后，跪得笔直。虽然是屈膝的姿势，可是他眼里分明住着一只咆哮的兽。

帛泠又笑了，欺身上来捏住了他的下巴颏。帛锦眼里那只兽脱围而出，身体也立刻有了反应，他一拳携风，毫不犹豫地击上了帛泠的肩窝。帛泠后退，摊开双臂，笑容越发玩味。

"很好，使出你的全力。"他眯眼，"如果被杖脊后你仍能赢我，那我认命，便承认你不可征服。"

紫英殿外场地开阔，这一仗，帛锦打得极其痛苦，可最终仍是赢了。五十八招过后，他的手肘已经架上了帛泠的喉咙。汗水像热泉一样涌了出来，浸湿了他每根毛发、每寸皮肤，甚至顺着他睫毛开始下落。

说实在的，他已经力竭，每一次呼吸都像生了火，热辣辣地烧着胸膛。

"能够亲手杀我，这滋味是不是很诱惑？"在他肘下，帛泠哑声开口，眼里跃动着光，"你要不要试下，在力竭时能不能将我一击毙命？"

帛锦大声喘息着，看着窗外耸动的影子，将唇咬出了一个血洞。

"是我输了，我承认你不可征服。你若能挺得住剩下的这三杖，这件事我便从此不再追究。”

帛泠的一句话终于让他放下了手肘，人也失去支撑，颓然倒地。沉香棍拖地的声音从身后传来，他将手撑地，慢慢将后背立直。木棍携风而来，但落点却不是他背脊，而是他的后脑。不轻不重的一记，刚巧够把他敲晕。

失去意识之前，他感觉到帛泠俯身，捏住他的下巴颏，声线是这样虚无：“经历过这么多，你却还是这么天真，相信这世上仍有信义，很好，真的很好……”

一盏茶之后，被太监左右拦驾的太后终于走进紫英殿。

帛泠匆忙将帛锦移到屏风后的角落，神色如常地上前去迎太后：“母后在德馨寺的斋戒不是还有两天，怎么提前回来了？也不通知儿子迎驾。”

“小锦呢？”太后看来有些憔悴，富贵盖不住病容，“我听说小锦犯了大错，你把他叫来，怎么样？你答应过我不难为他的！”

帛泠脸色一变：“是哪个这般大胆，居然敢搬弄是非，跑到母后这里吹风？”

“我问你小锦呢？”

“小锦……”帛泠弯腰，上前去扶住了太后，“小锦犯错，被我喊来私下教训几句，早就已经回府。母后这么急匆匆地回宫，一定还没用膳，儿臣也没用呢，就随母后一起回福宁宫传膳吧。”

帛锦是被秘密抬回侯府的，他完全清醒后第一眼瞧见的是阮宝玉。见他醒了，宝公子瞪大了眼，先前在脑子里拟定的安慰的话瞬间一扫而空，他一句都说不出，只能小心翼翼地控制住呼吸。

帛锦趴在床上，削尖的下巴顶着枕，散下的长发让整个人不带零星血气。静默中，他闭了一下眼睛，再次睁开时就看见宝公子对着他微笑，可惜这厮演得不够精致，颓下了自己的肩。

“你想说什么？”对帛锦而言，那动作如刺，活脱是一出在他后背的伤口上撒盐的戏码。

宝公子勉强弯弯嘴角，摇头。

“你想听什么？”

还是摇头。

“滚。”帛锦眉睫微动，两道凛然的冷光扫去，寒竹冷露，依旧是一箭洞穿的美。

宝公子低下头拧着自己的手指，呼吸艰难："侯爷，我就站在门外，成不？"

帛锦别过脸向里，没有说话，宝公子便出了屋子，直直地在门外守着。

月儿穿云，时隐时现。帛锦伤痛，趴在床上自然睡不着，而扭回头就能看到映在门格上的身影。四更天，门外的影子突然不见了。帛锦忍着伤披上衣袍出门，见那人正坐在台阶上。

"一个男人，半夜缩在角落哭什么？没出息。"

宝公子狼狈地用肩狠狠地抹去眼里泛起的刺痛，笑嘻嘻地哼道："侯爷看错了，没有没有。"

帛锦眯起那好看的紫眸，又慢慢地踱回了屋："滚吧，我没事。"说完便关上了门。

天明，阮侬起床，揉揉瞌睡的眼睛，走进后院，却见自己的爹卓然孤立在晨风中，凝神眼望远处。若不是他正站在鸡笼旁的话，此情此景堪称卓越。

阮侬走近，发现宝公子两眼充血："你一夜不睡，在这块晾什么杆子？怕人偷鸡？"

"我去大理寺调些卷宗，你吃饭找你李叔叔，有事到大理寺找我。"

阮少卿说去就去，这一查就是三日，连李延都闹不清阮宝玉查的到底是什么，居然到了茶饭不思的地步。好奇如他，用软硬手段试探了好几次，宝公子就是不松口。最后，阮少卿来了脾气："你那么闲，喂猫去！"

李延脸上挂不住，当场甩袖，恨恨地跺脚："再理你我跳黄河！"

"黄河在那边。"宝公子依旧低埋着头，出指如风，指明方向。

这边李延被气疯，那边阮侬倒是不介意，每日按时到衙门报到，见阮少卿没事，就偷偷混到仵作间去看尸体。

这三日里，帛锦一直没有现身。第三日夜里，很有骨气的李延大人很不小心地晚饭吃得太饱，又很不情愿地出门散步，最后很不凑巧地走进了大理寺。书房灯火犹在，案前的宝公子却不再埋首卷宗，又开始猛灌公家的茶水。

"阮宝玉，你的思路都整理清楚了？"

"是。"

"那贺诗呢，也写好了？"

"什么贺诗？"宝公子又灌了一海杯。

“中宫新诞的皇子百日，圣上下旨命在京文武官员明早承折时附上贺诗。我昨日和你说过！”李延额角的青筋又开始暴跳。

“好似听过那么一句。”宝公子努力回忆着，却见李延面色泛青，忙讨好道，“我被炸伤后，听力也没怎么恢复，而且这手也没好啊。”

很有智慧的李延咬牙问他：“你想怎么样？”

“能者多劳！”宝公子嘴角漂亮地上扬，笑到一半，忽然僵住正色问道，“你说，皇帝为什么要贺词？”

“贺皇子百日啊！”

“他又不是生头胎，用得着布置那么多活儿吗？”

“天子高兴，你管那么多做什么？”李延莫名。

“我人不舒服，要先回去了。”

侯府内房依旧昏暗。

三日里，亏得宫中送来的伤药高档，帛锦身上伤势算是好上大半。此时他正坐在雕栏扶椅上，漠然地看着桌上紫烛发出的妖异火焰发呆。

“侯爷，阮少卿求见，说有急事！”门外管家通报。

帛锦冷笑出声：“你也真信他，哪次他来不是说有急事求见？”

“我这就打发去……”

“不必了，让他来这里见我吧。”

不一会儿，阮宝玉推门而入。帛锦一手支颐，另一手拨弄着羊毫，轻声问：“少卿又有什么要事找我？”

“我……我能看看侯爷的贺诗吗？”

“不能。”帛锦有一下没一下地将羊毫吸饱墨汁，“你的事情解决了，可以走了。”

“侯爷是否记得赵越？”

帛锦一怔，随后缓缓点头：“赵越赵将军，我记得。”

赵越为人正派，手握重兵却洁身自好，不屑结党，还救了一个娼院的仆人。为免是非，他一直对外谎称那人是家中远亲。帛泠得知后，借题发挥，硬是给赵越套上了个欺君之罪，将他卸了兵权，发配劳役。

“赵将军触犯圣上，充军千里。而我上迁来京时，曾在驿站遇上过他们。”

“他们？”

“是，他们。赵越发配，而那人根本不属配流之列，却一路跟随。即使再苦，即使行乞，他都跟着，一个驿站一个驿站的这样跟着。”

“这……又是何苦？”

“不苦！他们一路上有说有笑，好似只是外出游历。当时我就在想，如果我能遇到这样让我信任、追随之人，此生足矣。”

帛锦勾唇而笑，紫眸中却是寒星点点：“人活一世，真正信得过的又有几个？”

宝公子吸了吸鼻子，粲然一笑：“侯爷，能算上我吗？”

帛锦置若罔闻地转过脸，望着紫烛。

“侯爷现在不信我也没关系，我有信心！”宝公子豪迈握拳，姿势摆了好一会儿，又讨好地笑道，“说了那么动人的故事，侯爷该打个赏吧？”

帛锦气结又不意外地冷冷发问：“你要什么？”

“我要侯爷的贺诗，借我抄抄吧！”

闲风殿，天子百无聊赖地放下奏章，柔声问内侍太监：“朝中大臣的贺诗都交了吗？”

“回皇上，都交了。”站在一旁的太监忙跪禀，将整理好的贺诗递上案桌，“请陛下御览。”

帛泠“嗯”了一声，又问：“锦衣侯帛锦的有没有呈上？”

“有。”太监领悟帛泠的授意，抽出帛锦的折子。

帛泠合眼，靠着龙椅，揉着眉间：“念。”

“西海瑞气祥，碧甲麒麟访。池中有深意，盼等游龙畅。”

很稀松平常的贺句。帛泠半睁开眼，托腮静静地远望殿外。

春阳醉人，暧昧的暖意照在人身上，透心的酥麻。今日按旧历是君臣赏花日，帛泠下完朝便领着大臣入宫游园。西海一池碧波，岸边迷花缭乱，新枝点翠，习习东风卷来声声丝竹，扶撩起一色春波。

圣上在前，臣子随后，满朝文武，阮少卿落在了最后面。

“阮宝玉，你眼睛贼溜溜地瞧什么呢？别人都走很远了！”李延干着急。大理寺少卿官居四品，刚刚够格迈入赏花之列，按官级排队是该靠后，但是不等于落后到离谱吧？

附近没黄河，宝公子自然不担心同窗旧友会去跳，所以他依旧漫不经心地龟式挪步。

“难得进宫，如此美景，我当然要慢慢欣赏呀！”宝公子耳朵没好，发声依然很大，声音洪亮到引众臣窃语，天子回眸，一首一尾遥遥相对。

“阮少卿，花开堪折直须折，莫待无花空折枝。”

“回陛下，臣没看花，看池底呢！”宝公子粲然一笑。

帛泠挑眉问道：“池底有什么好看的？”

“细对水底望，才悟是蟹忙。笑指月到秋，青肤换菊黄。”宝公子恭恭敬敬地卖弄文采，耍着墨酸。

一旁太常寺卿率先笑道：“阮少卿的诗句相当莫名，好似无头一般。”

宝公子挠头，讪讪地赔笑道：“这就麻烦了，我自认为很工整，没想到被说成没头没脑。”

说者无心，听者有意，帛泠沉默了好一会儿，隐隐觉得这诗句说了点什么，却一时参透不了，于是展笑道：“到底是大理寺少卿，吟诗不通却还带刺！”

阮宝玉忙躬身：“臣不敢。”

帛泠也不追究，君臣继续玩乐，宝公子继续慢慢地跟从。

他的顶头上司帛锦因被太后召去，共聚天伦，所以现下不在赏花队列。李延深谙宝公子近日时常神经错乱，帛锦不在，宝公子很容易疯马脱缰，所以他相当体恤地紧紧跟随。

深宫大院，新奇的事物很多。阮宝玉初来乍到，难免眼睛外瞟。眼一瞟，人的方向就不容易掌握，睫毛一眨，定眸一瞧，路前方便不见了帛泠等人的踪迹。

李延再谨慎，却仍为阮宝玉脱离了大众，只得与宝公子孤单对视。习惯憋气于胸的他也不和宝公子盎盂相敲、斤斤计较了，只是跺脚催促：“快走，快走，好在我记得路。”

宝公子耳朵不好，当然听不真切，正回眸想问他说了什么时，眼底一只黄雀飞过，欢叫着穿过绿柳拍翅而上，又成功获得了宝公子的凝望。

“侯爷到时会出席宴会的！”李延见阮宝玉心思又转到鸟身上，无奈使出撒手锏，“你去迟了，皇上责怪不说，还挤不到侯爷身边就座。”

一招见效，宝公子撒腿就跑。

“不是那个方向！”须臾后，李少卿撕心裂肺地唤着，却于事无补，眼见宝公子的背影越来越小，李延只能咬牙跟上。

宝公子跑得不慢，可不认路。刚开始，紧随其后的李延还能辛勤纠正：“你怎么走这条路？错了，这里！”可惜，七拐八拐后，他也只能对着树枝辨南北了。

宝公子终于止步，恬不知耻地埋怨道：“你怎么带路的？看，迷路了不是？”在李延发飙前，宝公子笑了，“如今只能靠我的感觉迈进了。”

李延瞪了他一眼，气喘吁吁地说：“人有三寸不烂之舌，你不能问吗？”

“李大人，庭院深深，谨慎，谨慎！”

两人摸瞎，反而越走越僻静。李少卿几乎绝望地扶墙：“我们是不是摸进冷宫了？”

“我有预感，马上到了！”宝公子声音爽利，显得信心十足。

这时，果然隐隐传来讴者唱声，李延耳尖，提上一口气，骑上青墙，兴奋地笑道：“这边，翻过这道墙就是了，我瞧见宴厅了！”

宝公子皮笑肉不笑地谦虚道：“如此甚好，李少卿先请！”

“我翻过去了，你能自己翻过来？”李延狐疑。

宝公子摊手：“自然不能。”

隔了好一会儿，李延怒道：“你是不是想让我请你踩我过去啊？”

“我们可以舍近求远，绕道而行。大臣众多，相信皇上一定不会注意到我们迟到的。”

须臾之后，顾全大局的李延，相当诚恳地请宝公子踩着他的肩膀翻过了墙头。墙那头是座小院，沿着鹅卵石甬道，穿过拱月门，左转过去就是宴席厅。

李延庆幸的当口，阮宝玉又出了新花样，他没去开院门，反倒对院中的小屋有了兴致。

“看这布置，该是位宦官的院落。”李延正要解释，宝公子已经点破窗纸，向内细看。

屋里炉鼎内龙涎香生烟，有一女人披头散发、赤着身子盘坐在一眉目清秀的男人身上，水色青衣被扔在地上。

无意瞥见这活色生香的一幕，阮宝玉与李延面面相觑了片刻，宝公子很受不得惊吓地吼出了声！石破天惊的一声，惊悚的音调，顿时灭了不远处的软语歌声。很快，帛泠得到消息，脸变得铁青，阴云层层压下，整个人都开始微微颤抖。纵欲的男女，一是宦官，一是后宫罗昭仪。涉及皇上的女人，如何处置本就已经很棘手，更何况奸夫还是太监……他的脸面何在？

他恼羞成怒地俯视着跪在一旁替他捉奸的两人。李延吓得面色灰白，不敢抬首，额头磕碰着大理石地面。阮宝玉却瞪大了眼睛，直直地看向皇帝，足有昂首天外的气魄。

四目相对，帛泠慢慢起身，踱步到阮宝玉面前，倏地对他飞腿踢出一脚。宝公子当即如断线风筝般横飞了出去，“砰”地重重落在殿堂门外，两边的文武大臣顿时倒吸一口凉气。

靠坐在门边的萧彻壮着胆子，想扶起宝公子。好一会儿，宝公子才喘过气，闷咳了好几声后，张嘴将一口血水咳出。意识到被人搀起，宝公子马上来了精神，吁吁地呼着气，嘴上也不讨饶，只将眼望向帛泠。

帛泠越发愤怒，这人胆子忒大。这念想，让他一个激灵，突然醒悟。若将这厮方才那四句与帛锦的诗合并——

西海瑞气祥，碧甲麒麟访。
池中有深意，盼等游龙畅。
细对水底望，才悟是蟹忙。
笑指月到秋，青肤换菊黄。

居然讥笑朕并非九五，不是龙相，而是池里横行的螃蟹，只等秋天烹菜，青的煮成黄的。用心险恶，其心当诛，罪不可赦！

帛泠陡然回座，抽出架上的宝剑，挺身便向阮宝玉刺去。锋刃映出宝公子眸子的那瞬，有只手将剑刃握住，血珠顷刻顺着指缝溢出，如朱剑龟裂。

“陛下，刑不上大夫。”

血滴滴落下，没入宝公子先前吐出的血中，溅起一朵血花。

帛泠的眉心一跳。在他面前如此逞性的，正是他的亲侄子帛锦。

刑不上大夫？是啊，他可以私下以长辈之名罚自己侄子，却不能当着满朝文武的面将阮宝玉当场分尸。从来做君不易，能让史官记下的明君更不易。只是这剑要收也不容易啊。

血继续嘀嗒，气氛依旧凝固。这时，殿前有内侍用拔尖的声线唱道："太后驾到！"

话音刚落，太后凤驾已至殿前。她目光安详，手持碧色翡翠佛珠："太极殿今朝怎么如此寂静？"

"太后千岁。"众臣齐齐叩拜。

帛泠恢复常态，欺身在帛锦耳畔讽道："锦衣侯可以放手了，否则叫朕如何收剑？况且，朕也没使多大劲，他只是吐了一口血而已。"

帛锦抿唇冥思了下，终是松开了手。

帛泠这才绕过他，迎接太后，施礼前冷冷地扫了近旁的宝公子一眼。既然帛锦如此维护这个新任的少卿，那么大家来日方长。

太后款款入座后，也不废话，笑逐颜开地称自己岁数大了，受不得吵闹。

帛泠温和地笑道："今日既然未能君臣畅饮，就不必入册特载了。众爱卿自然也无须在自己的要志中记下今天之事，否则——"天子笑意更深，"诛杀九族。"

众臣哪里敢说"不"，一路低头，默默撤离殿堂。不消三刻，圣旨下达：罢了宝公子和李延的官，罚到羽雅殿清扫鸽笼。

两个人能脱难自然不是运气。宝公子不死，靠的是李延；李延能活，靠的是他娘亲。

李延的娘是太后的侄女，老太后自然会保，更何况这事说难听些就是家丑，压根就不能闹大。

自感心细如发的李延勤恳地扫完鸽粪后，托着个下巴坐在笼前发愣。昨夜若不是他亲娘死死护着，他早被尚书老爹给活活抽死了，回想起来又是一身冷汗。

空中善鸽飞过，爪上鸽铃清脆。宝公子开始擦洗鸽笼，李延负责在边角洒水，边洒边想事情，从捉奸想到太监，从太监想到了……突然，他眼前一亮，端起一瓢水泼在宝公子脚前，不确定地低问："你是不是早计划好了，要拖我下水？"

宝公子也不看鞋，只对着地上的水滩照影，取下留在自己头发上的鸽子毛：

“你想说什么？”

“你别打一锤哼一声，给一棒跳一步哦，别以为我不知道你前几日翻的案卷就是以前秘密收集的宫里太监的资料！”

取少年脑仁是个秘方，传说可治男子绝嗣，所以他们得了消息后，立刻做了大量调查。当时，李延负责打听，花钱买入各种八卦，而阮宝玉则负责备案，粗做分析，因此揪出了沈落。如今案子已结，那些八卦跟着卷宗一道被封存了起来。

“你故意装听不清楚，就是想撞到那一幕？所以，你非要踩我翻墙头！所以，你故意跑去看！所以，你故意叫得杀猪样！”

宝公子极其认真地看着李延胡乱挥动的水瓢，也不反驳，一副默认的表情。

李延最终气馁：“你怎么寻到那里的？你一直找不到北。”

“我袖子藏着司南呢，自然找得到北。”

“你宝公子真是能人，送死还拉着我垫背，真够朋友！”李延脖子一梗，扔了瓢，摔了水桶！

宝公子拧着手指，态度诚恳，语气讪讪地说：“你在才死不了呀。”

“你……”

“是！我是查了宗卷，里头有很多公公说过这八卦，只是各说各知道的部分，不仔细推敲是看不出什么端倪的。”

“你和罗家有仇吗，要害昭仪？”

宝公子摇头，神情凝重：“你别多问了，我有我的道理。”

李延听后，怒发冲冠：“行行行，不毒不奸不丈夫。以后大丈夫的活儿自己扛，别找我！我……我和你割袍断义！”说罢，他就开始扯自己的袖子。

宝公子眨眨眼，吸着鼻子唏嘘道：“如果不拖你下水，我早没命了！那……那阮侬怎么办？年纪小，没人照看……”

李延的动作迟缓了下来。

“哎，不知道这鸽子会飞到侯府去吗，会的话，我系上书信给侯爷送去！”宝公子对着天空开始畅想。

李延又要发作，却听得放鸽台那端有人唤问：“阮少卿在吗？”

两个人回头一看，是萧彻。

“我只是路过，突然想起阮少卿的伤势，所以过来瞧瞧。”

当日萧彻扶身之恩，宝公子当然要感谢，于是他掸落肩头的一粒鸽屎，向萧彻走去。李延也想跟着过去客气几句，就又提起水桶拎水去了。

“萧兄，当日多谢了！”

“阮少卿，刚才你与李延说的话，我听了个大概，我忍不住想问你一句。”

“哦？”宝公子歪头。

“虽然我与少卿接触不多，但是听说少卿做事一向胸有成竹，很有章法。怎么当日如此冲动幼稚？”萧彻笑容没减，双眸含光，“你完全可以嫁祸给他人。”

宝公子沉默了会儿，突地望着蓝天，灿烂地一笑：“萧兄，你一定听过比干挖心的故事，人无心则死！如果我说，我的心也被生生挖去过，你信吗？”

萧彻不言，想拍拍宝公子的肩，手伸出一半却又缩了回去。

宝公子依旧噙着笑看着天：“一个无心之人，哪里会控制自己的心绪，去想太多的事呢？”

李延提水回来时只见到了宝公子，萧彻已经离开。

“你又偷懒不干活，在摆弄什么呢？”

宝公子欢笑地抬头，抖着眉毛道：“没什么。”

隔了好一会儿，阮宝玉还寻思着鸽子送书信的事：“李延，你说这鸽子能将信送到侯府吗？”

“不用送了，侯爷近日不在侯府。”

“为什么？”

“我刚刚遇到侯爷了，他说要陪太后去瑶光寺住段日子。”

“他和你说，为何没和我说啊？”宝公子一蹦三尺高。

“我哪里知道？不过也怪，我遇到他时，他正从羽雅殿出来，怎么，他没见你？”

宝公子卷起袖子就向外冲：“一定没有走远，我去追！”

“小锦。”

“皇祖母。”帛锦回神，嘴角露笑。

“在想什么，那么入神？我都唤你三次了。”太后慈爱地看看他，“皇上说你近月更加不洁身自好，纵欲滥情，以往看重你的老臣也开始对你颇有微词，所以我想反正你大理寺卿的头衔也只是虚挂，不如陪我去寺庙，安神静心几天。”

“孙儿悉听皇祖母安排。”帛锦垂目，心里却暗自冷笑，自家叔叔不就是要这个结果吗?

四月的头两日，雷雨交错。帛泠在紫英殿批阅奏章，却听得殿前廊下传来窃窃私语声。

“发生了什么事？”帛泠问道。

得了消息的太监忙落膝跪禀，颤声道：“禀陛下，刚刚宫外传来消息，说管……管大人与曹将军在汤山……被雷劈死了。”

皇帝手一软，朱笔落下，人呆坐着久久不能站起。隔了好半晌，他才喃喃问道：“你说的是管铭？”

“是，正是都水司管铭大人。”

“你们都出去，朕想一个人待会儿。”又是好一会儿，帛泠才无力地挥手。

死了的一文一武，是他的左膀右臂。其中，管铭更令他心痛。管铭打小就是他的伴读，二人六岁时便相识了。帛泠能继位，管铭可以说功不可没。那个八面玲珑的人物，本来就体弱多病，这些年又劳累过度，身体几乎被拖垮，因此帛泠特许他不用时时早朝。

管铭也不贪权，主动要求谪为都水司——“臣不上朝，自然有人提出异议。不如在都水司，也能为陛下分涝旱之忧。”

帛泠欲哭无泪，在偌大的殿堂内独自枯坐一宿。翌日早朝，帛泠首先说的就是这事情，并决议厚葬。然而，旨意还未下，礼部崔尚书率先出列：“臣以为不可。”

帛泠手扶龙椅，冷冷地问道：“为何不可？”

“管、曹二位大人为朝廷鞠躬尽瘁，按理应该大葬；可朝中早有律条，被雷劈而亡者，应不得追封厚葬。更何况……”

“何况什么？”帛泠向前倾身，脸色相当难看。

“陛下息怒。臣得到确切消息，说管大人与曹将军虽被雷劈，尸身却有异；市井已传谣言，说管大人乃狐妖变化，故遭天谴。”

帛泠怒极拍案：“既然是市井谣言，有什么好听的？”不过一夜，能起多大的风?

“陛下，虽说谣言止于智者，但若不给百姓一个明确的说法，就马上追封厚待，恐有损朝廷清誉。”

君臣双方各不相让，最后闹得不欢而散。

回到寝宫，帛泠如坐针毡，伺候在旁的太监忧心忡忡劝解：“陛下，派人复查此案，还管大人与曹将军一个清白，也不是难事。”

“今日刑部尚书和礼部也是一样的说辞，朕派他复查，怎么可能查出端倪？”

“刑部不查，还有大理寺啊。羽雅殿内不是有两位现成的大理寺少卿吗？”太监机敏地奉上茶盅。

帛泠接过，道：“你去传朕口谕：命李延、阮宝玉速查此案。如他们能还管铭的清白，朕准他们官复原职。”

领旨后，阮宝玉蓦然抬头，目光灼灼：“有劳公公向皇上请旨，令侯爷同我们一道断案。如果圣上不肯，就说阮宝玉不见侯爷，只有扫鸽粪的本事，根本断不了案。”

汤山的温泉古来闻名，有老板懂得经营的，就干脆圈了温泉眼盖起庭院，里面养着莺莺燕燕，也不挂牌，庭院深深专供贵人享乐。

阮宝玉撂下李延，提着圣旨连夜寻到帛锦，如今就跟他低头走在这样一个庭院里，身周雕梁画栋。很快，目的地已经到达，那位走路咯吱作响，能把石子路戳出个洞来的瘦老板抬手，指着前面一只泉眼，道：“就是这里，两位大人就是在这里出事的。”

泉水冒着热气，颜色略略发白，并没有什么异常。

阮宝玉蹲身，伸手抄了一把热水，问：“这池子出事后有没有人泡过？”

“没有……哪还有人敢来泡？”那老板立刻拉长脸，“现在这个园子全部闲置了，我就只好在池里养了些鱼，供别的园子里的泉眼使用。”

“哦。”阮宝玉应了一声，伸出手去又撩一了下泉水，“你去吧，我和侯爷在这里查案，需要定心，任何人都不许打扰。”

老板应声退去，于是池边只剩下两人。

帛锦低头说了句：“你快查吧，查不出可就只好回去接着扫鸽粪了。”

“好！”阮宝玉大声回应，立起身来就蹬掉了脚上靴子，“侯爷，我们现在开始查案吧。”说完就开始脱衣服，脱到只剩一条底裤，“扑通”一声就跳进了池子。

帛锦忍不住发笑 :“你就不怕被雷劈死？”

“办案的工夫还能抽空泡个温泉，多美。”阮宝玉舒口气，找个角落靠着，“侯爷，你是不知道，我家那个澡盆漏水，我每次洗澡都像打仗，不然水漏光了就只好干搓。”

这一次帛锦没笑，立在原处，身影孤清。

阮宝玉又干笑一声 :“侯爷，你也下来吧，温泉水能够止痛疗伤。我看侯爷的走路姿势，估计侯爷的脊背有很大问题。”

很意外，这一次帛锦没有拒绝，也将外衫除尽，一步步踏进池来。已经过了将近十日，他脊背上的伤痕还是一片乌紫肿胀，令人触目惊心。

阮宝玉死咬着下唇，忍住没有出声。等了一会儿，见帛锦闭上了双眼，阮宝玉开始慢慢涉水过去。这时，池面荡起一层雾气，阮宝玉闪了个神儿，眨眼间脖上已是一凉。池间，帛锦缓缓亮起紫眸，手里薄刃如雪，冷森森映着水光。

阮宝玉没动，喊了声 :“侯爷。”

“嗯？”

“不论侯爷如何筹划，我都愿意为侯爷赴汤蹈火。”

这一句话来得有点莫名。帛锦深深看着他，紫眸里绽出寒光。

“侯爷的武功并没有大退，那天山石崩落，我看到侯爷使出了全力。我虽然不懂武功，但也知道先前对战方统领，侯爷是有所保留。这样推想，侯爷受素燃所制，也应该不像表面那么深。那天在永昌会见来客，也绝不仅仅是叙旧。”

毫无意外，那把刀又逼近几分。

“侯爷，”阮宝玉终于抬起了头，“如果有别的人像我这样试探，你却把刀架上人家脖子，那就等于默认！”

“你是谁，准备做什么？”过了许久，帛锦才说话。

“我是阮宝玉，准备为侯爷赴汤蹈火、万死不辞。侯爷心性单纯，我愿意跟着侯爷，替侯爷搅动风云。”

帛锦唇角扬起了一个讥诮的笑。

“我知道侯爷现在还不信我，我也不起毒誓。但是我知道，侯爷不会杀我，对我已经有了一分认可，我会努力，把这一分变成十分的！”过了一会儿，阮宝玉道。

帛锦听不下去，再次将他甩了出去，阮宝玉甚至前滑了好远一段。

“往前滑的不算。”阮宝玉爬起来，往前步测，“侯爷脊背受伤，就当力道只剩一半……这样的话，侯爷你这次只把我甩出了五步！”

他又兴高采烈跟了一句：“我去查案了，侯爷！”之后草草裹上衣服，离开泉眼处。

阮宝玉围着事发地点绕了一圈，又蹲在一旁的假山上眯着眼左看右看，连石头上的土也拿起来闻了闻，这才招来那瘦老板问话。

瘦老板显然精明至极，句句话都要思量一下才肯回答——

“管大人身体不好，常来园子泡澡驱寒。”

“曹将军不常来，那天他们是不是约好，小的不知道。”

“一般大人们说话下人都回避，他们那天的情况小的不清楚。”

…………

这么问了半天，除了“不清楚”，就是“不知道”，等于没问。阮宝玉却不着急，仍是慢吞吞的：“你们这里一般打雷后下不下雨？”

老板愣了下，这次没回“不知道”，他点了点头，道：“下的。”

“你说过管大人身体不好？”

“嗯。”

“那为什么管大人看见天色不好却不避雨？偏偏要在露天池子里等雷来劈死？”

老板开始眨眼睛。

“尸体是谁最先发现的呢？”

“是小尤，园子里的侍女。去的时候看见一池鱼都被电死，两位大人也已经身故，可是尸体却一点也没有焦煳。这个小的跟刑部来的大爷也详细说过。”

朝中文武两位大臣被天雷击中，尸首居然如常，一点也没有灼伤。

满街的流言就是从这里开始的，都说是天谴妖狐，只是劈去了妖魂，所以肉身才毫发无损。

回到那眼温泉的时候，帛锦已经穿戴好在池边候着他，见他在笑，忍不住问：“你干什么美成这样？”

阮宝玉干笑几声。帛锦也懒得和他追究，将手摊开，给他看掌心的东西。

阮宝玉侧头，看了一眼 ：“侯爷，这是田黄，很值钱的，这么一小块够换我家一窝鸡。”

“刚才我在池子里偶然发现的。”帛锦将东西放到他手心，“看样子，像是从印章上磕下的一角，不知道有没有用，给你吧。”

阮宝玉“哦”了一声。

“好了，我们回吧。”

“哦。”

两人一前一后出了园子。帛锦一路上都在沉默，耳边始终回荡着当日帛泠在大殿上那句话——“经历过这许多，你却还是这么天真，相信这世上仍有信义，很好，真的很好……”

一声声讥诮敲打在他的心头，几乎要锥出血来。最终他立定，低垂了头，声线里热意退去，道 ：“你去查案吧。先前那些话我只当没听过，我并不需要谁为我赴汤蹈火，也根本没想搅动什么风云。”

同一时刻，宫墙内的帛泠也在推敲阮宝玉，听太监细声说他的底细。

“阮宝玉，祖籍西凉，书香门第，祖上曾有人官至五品中侍大夫，但家道早已中落，其父在京城靠教书为生。”

帛泠哼了一声 ：“这么说，就是没有家世背景。”

“嘉定十七年，阮宝玉中举，曾在闽南和江西任职，为官清廉，颇有政绩，后被李尚书举荐来京。”

“那他是李尚书的人？”

“也不尽然。”太监弯腰，“阮宝玉曾和李尚书的公子同窗，两人私交甚好，但他为官后和李尚书并无来往纠葛，而且来京时日尚浅，表面上看并没有参与任何派系。”

帛泠的眼慢慢眯了起来，食指叩打着龙椅。

太监近前一步 ：“启禀圣上，传闻，这位阮少卿十分不检，在江西时名声便如此。”

帛泠的笑意渐渐扩大 ：“看来无须费多大气力，你很快……就能成为第二个沈落。”

第七章 锦囊

大理寺停尸房。因为案子需要复审，所以管大人和曹将军的尸体被送了过来。

阮宝玉跑来做正事,结果一进门就看见了阮侬。这小子听说有新鲜尸体看，便从私塾逃学，躲在仵作身后又害怕又兴奋地瞪着眼。

阮宝玉翻了个白眼，轻手轻脚地走过去，一只手搭在他的肩膀上，冷飕飕地出声："这个尸体长得好不好看啊？"

阮侬"啊"了一声，看见是他，胆气立刻壮了，一梗脖子："那个管大人长得很好。"

阮宝玉又翻了白眼，上前看了眼，不说话了。这管铭的确长得周正，而且体形修长。

"身体还十分不好，一步三喘……"阮宝玉嘟囔，"连缺憾美都有了，怎么不长命？"

说完，他又跑去瞧那曹将军，结果大倒胃口，回来就开始恨铁不成钢："你这么一个人，怎么能和那匹夫死在一处？瞧瞧他那肚子……"

"肚子大才好玩，用刀划开，里面白花花的。"一旁的阮侬立刻回了一句。

阮宝玉被他吓到了，也顾不上抱怨了，两只手握住他的肩："耍刀子有什么好玩的？你一个小破孩，赶紧地给我追鸡撵狗去。"

阮侬吐吐舌头，躲到仵作身后，轻车熟路地从兜里掏出一把果脯，一边吃一边昂头："我就不走，我长大要和蓝叔叔一样，也做仵作！"

这话说得那仵作有点不好下台了。他叫蓝庭，长得有些女气，孤身一人，为人很是和蔼，却没什么人能够说话。一个仵作，成天和死尸为伍，旁人怎么看都是碍眼的。所以他对阮侬很是疼爱，毕竟难得有这么个知音。他连忙去摸摸阮侬的头发："少爷将来是要做大官的，可别再说这种傻话。"

"做我爹那种？不要，我才不要做软蛋。"阮侬又吐舌头。

阮宝玉气极，想想自己干架干不过这小子，只好压制住将他教训一顿的念头，转身说："蓝大哥，这尸首你也看过，觉得有什么不对？"

蓝庭连忙弯腰："回大人，这两位大人的尸首不许动刀，小的只能看看表象，不对肯定是有的，但具体原因说不上来。"

"哪里不对？"

"两位大人的死因是心脏骤停，的确是被雷劈过的典型死法，可尸首一点也没焦煳，而且一点也没起尸斑，非常蹊跷。"

"连尸斑也没起？"

"回大人，是的。"

阮宝玉蹙眉，略想了一下，没有什么眉目，只好又问："其余的证物呢，有没有随尸首一起转来？"

"回大人，一起转来的还有两套衣物，说是出事当天两位大人穿的。"

于是，阮宝玉转身去看那两套衣物。

管铭的是套月色长衫，腰带上面有块玉，翠色欲滴。曹将军的是套绛紫色长袍，上面花团锦簇，又富贵又俗气。这两人无论长相还是品位都有云泥之别。

阮宝玉也开始觉得两套衣服很不对劲。不对，肯定有哪里不对。

头又开始疼了。这死头破头，每次他要大显智慧的时候就来作乱。阮宝玉恨恨地想，伸出两根手指去按太阳穴，还没想出眉目，就听见停尸房来了人。

来的是李少卿，阮侬最喜欢的李叔叔。阮侬心里欢呼，脸上却不动声色，跑上去乖乖行了个礼，两只眼睛水汪汪地看着他。

李延立刻一记眼刀杀向阮宝玉："你怎么又带小孩来这种地方？"

阮侬连忙凑到他跟前，眼神可怜巴巴地说："李叔叔，我好害怕，爹没钱付书院的学费，把我带来这里，而且也不做中饭给我吃。"

"阮宝玉，你个杀千刀的！"李延蹲下来拍拍阮侬的头，"你别怕，李叔叔这就去书院，把你这辈子的学费都交了！"

阮宝玉哭笑不得，头居然不疼了，真是喜感。

那厢阮侬暗笑，朝他扮了个胜利的鬼脸，继续在李延怀里蹭来蹭去：“李叔叔，上次在你家吃的红烧蹄髈真好吃。”

“想吃蹄髈还不容易？叔叔这就叫小厮带你去吃。”

“那我爹呢？”阮侬撇撇嘴，做出一副他不仁我不能不义的腔调，意思要把阮宝玉带上。

“我喜欢吃鱼！”阮宝玉立刻表明立场。

“想吃鱼？一会儿跟萧少保说去。”李延哼了一声，“萧少保给我来了帖，请我和你去他府上品今年的极品新茶。”

“我不去，我也是有智慧的！”

“据说，那茶叫玉螺茶，不是炒出来，是在姿色极佳的处子胸口焐熟的。”

阮宝玉立刻觍着脸问：“哦，那萧少保家在哪边？还是去吧，人家好心好意，做人嘛不能太各色……”

父子俩一般无耻！

玉螺茶，顾名思义，小小地蜷起，像只螺的模样。一只杯子里放十来片螺叶，加了热水，螺叶就开始舒展，将水晕成苍翠的绿色。阮宝玉有些口渴，忙不迭地牛饮了一口，差点给烫破了嘴。李少卿一记眼光杀到，将杯子高举，极其斯文地闻香，用行动表示对他的鄙夷。

装吧，装吧。阮宝玉在心里暗骂：让你装高深，也不知道当日谁在书院和我打赌，输掉后生吃了一斤茶叶，发誓这辈子再也不喝茶的！

“好茶！”那厢李少卿装得正欢，“茶香馥郁，茶色清凉，茶叶根根直立，的确是一等好茶！”说完就将杯子凑到嘴边，吹气，吹了一口又一口，却是不喝。

“李少卿并不爱茶，萧某知道，不必勉强。”主座上的萧彻见状，笑了笑，美人沟微抬，开口解围。

这个围解得李延有点尴尬，横了心，蹙着眉猛地喝了半杯。

阮宝玉就别提心里有多快活了，美得在座上打战：“不知道萧少保为何请我们两个待罪之人来品茶，是有什么指教吗？”

萧彻一笑：“阮少卿言重了，萧某哪有什么指教？京城里，哪个不知道我萧某无事可忙，最爱的就是交朋友，大家一起附庸风雅？”

他这话说得和善，阮宝玉的脸皮也就顺着杆子厚了起来，悄声道：“听说这茶是姿色极佳的处子那个……不知道……”

“你说处子捧心炒茶？”萧彻会意，“这个我府上没有，但要是少卿想看，也不是什么难事，日后萧某必定做东。”说完，就低低地咳嗽了两声。

吃了人家的茶，阮宝玉见此便问候了两句：“萧少保，你不要紧吧？我看你身体欠佳，这都四月天了，却还捧个手炉，是寒症吗？”

萧彻摆摆手：“无妨，叫少卿见笑了。可怜我爹一世英雄，却生出了我这么个不能经风的没用儿子。”话还没说完，又咳嗽起来，一阵比一阵猛烈，渐渐地，竟有些控制不住。

萧彻面带苦色，将身子靠在桌面上，面容苍白，细汗很快布满额头。一旁的下人连忙伸手来给他顺气，他摇手示意不用，忙乱中把一杯茶水带倒，泼了自己一身，弄得一团糟。过了片刻，咳嗽渐止，萧彻才慢慢抬起头，笑得有些尴尬：“真是让两位见笑，萧某去换件袍子，劳烦两位稍等。”说完又叹了口气，“真是可惜了，这件衣服我倒是喜欢得很。”

阮宝玉一愣，心头掠过一道灵光，连忙抬头：“怎么，少保这件衣服就不能要了吗？”

萧彻一笑，指了指腰里一只浸水的绣囊：“少卿有所不知，这只绣囊是千绣坊的抢手货，颜色艳丽，绣工出色，只是一桩，这穗绳经了水就会褪色，怎么洗也洗不掉。我这袍子沾了它的颜色，可不就不能要了？”

话还没说完，阮宝玉已经跳起来，两手一抱，跑得比兔子还快，嘴里还振振有词：“萧少保，你帮了我大忙，这个人情，阮某日后必定还你！”

厅中剩下的两人耳中只有宝公子的余音袅袅，那发声的人却已然消失。转念回神，两个人对视遥望。李延总不能如此无品地也跟着跑了，只能相当卑微地赔笑道：“萧少保见谅，这人破案就这样一副玩命样。”

萧彻想回应几句，却又被自己的咳嗽声打断，只能连连点头。

“少保也见过管铭大人吧。”李延忆起被雷劈的死者，想起两人体质倒是一样弱。

萧彻咳声渐轻后，展开一抹难以捉摸的浅笑：“自然见过，也……自然记得。”记得很深、很深。

阮宝玉飞到大理寺衙门，立刻拿着两个死者的衣服对着光比照，果然没见一点水渍。雷雨天气，再怎么好的面料浸了雨，即使干了多少也该有些不同。

宝公子皱起眉头，将衣服搁到一边，又去检验管铭那随身携带的装官印的囊袋，果然与萧彻的绣囊一样同是千绣坊的。他瞄瞄四周，见四下无人，很英明神武地对着穗绳啐了口唾沫星子，等润湿了用手指一搓捏，当真褪了色。但月白的衣服干干净净的。难道衣服还能生了腿，撇下人自己避雨去，等雨停了再跑回来？

除非是有人在落雨前取走了他们的衣衫，等雨停后又放回。可为什么呢？宝公子的头又开始疼，手指敲着桌子冥思苦想了好半天，也没想出什么来。他闭上眼捂着脑袋，忽然想到了侯爷的话。

"侯爷说过，管铭很不喜欢他人碰触，碰个手指都不行。"这样的怪人，如果在落雨前发现自己穿的衣服没了，是绝对不可能裸着回到自己房间的。

"所以，是有人故意要留他们在温泉，好遭雷劈。如此看来，温泉那里还是有古怪！"宝公子自言自语，"找侯爷再去次温泉好了。"

可惜他扑了个空，太后身体欠佳，侯爷赶回去照看了。

"今天是什么日子？你居然还在这儿睡觉！"

半晌后，宝公子觉醒道："旷工捕鱼日。"

"鱼饵准备好了，快去！"阮依蹬鼻子上脸，架势丝毫不减。

所谓阮家传统的旷工捕鱼日，其实是寺庙的放生日。因为放生日，放生池中会有很多鱼。身为被救生的，宝公子按时报到，几乎把佛堂池中鱼全部"拿"下。这活干得放肆，自然有几个面善的人出面指控。

他乐呵呵地，帅帅地迎风甩了甩官袖，文绉绉地说："办案用的！"

非议顷刻间荡然无存。

事情办妥，宝公子满心欢喜地提篓回家，一路上拨弄分配："这鱼熏着吃，这尾腌藏起来……这鱼营养好，送侯爷家去。"

拐到府前街，迎面就遇着了萧彻。

"阮少卿。"萧彻模样长得好，因为畏寒，即便开春了仍穿得不少，所以在熙攘的街上显得非常惹眼。

宝公子欣赏了下，才欣然施礼："昨日有事不告而别，望萧兄海涵。"

萧彻还礼，还是那种千锤百炼的客气。两个人假模假样地客气了几句，萧彻就探身瞅见了篓子里的鱼，条条萎靡不振。

“少卿，这鱼……”

“我抓的。”

“少卿真厉害，一下能抓那么多条。”

阮宝玉耸了耸肩：“独家诀窍，不传外人。”

萧彻不改笑意，很不人道地揭穿：“这篓子有股呛鼻的酒味，你事先将鱼饵浸过烈酒了？”

独家诀窍被发现，宝公子也不脸红，眼尖地指着萧彻身后几位随从捧着的木盆，问道：“萧兄，你也去放生？”

萧彻还没回答，宝公子就蹿到木盆前，看看肥鱼灿烂地笑道：“萧兄干什么事情都是赏心悦目的。”

“少卿想说什么？”

“那个，反正都是放生……”宝公子双手交握，两眼放光地盯着萧彻的大鱼，“不如全部放生在我家吧。”

“这鱼本来就是送给少卿的。”萧彻忽略掉宝公子垂涎的目光，“我此来，还想看看上次送少卿的那株兰花长得如何了。”

话音掷地，跟前的少卿大人立刻搔头，干咳了两声，正正经经地说：“昨夜，李延回来告诉我，你与管大人用一样方子，吃一样的药。”

“也不算是药，同种调养汤汁而已。”

“你与死去的管大人交情不浅呀。”

“当年是他兵临城下。”萧彻嘴角上扬。

陈年往事了。兵荒马乱的岁月，夜空时时战火熊熊，烧红半边天，他周围的每个人都带着一张惶恐的脸。

那夜，内监禀报，他们的父亲萧鼎要见他和弟弟萧旭。

这一路风很大，古树枝叶乱晃的影子显得狰狞。他身体本来就不好，根本跟不上活泼的弟弟，很快被落在后面，缓缓地跟着进了厅堂。

偌大的厅内空空如也，火炉里火苗噼啪作响，他们的父亲坐在正中，盔下阴影让人看不出表情。

“我们赢了吗，父王？”年幼的萧旭扑进自己爹的怀里，欢快地问。

“我们输了。”萧彻直视着萧鼎摸剑的手，平静地说。

终于，萧鼎抽出了剑，锋刃寒光森冷，伤痕累累。萧彻走近，伸手去触摸那柄利刃，手与刀同样冰凉。

“输了就输了吧，爹。”

两日后，萧彻、萧旭两兄弟跟着自己的父亲跪地迎军，一顶蓝顶大轿随军而至。萧彻明白，萧家军不是输给了什么朝廷兵马大元帅，而是输给了轿子里那个不会骑马的军师——管铭。

那晚，这军师的一封密函救了他们的命：只要支持太子殿下，萧家军哗变一事不予追究。

虽说谁人无死，人若一死，万事皆了，可是人也会贪生。萧鼎思前想后，终于刺破手指写下血书，递上了降表。萧家兵变，是被奸臣逼反，如今奸佞已除，皇恩浩荡，一切不予追究。

“成事在人，谋事在天；天无定数，人无定心。”轿子里的管铭说了这么几句。

这几句话，萧彻一直记得很清楚，记得很深，很深。那年，他只有七岁。

“你为何会与李延说起药的事？”阮宝玉追问。

“大人认为我有嫌疑？”萧彻莞尔。

“我只是不明白你为什么要跳出来。”

“我掩饰也没大用，大人总是会查到的。”

“你不怕我认定你要‘此地无银’的手段？”

“一来，萧某不认为做了什么亏心事，没什么说不得的；二来，是因为我很欣赏你，阮宝玉。”回答得四平八稳。

宝公子当即石化，很明显，他一时消化不了这句话。

“说这话，是我深思熟虑过的。阮少卿，可以好好考虑。”萧彻态度诚恳。

此时，不远处有人亮声：“我有公事找阮宝玉，敬请少保回避。”

不知道何时，帛锦出现在了他们身后。萧彻眼皮一颤，不动声色地望去。

帛锦斜斜靠立在街角的青墙下，墙头上闹盈盈的杏花压枝怒放。天依旧蒙蒙，风浅且闷热。灰天、青墙、红杏，带上雨后潮湿，像幅吸饱了墨汁的山水画。而那人整个就融进了这春色中，看得人的心也跟着春风一并毫无休止地荡开，再荡开。

阮宝玉用手圈着竹篓，朝帛锦那处跑去，而这次，他很确定没被扔出去，因为他没看见街道上的绊脚石，摔得非常豪迈。青石板的街道没给他狗啃泥的机会，直接在他额头上顶了个大青包，鼻孔跟着滚出两道鼻血，竹篓被抛得贼远，骨碌碌滚到了锦衣侯的脚边。

帛锦依旧挺拔而立，只微微地侧了侧头，瞄了地上的阮宝玉一眼。

“侯爷。”

萧彻优雅地小退半步，好似什么都没发生过，只道了句：“告辞。”

帛锦说了句“不送”，言辞里多少带了点扬眉吐气的味道。

宝公子灿烂地笑着，抬着头，一时忘了起身。

帛锦伸手：“起来！管铭死前上了道奏折，是说治水的。”

“啊？”

“那道折子，可能是假的。”

管铭掌印都水司，管的就是治水，最后那道奏折，写的是对治理江淮的建议。他建议皇帝建淮堰，堰上植树巩堤，堰底以铁为基。虽劳师动众，却可永绝崩堤之忧。

“百年来，历代治水从来不截不堵，以疏为主。尤其淮河流沙堆积，怎么可能造堤成堰？”帛锦说完回头，见宝公子乌玉的眼睛仍盯着自己，“你在听吗？”

“嗯，也许是管大人死前回光返照，脑子恢复了以前应该有的呆傻。”

帛锦瞪他，居然还在记恨着狐狸脸：“我瞧过折子，官章缺了一角，而我也回大理寺对照过，温泉里那块田黄，就是玉印上磕下的。”

“也有可能早就磕掉了，管大人身体不好，所以懒得重换了。”

“以前的折子我也去验查过了，前一道折子就在案发前一晚送出的，章当时没坏，礼部印曹也没有管铭要求补印的记录。”

“所以侯爷认定了奏折是假，章是有人在管大人死后盖上去的？”

“八九不离十。”这应该就是动机。以管铭的为人，他死也不会出这样的馊主意，所以他必须死，他死了才可能出现这样的“建议”。天子对管铭信任有加，最后那道折相当于遗言，帛泠没有不遵循的道理。

“嗯，侯爷真是英明神武，掐得处处是点。”宝公子的表情一丰富，鼻血又开始汩汩流出。

“你不觉得，我去印曹查档，是画蛇添足吗？”帛锦有点啼笑皆非。

宝公子傻兮兮地擦完鼻血，努力摇头。

“你快去断案吧，我去向皇上说明。”

帛锦转身，却被宝公子一把从身后拉住：“侯爷，等我断了案子，你再去成不成？我会很快的，真的！不会误事的。”

有了目标的阮少卿干活做事都非常卖力，他赶到后便命人将温泉截流，舀干泉水。

“禀大人，没有异常，只在泉壁发现了一个小洞。”

阮宝玉拢眉，亲自去看那洞口，洞不大，只一枚铜板大小，却貌似挺深。宝公子手扒开了些，发现里面有东西。

“挖开！”

“是。”

一炷香的工夫，手下的差役报告：“阮大人，是根铁链，应该是沿着洞伸长的，暂时还拉不出来。”

阮宝玉转目，厉声命令：“沿铁链一路凿挖下去，把店主人给我叫来！”

四更过后，等在侯府的帛锦得了阮宝玉快马送来的消息，知道宝公子已经发现了机关，那条铁链一直延伸到了店外的小树林里。

“这链子一头藏在洞里，一头装在林里的机关上。林子里的机关一转动，池壁里的链子就会伸到温泉池中。”衙役喝饱水后，气喘吁吁地禀报道。

“这么大的动作，店主人不知道？”帛锦眯着眼问。

“阮大人问了，那主人说，前两年有个地师路过，闲聊中说温泉风水不好。店主人信了，就出钱留他下来改建了一番。”

“单凭一道机关，一条铁链也引不了雷啊。”帛锦将眉头皱得更紧。

“阮大人连夜问过村民，说是前些日子这林子里莫名出现了一根铁杆子，大家也不知道来头、做什么用。有几个心黑的想偷了换钱，因为雷雨所以将这事搁置了，等天晴再去看时，杆子又莫名没了……”

帛锦颔首，这才是关键：“阮宝玉还交代过你什么事情？”

“侯爷这边就只让禀报清楚，无须您担心。还有就是让我禀告李大人一声，说阮大人请他去要萧彻萧少保的药方子。”

“不用劳烦李延了，我去吧。”

帛锦登门访萧彻时，萧少保正在院里专心浇花。引路的家人轻唤，他才转身，对帛锦吟吟一笑。帛锦礼貌地说明来意后，萧彻点头，抬手命手下去取方子。

“侯爷，容我把余下的花浇完。”萧彻干咳了几声，敛着广袖继续旁若无人地浇花。

“这是兰花？”晨风吹着话声，慢悠悠地飘过。

“侯爷认得？”

“我识兽，不识花。”

“春天花开，侯爷却不识美景，真可惜。”

帛锦展颜：“我只知道春天幼兽会到处撒野，扩大自己的地盘。可惜萧少保身体不好，不能狩猎，不过若想见此情景，可以借鉴其他动物。”

萧彻眯着眼，依旧有条不紊地浇花：“比如？”

“狗。”

“侯爷说我像狗一样，随地撒尿圈地盘？”萧彻一怔，又咳嗽了几声，放下浇壶扶阑转身。

“我有这样说吗？”

萧彻薄唇牵起淡淡的弧线，缓缓躬身施礼：“侯爷，昨天是我错了，是我扯谎了，万望您见谅！我不是欣赏阮宝玉，而是非常欣赏他！”

案子简单且实在无聊。

折腾了一个通宵，阮少卿直接在管铭的那间卧房里休息。精神头还算好，人坐在地上，头斜斜靠着榻脚，手指撑起眼皮，尚能识别物种。

管大人为这小房取了个非常有趣的名字——“敛诗间”，如今倒是真的敛尸用了，圆满了。这屋木格的门窗，似乎多了那么一点儿情趣，只是一点儿。

宝公子微笑。

这时，手下有人通禀：“大人，小尤带到。”小尤就是第一个看到尸体的侍女。

他懒得起身，只招招手，道：“唤她进来。”

侍女进门跪地，宝公子见人家面容姣好，又有了劲头：“你叫小尤？”

“是。”

“是你最先发现尸体的？”

“是。”

“听说管大人来，都是你伺候左右的？”

小尤再次点头应下。

“有什么想说的吗？”宝公子道，“大概情况我都听过，说点其他的。”

“民女不知道该说什么。”

“真的不知道吗？”阮宝玉的眼睛直直盯住小尤，指着这屋子的某个点，“这个破圆点是不是很有趣？我上次来时没有注意到这里。这个小小圆孔正对着回廊的拐角角落，那边可以算是死角，很少有人会路过吧。而这高度该是人跪坐的高度。”

小侍女的脸上骤然泛起红潮。

“如果我没猜错，有人喜欢躲在这里偷窥管大人。”宝公子很贼地笑了笑。

“大人饶命！民女只是看看，真的……真的只是看看。什么都没做过啊，这命案和我没半点关系。真的！”把戏被揭穿，姑娘被吓得脸都青了。

“别怕，别怕。美人当前，又有地理优势，要是我也不会放过这种机会的！”宝公子安慰，骤然间又皱起眉，警觉性逼视，“那日，我和侯爷来此查案，你没偷看吧？”

小尤明显受了惊吓，双手急得乱晃：“没有，绝对没有。”

也是，出了那么大的事，谁还有这份心思呢？

宝公子满意地点头，压低声线神经兮兮地问：“那你发现过什么？管大人有什么不良嗜好？”

嘴上没毛，办事不牢。一直独自欣赏、无法与人分享秘密的小尤，如今可找到了倾诉的对象了！她暗地清清嗓子，将管铭的生活习惯一五一十地告诉了阮宝玉，桩桩件件如数家珍，听得宝公子连连翻白眼。这管铭日理万机，生活白蜡一般无趣，听得人只想瞌睡！

三炷香以后，阮少卿终于无力地投降：“那曹将军来后，他们有什么事情发生吗？”

一句问话，小尤好似被点了穴，木木地回想了好半天，摇头：“曹将军来，管大人就挺严肃的，说话也很小声。我唯一听清楚的一次，他们说的是——马。”

“马？”不是水，是马？宝公子顺了口气。

"案发当日，曹将军前来时和以往有何不同？"

"曹将军来时很高兴，直嚷嚷着给管大人带了份好礼！兴许因为太高兴了，他说完就一口气把管大人剩下的半碗汤药当茶给喝了。"

阮宝玉眯起眼，点了点头，后又环顾周围："你说有礼物？什么礼物？这屋子里我没见到什么礼物啊。"

"这……民女好奇，偷偷去看过。"小尤脸又红起，埋头低低回道，"那礼物其实……其实是个疯子。"

"是人？还是个疯子？"宝公子声音不自觉地拔高，眼波一转，追问，"是男是女？"

"男疯子，疯疯癫癫地说胡话，是京城口音。"

"这么大的事，怎么没听人说起？你家店主为何知情不报？"

"不是，不是！"小尤忙否认，"案发之后，店主和先前查案的差官说起过，可没想到他们去了关疯子的地方，发现疯子已经不见了。后来，原来办案的大人警告说，管大人的清誉已经遭损，这事不许再提。"

宝公子揉揉鼻子，有点不解："为什么说是清誉被毁？"

"嗯……"小尤支吾，"他们说管大人是狐妖化身，需要吸食人的精血，所以曹大人才送来……"

"明白了。"宝公子知道小尤不喜说管铭的坏话，体贴地打断，"姑娘，你可记得那疯子的相貌？"

小尤点头："民女记得。"

阮宝玉会意，命人将小尤领下，按她的叙述给逃跑的疯子绘影画图。出门前，小尤频频回头，欲言又止。

"放心，本官会努力还管大人个清清白白的光辉形象的。"如果可能的话。

画像出来，人居然长相不错，眉清目秀的，难怪园子的小侍女记得。

宝公子让人安排将图张贴悬赏后，再次翻看死者的案卷，的确发现了几张地方官报，张张皆带着辖地内村民的马被窃的消息。阮少卿当场头疼，倒地不起。

帛锦人进屋时，阮宝玉正非常不雅地呈"大"字形仰面躺在地上，愣愣地瞪着房梁神游八方。

听到声响，宝公子别过头开始抱屈："侯爷，那管大人管得太多了！"

“他姓管。”帛锦俯视着他。

宝公子的眼睫不是很长，也不密，只是眼睛很亮，即使在迷茫时候，依旧透亮。

“姓不好，人也怪，说不准还喜欢‘上’疯子。”宝公子开始数落，却偷偷将官报藏匿进袖中。不料帛锦一把夺过他藏起的官报，掠了眼，面不改色地问道：“丢失的都是阉马？”

宝公子见事迹败露，索性继续躺在地上：“有侯爷在这里陪我想案子，一定事半功倍。”

“其实我来，一来是看看案子的进展，二来是知会你一件大事。”帛锦瞥了阮宝玉一眼，平静地说道，“太后知你办事卖力，如你能及时破案，在皇上给你官复原职后……”

“嗯？”

“会给你赐婚。”

宝公子用力地眨着眼，消化着方才的话：“我如果不能破案呢？”

“你以为皇帝还会轻饶你吗？”帛锦直视他，语调温软又残酷。

阮少卿眼里的炽热开始困顿，他闭上了眼睛，再度睁眼时，帛锦已经离开。一切就像一场梦，而这梦的最后，似乎听到侯爷一声叹息。这声叹息固然很轻，但是阮宝玉还是听到了。

“你人不舒服就在家休息，反正一时半刻也来查不出什么的。”李延好意关心。

“稍微有点发烧而已，无碍。”宝公子灿烂一笑，“我最近胖了些，正好有发烧的本钱。”

“我看你是发神经。”李延冷哼。

“还是没那清秀疯子的消息吗？”宝公子一如既往地灌茶。

“就知道你会问这个，暂时没有。萧彻那边送来的药已让仵作在验了，暂时也无进展。”

阮宝玉点点头，提笔做摘记：“管铭为什么对马有兴趣呢？搜罗的还是年前冬天被盗的阉马。”

“阮宝玉，圣上只是要我们查出两位大人的真正死因，确认他们并非被雷劈死，还他们清白，有必要深究这事吗？”李延狐疑地问。

“当然有必要！”宝公子斩钉截铁地回答。

此刻，衙门外传来马蹄踏地的声响，由远而近。差役入门后一路疾走，步伐不带停顿：“大人，有人认出那疯人了。”

两人大喜，异口同声地探问下文。

“回二位大人，是扶青馆打杂的龟奴。”

“带他上堂。”

不消一刻，龟奴上堂跪地：“小的乐平给大人们叩头。”

“乐平，你说认得这画像中的疯子？”

“是，小的认得。这人原来是本院里的乐人，年前被人便宜买了去。”

李、阮两位少卿无言对视。

“你说有人来赎。可记得那人模样？”

叫乐平的龟奴摇头：“那人来的那夜风雪很大，人进了厅门也不脱雪帽，时时低着头，外加帽子压得很低，小的看不清楚。不过这人出手很大方！当时我就挺纳闷的，这主儿虽然阔绰，但也不需要一口气赎七八个乐人吧。”

“你是说被买走的不止一个？”李延挑眉。

“是。”

宝公子撇撇嘴：“你们院专出疯子吗？一出就七八个？”

小龟奴忙不迭地摇头：“谁说是疯子啊？这几个人离院前正常得很，没一个是疯子。”

两位大人再次对视。很好，现下的版本是管大人或曹将军差人去买了一群乐人，并且很没人性地把人给整疯了。

问完话后，乐平被带下去领赏。李延软软地伏趴在案，挠着桌子怨恨道：“早叫你不要再查了，这下可好，这管大人哪里还有清白啊？”

“是这案子自己复杂起来的，不是我拖延时间。”宝公子施施然提笔吸墨，“盗马和买人，两件事居然都发生在年前的大冬天。”

继续调查的结果让大理寺少卿们更加为难了，被买走的乐人不只有这一家的，据查买主陆陆续续逛了四五家。

李少卿窘极，无力扶墙。宝公子过来拍拍他的肩，眺望着天边道：“你说这管大人这是要干什么啊？竟一口气买了近三十个乐人。”

“你……闭嘴。”李延嘴角抽搐，国之栋梁啊，就这样给毁了名声，“一旦史官落笔，我们一定会被皇上安排充军荒地的。”

“放心，史官如果敢来大理寺，我们就关门放狗！”宝公子十分讲义气地安慰。

“大理寺有狗吗？”

“那……放猫，挠他！”这回总没错了吧。

“我感觉放你比较有效。你最好去磨磨牙，弄得更加尖锐点。”

“那可不成。”宝公子立即捂住嘴，“牙磨尖，不好看了怎么办？”

所幸李延心思不在这里，觉得心头的压力减轻了不少，又开始埋头理案子：“阉马的事情有什么新线索吗？”

“管铭搜集了很多阉马被盗的官报，时间最早的是前年冬天的。”阮少卿歪着头，“这些官报都是冬天的，其他的资料我收集得零零散散，都不专业，想不出什么。”

“去兵部问吧。”

“去兵部问阉马？”

李延掩面：“事到如今还能怎样？但愿能调查出什么，为管铭大人挽回一点颜面。”如果再是什么负面消息，他就得通宵收拾东西，准备充军了。当然，前提条件是，他那做尚书的父亲没一发火把他勒死了。

兵部属于武系，所以各属各部对文官的来访并不热情，宝公子靠着璀璨好看的笑容与三寸不烂之舌，花了不少工夫，才问到了骏马监管事的头上。

“我听说战马都是阉马？”

“大人真会玩笑，战马如果都为阉马，那以后我军要如何培育战骑？”这位骏马监署令姓钱，人长得五大三粗，说话倒算客气，“战场无情，军队怕公马作战时不听指挥，所以也有选用阉马和母马的，但不是绝对。”

大理寺的两个文官频频点头，隔行如隔山，受教了。

“我们这次来是想讨教些阉马的问题，大人可知为何会有人专盗阉马吗？”李延将管大人收藏的邸报一一取出。

署令扫过几眼，摇头：“为什么要盗阉马，你们查案的都想不明白，我当然也想不出道理。”

“你是说阉马没特别大用？”李延心紧抽了一下，“你再想想看。”

钱署令皱起眉头，眼睛蓦地一亮，一拍大腿，笑道：“哦，我想起来了！丢马的这几处正好是涿州牧马监的管辖地带，那里方圆三十里是不允许母马随便出入的，所以地方百姓一般养阉马居多，不养母马。”钱署令说得开心，见跟前两人一脸糊涂，又道，“两位大人，我去取各地牧马监驻扎点的地图来给你们看。”

不一会儿，地图呈上。

“这里就是涿州牧马场。”

宝公子低头，在地图上寻出丢马的几处，发现果然都在牧马场附近。

“我看啊，是那些盗马的见没什么马可以偷了，只好对阉马下手。”钱署令非常神气，一副破了奇案的架势。

“可为什么牧场附近不能有母马呢？”宝公子托腮。

“怕马种被偷呗！”钱监令解释。

原来，这处牧马监放牧的都是种马，每年春季都会等其他圈养母马的牧马监将母马送到牧场，与种马配种。牧马监怕有贼人趁机偷马种，所以规定附近百姓不能擅养母马。

“母马和种马是隔离饲养？”李延皱眉，配个种还要将母马赶来赶去，多费神啊。

钱署令点头：“因为种马得发情时间不定，而母马的发情期从三月开始，到七八月份方止，每次发情时长只有五日，中间还会间隔近二十日。非是发情期，种马是近不了母马身的，所以我朝规定种马与母马分开圈养，以免马匹出现不必要的伤亡。”

李延偷看了一眼，只见宝公子半张着嘴，听得一愣愣的。

“可为何是母马走动？”

“那是因为母马就算处在发情期，瞧见不顺心的种马靠近，依旧会反击。选母马往返，即便路程不远，也能消耗些体力，以保证能顺利配种。”

宝公子骤然抬头，神经兮兮地问道：“那如果母马处在发情期，但种马却不理会呢？”

李延听后，目光飘移作无视状，心里却狠狠地暗骂：你就爱这类问题。

“嗯……种马不发情，就会喂些配了春药的草料。”钱署令笑不可抑。

“我们能去次涿州的牧马监吗？”

钱署令为难：“去是可以，可按时季，此时正是配种的日子，牧马监那边必然很忙，可能顾不了二位大人。”

好奇心切的阮宝玉当然不肯罢休，夺命微笑再次发挥作用，没几句就骗到了兵部的牒令，欢天喜地地跨出了门。

“阮少卿，请你不要笑得如此放肆可以吗？”

“李延，我突然有了一个很恶毒的想法。”宝公子得意地笑笑，“我们先赶去涿州吧，快马加鞭，半天的路程，说不定看到举世无双的名驹，一饱眼福。”

李延干眨了几下眼，静静地缩到一边，关切地问：“你这几日该发病了吧？”

“所以？”

“最好一到那里你立即发病，我好假装不认得你。”

宝公子一撇嘴，没搭理李延，仰面继续盘算着自己的计划。

这时，有人心急火燎地朝他们奔来，正是大理寺衙门差役：“二位大人，找到那疯子的尸体了。”

宝公子半眯起秀眸，得出了两个消息：一、疯子找到了；二、疯子死了。

“李延，我想去看看那疯子的尸体。你先去牧场，瞧着了好戏记得告诉我。”宝公子迎风而立，笑颜清爽。

李延还没说出个“好”字，眼前的宝公子已经撩起官袍，向大理寺方向冲去，即使是上坡道，也没有放缓的样子。一口气冲进仵作间，宝公子大吼：“尸体呢，没腐烂吧？”

蓝仵作明显对他的闯入没有防备，受了不小的惊吓，隔了一会儿才起身施礼。

阮宝玉摆手，急问道：“尸体在哪里，验得如何，怎么死的？”

蓝仵作垂头跟在他身后，低低回了他一句，尸体在停尸房不在仵作间。

宝公子猛地转身，蓝仵忙收势，小退半步：“大人，这人是伤势过重致死。”

阮宝玉歪着头凑近，眯着眼盯了蓝仵作好一会儿：“怎么个过重法？”

“脊骨、肋骨多有压裂痕迹。”

宝公子笑容未尽，湛亮的眼眸弯弯，锐光清澈：“没有其他奇怪的发现吗？”

蓝仵作咬咬唇，恭敬屈身禀报：“死者生前曾遭受过重创，内脏都烂了……”

阮少卿听后，嘴角依旧是笑眯眯的弧度，眼里却没了温度：“据你推测凶器有多长？”

仵作蹙眉，用手比了长度。

阮少卿再次转向蓝仵作，正想说什么，却听衙门有人通报：“大人不好了，史官的轿子向这边过来了。”

“告诉他我去涿州牧场了。”话音未落，他人已奔出屋子，通过甬道从偏门逃去。

李延赶到涿州牧场时，已是黄昏。

牧马监果然很忙，他进门时，牧场正要卸草料，他只见人进出，却不见人搭理。好容易熬到了掌灯，终于有人比较友善地向他这边扫了一眼。

李延无法，只能扬起热脸贴上别人的冷屁股：“请问这里的监丞忙好了吗？”

那人打量了李延会儿，讪讪道：“少卿大人，我家马监丞还在仓房忙着，估摸一时好不了。你若不嫌脏乱，就跟我一块儿去仓房吧。”

李延心想，总不见得要自己在这厅堂里打地铺吧，于是只好点头：“烦请带路。”

一路上夜风还挺大，又顶着风，李延受不了马场的那股臭味，只能捂紧鼻子。

牧场的仓房，灯火通明。

管这地儿的监丞姓马，人不随姓，整个脸长得像牛，鼻大、眼大、嘴巴大，活脱脱一头牛转世。李延暗自摇头，还好爱看美人的宝公子没来，否则他的心情一定会变得很糟糕。

互相客气了几句后，李延大人又被晾到了一边。

李延委实无聊，眼睛到处乱瞟，瞥见库房先生的入库登记册，发现原来现在进的是掺了春药的野茴香，他情不自禁地叹道：“给马吃的春药，需求量还真大！”

话一出，声音不小，忙碌的众人停了手里的活，齐刷刷转头瞪向李延，弄得李延恨不得钻地遁逃。但这次马监丞给了他面子，重重地拍了拍他的肩膀道：“大人是不是认为育马很容易？”

“没有，我没有轻看的意思，只是……”

“说出来你可能不信，这里做的也是个玩儿命的活儿。上头只当这活儿清闲，就算弟兄们被马踢伤了、弄残了，兵部也只会拿出几个小钱，轻易把人打发掉。”

李延没想到自己一句话会引起监丞如此大的不满，他只好虚应着干笑了几声，埋下头继续看入库的小册。看到后面，他心中一动，倏地抬头盯住马监丞：“监丞大人，李某没研究过种马食用媚草的量，只是听兵部骏马监处的人说，母马如今才发情，而你去年冬天的时候就高价购入了野茴香，这是不是过早了点？”

马监丞当时就愣住了，脸色阴晴不定：“那是因为……”

“那是因为他们有猫腻！”抢话的那位稳稳站在仓房门口，逆着光，努力摆出了一个引人注目的姿态。

李延听后，机警地向门口退去。

“你是谁？”马监丞眼里射出两道浑浊的冷光。

“大理寺少卿阮宝玉。”

仓房内陷入一片寂静，外面照明用的火把已经燃起，肉眼能瞧见一只只小虫扇着翅膀飞扑过去。

“呵呵，我这里吹的是什么香风，竟能把大理寺两位少卿都引来？”

“别岔开话题啊，”宝公子保持着潇洒风姿，一步步走来，“你只管告诉在下，这里是不是有猫腻？”

马监丞把牛眼瞪得奇大，还没发作，就见阮宝玉乐呵呵地夺了账簿低问道：“大人，寒冬进货，一定压了不少价吧？”

隔了好一会儿，牛脸的马大人才缓和了情绪，与阮宝玉相视一笑，竖起拇指：“果然是大理寺来的人，厉害厉害！”

“哪里哪里。”

马监丞人长得不怎样，心却挺细，他凑近宝公子，神秘地央求：“不过大人，这事也算是本牧场私下的小动作，只为了换点酒水钱。”

“牛大哥放心，大家都是明白人，我和李大人至多……也是今夜到这里来多讨杯酒喝而已。”

“好说好说。不过，在下姓马……”

他们热烈商讨着，一旁的李延再次被无视，等他反应过来，宝公子已经拿了一包贿银，拉着他一块向外走去。

“阮宝玉，没想到你是这样的人！我……我要和你断交！”

宝公子没言语，头一歪靠上李延的肩，喘着粗气：“我人不舒服，想吐，那人长得太难看了。”

“你活该！谁让你跟人家靠那么近，还拿人银子的？你绝世名臣的清誉不要啦？”

“我欠了一屁股债，缺好多银子。”宝公子打趣，面色依旧难看，终于没忍住，冲到牧场一边的角落呕吐起来。

宝公子这么一吐，风里的恶臭中又加上了几分酸气。李延气得皱眉跺脚，却发现脚底有异常，像是踩到了什么软软的东西。他蹲身低头细看，发现足边的泥里居然是一只手，一只带着泥渍、血渍的人手！李延斗胆将泥土扒开了些，发现被掩埋掉的尸体还不止一具。他刚惊呼出声，就被刚吐完的宝公子捂住了嘴。

“别吼，我没带人手！”

“你说什么？”

“都怪史官来得太巧，我来不及叫部下跟随。”宝公子无辜地擦擦嘴，“这里是人家的地盘，咱们快溜吧。”

李延狠狠瞪了他一眼，只能猫腰转身，准备开溜。可惜太迟了——

“没想到，两位大人对这牧场的兴趣那么大啊！”四周的火把在话落的瞬间被点亮，马监丞昂着牛脸出现了，而他身后跟着密密麻麻好多人，都是牧场的差役。

一声极轻的叹息后，宝公子整整官服，将之前拿来的贿银抛到马监丞脚边，淡淡道：“本来我还犹豫何时了结此案，看来上苍注定，今夜非破不可了！”

马监丞大笑：“说来听听，我很好奇你知道了多少，大家都亮个底吧。”

宝公子粲然一笑，口气淡然：“你们偷盗军马马种。”

一语中的！

“你们给种马喂春药，使种马发情，又利用阉马取代母马与种马交配，事成后引出马种偷偷贩卖出去。”

李延颔首：“难怪他们那么早就进了大量野茴香。可是，阮宝玉，这和死人有什么关系？”

“李延，如果我没有猜错，这些就是被买来的乐人。”

“什……”

“我也不明白，他们为什么要把阉马换成乐人，可能人比马更好控制吧。”阮少卿将目光投向脸色难看的马监丞。

马监丞点点头：“你推论得不错，最开始我们确实是靠阉马得到马种，从中牟利。可去年冬天不知道怎么，兵部管制阉马的法令突然严格了许多。阉马本就不好控制，现下连法令也开始严格，所以雇主聪明地出了个买人的好主意。”

“乐人属贱籍，去向不受限制。”宝公子眯眼，“牛大哥，你这里是不是逃了个乐人？”

“对。”

“那你想知道为何兵部对阉马的管制突然严格了吗？”宝公子冷笑，“是因为曹将军和管大人他们发现了蹊跷。”

马监丞皱眉不自觉地倒退了一步。

“所以管大人才会收集资料，曹将军才一路查探下去，并带来了那已经疯掉的乐人……”

“难怪曹将军会对管铭说，那已经变成疯子的乐人，是一份好礼。”李延接下话头。原来他们一开始就推断错了，管铭他们既没买什么阉马，也没派人去买什么乐人。

“是你们害死了管大人和曹将军，杀人灭口！”李延怒指。

“是不是已经不重要了。二位大人为什么不问问，本监丞是如何利用那些人获得马种的？”话声落地，马监丞身后冲出两人，手提木桶，对着阮、李二人泼了一身黏腻的腥水。

马监丞一阵阴笑，他的人左右分开，其后出现了好几匹高大的马，此刻正狂躁地踢蹄、蹦跳。李延扯住宝公子就逃。

“你们逃不了了，方才的水里掺了母马的气味。”马监丞率众得意地大笑。

种马闻着气味蹦跳着追去，李延则继续拖着阮公子没命地逃。

“李延，我头晕，可能要发昏了。”

李延难以置信地看着宝公子：“你这时候发晕？”

“我快不行了。”

“不许晕！”李延揪起宝公子的耳朵抽他的脸。

“你把我放在逆风的地方，自己顺风逃吧。”

“不行！”

“这样我比较安全。如果你回来时我还没恢复，记得把我运到侯爷那里！”宝公子硬撑住最后一丝清明，说完这句话后，头一歪、眼一闭，结结实实地晕了过去。

李延闷声背起昏迷的宝公子，一口气跑出牧场，耳边风声呜咽。

这样下去肯定不行，他偷看了一眼，还好没见追兵，只有追马。于是他咬咬牙，将宝公子藏匿在了顺风的灌木丛里，自己则逆风继续逃去。种马闻到母马的气味，不再胡乱地踏蹄，径直追了过来。

李延哪里逃得过马，一路滚地逃命，几乎力竭。这时，夜风里马铃叮当，他面前出现数名骑兵，远远伫立着。李延绝望地看去，却见月下旌旗招展，隐约能见一个斗大的“苏”字。他恍然大悟，不是追兵。他嗓音嘶哑地举手高呼救命时，后面的种马已然杀到，对着他抬起前蹄。

“嗖嗖”几道血箭，疯狂的种马应声倒地。李延狼狈地膝行。

“你没事吧？”马上领军的人翻身下马，慢慢走近李延。月光下，这名将士身姿英气挺拔，面貌却艳色过甚，左眼角下方一滴胭脂血痣，配上张娃娃脸，好似这人会永远停驻在雌雄难辨的年纪。

“救命！我……我是大理寺少卿！我们被牧马场的贼人追杀，我还有一个人要救。”李延无力一指，“就在那边。你们能不能帮我……”

“不能。”领军将士摇头。

“你说什么？”

“在下苏银，是临淮王麾下军将，藩地兵士不能随便闹事。”这个叫苏银的人回复得相当礼貌，归总下来也就是那么一句：与他无关。

李延当场呆住：“那刚才为何要救我？”

“刚才是情急，不得已而为之。而且……”苏银抚摸着虎筋弓背，“我技痒。”

“有人会死的！”李延嘶吼。

苏银挥挥手，微笑着准备离开。李延气得发抖。横竖是死，不管了！他突然有了主意，发狠地掰过苏银的肩膀，对着他的脸就是一拳。

苏银原以为李延拦他只是为了说理，没想到他会扑上给自己一拳，脑子一下子木住了，等他反应过来，李延已然逃到好几丈外："我就是打你了，有本事你来抓我呀！"

苏银的随行亲卫目瞪口呆，僵化当场。

"你死定了，我记得你的衣服！"苏银翻身上马，双目充血，"你们都愣着做什么？给我追！"

第八章　乱夜

宝公子醒来的时候，头顶的月亮依旧很圆，更圆的，是一双赤红的马眼。

虽然李延逆风行走，引走了绝大多数发情的种马，可还是有一匹鼻子灵光的，居然找到了昏厥的宝公子。

“那个……马兄。”难得宝公子醒来还认得马，抬起手打个招呼，“你好。”

马儿打着响鼻，没空和他招呼，径直伸出一只蹄子，一个用力，正巧踩在了他肩膀的旧伤处，使他顿时感到疼痛锥心。他潜力爆发，居然挣脱马蹄，往前爬了几步。灌木丛里枝杈尖利，很快就划破了他的衣衫，在他的臂膀腿侧划下无数条血痕。淡淡的血腥味弥散开来，雄马似乎更加抓狂，急踏了几步上来，前蹄高举，这一次对准了阮宝玉的后脑。

阮宝玉已经无有退路，脑中翻江倒海，可怜临死还是没想起自己是谁，但有两个字却是鲜明的。

“侯爷！”在马将要踏蹄的时候，他豁出去了，撕心裂肺地喊出了两个字。

“该死的阮宝玉。”骑在菊花青上的帛锦恨骂了一句。

这大半夜的寒风正紧，自己居然策马百里寻来牧场，可真是疯了。

在收到阮宝玉捎来的消息时，他正坐在正厅品茶，想的是这人死便死了吧，和自己毫无干系。可到了半夜，他脊背疼到不能入睡，起来溜达，然后一溜达就溜达到了马房。菊花青似乎明白他的心思，大半夜的精神矍铄，居然在马房安静地吃草。

“这事儿本来就和我没有干系，不过作为他的上司，我不应该看他这么犯险寻死。”上马之后，他这么跟自己说，然后马鞭一挥，一走便是半夜。

到了涿州牧场，情况果然和他想象中一样失控，远远地便可看见牧场半夜火光大作，发情的种马满场嘶鸣。那长着一张牛脸的监丞居然半夜不睡，一听他开口询问，立刻就黑着脸孔连声否认："什么阮少卿？他堂堂四品少卿，怎么会夜半来我牧场？"

这回答一听便有些古怪，帛锦拉紧马缰，不再犹豫，立刻开始满场搜寻。种马的气味弥漫在夜风里，令人作呕，可他还是耐着性子在马场溜了一圈。

暗夜星稀，他远远看见有一个人踉跄狂奔而来，后面跟着一队人马，领头的似乎还拿了一张大弓。他扬了扬马鞭，正想迎上前去，就听见了夜里那一声嘶号。声音离他有些距离，可他听得清楚，那绝对是阮宝玉没错。

目标终于出现，他勒住马缰回头，循声看见的却是一匹纯黑大马在夜下高举前蹄，一副要把阮宝玉的头踩成稀泥的架势。没有时间了，他来不及策马过去，于是手腕发力，将袖里那枚从没离过身的薄刃，逆风朝马颈抛去。

同一时刻，奔得只剩半条小命的李少卿也听见了那声嘶叫。虽然很介意这一声叫的并不是他，但他还是顿住脚步，在原地愣成了一根桩子。后头追他的苏银急忙勒马，差一点被马掀下来。

"射死那匹马，射死它！"

李延的嗓子已经沙哑得像只破陋风箱，他将手高抬，指向了夜下那匹踏向阮宝玉的黑马。

苏银定了定神，立刻搭弓拉满。虽说作为藩王的家将，他要时时小心，不能造次，可眼看着一个活人即将被烈马踏死，他还是于心不忍。

他的弓名唤长弦，是名动三军的利器，此时被他拉满，箭射出，立刻发出一声低沉的吟叫。白羽箭去势如风，目标是那种马的颈脖，绝对不会有丝毫偏差。

夜风里划过两道弧线，同样力藏千钧，薄刃、长箭，两样利器的目标相同，哪一样中了都能叫那匹黑马毙命当场，却偏偏在马颈一寸开外相遇。薄刃遇上长箭，刀断箭折，两败俱伤。

此刻饱读诗书的李少卿心胆俱裂，骂出了他平生第一句脏话："他祖母亲的！"

而那厢马蹄无情，即使刀箭都没能伤到它，自然是一脚踏下，结结实实地踩上了灌木丛里的阮宝玉。马蹄生风，向下踏来，宝公子为了活命拼命往前挣扎，虽然没有被它这一脚踏成无头鬼，却也被结结实实踩中。

这杀千刀的死马，踩哪儿不好，偏偏一脚踩中了他右肩的旧伤。骨头碎裂的声音传来，他甚至都没来得及觉得疼痛，那雄马的前蹄又一次高高举起。

只这一愣神的工夫，帛锦已至，大氅掠地，人蹲身闪到马腹下，劈天便是一掌。雄马受了重创，却没有当场毙命，发狂半立，前蹄直朝两人踏来。苏银的第二支箭及时杀到，目标是种马的双眼。箭势凶猛而且精准无比，箭尖穿马眼而过，那马立毙当场。

危机总算过去，阮宝玉惊魂未定，在原地喘着粗气，因为在灌木丛里爬行过，衣服烂了大半。帛锦沉默了一阵，弯下腰去，扯下自己的大氅替他盖上。

阮宝玉还在犯浑，看到帛锦，眨巴着眼：“多谢这位英雄相救。”

随后赶到的李延险些气晕，跑上去看他的伤口，忍不住又骂了句粗话：“他祖母亲的，你伤口不疼了吗？真不愧是阮宝玉！”

话没说完，他就觉得后颈一凉，人立刻便站住不动了。苏银的白羽箭又已经搭弓上弦，指上了他的后脑。

“方才你打了我一拳！”这句话已然带了森寒杀气。

李延忍不住哆嗦了一下：“不会吧？被打了一下就要杀人，你做人可不能这么小气。”

苏银不说话，只是将弦拉得更满，一张弓咯吱作响。

李延的心开始狂跳，慌乱中生出了三分急智，道：“你刚才说你是什么人来着，临淮王的将士？那很好，我认识你家少主萧彻，前些天还和他喝茶来着。”

“那又如何？”

“如何？你不认得我没关系，你认得官服吧？我是大理寺李少卿、兵部尚书李停云的独子、太后的侄孙！杀了我，你赔命不要紧，可你家主子就要大大地不妙了！”

身后拉弓的声音渐止，看来这句话抓到了苏银的软肋。

李延的腰杆立刻就硬了，摆谱般伸出一只手：“对嘛，识时务者为俊杰，所谓官大一级压死人，你就只当被狗啃了一口，可千万别想报复回来。”他没意识到话里的自贬之意，却听见耳后拉弓的声音又起，“你干什么？”

“不干什么，给啃我的狗做个记号。”苏银略显清稚的嗓音响起，那箭凌厉无情，擦着李延颈后飞过，在他颈下留下了一道极深的血痕。

苏银领兵而去，帛锦也不再停留，连夜雇了马车领着两人回京。

阮宝玉的肩伤十分严重，他在马车里折腾了半天，不管换什么位置什么姿势，都龇牙咧嘴地喊疼。

帛锦叹了口气："你这只膀子可能毁了，以后写字画画都成问题。"

阮宝玉却不以为意，笑道："这位英雄，多谢你出手相救。"

"他祖母亲的！"一旁李延爆粗口上了瘾，拿手捂住后颈的伤口，道，"你个阮王八再装，这都走了一个时辰了，你那该死的失忆早就恢复了！"

这个杀千刀的！阮宝玉扭头，冲他也绽开一个璀璨的笑："这位壮士，天正黑，赶车大哥容易犯困，我觉得壮士应该出去陪一下。"

难得李少卿识趣，一句也不废话，真的出了车厢。但他开始哼曲了，大半夜的，他扯开他那破锣嗓门，扯锯一样唱起了昆曲。宝公子脱下一只鞋，气势汹汹地扔了过去，沾满马粪的臭鞋正中李延的后脑。李少卿到底是李少卿，遇挫不馁，嗓门更大了，越发拉锯一般吼起了秦腔。

反正已经被拆穿，阮宝玉也不装了，有一搭没一搭和帛锦讲话："侯爷，我们走了，那牛监丞怎么办？"

"我来时已经通知刑部和兵部，不管是谁管事，涉及管大人的事情，他们都不会怠慢，这人跑不了。"

"哦。"阮宝玉愣了下，"那这个案子基本已经清楚，我要跟圣上复命吗？"

"为什么不？"

"不是说我官复原职后太后要赐婚吗？那我宁愿扫鸽子粪。"

"可是我不愿意！"马车外立刻传来李少卿的狮子吼。

帛锦闻声，沉默了一会儿。过了许久，他道："那是一个好姑娘。也许接受赐婚，对你更好。"

阮宝玉抬头看了他一眼，一反常态，居然一路都没再说话。等到了京城时，他才说了一句："他人以为的好，未必是真的好。"而后脱下另一只臭鞋扔向车厢外的李延，"你给我别唱了，等我伤口处理下，立刻便同你去面圣！"

隔日早朝，吊着条胳膊的阮宝玉果然带齐所有证物上朝了。

"管大人是被人故意引雷前来劈死的。"阮宝玉拿出管铭的那件月白长衫，"圣上请看，这件衣服如此整齐簇新，显然根本不曾淋过雨，可管大人那天被雷劈后，汤山明明下了倾盆大雨。”

温泉是露天的，衣服却没被淋湿，那就只有一个可能，出事那天，管铭的衣服早被人偷走了，为的是让他不能出池，这衣服是事后才被人送回去的。既是被人谋害，就说明管铭不是遭了天谴，金殿上的帛泠脸色稍霁。

“雷是被一根铁链引入池中，圣上可以亲去汤山查看。”

帛泠没有理会阮宝玉的话，只是将手一挥：“堂下可还有谁认为管大人是妖狐所变？”

满朝文武诺诺。

“至于说管大人遭雷劈后身体完全没有焦煳，这是因为有人在管大人所喝的汤药里做了手脚。”阮宝玉呈上了他的第二件证物，“圣上请看，这是当日管大人在汤山所服药汤的一点残余。因为管大人和萧彻萧少保患的是同一种寒症，而且补药是一位药师所开，所以微臣拿萧少保所服的汤药和这残液做了对比，结果发现残液里有不同寻常的沉淀物。微臣为此请教了宫里方士，经多方打听，证实这东西是方士们炼丹时常用的咸荼。这种药无色无味，大量服用后人的尸首能够历十天而不腐。更重要的是，据一位方士所说，曾经有位道士服下此药，登仙台寻雷羽化。”

“结果呢？”帛泠从龙椅上起身。

“据说那道人遭雷击后虽然仙去，但肉身毫发无损。”阮宝玉回道，“此事在方士们常看的《十方坛》里早有记载，这书微臣也带来了。”

言毕，他将书呈上。他早将记载此事的那页做了折角，帛泠翻开后粗看了下，立刻唤太监来，示意给群臣传阅。

“管大人定是遭奸人所害！”刑部尚书此时第一个站出来说话，“微臣先前接到大理寺的消息，已经去涿州牧场将那监丞拿下。此人虽然否认杀害了管大人，但已经承认每年越冬时会私卖我良种战马的马种，至今已三年有余。”

“此事被管大人碰巧撞破……”阮宝玉接着把事情大致交代了一遍，“所以他要杀管大人灭口，也是极有可能的。”

“这么说，管大人确实既非妖孽，也不是遭了天谴！”帛泠长呼一口气，从龙椅上霍然起身。

“管大人雄才大略，而且淡泊名利，是真真正正的好官。”阮宝玉应声下跪，这一捧膝下黄金不是给帛泠的，而是给那一生清淡的管铭。管铭一手扶帛泠上位，为这位新皇呕尽心血，事成后却不贪恋名利，拖着病躯在司水监夜夜费心治水，这样的人，的确当得起他这一跪。

帛冷沉默着，就算凉薄如他，此时此刻也难免心绪如潮。

“管铭大人按国礼厚葬，追封护国公……”他朝堂下的阮宝玉投去神情复杂的一眼，“至于阮少卿，查案有功，即刻起官复原职！”

“恭喜阮少卿。”下朝之后，阮宝玉听得最多就是这句话，只是他每听一次眉头就锁紧一分。这哪里是在听恭喜，分明就是在听丧钟。

就这么走了一路，帛锦他没撵上，那“丧钟”却是结结实实听见了——有位矮胖太监喘着粗气，赶在他出宫门之前追到了他身后。

“阮大人请留步。”他平了平气，脸上堆出一朵菊花，“阮大人，太后有请……”

太后信佛，所以延禧宫内飘着一股禅香。阮宝玉跟着那位白胖太监在外殿等了许久，太后才缓步而来。

“哀家身体不便，倒害阮少卿久等了。”见到阮宝玉后，太后一笑，很是和蔼。

阮宝玉连忙弯腰叩拜，因为右臂有伤，起身的时候颇费了些周折。

“少卿这伤……不碍事吧？”太后皱了皱眉。

“不碍事，只是日后不能使力，也不能再写字画画而已。”阮宝玉连忙出声。

他一介书生，不能写字画画，那可不就是半个废人了？太后的眉又皱紧了些。

“那阮少卿家里还有些什么人？”

“微臣父母已经亡故，家中还有六岁稚儿，名叫阮侬，很是听话懂事。”

“你才几岁，便有这么大的孩儿了？”

“微臣二十有四，按说有这么大的孩子也不稀奇。”阮宝玉将声音放大，“但这个孩子却不是我亲生的。”

“哦，那便是你心存良善，看孩子可怜收养的吗？”

“应该是吧……”阮宝玉蹙起了眉，“具体的微臣也记不清楚了。”

“你记不清楚？”

“是，微臣在外为官时曾遇到歹人，被人敲过后脑，醒来后将前后差不多两年的事情都忘了个干净。”

太后显然是无语了，沉默了一阵才道：“那少卿后脑的伤……没落下什么病根吧？”

“也没有什么大碍，不过时常会昏倒，醒来后会犯一两个时辰的浑。病根倒不算什么大病根，只是总头疼，看病很费银子，把家底都掏空了。”阮宝玉据实以告。

“也就是说……你家中……不大宽裕？”

“还好。”阮宝玉继续说着大实话，“家中未请家丁，我还养了些鸡鸭，养活自己和儿子问题不大。”

“养鸡鸭？”

“是啊，太后，不止我会做这些活计，连我家阮侬都会劈柴担水了呢。”

“他才这么点岁数，就会劈柴担水？”

“是啊。”阮宝玉答，“他不仅会劈柴担水，还会武功，力气大得吓人，我要是犯病晕了，他扛我就跟扛棵白菜似的。”

“他居然会武功？这么小的年纪，倒也稀奇，跟的是哪个师父呢？”

“这个……”阮宝玉嗫嚅，“回太后，微臣真的不太清楚，微臣也问过他这个问题，可他年纪尚小，兜来兜去也说不清。”

话问到这里，太后彻底沉默了。

年纪老大不小，拖着个来历不明的儿子，家里穷得叮当响，脑子曾经受伤，现在还废了条膀子，连写字画画都不能了。这个阮少卿，条件还真不是一般的差。躲在屏风后面的那位姑娘也忍不住了，发起急来，将脚狠狠一跺。

太后叹了口气，手抚了抚膝盖，也不再说什么，只是抬手示意阮宝玉离开。

进到内殿，那本来要被赐婚给阮宝玉的姑娘自然是一百个不愿意，不停地在那里撒娇：“太奶奶，你难道真忍心让我嫁给那个穷汉，给他养鸡养鸭？他脑袋还有病，说不定我过去不到两年就得做寡妇，太奶奶……”

太后上了年岁，儿女心重，虽然有些恼，却到底不忍心苛责自己这个重孙女，一时间觉得疲惫不堪，只好先安抚了她，让她回去。

日头渐渐高了，太后在原地坐了一会儿，等着心头那阵烦闷劲儿过了，这才抬头，却看见管事的太监早已候在一侧。管事的太监此时才敢发话：“那阮少卿不肯回去，还在殿外跪着，说还有话。”

太后一惊，让太监扶着走到外殿，瞧见阮宝玉果然直挺挺地跪在门口。

被传见之后，阮宝玉还是跪着，无论如何不肯起身，道："臣有话，只能单独和太后说。"

太后屏退了众人，揉揉眉心："阮少卿先起来吧。"

阮宝玉执意跪着，却将一双眼抬起，毫不畏惧地看向太后，道："微臣知道，太后虽一直韬光养晦，但这桩桩件件，没有一件能逃过太后法眼。即便有些事不知全貌，但一定明白侯爷现在日子过得凄苦。"

"他日子如何凄苦？"

"那日太后在庙内祈福，有人传信给太后，说侯爷有难，对吗？"阮宝玉不答反问。

"是你给我传的信！"

"是。"阮宝玉道，一双眼灼灼地看着太后，过了许久才道，"那天到底发生了什么，太后想必也明白，不知道太后当时可有心被人一刀剜去的感觉？"

太后咬紧了唇，声音在这一刻变得异常嘶哑："那天什么也没有发生！阮少卿，你该明白祸从口出这个道理！"

"臣不怕死。"阮宝玉抬起了头，"圣上大宴那日，太后就应该已经看出，臣不怕死！"

"我知道你不怕死……也知道你那日是在替小锦报仇。"太后退后一步，"也正是因为这样，我才必须……"

"微臣知道太后在害怕什么。"阮宝玉迎头将她的话接上，盯住她的双眸，丝毫不惧，"被太后召见之前，微臣曾经冥思苦想，该怎么才能讨得太后欢心。最后，臣想明白了。"

他将身子伏低，声线渐渐在延禧宫回荡："对侯爷赤忱，就是对太后最大的逢迎。"

从延禧宫出来，阮宝玉一直不紧不慢地踱着步子。穿过御花园的时候，天空忽然下起大雨，瓢泼似的像要将一切浇透。阮宝玉抬了抬头，朝领路的太监一笑："这春日里下急雨倒是难得，公公就请回吧，出宫的路我认得。"

那公公年事已高，禁不起风寒，推脱两句后也不再客气，抱起头便奔了回去。

雨越下越大，打得阮宝玉右肩的伤口生疼。他却不着急，仍是立在原地，朝天发呆。过了许久，终于有个人影走近。

宝公子的笑即时亮起："侯爷。侯爷留在皇宫，可是知道太后找我，在等我的消息？"

帛锦紧抿着唇，不发一言。

"侯爷，前日我做梦，梦到少时与你共读书院。"

帛锦眉心一动，莫名地笑笑："荒唐。"

确实荒唐，彼时连阮宝玉自己都不解为何会做这样的梦。可就在方才，阮宝玉陡然心里一动——如果能早点相识多好，如果早点遇到，他一定拼命把帛锦护得周全，就算帛泠身边有管铭，他也一定要与那位主儿斗上一斗。

是了，这梦是这个意思！

一夜雨歇，水珠沿碧绿修竹叶尖滴下，淅淅沥沥。太后手拨念珠，远望着宫人在宫门台阶前清扫一地乱红落叶："你知道你在说什么吗？"

"知道。"帛锦垂袖跪地。

太后垂目没说话，只招手让宫女帮忙捶腿。

这时，殿外有宦官禀报，说皇上派人询问赐婚阮宝玉的事宜。太后睁目，瞧着慢慢照进殿内的晨光，缓缓道："都道年纪大了，好些事都不记得了，哀家真有说要给阮少卿赐婚吗？"

她面带慈祥，一笑置之。

"太后说不记得了？"帛泠停下手中的紫毫笔。

"是，陛下。"

帛泠沉思了一会儿，唇角勾起："宣阮宝玉黄昏紫英殿问话。"

傍晚，阮少卿奉圣命进殿。他在殿前行了君臣之礼，帛泠却只当没听到，埋头于案。

阮宝玉从太阳落山一直跪到掌灯，从掌灯跪到更楼敲更，终于等到帛泠批阅完奏折。

"给阮少卿赐座。"帛泠将奏章卷轴带一份份慢慢系好，开口第一句就明确地告诉阮宝玉，皇帝不装糊涂，就是故意整他。

"不知圣上召见有何吩咐。"阮宝玉就座，略略躬身。

"没大事，只想对卿家说个故事。"帛泠悠然地呷了口茶，举目暗示他人出去。很快，殿上只有他与阮宝玉二人。

灯火下，阮宝玉只见帛泠在笑，眸子如水，却是满目坏水。

"管铭管大人撒手归西，朕终日心痛难眠。三日后，朕亲临管府祭奠亡魂，不料管府中居然有人埋伏，意欲行刺朕……"

阮宝玉皱眉，一脸讶异地接受了即将落下的霹雳。

"阮少卿不猜猜，刺客是谁？"帛泠笑容未尽，扬手轻拍自己的头，那双眼寒光更烈，层层叠叠，整个是坏水无边。

"臣愿意听下去。"阮宝玉袖底的双手渐渐紧握成拳。

"据查证，刺客很像萧家的将士——苏银。"完完全全的坏水模样，"阮卿家，朕的故事开头精彩吗？"

"臣，不太明白。"

"你明白的。"帛泠笑意加深，眉宇间却升腾起一股煞寒，"朕想派阮卿家去替朕安排这个故事后续，比如，大理寺接案后，查出萧家有不臣之心。"

他的意思很清楚，三日后他会去管铭府上祭奠，从而遇刺，而刺客必须是苏银。兜兜转转就是一句话：帛泠要萧家灭亡。

"陛下，臣生来愚笨，怕整不出这样的故事，难当重任。"

帛泠意兴阑珊地叹气，声线却非常亢奋："少卿不愿，朕也不为难，这差事转交他人便是。只是，阮宝玉，你不怕朕来个一箭双雕？"

宝公子猛地抬头。

一箭双雕？是了，既然帛泠可以嫁祸萧家，为何不能捎带着嫁祸帛锦？只要最后口供是两者勾结，就能做到一箭双雕。

"臣愿意为皇上解忧。"阮宝玉起身，伏地跪拜。

帛泠冷笑："愿意了？"

"是，臣愿意。"

"你愿意了，可朕又改主意了。少卿，你看怎么办？"帛泠慵懒地支颐，口吻轻佻。

宝公子双手撑地，慢慢抬起头："管铭是本朝中流砥柱，就这样平白无故地离世，陛下当然会难过。陛下想除去后患，一为心安，二为杀一儆百，这些臣都明白。"

寥寥几句，顷刻消解了帛泠猫抓耗子般往死里戏弄他的心思。良久后，帛泠微微一叹："对于萧家，朕有苦衷，也别无选择。"

"不，陛下是有选择的。"宝公子不怕死地点明这一点，又在触怒圣颜前掉转话锋，"陛下如交重任，臣必尽臣之职。但若陛下认定臣是烂泥，不考虑将臣涂墙了，那选别人也成。"

帛泠低了下眼："好！就依阮爱卿。朕希望卿计划周密，千万别给朕一箭双雕的机会。"

阮宝玉领命欲退，又被帛泠唤住："等等……"

宝公子心里防着皇帝，不知道他又要闹腾什么，立时拢眉，假意揉着右肩上伤处，正要装伤残时，却听得帛泠一句："管铭那事，多谢。"

翌日阳光普照，是大理寺例行晒卷宗资料的日子。宝公子因右臂有伤，推了不少重活，只象征性地拿了几份年久的经典案例。

"你伤在右臂，又不是半身残废，就让你拿这点东西，有必要这样龇牙咧嘴的吗？搞得像在坐月子。"

宝公子颤巍巍地抬起脸，懒洋洋地说了声："很重啊。"

李延睇了他一眼，咬牙提起自己拎的书箱："要不要我和你换换，比比哪个重？"

阮宝玉大喜过望，点头把卷宗交给李延。

不等李延恶毒地将重物扔给他，他扭头转身，若无其事地看看碧空，扬声道了句："此时风景，适合春游啊。"说着，人已撩袍，潇洒地跑出了院落，得了一身轻松。

李延气得眼前金星点点："阮宝玉！"

衙门外，帛锦刚步上大理寺的台阶，就见萧彻迎面走来，后面跟着家将苏银。

"萧少保有事？"帛锦立定而问。

萧彻泰然自若地取出块牌子，含笑道："那夜，银子回来说，阮少卿掉了这个。"

帛锦延颈一瞧，牌子上清清楚楚标着某人的经典三句。果然是阮宝玉的，必定是那夜他忙乱逃命时掉落，被苏银拾到了。帛锦抿着唇，伸手欲取牌子："多谢送回。"

他捏上牌子的一角，那厢萧彻却没松手。

帛锦略微挑眉："放手。"

萧彻目光坚定，笑意从容："我没说给你。"

僵持之际，衙门口，宝公子正欢快地跨出高高的门槛，后面紧跟着将扫帚高举过头顶的李延。刹那间，大家面面相觑，头顶浮云缓缓随风飘过，无声无息。

"又闹什么？"帛锦横了一眼将扫把藏到身后的李延，转而看向阮宝玉。

"侯爷，大好时光，我们一起踏青春游吧。"阮宝玉璀璨地笑着。

说春游就春游，大家都是行动派，一个建议，四个人点头。萧彻首先迎合，表示愿意做东，于是一干人浩浩荡荡地出发了。

城外山间，潭边风好，暖风里还透点凉气。四处环绕绿柳，空中飞燕徘徊。

李延面对苏银多少有些心虚，尽量回避着。萧彻想让李延放心，故意打发苏银去一旁打理吃喝后，漫不经心地叹气："银子是位猛将，可惜他一激动就认不清人的面孔，典型的只认衣服不认人。"

"那……那他上战场怎么办？"李延惊异地张大嘴问道。

"哎呀，这个忒简单了，只要做个标记就成了。"阮宝玉一番抢答后，又极认真地冥思出新的问题，"不过……如果他回了家门，想和他家娘子亲热，结果一激动找错对象了怎么办？"

李延拍拍宝公子的肩头，赞同地连连点头："是啊，那怎么办？"

帛锦平静地看向碧潭，只当什么都没听到。

萧彻哑然失笑："这……我没想过。不过，银子至今尚未娶妻。"

大理寺两位活宝少卿默契地对视一瞬，阴毒地一乐：肯定是这缺陷造成的。

这时，李延还想问什么，却发现苏银不知何时已经面色不善地站在了自己身后，他识相地摸摸颈上的浅疤，淡定地临风去也。

苏银铁青着脸道："酒菜备好了。"

大家以地为席，谈天说地，其乐融融。闲来无事，苏银开始讲起军营里的鬼故事。李延知道宝公子胆小，故意在旁呼呼出气，制造阴冷气氛。宝公子脸色青白地双手蒙脸，指间留缝，看苏银讲故事。

帛锦觉得好笑："大白天的，你怎么还会怕这个？"

"侯爷，真鬼我是不怕，我就怕假的。"宝公子继续缩着肩。

帛锦睨了他一眼："即使怕，也是堵耳朵，不该遮眼睛吧。"

"我……我想听。"阮宝玉颤颤地回答。

帛锦闷头忍着笑。

暖风吹过，燕子依旧闹飞，柳絮无声纷落，落在阮宝玉的发上，许久后才慢慢地滑下，沉在肩头。

故事终于结束，大伙都拍手称好。李延多了句嘴，说苏将军可以改行说书，顿时引来苏银怒目。李延知错，又想到他的毛病，忙拽起阮宝玉一起去解手，想趁机混淆视听。

他们离开后，苏银深深看了帛锦的衣袍一眼，霍地起身，走到帛锦面前一拱手："侯爷，在下有个不情之请。"

"哦？"

"久闻侯爷大名，我想和你打一场。"苏银一副不容拒绝的表情。

帛锦转头看向萧彻，萧彻垂眼，识相地离席。

"如何？"苏银向前一步，又问。

"好！"帛锦应下。

千古深潭，平静如镜，风也倦怠，碧水映出蓝天。萧彻去了鞋袜，赤足坐在潭边青石之上，取出随身带来的竹箫，低低起音。那边拳脚相抵，燕子惊起，拍翅疾飞。这厢箫声荡起，悠悠扬扬，如微风穿指间徐徐拂过，又似雨后水珠凝在叶尖，欲滴不能。这曲子就像根细细的线，牵住春燕，诱着它们回返。

"好听，真好听！"宝公子赞许，顺风里让人闻到醇酒的香甜，微微含热，这距离虽不近，但可勉强属于——唾手可得。

箫声停下，萧彻指腹抚着箫："这支曲子名为《燕返》。"

宝公子挠挠头："好名字。"

"少卿有心事？"

"还好，只是刚才贪杯了点，头有点疼而已。"

"那……早点回去吧。"萧彻随口一句。

"萧兄，保重。"宝公子站定，深深作揖，长袖衣边轻轻掠地。

萧彻拢眉，柔和地一笑："好说。"

第九章 刺龙

日月更迭，转眼到了与皇帝商定的那日。

风挺好，不大不小，日头却没有半点朝气。

皇帝飒飒爽爽地去拜祭，他之前有交代过其他人随意，可朝里识相的大臣还是积极迈入三陪的行列——陪进、陪出、陪哭，君臣一同期期艾艾。

帛锦眉头紧皱，人在管府门口踌躇不前，一抬头见萧彻独自一人远远而立，似乎在等人，且十分有耐心。帛锦将眉头锁得更紧，上前问道："萧少保已经归还失物，还找阮宝玉作甚？他今日不来。"

萧彻摇摇头，语气和善："这次寻的是侯爷。"

"哦？"帛锦有些意外，举目直直望去。

"侯爷是想趁机上疏，劝皇上不要下旨沉铁修河堤？"萧彻不看帛锦，只睇了一眼他手中紧捏的疏折。

"你这都能知道？萧少保果然不简单。"帛锦眯起眼睛，冷冷一哼，"不过，少保这打探的本事有些夸张了！"

"谬赞！这是萧某能存活至今的拙技而已。"萧彻敛袖含笑，学风里的墨兰，略带谦卑地低下头，"其实我很羡慕侯爷。侯爷单鹄寡凫，一个人惯了，就算是引火自焚，也不必担心旁人伤心难过。我没那么自在过，要顾及很多。"

"今天此举，少保不顾及了？"

萧彻依旧和颜悦色："侯爷，你听这哭声。你说，来这里奔丧的有几人是出自真心？据我所知，管大人在大臣中一直是个不讨喜的人物。"

管铭不讨喜，是因为他推崇科举制度。

自古以来，宦官、权臣、外戚一直是皇权最大的威胁，而科举制度恰恰是抑制此三方势力的最佳良方。因此，管铭虽是国家的擎天柱，却也成了朝中夺势大臣心里的一根刺。可视他为眼中钉的大臣们又很无奈，因为管铭就是只光溜溜的鸡蛋，而且还是只没有缝的硬壳鸡蛋！大臣们急得干跺脚，却也耍不出把戏扳倒管铭。如今这个生病狂终于死了，他们欢呼都来不及，如果不是帛泠要来悼念，他们怎会哗啦啦地到此处来仰泪问天？

“侯爷认为，皇上会如何处置你的折子？”

帛锦别过头不说话，他心里很明白，运气好是置之不理，运气不好是引火上身。可这事偏偏不是私人恩怨的问题。

“管铭生前最后一折，皇上是不可能不批的。”萧彻并不吝啬地点明。

“那不是管铭所书。”帛锦咬牙切齿，“有人杀了他，伪造了这治水的折子。”

萧彻微微皱眉，敛笑正色道：“侯爷，你们大理寺已经破了这案，凶犯是兵部牧马监的人。恕在下愚笨，我实在想不出，一群养马的为何要伪造这份折子。侯爷，你这一告，推翻的会是谁的定案？”萧彻迈近一步，“你是不是从未想过，如此会殃及阮、李两位少卿？”

帛锦愣住，一时无措。

“侯爷非常肯定沉铁铸河堤是个错误的法子？”

“不是。”以往谁都没试过，当然不知道。

“那侯爷这样贸然出头，又是为什么？”萧彻笑意如清水泠泠，清里带寒，“如果你不是个烂好人，那就是伪善。”

帛锦低头，内心犹豫。

“如果侯爷不担心连累阮少卿的话，那随便你。”

这句话说得和和气气，但帛锦就像被他抽了一巴掌，站在原地，有点不知所措，因为帛泠确实行事难测！

巷道府前有风吹过，帛锦逆风而立。附近府前街方向上空突然冒起了黑烟，天空变得通红。

“不好了，府前街着火了！”街口路人吼出一句话，让两人同时吃了一惊。

萧彻的脸顷刻间变得惨白，没说一句，人已经冲了过去。

今朝，苏银无事，在自己房里瞎折腾。最后他百无聊赖趴在床头，乱打哈欠：“无聊。”

忽地，一道寒光破窗而入，一头扎进床柱，颤动着发出“嗡嗡”声。

是飞镖！闭门家里睡，祸从天上来，气氛一下子变得紧张。

“谁？”苏银的眼瞬间亮了起来，他敏锐地拔出长剑，飞身出门。

院落内悄然无声。苏银侧头环视，眼角扫见西房屋顶上有抹青色身影掠过，速度极快。

对方见苏银发现了自己，又送出一镖。苏银翻身，于半空亮出一招倒挂金钩将镖踢回，直逼那人的太阳穴。刺客侧头，见飞镖擦身而过，发出一声冷笑，脚一点屋上的黑瓦，纵身飞逃。

暗算不成就想脚底抹油？哪里那么容易！骄傲的苏银脑子里只有一个字——追！

那抹幽影逃得不快，苏银却因为不熟悉地形吃了点亏，总是在眼瞧着要追上时，被那人一个拐弯，又拉开了距离。

苏银额角急得冒汗，却听得墙下有人跟着跑，并很客气地打招呼：“这个……苏将军也急着去救火啊。”

苏银低头看去，面孔模模糊糊的，听声音勉强认出是李延。

“不是。”苏银勉强回答。

李延甩了把汗，暗自庆幸还好不同路：“那我去那边了。”一抬头，却发现那个野路子的苏银早不见了。

风里，苏银咧开嘴亮出白白的牙，维持着仙人指路的姿态，一路追踪到一处院落，还是把人跟丢了。

人呢？明明看见那人逃到这个院落的，怎么不见了？苏银眯起眼，带着困惑跳下屋顶，轻轻落地。瞬间，四周骤然发出一阵慌乱的骚动声，一大群人向他压来，搅乱了苏银的思维。瞧打扮这些人应该是大内侍卫，一群人拿着刀剑齐刷刷地指向了他，苏银惊异得说不出话来。

“大胆刺客，竟敢行刺圣上！”

出人意料的情景，让苏银根本回不了神。

“不是我。”他本能退后一步，慌忙辩解。

侍卫凶神恶煞地瞪着苏银手上的利刃，根本没有给苏银收剑入鞘的机会，就这样敲定了他“刺客”的身份。

苏银面色沉重，茫然环视，却见苑门前有人站在石阶之上，微微侧着头，负手而立，一双略带戏谑的眼眸眯紧，看着发生的一切。这样的形势下，就算一只鹰似乎也只能成为束手就擒的小鸡。

苏银猜到了几分缘由，他僵硬地站直身子，捏紧剑柄，咬咬牙，一闭眼，松开了手。剑被弃，悍然落地，发出一记脆响。

“皇上，末将冤枉！”苏银逆风跪地，郁闷非常！

帛泠用手捂着右臂的擦伤，伤口虽浅，手还是沾了血，他抬手舔尝了下，暗自冷笑。

布局虽粗，但贵在有效，还出其不意。漏洞百出的过程终究只是过场，他要的是结果，如此而已。

“禀陛下，刺客是萧家的苏银。”侍卫禀报。

短暂的沉默后，帛泠轻声问：“萧彻呢？朕要他的解释。”

“禀皇上，方才听说府前街走水，萧少保好似和锦衣侯一同赶过去了。”

帛泠挑起一边的眉：“哦？走水的可是阮宝玉家？”

“据说是。”

真会算时间。

帛泠靠后，头枕门墙，看向飘着黑烟的天空：“封锁消息，派人去请萧少保回府，此案交由大理寺秘密处理。事情水落石出之前，不许萧彻离府！”

没错，着火的就是阮宝玉家。这火烧得很巧，火势很猛，根本救不了。阮宝玉与阮侬并排坐在对街的地上，捏着刚刚烤熟的鸡翅，去了皮直接啃起来。

最先赶到的是萧彻，他累得直喘粗气，大颗大颗的汗珠从额角落下，一过来就上前死死扣住阮宝玉的双肩：“你……你……”

“萧兄，我没事。”阮宝玉维持着一手一个鸡翅的优雅姿态，目光却一直向萧彻身后瞄。当看到帛锦时，宝公子得意地又啃了口鸡翅。

不久，李延气喘吁吁地赶到了，他胡乱地摇着手：“不好了，有人在管府刺杀皇帝，有消息说，被抓的是苏银。”

阮宝玉收敛了笑容，将头一缩。

“萧少保，快想办法，皇上派人来拿你了。”李延撩着长袍一路跑近。

萧彻一怔，深深望了阮宝玉一眼后，转而问李延：“我该想什么办法？”

出了这事，除了束手就擒，还有什么办法？

“苏银将军是无辜的，我可以去面圣作证。不过现在皇上在气头上，你先躲躲再做打算。”李延急道。

萧彻缓缓回过身走到帛锦跟前：“我说过，我很羡慕侯爷，萧某要顾忌很多。”

帛锦瞳仁一缩，他心里很明白，他这位皇叔是个醉心皇权的人，是不可能错过这个灭掉萧家的机会的。萧彻这条命，在皇帝眼中贱如草芥。转念间，帛锦将手中的折子抛入火中：“谁说我是烂好人？”

李延老实，当真在萧彻被押走后连夜进宫寻帛泠申辩去了。帛泠很有心地给李延赐了座，又很耐心地听他解释了半天。

夜风从窗缝挤进，吹斜了烛火，灯下的影子瞬间拉得很长。

帛泠手指扣着黑檀龙案：“所以？”

“所以苏银他不可能在短时间犯下如此大罪。”

“哦，你说的，我都听说了。这类谣言比较让人误解。”帛泠表示相当理解。

“皇上，这不是谣言！”李延猴急，明明是自己亲眼所见，怎么到帛泠口里就成了谣言？“再说萧家没有理由做得那么明显。”

“有个理由。”帛泠目光缓缓压向李延，谦和地低笑，“朕想灭了萧家。”

这是天下最大、最好的理由。

李延一惊，差点从椅子上摔下来，这才明白搞半天是皇帝自导自演。

“李延，你不是外人，朕对你明说好了。永昌银矿被炸毁，近两年恐怕是恢复不了了。国家运作哪里都需要银钱，所以必须找到可以取而代之的银矿，而最佳地点在离钟。”

离钟，隶属临淮王。李延的头也开始痛了。

“现在的萧家对朕威胁过大，朕怎么可能将这么重要的地方交予萧鼎？”帛泠又送出一个深远的微笑，声音却如一条冰冷的蛇悠悠然钻入李少卿的耳朵里，寒凉且带毒。

明明是颠倒黑白，却可以被他说得很是合理，九五之尊的兴头已起，谁管得了？尽管这样，一向盼善断恶的李延还是本能地拨弄了下脑袋，感觉不能接受。

帛泠好似很为难地吸了口气，略微停顿后，快快道：“这样吧，卿只要让苏银招认刺杀乃是萧家指使，朕答应不取他性命。”

“陛下，据臣所知，苏银这人脾气刚毅，他若坚持不招呢？”李延跪地叩问。

这明明白白的欲加之罪，谁肯认呢？

帛泠微微扬起下巴，冷冷一笑：“你们大理寺的刑具是摆着让人欣赏的吗？”他向来喜好坚毅之物，更爱亲自毁之，这份邪恶之心绝对登峰造极。

一句话，让李延彻底萎了。他恍恍惚惚间回到大理寺，就见阮宝玉趴在案头，手拿卷宗，正思考着什么。

许是听到了脚步声，宝公子抬头，一乐：“回来了，结果如何？”

“好消息，明日审苏银，皇帝屏后监听。”这是他坚持请命的结果。

“我让你买通太监，去吹风说苏银好话，去了吗？”

“银子是收了，不知道效果。”

“哦。”宝公子抓抓头，继续看案卷。

“你看什么呢？”李延问。

“研究明日对苏银该用什么刑。”

“明日皇上监督呢，做不了假了。”

宝公子摇摇手指，脱口而出：“我在研究用哪项最狠。”

李延反应过来，本就憋着的怒火骤然高涨，他指着阮宝玉的鼻子骂道：“你祖母亲的，我问候你全家！”

“阮侬，是我儿子。”

“他不算。”

“那就剩我了，多谢关心。”阮宝玉耸肩。

李延拿这赖皮无法，气得直咬牙跺脚。

“别祭出你的晚娘脸了。刑罚若作不了假，我们就来个长痛不如短痛。一次重刑，让苏银痛死吧。”宝公子很正经地道。

李延惊悚：“什么刑？”

宝公子出手果决地一指，瞳仁里映出一个“剐”字。堂内灯火颤动，堂外门廊，帛锦皱着眉，独站月下深思不语。

天明，大理寺大门紧锁，对外关闭，堂内一片肃穆。帛泠果然来了，悠闲地坐在四扇风屏后旁听。

阮宝玉把惊堂木一拍，正声道：“带苏银。”

苏银被压上堂，沉重的铁镣在地砖上拖出一串清脆的响声。

今日苏银，九死一生。其余的都是过场，关键就是要他招认。李延嘴里大道理说个不停，苏银跪着，脊梁笔挺，充耳不闻。帛泠透过屏风的镂纹，屡屡向他瞧去，想着这朝气蓬勃的家伙会如何就此销声匿迹。

“苏银，再不招认，大理寺可要用刑了！”阮宝玉拍案。

李延眼皮一跳。苏银抬头凝望，有点出神。帛泠接过随行内侍递上的清茶，低头轻轻吹动瓷盅上方的热气。随后，苏银被按倒在地，精赤着身子趴在堂中间，地砖冰凉。

用烙铁烙熟了小腿后侧，再用刀剖开焦皮，剜出血肉，由浅而深、由上至下地剜，此刑为剜刑。

“嘶”的一声，烙铁下，苏银感到每根血管都在发烫，一根接着一根爆裂开来。随后冰冷的刀划开皮肤，反倒给了他痛快的解脱，紧接着是钻心的痛。被紧按在地的苏银艰难地仰头发出一声痛苦的嘶叫，面色涨红，血筋暴现。

“招是不招？”阮宝玉再次拍案，背后的官袍已被汗湿。

苏银咬牙，双目通红：“无词可招。”

阮少卿吸气，闭了闭眼：“继续用刑！”

血肉成屑，在空中飞舞，满堂飘散着带着焦臭的血腥味，令人苦胆都想呕出来。剜到最后，脚踝处都已被剖裂开来。

阮宝玉急道：“苏银，你若再不招认，就要挑断你的脚筋了。”

苏银嘴角溅血，吃力地又一次摇头。

“若脚筋断了，你就废了！”李延插话。

阮宝玉扫了眼屏风，眼珠一转：“你若废了，别说武功，就连正常行走都困难。我估计你会和死去的管铭一样，弱不禁风，一辈子离不开轿子。”

不知怎的，这话让旁听的帛泠心中一动，抬眼看了看汩汩冒血的苏银。他倒没料到大理寺一上来就用如此重刑，且不掺假，一路看下来，倒跟着心悸身寒。

苏银的刚毅果然没让自己失望，本是颗将星，就此陨落，委实可惜。想到这里，帛泠脸上绽出一种难以形容的笑。在大理寺再次用刑前，帛泠终是出声喊了句：“且慢。”

帛泠走出屏风，众人随即拜倒。帛泠也不理会，只慢慢地走到苏银跟前。

“别犯浑了，这个游戏不是你这样无权无势的小人物玩得起的。”帛泠蹲下身，带着慈祥的目光，对血淋淋的苏银轻声道，“伸出你的手，朕可以给你你想要的权力。”

地上的血沾染上了龙袍，沿着阴绣龙纹缓缓攀缘而上。苏银此刻连睁眼都困难，眼睫颤动。死生只在一念。

“臣是被冤枉的。”

隔了许久，帛泠等到的依旧是这句回答。那种通往心肺的快感慢慢升腾了起来，帛泠勾唇，从腰间拔出了随身的银鞘小刀。

“冥顽不灵……”他叹息着，手指抚上苏银脚踝处的伤口。那处此刻鲜血淋漓，皮肉下脚筋痛苦地裸露着。帛泠将手翻过，小刀同时被翻转，厚而钝的刀背搁上了脚筋。

“咯吱……”大堂里响起了一道细微的声响，麻而酸，直钻人心。

帛泠开始起势，很耐心地拿刀背磨苏银的脚筋，一下又一下，姿势极其优雅，就像在拉动一把绝世二胡。苏银已经不能抬头，只是将十指张开，死死抠住了地面。

“你猜……”帛泠微顿，很享受地去看苏银的表情，“这样用刀背来磨，要多久才能将你的脚筋磨断？”

苏银已不能说话，神志渐渐模糊，只咬死了一句：“臣是冤枉的……”

于是，刀背又开始动作起来。“咯吱……咯吱……咯吱……”一声声恍若魔音。

李延开始坐不住了，伸出只手去掐阮宝玉的大腿。阮宝玉被他掐得受不住，摇晃着起身，走到堂下，缓缓下跪：“圣上，这苏银吊着一口英雄气，怕是很难松动，不如给他一晚时间考虑，等他松了弦，也许反倒好说。”

“一晚上？”帛泠牵起了唇，“少卿拿什么担保不会有意外发生？”

阮宝玉无言，就算他拿脑袋担保，在帛泠眼里，他的脑袋也抵不过一只夜壶。

“臣担保，不会有意外发生。”门内这时突然响起一道人声，是帛锦踩着细步来迟。

“臣担保。”他缓缓下跪，道，“臣请罪，因臣一直无心大理寺事务，所以见驾来迟，还请圣上责罚。”

帛泠回宫后，阮宝玉终于忍不住开口：“侯爷，你居然替苏银担保，真是肝胆照乾坤啊！”

帛锦不说话，只是弯了腰，去看苏银的双眼。苏银已经痛到神志模糊，抠着地面的十指指甲开裂，只以为眼前的还是帛泠，于是连忙又抽着气追加了一句：“臣的确是冤枉的，更不会是受谁指使。”

帛锦叹了口气，起身冲阮宝玉做了个手势：“你家里烧光了是吧，那就跟我回去。”

阮宝玉脚底发飘，瞟向李延：“那苏银……就你负责，没问题吧？”

“李少卿是家中独子，要回去陪伴爹娘。”帛锦生硬地跟了一句，那意思已经再明白不过。

阮宝玉哽了一下：“可是……可是侯爷，你方才……是做了担保的。”

“我都不怕，你怕什么？”那厢帛锦声音清冷地回了一句，而后埋首走出了公堂门口。

无月无星，黑寂的一夜。

苏银被关在囚室，掐紧掌心，勉强维持着清明，将手里的字条一点点撕碎，吞进肚中，然后将头侧过，看向窗外一角云天。

是夜无明，可也并不像想象中那么漫长。清早时牢里终于有了人声，步子细碎，由远及近。是李延，因为在家熬了一夜，所以这会儿一双眼赤红，到近处看见苏银一动不动，立刻假模假式地开始骂人：“我是怎么交代你们的？让你们把人看好，怎么人还是死了？”

骂了半天，牢里却突然有了动静。苏银抬头，嘶哑着开口：“很抱歉大人，我还没死。”

李延被吓了一跳，有点手足无措，蹲下身来，道：“那啥……你还没死，要不我过一会儿再来？”

“请问大人，我为什么一定要死？”

李延挠挠头：“你不死，今天就要继续磨脚筋，这个……”

“如果我死了，我家主子是不是就能撇清干系？”

李延无话了。君要臣死，就算苏银这个人证死了，萧家上下一样是非死不可。

“欲加之罪，何患无辞？就算我死了，我家主子也是逃不开谋反的罪名的，对吗？”

李延舔了舔发干的嘴唇："也许是吧。可是你……如果不死，就会生不如死，这个……"

"谁说的？"隔了许久，苏银回话，慢慢起身，膝盖着地，他抓住了栏杆，"我的路，除了死和生不如死，明明还有第三条。"

"你什么意思？"

"大人，我的意思是，我招。"苏银勾起唇角，眼下泪痣似在闪烁，"既然我家主子在劫难逃，我又何必螳臂当车？我是受二公子萧旭的指使，前来刺杀圣上。二公子早有逆心，早先纳了个绣女为妾，私制龙袍，后私开铁矿打造兵器，这件事是二公子差我亲自督办的。二公子的意思，是要趁机先推翻王爷，然后再起兵造反。"

这么招了半天，李延算是听出了名堂："推翻王爷？你的意思是临淮王并没有参与谋反，一切都只是二公子萧旭的意思？"

苏银低头："王爷最近重病缠身，所以并不知情。如果少卿非要把王爷卷进来，那我也可以改口。"

李延咳嗽一声，本来还对他残存一丝幻想，这会子也被他这句话给敲了个干净，于是恨声道："好了，你继续！我不插话就是。"

就在这当口，阮宝玉进来了，还大声道："我来迟了，你们继续！我也不插话。"

李延给了他一个大白眼，差人继续记供词，等问完了拿给他看，这位阮少卿却是正眼都没给一个，只顾着趴在桌子上发痴。

"喂！你到底要不要看？"

"这个你拿给圣上看就好。"阮宝玉哼哼着，终于抬起眼看了下苏银，"苏将军，你笔直地跪在那里，莫非伤口不疼吗？"

"是……很疼。"苏银连忙低头，"多谢阮少卿关心。"说完他才稍稍挪动位置，地上的鲜血立时便氤氲开来。

能熬住这等腿伤一动不动回话的人，居然也会贪生怕死、出卖主人，还真是稀奇。

隔了一会儿，阮宝玉开口："很好。这供词呈上去，圣上必定龙颜大悦，你飞黄腾达指日可待。"

有了苏银的供词，萧家谋逆就是铁板钉钉的事了，帛泠很是满意，于是异常仁义地让人传了消息给临淮王，给他一个解释的机会。不到半个月，萧鼎那边的交代就来了——临淮王萧鼎亲自搜罗了证据，又亲手绑了次子萧旭来京谢罪。

帛泠觉得有趣，也就随了他的意，宣他进殿解释。他记得，上次见萧鼎的时候是太后五十大寿，那时候萧鼎还英雄无匹，走起路来威风凛凛，一点也不像和太后同岁的样子。时隔两年，这次召见，萧鼎走进步晖殿时，却是拖着一条腿，一点点瘸着进来的。

年前萧鼎抱病的事帛泠也曾经有过耳闻，却没想到他是中了风，连嘴巴都不能完全合拢，需要用帕子不停地擦口水。

“罪臣参见……圣上。”萧鼎跪得艰难，说话更是难上加难，“罪臣教子无方，特来向圣上请罪……”

接下来的过程就有点无趣了。

曾经英雄不可一世的萧鼎老泪纵横，说次子和自己的性命都任由圣上处置，但长子萧彻一直在京城为质，和此事无关，只求圣上能够留存他萧氏最后一点血脉。帛泠当然不允，先将他父子收监，命刑部给萧旭用了百般酷刑，可那萧旭却是一口咬定此事全是他一人谋划，其父萧鼎重病缠身，全然不知。场面也开始变得有些尴尬。

萧家曾在朝中散过的银两开始发挥作用，不止一人上奏，先歌颂圣上仁义，接着便替萧鼎求情，说他当年劳苦功高，今日又手缚爱子来朝，其情可悯，理当轻判。帛泠先前给自己挂了个仁义的招牌，这一来便有点骑虎难下。

想想也是，除掉了萧旭，留萧彻在京为质子，这中了风的临淮王就好比被拔了牙的病虎，便是放他回去又如何？这也是个显示自己仁德的大好时机。

想到这里，帛泠挥挥手：“也罢。此事临淮王虽然难逃干系，但念其是两朝老臣，就免除死罪，除名后流放庆州。其子萧彻一向温良，和此事并无瓜葛，就保留少保职衔，仍留在京城。至于萧旭……”在这一点上他还是颇为快意，俯身问了刑部尚书一句，“谋逆之罪，该如何处置啊？”

“当处以凌迟极刑。”

“那便依律。”帛泠抬了抬手，看到堂下一直垂着头的阮宝玉，突然间心念一动，问，“阮少卿，现在苏银何在？”

“仍在大理寺收押。”

“将他放了吧。”帛泠道，眼里光波涌动，“他检举有功，朕先赏他监斩萧旭，日后再做重用。”

虽然已经过去大半个月，苏银小腿的伤处依旧很疼，只能坚持站小一会儿。此刻，他端着酒碗，在即将行刑的萧旭面前已经站了很久。

萧旭和苏银一般高，身形挺拔，眉毛很浓，不管从哪个角度看都英姿飒爽，标准沙场男儿的模样。现下，他看着苏银，目光灼灼，并不掩饰其中的愤怨。于是，苏银又将酒碗端高了些：“还请二公子喝了这碗壮行酒，大公子和王爷都不能前来送行，只好由苏银代劳。”

过了许久萧旭才答：“我现在不想喝酒，我比较想喝你的血。”

“二公子就不要为难苏银了，这碗酒很烈，二公子喝了，一会儿行刑的时候会好受一些。”

萧旭略顿，许是有些心动，终于道：“那好，你喂我喝吧。”

苏银连忙上前，将大碗凑到他唇边，等看见他眼里的厉色时已经晚了，那厢萧旭已经张嘴，在他的虎口处死命一咬，活生生咬下来一块皮肉。

“叫……”就在纠缠的时候，苏银听见了这么一个字，很含糊也很轻，但千真万确是萧旭说的。他连忙张口，撕心裂肺叫了起来。

萧旭松了口，在他的叫声的遮掩下连忙说了一句：“让我哥替我……好生活着。”开始时有些唏嘘，可最后四个字很是干脆。

苏银眼睛有些湿，看见自己虎口的血落进了酒碗里，萧旭咬住碗边，把酒一口吞了进去。随后，萧旭骂得更大声了，但苏银脑子发木，没怎么听清，无非在骂他是条忘恩负义的狗吧，是该骂的。

后面有人提醒，说是时辰到，他该回监斩台监斩了。他脑子还是很木，抬脚走了没几步就掉下刑台去，摔了个标准的狗吃屎。台下观刑的百姓一阵哄笑，这么多张面孔，他一张也没能看清，眼前全是雾茫茫一片。

凌迟，是要割三天三夜，三千多刀。

他的脑子里来来去去就只有一个“三”字，怎么一步步挨到监斩台的，他不记得了，怎么扔出行刑牌的，他也不记得了。他已经魔怔，只一下下数着刽子手落刀的数目。每数一个数，二公子便要少一块皮肉，数到九十九的时候，他已经快要发疯，连手上的汗毛都在发抖。

这时，阮宝玉来了，站在一旁看了他半天他也没发觉，他仍然发木，很认真地数着“一百”。

阮宝玉只好叹了口气：“我来是想告诉你，监斩并不是要一直看着，看三天三夜，你如果不想看，现在就可以跟我走。”

苏银“哦”了声，起身跟他走，走下监斩台，走出人群，走出长街，却仍然没停下，一直在数数。一百零一、一百零二……一百一十四……

阮宝玉跟在他身后，看见他的小腿又洇出血来，便问他：“你要不要坐轿子？我才领了俸禄，现在有钱。”

苏银摇了摇头，走得也盲目，不知怎的就走到了大理寺附近。

李延今天躲懒，回去吃了午饭又眯了会儿，此时正好才到。

三个人隔着十步远，李延的肚子胀气，轰隆隆滚着雷。他瞧见阮宝玉在，心想自己中午吃了黄豆又吃了韭菜，可千万不能浪费，于是连忙三步并作两步朝阮宝玉奔了过去。

时间刚刚好，距离也刚刚好，离阮宝玉那嗅觉异常发达的鼻子距离不足一尺，他终于心满意足，丹田往下沉气，将这个屁威风八面地放了出来。

绝对很黄豆也很韭菜的一个屁，他闻见了，阮宝玉闻见了，苏银自然也闻见了。唯一没有皱眉的是苏银，这时的他已彻底崩溃，人直挺挺地往前一倒，晕了过去。

李延大惊，断没料到会出这种状况，说话都结巴了：“这……这是什么情况？他……他……”

阮宝玉皱着眉，很严肃地回他：“你一个臭屁把人家臭晕了，你要负责把人家抬回家去，还要负责人家的医药费和精神损失费。”

“啊？”

“别‘啊’了，赶紧带人去找大夫。”

“你也来帮忙。”

“我还有事，很重要的事，我午饭还没吃，侯爷家的鱼还等着我呢。”阮宝玉继续严肃地蹙眉，然后脚底生烟，一溜烟儿没了人影。

“侯爷……我来啦。”一进侯府大门阮宝玉就开始大嗓门地喊。

“侯爷正在接待客人，你还是先去吃饭吧。”接话的是阮侬。

阮宝玉“哦”了一声，搓搓手直扑他的清蒸鲈鱼。

帛锦本来是不爱吃鱼的，可自打他住进了侯府，府上就顿顿离不开鱼了。想着这个阮宝玉就很美，小酒就鲜鱼，越喝越有，渐渐就喝大了。

阮侬也不去私塾了，就立在旁边看着他，阮宝玉喝一杯，他就骂一句。阮宝玉心情正好，也不和他计较，冲他招手："你知道什么是淫贱吗？那私塾的先生莫非是吃干饭的，把你越教越傻。"

阮侬"哼"了一声，奸诈一笑："我不傻，我晓得家里那火是你放的，你故意放的，我有证据！"

"什么证据啊？"

"你每天带我睡，我就告诉你。"

阮宝玉在心里问候了句他娘亲，正想上去教训他，帛锦就到了。

一有外人在，阮侬就装乖巧装得比谁都像，他奶声奶气地道："爹，我去私塾了，你不用送我，我认得路。"说话间走到了门边，又回头，"爹，你要记得你是属于娘的！"

阮宝玉气厥，咬牙切齿，连忙抬头去看帛锦："那个，小孩子不懂事胡说，那个……"

"小孩子而已。"帛锦接一句，看阮宝玉喝得高兴，便添了个杯子。

屋里这时没有下人，阮宝玉喝得有点大，就趁酒疯往帛锦那里死凑："侯爷……侯爷你果然很有智慧，真不愧是侯爷。"

"你说什么？"

"那天审苏银的时候侯爷没去，说是要去见一个人，我知道侯爷去见了萧彻。弃一子保一子，不管这是谁的主意，都是好主意，是最好的结局。"

帛锦沉默。

阮宝玉继续笑："王爷，你不必承认也不必否认，你心里的事未必肯告诉我，但我知道什么想些什么，却是一定要告诉侯爷的。"

帛锦紫眸动了动，去看他的右臂："手怎么样？你一个状元郎，从此不能再写字画画，是不是很难受？"

"没关系。"阮宝玉咧嘴，举起左手，"我不是还有左手吗？我可以练，相信不用多久，便能超过右手的。"

帛锦低头笑了一下，道："那好，我书房里有纸墨，现在就可以去练。"

阮宝玉嘴歪着，走路踩弹簧一样，就差蹦起来戳穿屋顶了。

眼看快到书房，拐角处管家突然出现，拦在了两人跟前："侯爷，永昌那边有消息传过来。"

"什么消息？"

"是段子明段知府，他说炸矿一事已经查明，不日就到京城亲自向侯爷奏禀。"管家低头，规规矩矩地回话。

听完这话，阮宝玉当即摆出姿态，客气道："既然侯爷有事，我先回大理寺公干好了。"

帛锦看着阮宝玉，表情有点认真，丝毫没有挽留的意思，只说了个字："好。"

"哦。"宝公子闷闷地回道，脚尖开始默默刨灰，磨叽磨叽地向外挪去，心里恨不得将地刨出个窟窿，自己一下跌倒昏过去。

想到主意，一回头，帛锦已经不见，他只好怏怏地出了门，好半天才磨蹭着回到大理寺。宝公子心里非常非常不爽，什么案子都没心思往深处想。归根结底，是他认定了这个段子明不好，他诅咒这厮在千里之外，也能随时打喷嚏打到抽筋。

"不过，早点回去，还能逮机会补偿。"灵光猛地一现，宝公子又开始精神，翻翻宗卷，顺带给自己灌灌公家的茶水，毫不含糊。

李延回来后，见阮宝玉跷着腿，很不雅地在伏案上用左手写字，字迹歪歪扭扭，如蟹横爬，却也能辨认是："痨""瘟""瘁"。

还在拼那个"疒"字，这是在想那个巫师兔脑案。那巫师冤死在大狱里，到现在还没有揪出真凶。李延想到这层，重重地叹了口气。

宝公子抬头："你说兔子脑是不是毒药？"

李延忙摇头："那兔子脑假巫师吃过，没死。只是口渴，喝了不少水。"

"兴许，他事先吃了什么解药。"宝公子不信，摔下一句话，"拿来，我吃吃看。"

李延拗不过宝公子，心想兔子脑是腌的，大理寺保存得也挺仔细，没可能变坏。于是不消一刻，一盆兔子脑就放在了阮少卿面前。

拖泥带水不是宝公子的作风，他立刻吃了一口。

苦里带点涩咸，不是一般地难吃，但是……没事。也许吃一口药力不够，他继续吃第二口、第三口。眼瞧着一盆要见底，宝公子突地张口，伸出有些发蓝的舌头，感觉非常难受。

这举动让李延万分紧张，脑中一片空白，脸色则比脑子更白：“你怎么样?”

“渴！”要了命地渴啊。

李延忙将茶壶拿到他跟前，宝公子几乎一饮而尽。

“还要！”

很快，第二壶一滴不剩地见了底。

“李延，你就不会拿个大点的壶？”

半炷香的光景，宝公子已经灌下了三十壶水，喝得两颗眼珠都水汪汪的，就是有点向外突。人一动，装满水的肚子也跟着晃。

“你……没事吧？”

“没。”宝公子说了一字，吞下即将溢出喉咙的水，“好似是没事。”

李少卿气急败坏：“我带你去找大夫。”

“不要，我还要回侯爷那里吃饭。”阮宝玉慢条斯理地晃着肚子，斩钉截铁地拒绝。

回了侯府，阮侬也开始折腾，刚吃完晚饭就说自己肚子疼，死勒着宝公子的脖子不放，就要他陪睡。阮宝玉拿眼去瞅桌边的帛锦。

帛锦皱眉，只问他：“怎么今天吃那么少？”

“我没胃口。”一肚子的水，吃啥都不香。

“那你早些休息去吧。”

宝公子回了房间，躺在床上听阮侬睡前教育。如果不是听说书院的先生长得很丑，宝公子一定提着菜刀去质问对方到底是怎么教他儿子的！

三更过后，揪住宝公子头发的阮侬终于睡死，渐渐松了手。阮宝玉平躺在床上，肚子还是胀得难受，所以，他小心地爬下床，到门外溜达了半天才终于回来睡下。

宝公子再次睁开眼皮时，日头已经朝西。他穿好衫子，出了房间，见了管家就问侯爷的行踪。

“侯爷用过午饭，就访萧少保去了。”

“哦。”想到萧彻，阮少卿的底气弱了几分，还好对方没有万念俱灰，寻死觅活。他不愿深想这件不愉快的事，只好抬头换着角度，欣赏太阳。

夕阳独好，就是近黄昏。日染云霞，红中镶紫。此时只摸着文人边角的阮宝玉灵感大发，负手溜去了书房，找出文房四宝，左手落笔，挥洒丹青。

画到一半，他又感觉嗓子奇渴，便出门找水喝。喝饱了，又端着肚子回去画。没过多久，又渴了，他根本忍不住，只好奔出去再找水喝。

“你这来来往往是做什么？”帛锦回来了。

“侯爷，我口太渴，可手不方便，想提壶去房里都不能，所以只有来回跑。”

“你不会吩咐下人？”

“哦，我一时忘记了。”宝公子挠挠头，甩着细汗来拉帛锦，“侯爷，快去看我画的画。”

画是不错，笔锋虽艰涩，一眼就能看出用力非常不当，却画得风流，墨韵很到位。

阮宝玉精神抖擞：“我画得不怎么好，左手不太听话。我相信勤奋练习，过些时日左手一定能和右手同样灵活的。”

“哦。”帛锦本来想制止他说下去，听到他说到左手，想起他的手伤，也没多说，“先收拾好！吃饭去了。”

“好！”出了门，宝公子道，“侯爷，我画得如此辛苦，需要奖赏。”

“那，我让你抱抱好了。”说话的那位一身烟蓝色的长袍，长发随晚风拂逸，巧妙地遮住耳朵。上半张脸戴银色狐脸面具，只露出一对细长眸子，嘴角含笑，却只翘起一边，狐狸一样挑着下巴。

阮少卿卷起袖子，骂道：“段子明，你个死狐狸！”

“少卿大人，先付钱吧。”段子明文绉绉地摊开一张纸，白纸黑字，“不多，白银五百两。”

第十章 图腾

“这里是哪里？”

所有昏厥一天以上的病人必说的一句俗话。苏银也未能免俗，见无人答话又放大嗓门：“请问有人吗？”

“中气这么足，看来你是没事了。”李延刚从衙门回来，踱步到他跟前，仔细看了看他的气色，“还好还好，不像有内伤的样子。”放个屁把人熏到内伤，那罪过可就大了。

“你是谁？”苏银侧了侧头。

“你不认识我是谁？”李延怒了，拧起眉头，“你别告诉我你啥都不记得，跟那阮宝玉一个毛病。”

“我记得，我叫苏银，我只是不认识你是谁。”他有个毛病，在心神恍惚或者激动的时候就认不得人脸，病名很奇怪，给他瞧病的大夫说这叫人脸识别障碍。

李延翻了个白眼，没心思和他扯，扒头发露出后颈给他看：“那这个你总认得吧！”

苏银愣了下，不一会儿想了起来，点头：“哦。你就是咬我的那条狗。”

这他倒记得清楚！李延把牙齿咬得咯咯响，正想挤对他两句，却听见门口有人突突突跑了进来。

“儿子，你爹提早从福州回来了，说是今晚就到，我把我的金背藏在你这儿，你看好了，可千万别让你爹看见。”来人一边说话一边弯腰，手里捧着一只蟋蟀碗，根本没瞧见床上还坐着个人。

李延一听这话也急了，站起身来，也不管苏银还在，道："这次我可不替你背黑锅了，你藏下人房里去！"

"不行！我这金背把他们赢得个个都脱裤子，他们找个机会还不得整死它？不行不行。"来人直跺脚，弯腰继续找合适的蟋蟀窝，"你这屋子咋这么脏？下人都干啥去了，作死吗？"

"你天天逼着下人和你斗蟋蟀，把人个个赢得脱裤子，人家没了工钱，谁还来费心做事！"李延的嗓子大了起来。

"喂！"来人终于直起了腰，一句"兔崽子"还没骂出口，就看见了床边的苏银，气氛瞬间尴尬。

李延咳了一声，干巴巴地介绍："这位是苏银，前临淮王家将。这位……是家母。"说完，他快速低下了头。

李夫人眨眨眼，虽然手里捧着蟋蟀碗不大方便，但还是尽力摆出一个贵气姿势，雍容一笑："这位……那个苏将军，是小儿新交的朋友吗？以前倒不曾见过。"

"他不是我的朋友！"李延立刻打断，"我只是那个……碰巧看见他晕倒，然后家里客房灰有三尺厚，没办法才把他搁我屋里的。现在他已经没事了，马上就会回去。"说完就拿眼恶狠狠地瞪着苏银，一直瞪到他坐不住，起来穿好鞋子。

"打扰了夫人。"苏银道，起身后便往门口挪步。

他走得很慢，步子很小，倒不完全是因为脚伤，还因为在想该往哪儿去。原先住着的萧彻府上肯定是不能回去了，自己现在又身无分文，真正成了一只丧家之犬。

"苏将军府上在哪儿？可以让轿夫送过去。"好心的李夫人加了一句。

"我也不知道该去哪里。"这其实是毫无图谋的一句实话。

李夫人怔住，站在原地念了好几遍他的名字，突然间就想起了什么："苏银！你就是那个……那个揭发自家主子的苏银？"

"是！"李延声如洪钟。

意想中的鄙夷没有出现，相反地，李夫人眼里亮光一闪，连忙走上前："我听说你是神箭手，百里之外拉弓，能将敌军帅旗射断，是不是？"

"传言夸张了。"苏银低头，虽然谦虚，但锐气仍在。

“那树上的鸟呢？比如说一只很小的翠鸟，你能射到吗？”李夫人又走近一步。

“娘！”

“既然苏将军在京城没有住处，那不如就留在寒舍，也好和小儿切磋武艺。”李夫人对李延的叫喊充耳不闻。

“他不会替你射那只鸟的！”

“延儿，你这朋友怎么当的？”这一次，李夫人终于回头，转过脸去对着自己儿子道，“苏将军没有住处你都不知道，我这就去找管家，让他准备客房。”说完便将蟋蟀碗往他手里重重一放，然后小声嘟囔着，大致是说她有他的把柄，仔细她去告诉他老子的意思。

李延不吭声了，看来这个把柄很大。李夫人施施然离去，走路姿势非常欢快。

过了一会儿，李延恨声道：“她留你在这儿，是想让你替她射死一只鸟，这只鸟曾经吃了她的宝贝蟋蟀，她说要拔光它的毛烤来吃。家里所有下人都上树替她捉过。”

“哦。”

“我知道你很有节操，绝对不会留在我家白吃白喝。”

苏银沉默。过了一会儿，他慢慢抬起了眼，道：“客房在哪儿？”

情势逼人，连苏银也学会了充耳不闻，那脸皮赛城砖的阮少卿又怎能落后？

“五百两！”锦衣侯府内，段子明的嗓子已经大到不能再大。

“不就是五百两嘛。”阮宝玉这才慢吞吞地应，“干什么这么大声？我又没被炸掉耳朵。”

段子明气厥，伸出去的爪子被帛锦及时拦住，不然绝对要把阮宝玉的耳朵撕成八瓣。

“五百两，你要银票还是现银？”帛锦道，抬手找来管家。

“欠我钱的不是侯爷！”

“这事和侯爷无关！”

这一次，两人倒是意见一致。

“你不是有要事跟我说？”帛锦只好转移话题，“是炸银矿的事有了眉目？”

“查出些东西。”段子明道，拿眼扫了扫阮宝玉，“侯爷，我们换个地方说话。”

阮宝玉“嘁”了一声，鼻孔朝天，做出不屑一顾的样子，踱着方步走开，一边走还一边回头，直到看不到两人身影了，这才加快步子去寻水喝。

侯府的雀舌，他一口气喝了十八壶还是觉着渴。不过除了让他像水牛一样猛喝水外，这腌兔脑似乎也没有别的害处。

“都快两天了，还这么渴，也不知道喝水撑死算不算工伤。”阮宝玉骂骂咧咧，丢下茶壶直奔茅房。来去了好几回，正巧看见阮侬放学，手里好似还牵着一个男孩。

“爹！”这一声叫得特别响亮特别乖，叫得阮宝玉浑身寒毛直立。

无事拍马屁，非奸即盗。

“爹，我回来啦！”这一句更嗲更乖，“这位是我同学金大标。”

“叔叔好。”金大标小朋友倒是很憨厚，肥脸蛋厚嘴唇，一看就是被阮侬骑在头顶的料。

“你好。”阮宝玉拿手去捏他的肥腮，“和阮侬来玩是吗？我让他们去拿点心。”

“他不是来玩的，他是来报案的！”阮侬大声道。

“啊？”

“我娘不见了。”金大标一撇嘴，一副就要哭出来的样子。

“你帮他找到他娘！”阮侬补充。

阮宝玉扶住额头：“这个事情好像不归我大理寺管，你……”

“我答应了他的！”

“你答应了也没用……”

阮侬不说话了，看见管家走过，连忙追上去，很乖地鞠了一躬，道：“管家伯伯好！”

管家很是喜欢他，笑眯眯地弯腰：“阮少爷有什么事？”

“请问侯爷在哪里？”阮侬侧头，一副天真样子，“我有很重要的事要告诉他。”

阮宝玉满脸黑线，连忙扑过去，死拖活拽，累得咻咻喘气才算是把他拉开：“你个小王八羔子……”

“你帮他找到他娘，我晚上就不要你哄，自己一个人睡。”阮侬小朋友果然是人才，威逼完就开始利诱。

阮宝玉动摇了："你自己睡？半夜不爬起来装肚子痛找我？"

"嗯！"

"金大标他娘叫什么？什么时候失踪的……"

金大标的娘叫吴婉，已经失踪六天了，金大标他爹言辞闪烁，非常可疑。两个时辰后，阮宝玉从金家回转，已经有所收获。阮依愿望得到满足，果然很乖，自己上床睡觉。

侯府里静悄悄的，也不知那只缺耳死狐狸走了没有。阮宝玉还是渴，又喝了一肚子水，虽然走路小心翼翼地，但肚子里面还是咣当咣当乱晃。

很快，密室就到了，这个时候帛锦一般不会在那里，可是阮宝玉却突然听见了声响，很闷的一声，像是人撞上了什么家具。夜半三更，是谁在里面东突西撞，难道段狐狸没走？

阮宝玉来过不止一次，知道机关在哪儿，没犹豫，手指轻轻一按机关那门就开了，他往里跨了三步，凛凛无畏。密室里面漆黑，他眼神本来就不好，立刻就碰到了凳角，摔了个标准式的狗吃屎。鼻子很疼，膝盖更疼，可是我们的宝公子却欢欣无比，里面没有一只耳段狐狸，只有侯爷在。

"侯爷……"难得宝公子还会觉得尴尬，说话前言不搭后语，"我……那个，刚才……门没关好。"

帛锦没有说话，只是咬紧了唇，冷汗淋淋地低头看向阮宝玉。阮宝玉这时已经适应黑暗，抬起头看见他双眸煞紫，满脸满身都是汗，胸口正在不停起伏。

"侯爷……"阮宝玉又喊了一声。

帛锦似乎有点茫然，有些机械地直起身，将脊背靠上身后的大床，"砰"的一声，并不很重，声音里却含着隐忍——方才阮宝玉在门外听见的就是这个声音。

"紫烛在哪儿？还是在抽屉？"阮宝玉立刻明白状况，摸索着就要起身。

帛锦还是咬着唇，只将右手伸过来，扯住了他的衣袖。

"侯爷，你想戒了它吗？"阮宝玉凑过去，"可是我记得上次……侯爷你差点连命都丢了。"

帛锦脊背锐痛，肝脏脾胃一起搅动，一时无法忍受。

“你家的房子是你自己烧的吗？”他轻声，胸膛起伏，“段子明说，必定是你自己放火烧的。”

这个一只耳死狐狸！

“那个……”阮宝玉嗫嚅，发觉自己还是没法在帛锦面前撒谎，“是……是我自己放的火，我……”

“你放火烧自己房子，是为了搬来监视我吗？”

阮宝玉突然间就有些感动：“侯爷这么问我，就是相信我，对不对？”

“我应该相信你吗？”帛锦这一句是在问他，也是在问自己。

阮宝玉发觉他周身肌肉的战栗，觉得自己也跟着抖了起来，于是又问：“侯爷，你要不要紧，要不要我去拿紫烛？上一次在永昌……”

“上一次我在做戏给监视我的人看。”帛锦紧跟了一句，“如你所说，只不过是做戏，让那个人放松警惕。”

“侯爷……”

“这句话我说了，就是信你。”帛锦斩钉截铁，抬眼冷森森看向黑暗，就好像看着那个总在幽魅处冷笑的帛泠。

帛泠说，这世上再不会有人真心对他，他不信。

帛泠说，沾上素燃就此生被缠永无自由，他也不信。

凡他说的，他都不信。终有一日，他会要那个折断他翅膀的人明白，有一些倔强，是不可征服的。

一直到这一夜，阮宝玉才算真正得到了帛锦的信任。段狐狸不怀好意地提醒帛锦，要他提防阮宝玉，反倒激将出了他的决心。

这么说来还真是要感谢这个一只耳。想到这些，阮宝玉就开心，第二天到了大理寺，嘴巴乐得就没一刻合上过。他一开心，李延就烦躁，猫爪挠心似的，浑身都不自在，瞧他哪儿哪儿都不顺眼。

“喝喝喝，又喝！喝不死你！”见阮宝玉又一次奔去添茶，他终于忍不住开骂。

“第三天了。”阮宝玉闻言，打个水嗝，伸出三个手指，“吃完兔脑都已经三天了，我还是这般没命地渴，跟水有仇似的，你说这厮腌这个兔脑到底干吗？有什么阴谋？莫非想毒害百姓，要人集体变水牛，趴在岸边把长江喝干？”

“喝干了倒好了。”李延“哼”了一声，没个好气，“省得总发水，还要举国征铁，去修那个劳什子大坝。”

沉铁修堤，管铭临死前的最后一道奏折，阮宝玉这才想起这出。

“这么快就要动工了吗？”他眨眨眼，凑过去冲李延笑，“皇上要派谁去督造，你知道不？”

“不知道！”

“咱爹肯定知道。”

“那是我爹，没你啥事，少套近乎，没用！”

吃枪药了？阮宝玉“哼”了一声，翻个大白眼，也不理他，跑一边继续灌他的茶。不一会儿有个差役进来，朝阮宝玉一弯腰："少卿，那个叫金大盖的来了，就在外面。”

金大盖，金大标他爹是也，这一家子可真会起名。

“哦。”阮宝玉应一声，“你领他去大堂，让他跪在那儿候着，我一会儿就来。”

帛锦还没走进大理寺街口，街头另一端的阮侬一跳一颠、乐呵呵地奔了过来。

“阮宝玉不是说今天问案，只让你在书院等消息，怎么又逃课？”

“哪里是逃课？是上不了了，教我们的书院院士死了。”阮侬满脸期待地眨眼，“我就是要去你的大理寺报案的。”他现在可喜欢去书院呢，天天有大事发生。

“怎么死的？”

“悬梁自尽的。”阮侬很形象地将自己脖子一掐，伸出了长长的舌头。

帛锦眯眼，眼角扫见一道身影一晃而逝。

“先生死了，你倒挺开心。”

“谁让他昨天打我手心来着？今天还有点肿。”阮侬嬉笑着解释完，突然很礼貌地拉住帛锦袖角，“锦叔叔，你去验尸不？”

“这我不在行。”帛锦谨慎地环视周围，仍未有异常。

“那我去找蓝叔叔了。”阮侬早料到了，欢腾地向大理寺里蹦。

天不遂人愿，蓝仵作突然告假，不在衙门。阮侬兴冲冲地来，却扑了个空，一屁股坐在台阶上，呼呼生闷气。

帛锦将书院的事情交代给旁人后，问阮侬：“不去看你爹审案？”

“没心情了。”阮侬嘟嘴。

“我送你回去。”不知为何，帛锦总觉得不怎么放心。

孩子毕竟是孩子，这一大一小拐到了闹街。阮侬粗着脖子，用两文钱血拼到一大坨藕丝糖后，心情果然大好。看着摊贩老板哭丧的脸，帛锦心里直摇头，有其父必有其子。

“锦叔叔，你家西后院子好大一片，种的是什么树啊？”阮侬一路舔着糖，笑嘻嘻地问。

“梅花。”

“那怎么没见它们结梅子啊？”阮侬相当怀疑地问。

帛锦抬眉，认真地寻思了会儿，摇头：“应该不结吧。”

“那留着有什么用？改菜地吧。”阮侬一下变积极了，猛拍胸脯，“我种这个很在行。肥料方面，你也放心。我能吃，也很能拉！况且，你府里手下人那么齐全，不可能每个人都便秘的。”

帛锦面无表情地消化着他天真的童语，并很有气度地没接话茬。

“你家的院落大，可惜人多，开销也大。这片菜地，我估摸着不够自给的，不过积少成多，年尾一对账，能省下好多钱。”

“不差这点菜钱的。”帛锦好半天方寻到措辞。

“我爹说，以后我们是一家人了，要帮你算着花。”阮侬耸肩，“不过我想，等我家修筑好了，我和爹始终是要离开侯府的。侯爷，你说对不？”这才是他的目的。

帛锦不答话，一把拉住阮侬，把他纳入自己身后。

从大理寺到帛锦家，路上要经过澹琼湖。阮侬这才注意到，湖边没有平时热闹，说得更明白些，碧绿的湖边就剩他们俩了，而且——

“看日头我们早该到家了，怎么还在湖边转悠？锦叔叔，别是遇上鬼打墙了吧。”

帛锦眯起眼——湖上水天一色，一叶小舟破开碧水缓缓划来。

船头坐着一红衣女子，披着长发，口衔一枝半残的莲花，脚尖漫不经心地点着湖面，荡起一圈圈涟漪。帛锦护住阮侬，慢慢退后，刻意保持着距离。

舟靠上湖边，岸上莫名开始升起绯色烟雾，帛锦连忙捂住阮侬的口鼻，自己屏住呼吸。

“抱歉，你们暂时回不去了。”红雾里，船上女子起身。

“哪里来那么多废话？快说，你把你娘子怎么了？”阮宝玉吼道。

“我只是把她关起来了。”

李、阮两位少卿交换了下眼神：“为什么要关起来？”

“她……她疯了，一心想杀大标啊！”金大盖瑟瑟道。

“金大标难道不是吴氏所生？”宝公子问。

“是她亲生的儿子！”金大盖泪眼摩挲，“所以说她疯了！”

另一处，红雾越来越浓，气氛也随之更为诡谲。雾里，帛锦听到有脚步声逐渐向他们围拢过来，人数不少。

“你们是什么人？想要什么？如果是要银子，告诉我个数，给你们就是。”

船头的女子跳上岸，人轻飘飘地落地，眉目慈祥地用手一指阮侬：“我们只要他。”

“哦。他不值钱。”帛锦为难地吸了口气，摊手，“所以——无价！”

话音未落，他已经抓抱起阮侬冲进浓雾，向他方才认为人最少的地方冲去。

红衣女子指尖一动，送出一道漂亮的弧线。一线银光削过，利器险险地擦着帛锦的肩胛而过，阮侬目测自己会中招，缩在帛锦怀里闭上了眼，等他睁眼，却发现自己毫发无损，帛锦已经精准地咬住了飞来的利器。

浓雾未歇，继续转浓。脚步声又近了，那女子从绯雾中踱出。

无声，亦无人。女子纳闷，试探性地搜索，依旧无果。她失去了耐心，将残莲掰开，花瓣落地，红雾不再飘荡，反倒是花瓣大片大片地沉淀下来。

红雾下沉，如沙，极细，却会动。躲在湖边垂柳上的帛锦立即明白，这不是雾，而是蛊，很小很小的蛊。

蛊屑缤纷，渐渐沉静，铺天盖地地落下，就像一张密密的网，罩住了帛锦和阮侬。如此细小的蛊虫，居然只只带刺，迅速渗入皮肤，刺麻麻的。帛锦心下一抽，这蛊虫果然带毒。

“找到了。”树下众人松了一口气，为首的女子抬头，盈盈一笑，“这蛊名沉香，就是逮人用的。”

帛锦撩开落在阮依身上的蛊，突地甩手，将原来的暗器射回。树下的红衣女子避闪不及，空中划过一道血色圆弧，血珠落地，渗入土中。

就是这个空隙！帛锦伺机抱着阮依腾空跃起，逃出包围圈。女子眼瞧着他们跑远，却没有追赶。

“护法，少主他……”

“无妨，少主会回来的。”女子轻笑。

大锁落下，门被打开，里头跪在蒲团上的妇人仍不为所动，只虔诚地供奉着她的佛。

阮宝玉一跨进门槛，就看到烟雾绕着案前的雕像，他喃喃道：“这尊神像倒挺眼熟，却好似不认得。”

李延白了他一眼，心里暗骂：似懂非懂说白了还是不懂，不认得就明说好了，比如他就不认得，所以他一个屁都不放。想到这里，李延自豪地正了正官帽，自己是多实在一个人啊！

“金大盖，这就是你家娘子？”

“是。”

李延甩袖，怒瞪金大盖：“烧香拜佛是疯婆会做的事吗？”

“大人，她平常是这样，可见了儿子眼睛就发光。”金大盖抹汗。

“原来你见到自己儿子时，眼珠子会瞪得像死鱼样啊。”阮宝玉侧头，嘴角上翘，眼里却无笑意。

“那不是正常的光啊，真个是凶光！”金大盖急得眼圈又红了，咧开镶着金牙的大嘴。

根据他的说法，吴婉是个信佛的人，还入了香团，逢上初一、十五就与其他女眷一同去庙里烧香。最近也不知她中了什么邪，晚上梦呓着自己要杀人。开始金大盖只当是芝麻绿豆的事，没放在心上。然而有次深夜，金大盖醒来不见自己的老婆，就下床去寻，却见月夜里自己的娘子提了把明晃晃的菜刀，傻站在儿子金大标门前。

他在衙门时说得逼真，可两位少卿瞧见的却不是那么回事。屋里的吴婉看上去不算有事，除了走路有点儿蹒跚，头发有点儿散乱外，其他一切还算正常。李延向阮宝玉递了个眼色，意思很明确：虐妻。

还没等阮宝玉表态，帛锦家的管家就风风火火地冲了进来，见了他俩直叫：“侯爷出事了。”

帛锦醒来时，第一眼见到的是阮侬，这小子他正扒着床沿，中气十足地哭叫自己为“师父”。床尾架着一只大竹蒸笼，腾腾地冒着热气，却不知里面蒸着什么。阮侬见他醒转，哭得更加伤心。

开始，帛锦以为自己听错了，后面细听，是那两个字没错。他皱眉问：“你和你爹一样犯了病吗？”莫非这毒的症状不同，自己是昏迷，阮侬是毒傻了？

“锦叔叔，我要拜你为师！”阮侬一擤鼻涕，泪水汪汪，“将来学好本事，可以保护大家！”勾搭厉害的人，让他们成为自己的靠山，他的幸福生活才有根本保障。

不等帛锦回答，屋子里就一口气涌进来了三个人，阮宝玉、李延，还有……仵作蓝庭。

阮宝玉闷头拧着手指不说话，倒是李延比较镇定，关切地开口：“侯爷中了毒。”

“我知道。”帛锦当然知道，也自知中的毒不重，只是不明白为什么在路上会突然不省人事。

蓝庭探身问：“侯爷感觉如何？”

“浑身刺痛得厉害，其他……”帛锦自我审定一番，皮肤不红不肿，也没任何出血的伤口，“应该无恙。”

“侯爷晕倒后，正好遇到了蓝仵作。他说他认得这毒。”阮宝玉终是开了金口，“我们之前就是在准备东西把这毒给引出来。”

“哦。”帛锦老神在在地看他。

“那我们开始吧。”宝光一笑，“你们可以出去了。”

“你不要帮忙吗？”李延还没问完，已经与蓝庭一起被宝公子推出了门外。

门“砰”地关上，随即又骤然洞开，从里头横飞出了一个阮侬。

蓝庭手脚麻利，立即把他接住。阮侬落脚站稳，一个箭步就冲过去，试图听墙角，却被李延一把拉住：“蓝庭说你可能也中了蛊。”说着，他与蓝庭一人一手将猴精腾空架走。

那头房门一关，屋里就显得更热了。

阮宝玉窜回床边，揭开竹蒸笼，整出一团白乎乎的东西。

“你揉糯米团做什么？”帛锦问。

“用热的糯米团可以把毒刺粘出来。”

“就这样？”

“就这样。蓝仵作说这种蛊不致命，只是不明白侯爷怎么会昏倒。”宝公子吹着气，用手揉搓糯米团，又时不时眯眼，用手捏自己的耳垂。

“烫手的话，先凉会儿再说。”帛锦建议，“这种疼和素燃毒发时差不多，我能习惯，不差这点时间。”

“我皮厚，这点热烫不出泡的。”阮宝玉依旧努力地搓面，“侯爷，我能看着你想案子吗？”

“哦。”

“侯爷，你不是浑身疼吗？那早点宽衣吧，面团我马上就弄好了。”

软趴趴的糯米粘出毫毛一样细的毒针，让帛锦舒服了不少。

是时，侯府门外，灰蒙蒙的天空落起了细雨。一位穿红色绢衣的女子站在雨滴淋漓的廊下，优哉游哉地取出弯刀，在自己掌心轻轻一划，横空甩出一道半弧血线。血珠落地，瞬间，帛锦皱眉，心莫名地一紧，感觉有无数的悬线一根接一根紧紧缠住自己的身心，周身的血液史无前例地沸腾起来。他抓住床柱，调整呼吸。

很快，他的腰际呈现出一个红点，这个红点像有了生命，顺着血管，从一个变为数个，接着是几十个。斑斑点点的殷红以极快的速度扩张分散，如夜里昙花冉冉绽开，越开越大，逐渐凝成一个诡异的图腾，霸住原本蜜色的身躯。

“侯爷……”阮宝玉看得心惊，良久才寻到自己的声音。

图腾触目惊心，宝公子心知不妙，还是不要命地上前探问。帛锦毫不客气地出掌，拍在阮宝玉的心口。宝公子倒地，胸口闷热，喉头一阵腥甜，顿时喷出了一口鲜血。天旋地转间，只能迷迷糊糊地看着帛锦披上衣袍，大步走了出去。

帛锦一走进阮侬那屋，李延就感到气氛不对。有节操有智商的李少卿，性格也很是刚烈，他撩高袖子，随手抄起黄铜大面盆，凛然挡住了帛锦的去路。

帛锦侧身，躲开面盆。李延趁机出拳，谁知第一拳就挥了个空，被帛锦擒个正着，臂骨喀然一折。李延当场痛得摔到了地上，帛锦转身去看紧抱着阮侬的蓝庭。蓝庭咬唇眯眼，拽着阮侬步步后退。

门外的风雨轻轻细细，房顶上，红衣女子端坐其上，微微皱起眉头，缓缓吹着掌心还没凝固的血珠。

帛锦已经走出，怀里抱着已然昏迷的阮侬。一切顺利，女子撩开额前的发丝，笑道："带上少主，跟我走吧。"

女子翩然落地，帛锦却突然一滞——有只右手抓住了帛锦的脚踝，因为太过用力，指甲不慎翻起。帛锦目不转睛地看着地上的阮宝玉，瞳孔陡然一缩，脚狠狠地踩了下去。翻起的指甲当场被踩得龟裂，指头根根渗血。

"阮宝玉，放手啊！"李延在他身后大吼。

"留得青山在，不怕没柴烧"的道理，阮少卿当然懂，但他还是死死咬着牙，没有半分松手的意思。几道猩红和着雨珠，顺着手缝滚滚流下。

"你让我很惊艳呢。"红衣女子俯身，带血的雨洼里，映出一张甜甜的笑脸。她很耐心地审视着阮宝玉的手，右手的指甲几乎没个完好的："指甲里粉嫩的肉都翻出来了。"

阮宝玉虚弱地赔笑："好看吧？看了要付钱，没钱把人留下抵。"

女子为难地摊开手："他体内的蛊要饮我的血才能生存，蛊死，侯爷也死。不过，也不是没有商量的余地。"女子露出一个让人不放心的微笑，"你找到我家教主，用人来换。"

之后整整一天，阮宝玉脑子里来来回回只有这一句话，一个人在大理寺野猫似的乱窜，不停哀号："教主教主，你倒是告诉我你是哪派哪教，是哪路神仙嘛。"

一旁的李延也是熬了整晚，阮宝玉口述，他执笔，画着帛锦背上那个曾经显现出的图腾。这会儿终于大体画了出来，李延叹气："我觉得你最好把你的手处理一下，虽然你这是狗爪，但指甲这么翻着，你难道就不疼？"

阮宝玉甩着手："疼当然是疼，但现在我儿子和侯爷的性命更重要，没关系。"说完就伸头去看纸上的那幅图腾。

那是朵花，和莲花形似，花瓣繁复，每个花瓣上都有血管样的细纹，似乎汩汩流着鲜血。阮宝玉盯着它看了一会儿，不知怎的，渐渐入了神，满眼血色，紧接着脑子里一片炸响，疯了般疼痛起来。

“怎么了？”李延看他脸色不对，扶着桌子站起身。

“这图有问题，不能久看……”

“没有啊。”李延侧头，把那图颠来倒去看了个够，“不就是朵稀奇古怪的花？没什么。”

阮宝玉的头还是疼得钻心，思索不能，只好用指骨顶着太阳穴：“那你把这图多画几张，找些江湖线人看看，我……”没说完就直挺挺地晕了过去。

阮宝玉昏倒并不稀奇，但这次晕得比较久，过了三四个时辰也没有醒来的意思。可怜的李少卿只好叫人把他扛回家，找大夫替他包扎好十根手指，替他换下血淋淋的官服，又撅着屁股画图腾画，还不时回头看他醒了没。

“贱，贱就一个字啊。”他一边画画一边感慨，也不是没有自知之明。

好不容易画好，叫人将画送出去，他趴在桌边睡了不到两个时辰，阮宝玉就醒了。

照例，这位已经不知道自己是谁，不停追问为什么自己要和一个不好看的人同处一室。李延强打精神和他纠缠，眼皮子直打架，都快哭了。外头小厮回话，说是大理寺有消息带到。是坏消息，寺里的人说，画给江湖上的几个线人看过，没有人认识。

李延更想哭了，趴在桌上，也不理阮宝玉的聒噪，捂住两只耳朵，对着剩下的一幅画吹气。

天色已晚，寄住在李家的苏银练功完毕，刚巧经过他门口，于是踏进门来，一眼就看见了那朵纸上莲花。

“西番莲缠枝，你画这个干吗？”苏银脱口而出。

“你说什么？”李延呆愣愣的。

“我说你没事画这个干吗？西番莲缠枝，是诃利帝母教的图腾，这可是个邪教。”

银子银子，果然是样好东西。

李延两眼放光，凑上前去：“诃利帝母教是个什么教？你知道吗？”

“诃利帝母教信奉鬼子母，教里掌权的都是女人，但是新人入教有一个规矩……”话说到这里苏银顿了下。

“什么规矩？”

“必须杀死自己的孩子……自己亲生的骨肉。”苏银垂首。

李延语塞，还没开口，却听见一旁阮宝玉跳将起来，“砰”的一声拍了下桌子，之后说了三个字：“金大盖。”

李延抱住头：“拜托，你这又是发什么疯？”

“带上这幅画，我要见金大盖的老婆。”阮宝玉斩钉截铁，眸里灵光一闪，显然已经恢复记忆和神志。

不多时，两位少卿又回到了大理寺，李延在一旁哼哼：“如果你不拍桌子，我也能想起这两件事的关联，这没啥。”

阮宝玉鼻孔朝天，表示对他的鄙夷：“那你记不记得那个红衣女人叫阮侬什么？”

“这个，当时情况这么紧急……”

“少主。”阮宝玉沉下了嗓子，“她叫阮侬少主。”

“莫非阮侬是那个邪教的下任教主？”

“你没听见苏银说，教里掌权的从来都是女人？”

“阮侬不是女人，这个我知道。”

“所以就只有一个可能。”阮宝玉又鄙夷地看他一眼，“阮侬是她们教主的孩子，而这个她们要找的教主，肯定已经失踪了。”

看来比智慧的结果已定，李延吃了大瘪，只好转移话题：“金大盖家的怎么还没传到？”

差役正好在这时进了门，金大盖家的紧随其后，跪在地下，道：“民妇吴婉见过大人。”

看着挺温婉的一个女子，没有太明显的异常，也就眼神稍微有些涣散。

“这幅画，你可认得？”阮宝玉也不废话，将那幅西番莲缠枝拿过来递到她眼前。

吴婉抬头，看了那画，慢慢定住，似乎被纹样吸引，呼吸也急促起来。

“你到底认不认得？”堂上李延大喝。

吴婉仍不作声，只是看着那画，眼里渐渐露出凶光。

阮宝玉灵光一现，回身去找李延，捉住他的手，对着他食指就是一口狠咬。

李延“啊”一声跳起来，可这该死的阮宝玉却还不肯罢休，捉住他受伤的食指猛挤，将血挤上画纸，还叫骂：“喊什么喊？你这手指又不好看，有啥好心疼的！”

这一会儿工夫，鲜血已经漫上纸张，阮宝玉吹了口气，那株西番莲便染了血色，立时变得妖异，和那日帛锦背上的图腾有了三分相像。

血色的西番莲图被递到吴婉眼前，吴婉立刻通身直颤，伸出两只手来捧住了心，嘶声道：“圣明的母神，我一定会献出自己的子嗣来供养您的孩子，请您一定要相信我，一定要……”说完就直起身，凶光大露，一双眼四处在找寻，大约是在找寻自己的儿子金大标。

阮宝玉深吸了一口气，拦在她跟前沉声道：“杀死自己的孩子供养圣母，这是你们教主的意思吗？”

“教主……”吴婉胸口起伏，似乎犹疑不定，但片刻已经恢复，“护法说了，教主不日即可归位，为圣母献上自己的子嗣，到时候我教必可复兴！”话说到最后，声音凄厉非常，而且气贯云霄，完全不像一个弱女子能够发出的。阮宝玉不语，跟在她身后，抄起桌上的镇纸就敲上了她的后脑。

“阮侬就是少主，教主失踪，而且她们也在找她。只有一个可能，这个教主不肯杀死自己的孩子，带着阮侬叛教出逃了。”这下，连李延都推测到了缘由。

阮宝玉抱住头，默不作声。

“既然阮侬在你这儿，想必她们是料定你知道阮侬的娘在哪儿，所以问你要人。”李延继续，“你记不记得是谁把阮侬交给你的？”

“我不是告诉过你，我脑仁被强盗敲过，把前后两年的事都忘了？”

“仔细想想……”

“想不出来。”阮宝玉放弃努力，趴到桌上打滚，“怎么办？侯爷和儿子还等着我去救……”

这么无赖了一会儿，他停住，趴在桌子上看向李延：“如果你是这个教主，带着儿子逃出那个劳什子教后，你会把他送人吗？”

“会。这样就算自己被抓住，孩子也安全了。”

“送人之后呢？想不想看他？”

李延抓头：“我又不是娘儿们，没生过孩子，怎么知道？不过按理应该是想看的吧。”

“那会不会她就躲在某个不远不近的地方，乔装打扮，如果实在想了，就可以过来看一下？”

李延顿住，似乎也想到了些什么。

"你说，有哪个七岁的孩子会真的喜欢看尸体？"阮宝玉慢慢坐直，双眼半眯，露出了一个笑。

被叫来的时候，蓝庭依旧弯着腰，还是那个低眉顺眼的姿态。

"你是个女人。"阮宝玉开门见山，"虽然你伪装得很好，但是有些时候习惯还是难改，我不止一次看见你含胸。"

"大人好眼力，好记性。"蓝庭依旧波澜不惊。

"我想知道你的本名，我替你抚养了阮侬两年，也算尽心，应该有资格听你一句真话。"

"我本名阿那然，今年二十六岁。"蓝庭抬起了头，"很感谢大人这两年庇护我家阿宝，大恩不言谢。"

"阿宝？阮侬他没有名字吗？"

蓝庭沉默一会儿："是，他没有名字，一个生下来就为了献祭的孩子，不需要名字，所以我还要感谢大人赐给了他名姓。"

这样一来，她已是默认自己便是诃利帝母教的教主，丝毫没有要推诿狡辩的意思。

李延有些不解："难道你不想知道我们为什么怀疑你吗？"

"女扮男装，懂蛊辨毒，而且待阮侬亲厚，我留下的破绽已经太多。"蓝庭苦笑。

"那你可愿意去换侯爷和阮侬回来？"

"如无万全把握，我不会去。她们抓阮侬回去是为了逼我献祭，只要我一天不出现，阮侬便安全。"

"借兵去将她们团团围住，一百个灭她一个，这样就该万全了吧！"李少卿豪气干云。

"你见过她们给侯爷下的蛊吗？"蓝庭叹气，"那蛊叫作血饲，种在饲主血管深处，可以完全控制饲主的神志。侯爷武艺这么高强的人都未能幸免，你送些小兵小卒去，不是白白地送饲主上门，供她差遣？"

"会下血饲的人有几个？"阮宝玉突然发话。

"左右护法，一共两人。"

阮宝玉走上前："那如果有人箭法如神，百步之外能轻松取她们性命呢？"

蓝庭沉默了。

李延咧开了嘴，第二次感慨：银子银子，果然是样极好的东西。

“这未尝不可。”蓝庭顿了顿，看向阮宝玉，“但是大人，侯爷血管里的那只蛊虫要喝左护法的血才能活，左护法死则蛊虫必死，蛊虫若死，便会化成剧毒流遍侯爷全身。大人，你要思量清楚。”

“一、二、三……七。”李延数了数，冲阮宝玉瞪眼，“连你我一共七个人，就准备去赴约了？”

“不连你，所以一共六个。”阮宝玉回瞪。

“你不怕侯爷死了吗？昨天你和蓝庭到底嘀咕了些啥，竟还特意支开我，说是让我去找苏银，别当我傻，我是有智慧有节操的！”

阮宝玉扭头，当他是空气，只问苏银：“苏将军，你要取的是右护法的性命，样貌蓝件作已经向你详细描述过，你有没有把握一箭毙命？”

“有。”苏银昂头，有一弓在手，便立刻生出无所畏惧的豪气。

“那左护法呢？”李延实在忍不住，插话问。

“左护法侯爷自会解决。”提到侯爷，阮宝玉眼放金光。

“你脑子坏掉啦？你家侯爷被人控制了，前天还一巴掌劈得你吐了半盆血！”

“我们准备出发。”阮宝玉继续当他是空气。

有节操、有智慧的李少卿坚定不移地夹在他们中间。蓝庭看着不忍，终于开口：“其实阮大人不让李大人去，也是不想你涉险。还有，侯爷的那个蛊虽然会控制他的神志，但也不是完全无解，一旦有极大的痛苦作为刺激，他有很大机会能够暂时清醒。”

“极大的痛苦？阮宝玉能狠下心让侯爷吃多大的痛苦？”

“我自有分寸。”阮宝玉回身，难得正经，“你回大理寺，两个时辰后，我自会带侯爷和阮侬回来。”

李延停住了脚步。什么时候的阮宝玉是可以调戏，什么时候的阮宝玉是可以信任，没有人比他更清楚。

终于，阮宝玉动身了。

极大的痛苦他自然是不愿给的，可是帛锦已经几天没吸素燃，瘾在月正中天的时候发作，那痛苦会有多大，他再清楚不过。

“就这一只……小东西，便能找到她们？”走到半路，阮宝玉还是忍不住问。

蓝庭的表情仍是淡淡的：“大人放心，其实她们走时一路留下了信号，那是我教特有的西番莲香料，这只蛊虫嗜香，自然能够寻到路。”

“哦。”

接下来一路无话，因为要在月中前赶到，一行人走得很急，出了城门，走的是西南方向。大约一个时辰过去，蛊虫停止扇动翅膀，飞回来停在蓝庭的手指上。

阮宝玉抬头，看着眼前破败的寺庙，门匾上的字迹十分俊逸，写着“慕圣寺”三个字。

他带来的四个人之中，轻功卓绝者立刻跃上屋顶侦察，按照蓝庭的交代，看见人影即刻回来，不能靠近那红衣女子一丈之内。

不多时，那人回转，道：“她们在后院，里面一共两间房，一间有灯，另一间也有人，总共不会超过十个。可以将她们引到后院，大殿的屋顶是个很好的埋伏点。”

“那好，你带苏将军去大殿屋顶，苏将军的脚腱受过伤，你带好他，不能发出响动。”阮宝玉开口，“苏将军一定要记得，我大喊一声‘侯爷’，你就动手。”

苏银点头，很快掩入月色中，寺前只剩下四个人。

蓝庭抿了抿唇，伸出手，将头发放下，挺起胸，露出女子的姿态。她的身姿是极好的，但脸上的人皮面具仍在，五官平淡，仍是那个木讷温顺的仵作模样。

“这么久没见故人，该怎么打招呼呢？”她叹了口气，面容虽然平静，但到底心绪难平。

“开门！”那厢阮宝玉却早已撩起袍子，一脚踹上庙门，“我带人来了，快点开门！”

有人来应门了，阮宝玉一头撞过去，脚不沾地奔到后院，站住喘气：“我家侯爷和阮侬呢，你要敢动了我家侯爷一根汗毛……”

院后房门大开，那红衣女子靠门，后面跟着赤裸上身的帛锦。听见他这话她微微一笑，伸出两根指头，立时便拔下了帛锦一根头发，“扑”的一声吹到阮宝玉眼前。

阮宝玉眨眨眼："那啥，汗毛动了也就算了，你要是敢动别的……"

这一次，红衣女子没有理他，反而站直身子，屏住了呼吸。阮宝玉身后，蓝庭踏着月色，缓步从大殿的后门走了过来。院里另一间房门也开了，有个黑衣女子怀抱着阮侬，定身站在门口。

"教主……是你吗？"两名女子弯腰，诃利帝母教一左一右两位护法，声线一样紧绷，似乎既期待又害怕。

蓝庭缓步过来，撕下脸上的面具，现出真容——额心一朵黑色莲花，似乎深深洇进了骨血里。

"这是我们之间的恩怨，与他人无关，你将侯爷放了吧，替他解了血饲。"她柔声道。

两个女子不语，那黑衣的女子似乎比较软弱，双眼渐渐濡湿。

这时，阮宝玉大声道："不行！"他退后伸手，一把拦住蓝庭，"你放侯爷过来，一手交钱一手交货！"

红衣女子牵起嘴角，朝帛锦挑挑手指："你，走过去。"

帛锦埋首，似乎没有灵魂，顺着她那根手指的指示一步步走了过去。

"侯爷……"阮宝玉低声，眯着眼，努力想看清帛锦的双眸。

帛锦越走越近，月正中天，银辉透过薄云照进他的眼，双眸果然一片湛紫。夜风撩动他的头发，他看向阮宝玉，极缓极缓眨了下眼。

老天有眼！阮宝玉立刻上前，一只手伸进袖管，握住那把薄刃，等到了帛锦跟前，便撕心裂肺地喊了一声："侯爷！"

听到信号，大殿屋顶，一支黑羽箭立刻破风而出，射透夜色，携万钧之力而来。蓝庭急退，而阮宝玉那把薄刃已经递到帛锦掌心，在他耳边说出一句："伤红衣女，夺阮侬，退回大殿！"

帛锦回身，薄刃脱手，直中红衣女右肩，伤人后仍然去势不减，劲风带着她后退，一直将她钉上了白墙。而那支黑羽箭也射中目标，钉穿了黑衣女子右眼窝，箭尖扯出血雾，穿其后脑而出。

苏氏弓满，无有空回。果然不是虚言。

黑衣女子当场殒命，甚至连一声惊呼也没来得及发出，手里的阮侬落空坠地。帛锦身形已至，抄起他急速退往大殿，途中见阮宝玉奔命不暇，还顺手带了他一把。

后院这时还剩三人，那红衣女子虽然受创，但到底武功了得，第一个抢过来，顷刻已追到大殿后门。

“撒网！”大殿里阮宝玉高声道。

立在门旁的两人得令，立刻抛出了软索。这两人是阮宝玉从刑部借来的，别的本事没有，手里这一张软索网却是十分了得，不知曾经捉过多少江洋大盗。红衣女子入了套，这两人将经线一收，立刻将她紧紧地捆成了一个粽子，别说挣扎，就连动根手指都难。

后院余下的两个女子仍想往前冲，不须阮宝玉知会，苏银立刻拉弓满弦，一人一箭，分毫不差地射进了她们的膝盖。

大功告成，帛锦阮侬全身而退，活捉红衣女，所有目标都达成。阮宝玉咧着嘴，这一笑别提多春风得意了。

“教主！”过了片刻，大殿里响起那红衣女子凄厉的声音，“诃梨帝母在上，你抬头看，难道就不觉得于心有愧吗？！”

殿内光线昏暗，但里面供奉的铜像纤尘不染，那是个手抱孩童的妇人，脚踩缠枝西番莲，面目慈和，无限悲悯地看着脚底众生。

蓝庭抱着阮侬，抬头与神像对视，道：“孩子是我的骨血，他的命便是我的命，若圣母真的慈悲，就应该懂得。如果她不懂，定要怪罪，便是劈下十万雷霆责我罚我，我也不怕！”她的声音清平缓和，但却有一股无法撼动的力量。

“圣母！你听见没有？这便是你选中的传人，伍凝惭愧，愿魂魄化作十万雷霆，替你责罚这个叛徒！”红衣女子厉声诅咒，虽然手脚被缚，却从心底迸发出浓烈的怨怼和绝望。

阮宝玉听着惊悚，连忙上去捏开她的嘴，道：“你别想咬舌头或者服毒，我们侯爷的命很贵，你赔不起！”

红衣女子斜眼看着他，有些睥睨的气度，她缓缓笑了：“你当服毒就只有咬破牙齿里的毒丸这一种方法吗？井底之蛙！我这两天根本就没喂你家侯爷的蛊虫，我一死，你们侯爷也必死，阴曹地府，我等着你来找我赔命。”

这一句话说完，她的额头便炸开一条黑线，疯了般往下蔓延，不过片刻，便已经蛛网般四散，从头到脚无一幸免。

“她利用血液散毒，你退后！”蓝庭高声喊道。

见阮宝玉还呆呆地站着，一旁的帛锦立刻运掌，将他劈出一丈有余，自己也跟着急退。这时，红衣女子的血管猛地爆裂，毒血便似黑雾般“嘭”一声散了开来。

帛锦闪避不及，血管里蛊虫饥渴，遇到主人的血，居然挣出他的颈项，贪婪地吸了几口，然后又快速团回了帛锦的身体里。

血是毒血，毒是剧毒，帛锦一落地，后背又开始绽出细点，但这一次是墨黑色的。他单膝着地，心头似有烈火焚烧，脱口便吐出一股黑血。

第十一章 血饲

尘埃落定，红衣女子死了，所有人都没事，除了帛锦。

阮宝玉定了定心，刚走过来，就看见他后背的黑点开始迅速蔓延，以惊人的速度形成了一朵花蕊形状。

“原地不动，平心静气。”蓝庭疾步奔来，“只要毒没入心就还有救。”

帛锦依言盘腿坐了下来。

蓝庭到他身后蹲下，从怀里掏出一把小银刀，对着他后背颜色最深的一处黑点，朝阮宝玉扭头，道：“你真的想好了吗？这法子虽然能救侯爷，但是你也要承担风险。”

“有风险就不必。”帛锦跟了一句，慢慢起身，并不看阮宝玉，“你找件衣服给我，我们回府。”

蓝庭跺脚：“侯爷，你不能回府，这蛊虫喝了毒血，不等你到府上便死了，蛊虫死你也必死，连我也没有办法化解。”

阮宝玉不说话了，上来就表演了一个抱大腿神功，死活不让帛锦挪步。

“你到底要不要脸？”帛锦叹气。

“我不要脸，侯爷都不要命我还要脸干吗？”阮宝玉抱得更紧，“我的脸一点也不贵。”

“谁说我不要命了？”

“那你起码听完蓝庭怎么救你。”

“是。”蓝庭连忙接话，“阮大人来的时候就做好了打算，万一左护法死了，他就用这法子救侯爷，他想得这么万全，侯爷千万不要辜负了这番苦心。”

“什么法子？”

“侯爷，你中的这个蛊虫叫血饲，是左护法伍凝用自己的血培育出来的，终生都只以伍凝的血为食，一旦断食死去就会化成剧毒，随你血液流遍全身，普天之下没有解药。”

“伍凝已经死了。”

“没错，所以阮大人托我，用他的血也培育出了一只血饲，如果让这只新虫去吃了伍凝那只衰弱的，以后拿他的血来饲，侯爷就可暂时无虞。”

“我已经中了伍凝的毒血。”

“没关系，侯爷，我曾经是诃利帝母教教主，虽然武艺一般，但运蛊解毒十分在行，这个毒我先替侯爷解了，再来解决血饲的问题。”

听起来万无一失的样子。帛锦终于还是忍不住问：“那你刚才说他也有风险。”

蓝庭抿了下唇，抬眼去看阮宝玉。

阮宝玉豁出去了，干脆大声交底：“风险就是这只蛊虫的胃口会越来越大，过个三年五载，可能我的血就不够喂它了。这个问题蓝庭会想办法，反正侯爷你不肯接受，我现在就撞死，就这根柱子，我说到做到的！”

蓝庭所言非虚，不费多少气力就解了伍凝的血毒。新的血饲蛊虫是来的时候就已经准备好的，装在小匣子里，很小很小的一只，颜色却是鲜红的，红到有些瘆人。

“准备好了吗？”蓝庭将蛊虫捻出来，问帛锦，“新蛊吞旧蛊，过程会比较痛苦。”

帛锦笑了：“如果能准备好，那就不叫痛苦。你动手吧，我无所谓。”

蓝庭不再说话，把银刀推进他的脊背，划开一个血口，将新蛊投了进去。做完之后，她道：“一山不容二虎，这只新蛊必定会吃了旧的。现在要做的事情就是忍耐，至多不会超过两个时辰。”

“就在这里？”阮宝玉问，抬头看看破败的大殿和那尊神像。

“侯爷现在的情况不适合移动。”

“你们都走吧。”帛锦的喘息开始加重，“等会儿我自己回去。”

“嗯。你们都回去。”阮宝玉应声，“阮侬怎么还没醒？她们可能给他吃了什么药，蓝仵作，你带他回去，别的事……回去我会问你。”

“你也……回去。”帛锦嗓子发哑。

“我才不走。”阮宝玉看过来，“我没脸没皮，油盐不进，侯爷，你别想打发我！”

过了许久，帛锦的身体开始发抖，冷汗一层层的，把阮宝玉身上的衣衫也打湿了。

阮宝玉见状，左一遍右一遍地重复：“为什么侯爷你总要受苦，为什么为什么为什么？”

帛锦大约是嫌他聒噪，哑着嗓问：“那你为什么偏要救我？本来我生我死，和你半点关系也无。”

阮宝玉本想说一番豪言壮语，最后生生压下。帛锦身体里那只新蛊振奋着，去追逐那只早已衰弱的旧蛊，热意在血液里滚滚流动。这是种说不清的感受，蛊虫游走全身，疼痛似乎只停留片刻，却又无处不在，最后如千针万刺般戳穿他的每根神经，这痛苦叫帛锦难耐。

阮宝玉也开始出汗，他看见帛锦的后背处一个个新鲜的红点蔓延开来，那些仍带着浅黑的暗褐色血点则开始消失。又过了一会儿，阮宝玉找到机会，将手抬起，咬破手腕，搭在帛锦后背那个血口处，立刻就感觉有东西吸着他的伤口，开始汲取他的鲜血。

帛锦并不知道蛊虫在吸血，只知道身体越来越烫，那种烧灼感一直在寻找一个突破点。这时，帛锦后背的红点终于哄然大散，新蛊终于寻到旧蛊，将它一口吞下。身体的苦痛达到顶点，似乎被烈焰最终灼穿，帛锦张口呜咽一声，便死死咬住了阮宝玉的胳膊。

危险过去，新蛊吞噬旧蛊，而且饮血饮得餍足，于是慢慢团进帛锦的血液里，那一背诡异的红点也开始消散。血饲果然换到暂时的安宁。

阮宝玉抬头，看着头顶的诃梨帝母神像，厚颜无耻地和她对视，并不觉得亵渎。

他依稀听见一句话：“你愿意跟我一起吗……”

“啊？”

“跟我一起……离开京城，天高海阔。”

佛前烟雾缭绕烟幔里神佛那眼含慈悲的笑容时隐时现。念珠转动，太后闭目温婉地问道：“大印已经送到陛下那里了？”

“是。”堂下的段子明恭敬地回答，“是李少卿亲自呈上的。”

“锦衣侯没说别的？”

段子明顿了顿，再回：“殿下说，审凶断案始终非他强项。”

“殿下”这一词抛出，明确地表明了段狐狸的立场。太后纳罕，睁开眼，睇了段子明好一会儿，“他就说了这个？”

段子明古井无澜，依旧低眉称“是”。

一个字，换来太后怆然一声叹息：“段子明，你觉得圣上如何？”

“君臣有别，有资格说陛下品节的是史官，子明论不得。”

太后颔首，微笑：“明白了。皇帝这里，哀家自然会去招呼。”

“多谢太后成全。”

“那……你觉得阮宝玉如何？”

段子明皱眉，低头望着脚下玉砖，倒影中脸上的面具冰莹：“怎么看，阮少卿都是个手零脚碎的痞子！太后放心，等殿下交代子明查的案子有了定论，臣就立即回到殿下身边，保护殿下。”

“这案子……”太后终是停下数珠，不再装糊涂，“可有了眉目？”

段子明咬了咬唇，谨慎道：“线索依旧甚少。”

太后眼神一黯，旋即展笑：“时隔那么多年，小锦的确太为难你了。”

“子明，无碍。”

“段子明，哀家沉疴久抱，怕是活不了多久了。”

“太后……”段狐狸欲言，被太后扬手打住。

“你查的案子，无论结果怎样，哀家都想第一个知道答案，可以吗？”

段子明沉思了下，点头允下：“臣知道了。”

太后闻言，敛眸：“你去吧。”

段狐狸告退，走到门廊处又站定，平静地瞧着不远处内侍们利索地更换着时牌。

“太后，我不知道您每天祈福是不是为了陛下。但是我觉得，就算神会原谅陛下，很多人也不会原谅他的！”

是时，丽日当空，风过桂花林。绿叶中的桂花层层点点压枝喧闹，其香随风而飘。林里，有人缓缓睁开细长双眸，俊逸的脸庞温润如玉。人很美，但更残酷，异常清醒的残酷。

眼前，西风揉出一场桂雪，簌簌落下。花雪落在两枚大印之上，帛泠视若无睹，只当灰尘。他抬手，优雅地接过太监递来的汤药。碗里黑色的药汁轻荡。帛泠将药一饮而尽，顷刻涩苦满口。

“母后要你传什么话？”

“太后说，锦衣侯原本只是告假休整些日子，又怕自己误了朝廷大事，所以才辞官的。”

“哦？”帛泠换过瓷碗，这次是甜羹，桂花酒酿。

“太后请陛下不必为难他们。”

“锦衣侯是朕的侄儿，阮宝玉命虽极烂，但也算屡立奇功，朕怎么可能为难？你去回太后，说朕心里明白得很，请她放心。可他们职位必须保留，就当朝廷放他们长假，帛锦与那阮宝玉何时想返朝了，再官复原职。”帛泠搅动着瓷匙，声音暖如春风，说出的话却让人悚然。

帛泠品羹，一勺入口，果然甘甜清香。

夏天一过，皇帝就会很忙，祭天祭地祭祖宗，太常寺每年这时候都会天天伏地状告户部不给钱。今年，铁公鸡一般的户部尚书也不含糊，成日里在帛泠面前苦着脸，只差当场把算盘拿出来拨得当当响了。到最后就是一句，国库没多少钱给太常寺大办。

“尚书可以亲自进谏，劝朕取消祭奠。”帛泠调解到最后，没了耐心，放出撒手锏。

尚书顿时惶恐不安，这下愿意和太常寺商议解决了。他们没问题了，帛泠倒被烦出了病，虽说是小恙，可毕竟伤神，所以没料到帛锦他……

帛泠心思辗转，嘴里突然嚼出酒酿里的异物，拿舌尖去舔，小而坚硬，应该是碎掉的瓷渣。他没有发怒，也没有吐出异物，仍是面不改色，狠狠地嚼动着。瓷渣坚硬，根本咬不碎。在他狠命地咀嚼下，渣尖飞快划破牙床，嘴里尝到一丝腥甜味道。那血腥渐渐取代桂花的香甜，满口的血终于缓慢地自嘴角滑出。

身旁的侍卫、太监见状吓坏了，个个不明状况，有的大声疾呼着要寻太医，有的跪地低头：“圣上，请保重龙体。”

帛泠这才将瓷渣吐在手上，血顺着指缝一滴滴落下，溶蚀入地，浸染上了桂花，点点红斑。

“定是御厨办事不小心，碎了瓷碗没收拾干净，请皇上饶命！”有谁戚戚央求着。

帛泠露出猫捉耗子般看着自己的猎物濒临死亡的微笑：“罢了。”

有素燃在，他怕什么？帛锦的事，过些日子再说也成。他当真说走就走得了吗？

当然说走就走。

当时，阮宝玉为这句话，立刻赶回侯府，卷起铺盖就算是收拾完了自己的行李，扛上阮侬，捎上蓝庭，目不斜视地就往门外冲。

帛锦一把拉住他。

“走啊，侯爷。”阮宝玉灿烂地笑着，目光还是有点呆。

“你不向李延道别？”帛锦很婉转地提醒他。

“哦，我已经把官印留下了啊！侯爷，我这人重感情！我怕再多想李延一下，就会控制不住带上他。我们还是快走吧，否则要带上好多人呢……”阮宝玉垂着圆眸地回着话，心里明白，不能带上那根能点天灯的大蜡烛。

帛锦莞尔，当真被宝公子攥着衣袖出了京城。

四人真正地徒步，走出了京城！到了城外几里处，宝公子才累得不行，停下喘粗气。他这时才很有智慧地想起，这人间尚有雇车做脚力这回事，随后他更有智慧地想到或许可以拦截别人的车，动之以情，要人家让位。最后，在帛锦的银票攻势下，终于有一行人不再鄙夷宝公子，乖乖地让出了牛车。

初步计划可谓顺利，尔后这一路天空清明，凉风飒飒。车外野菊灼灼，人与黄花各自香。

“我有灵感了，侯爷就保持这位置不动哦。”阮宝玉吐了口水当墨，开始动笔。

“侯爷，我能不能不吃猪肝啊？猪长得一般也就算了，肝也长得太难看了……”最令宝公子不爽的是，他不仅要吃猪肝，还每顿都有，只是烧法不同。可他本来就不爱吃！

“那你别喂血。”帛锦很干脆。

阮宝玉只得委屈地举筷。

每逢这时，阮侬都会将头枕在蓝庭肩上撒娇：“娘啊，你当年怎么把我丢给这样的人做爹呢？”

“那是因为……”蓝庭举手抚额，好似在认真思考着这个问题。

眉月东升，一天又如斯而过。

这日正午，缓行的牛车经过山道，突然停了下来。阮依最先掀开帘，探出头，刚想问车夫怎么停了，就见车前有支张狂的马队，雁翅般一字排开。最前面的几人举着短弩，尖锐的箭头正对着牛车的青布帘门。

枯叶纷落，气氛骤然凝固，整个山道间，只听得高空鹰隼盘旋长啸的声音。

“你们是……追兵吗？”阮依小心翼翼地问。

听到“追兵”一说，帛锦抬眉，出了牛车：“他们不是官兵。”

身披铠甲，却非官兵。那是——

阮依眨眨，兴奋地大喊：“师父，他们是山贼对不？哈哈，进山好多天，终于让我遇上山贼喽！”

这欢声一出，极其洪亮，回音隆隆。

可能没料到阮依会吼这声，对面的马队中有一马倏然被惊动，而马背上拿着弩的人也跟着不慎后仰，手微微一抖，弩床上的锐箭对天射出。

箭声破空那瞬，高空的鹰隼忽然俯冲下来，逼近弩箭，而后巨翅速敛，低头迅猛地叼住了射出弩箭，鹰隼随即扇动着黑翅，稳稳落在帛锦肩头，歪头侧望。

“恭迎殿下，恭迎殿下，恭迎殿下！”马队好似如梦初醒，全都放下弩器，整齐叫喊着，声如雷鸣，字字震天动地。

猎猎风中，帛锦广袖如翼，肆意张开。

“阮宝玉，你个犬母所生的！”李延啐了一口，第九千九百九十八次诅咒，第九十七次踏进侯爷府的门槛，去找管家问有没有侯爷他们的消息。

管家老实善良，每次都无奈摇头：“恕难奉告。”

也是，人家怎么会告诉你去哪里呢？李延垂着头，打算打道回府，却见萧彻迎面走来。他知道，帛泠已经对萧彻法外开恩，解了他的禁，派他监督淮河沉铁一事。

微风徐徐，带来药香。

几月不见，眼前的萧彻又瘦削了很多，气色也不是很好，站得远了也能听出他呼吸中夹带着粗喘，然而腰杆还是天生地挺拔。

“萧少保……”李延开口打招呼，想起苏银那个叛徒还寄宿在他家，心里顿觉尴尬，可惜有点晚了。

“李少卿别来无恙。”萧彻微笑着还礼。

“哦，我是来看看有没有侯爷他们的消息。”

“我听说了，即便是人去楼空，也想来看看。”

“萧少保，苏银他……”李延搓着手，试图解释。

“我明白，人各有志，不全怪他。”萧彻已然洞悉，摇摇手。

这一句让李延接不上话，他傻呆了会儿。

“两位大人，大风天的，不如到耳厅歇歇脚，喝口茶再走。”侯府管家及时插话。

“也好，李少卿，请。”萧彻大大方方地答应了。

李延只好硬着头皮跟了进去。

侯府耳厅不大，堂内兰花盛开。李延本来就不喝茶，稀奇的是萧彻竟也不碰茶盏，进了厅只对着兰花瞧。

“这兰花怎么了？”

萧彻感慨：“这盆兰花是原先阮少卿问我讨去的，那夜他家失火，我以为花也跟着毁了。原来留在这里，还活得不错。”

李延皱眉，回想起那晚萧彻着急的样子，恍然道：“原来少保着急也不全为了阮宝玉啊？”闹了半天，你担心的是花，难怪阮宝玉跟着侯爷走了。

萧彻好似受不起花香，没回答，只开始一个劲地咳嗽，好像整个肺都快被他咳出来，弄得李延坐也不是，站也不是，急得流汗。他袖口一挥，一张纸随之飘出，悠悠落地。

“这是……”萧彻捡起。

“哦，这是阮宝玉欠段子明的借条。我和段子明交情不错，把单子帮他赎回来了。”

萧彻捏着纸张，嘴角勾出了一道弧线：“字不错，我想留作纪念。”

李延一顿，连忙摇头。当他傻啊！五百两银子的欠条啊，又有阮宝玉摁的手印，怎么可能说给就给！

“少卿怕我讹阮宝玉，转头问他要钱？”萧彻死捏着这纸不放，指骨分明。

“我……”李延握拳，考虑着自己是否要点头承认。

“那我出五百两，放在李少卿这里，做个抵押。纵使我以后真问阮宝玉要钱财，你大可以用我的钱来换赎，帛管家出面做个人证。如何？”

“他日，你见到阮宝玉，自然能问他要墨宝。”

“如果我没记错，阮宝玉已经无法用右手写字了，就算再写，也和这张墨宝不同了。”萧彻言之凿凿，眼神坚定，摆明了这张纸头他是要定了。

永昌界内，谛誉山风景奇好，千峰竞秀，万壑藏云，帛锦的军队就藏在这里。裴翎从鹰的脚环上取下一个小纸团，小心地慢慢展开。

帛锦见他皱眉，问道：“上面是罗敷的回复吗？”

裴翎颔首，将纸条递上。帛锦扫了一眼，面不改色将纸条揉碎。

“这事我会处理，你和段子明别管了。”

“殿下……”裴翎欲言又止。

罗敷者，罗昭仪的堂兄是也。罗昭仪，就是和太监私通又极其不幸被宝公子看到的那位。罗昭仪被勒死后，罗敷自然也被殃及，被帛泠贬到了边疆守城。职位不重要，手下的兵士倒不算太少。段子明和裴翎想趁机拉拢他，人家也很爽快，要帛锦交出阮宝玉再说。

“这档事别对阮宝玉说，只字不许！”帛锦漠然道，“段子明不是已经赶回来了，怎么不见他人？”

“段子明和阮宝玉一言不合，约到后山东侧枫树林里对决去了。”裴翎垂眉回道。

后山东侧，山枫绝美。

段子明两手叉腰，悍然道：“阮宝玉，你脸皮真厚，竟然跟着我家殿下混到了这里！一直做这副狗腿样，你不腻味？”

“我就是喜欢跟着，我就算当天下第一狗腿，你这一只耳朵的臭狐狸也管不着！”宝公子不屑地撇嘴。

所谓对决，就是对骂，口水对喷！

段子明冷笑：“说得真轻松啊，你知道自己是要和谁对着干吗？是皇帝。别怪我没提醒你，和皇帝叫板很容易死的，阮少卿。”

“你们可以，我就不行吗？”

“这里的兄弟，好端端的军兵不当，偏要来这里占山做寇，为的是什么？为的是能与殿下生死与共，那是忠义之气。你呢？”

“我也可以与侯爷生死与共！”

“莫名其妙！”

“我的话本来就不是说给你听的！”

“阮宝玉，我将来可能会佩服你当狗腿的本事，但是，我就是不信你！”狐狸面具下钻出一句嘲讽，“我猜殿下也不全信你，否则他怎么令我查他父母被杀的陈年旧案，而不找你呢？”

这话尖锐，狠狠地刺了宝公子一记。

“谁求你信了？你个歪嘴的骡子，别想充当千里驹！”

“阮宝玉……我讨厌你！”段子明气得脸色泛青。

“我也一样！”阮宝玉道，又吐了一口口水。

“如果你们吵完了，记得回去吃午饭。”帛锦适时出现，不瘟不火地道，“望二位抓紧，太阳已经西沉了。”

“殿下。”

“不吵了。”阮宝玉低下脑袋，也不看帛锦，一副郁郁寡欢的样子，头也不回地离开。

回到山寨，他一头钻进自己的“巢”，气呼呼地拿着饭碗舀了几勺汤，用右手凶猛地端起，受伤的手“争气”地一歪，汤汤水水洒了一地。

宝公子狼狈地看着地上的汤水。

“阮宝玉，你在做什么？”帛锦正好回来。

“我看看我哪个劳作的模样比较帅，能给侯爷留下好印象。”阮宝玉深吸一口气，灿烂地笑笑，“结果，好似搞砸了。”

帛锦深深看了他一眼：“你不方便，就别勉强自己了。”

他明白，阮宝玉这几日过得并不舒畅。

阮侬是个孩子，眼会看事儿，嘴巴又甜，大家能轻易喜欢上他。

蓝庭怎么说都是个女人，而且是个美女，大家能谦让。

而他阮宝玉，一弱体书生，除了说话很利索外，一无是处。

“我自己能收拾的，不勉强。”这回，他笑得更灿烂了。

帛锦缓缓伸手拉住他，隔了好久才说话：“阮宝玉，我有话对你说。”

灯火微微颤动，气氛和缓。这时，房门一开，门外长风豪气地灌入，打岔的人出现了。

“爹，师父！看我用花生做饵逮着一只黄鼠狼！”阮依粗着脖子，举着手里的一只黑眼溜溜的小动物，喊道。

宝公子向他的方位瞪了一眼，恨恨地磨牙：“此为松鼠也。”

阮宝玉的话，阮依压根不信，他大大咧咧地卷起宝公子的衣袖给自己抹了汗后，冲着帛锦直笑：“师父，是松鼠吗？”

帛锦微笑地摇头：“松鼠。”

觉得无趣的阮依放松鼠落地，惊吓过度的松鼠得了自由，兜转了一圈，居然跑到阮宝玉洒掉的汤旁啃起吃的来。三人都不吭声了，随即，他们听到了很轻微的“咯”一声。

“它牙崩了。”阮宝玉眼睫一低。

“可能啃到小石子了。”帛锦推测。

阮依不搭腔，讨好地凑到帛锦身边：“师父，我们啥时候造反啊？”

“小孩子别瞎说。”宝公子端起当爹的架子。

“裴叔叔告诉我的，还有错？师父，我也要造反，我要当枭雄！”

“那侯爷应当马上去感谢你娘，她生了位枭雄！”宝公子睨着他。

“这个……”帛锦将紫眸藏匿在长长的睫毛下，“是你段子明叔叔他们想造反，推我做皇帝。”

“为什么，师父不想造反做皇帝？”

“有些事情是不可能的。嗯……你爹知道的原因，裴叔叔、段叔叔他们并不知晓。反正怎么看‘名动天下’都不是我的命，真闹起来，我皇祖母也会很伤心的……有她在，我绝不造反，毕竟这世上真心待我的人不多。”

“那多窝囊！”阮依嘴上挂起油瓶。

“是挺窝囊，却也是事实。原想一个人能解决掉，没想到现在多了一点负担。等算清之前的债，我就放下一切和你一起离开。”帛锦的嘴角掠出一道精彩的弧线。

宝公子鼻头有点酸，觉得屋子的灯火也有点浑浊，朦朦胧胧的：“没关系，如果以后活得艰难，我可以去骗钱，如果侯爷不愿意，那可以让蓝庭扮作巫师，阮依充当小乞丐，只要咱们在一起，再怎么苦，也不是苟活！”他憧憬着未来。

屋外寒气颇重，门里他的表情却让人心头火热。宝公子视自尊荣辱如草芥。

当晚，阮宝玉很有礼貌地去给段子明送鸡汤。见到宝公子，段子明略感讶异。

“听说你明日就要出寨滚回去了。既然你是侯爷的手下，这些年你也辛苦了，我特意帮你送鸡汤，给你补补身子。”宝公子悠然自得地将食盘里的鸡汤碗放在段子明桌前。

狐狸爱吃鸡是常识，而这碗鸡汤香味扑鼻，令人委实难以拒绝。段知府自觉过滤掉话里刺耳的部分，施施然搅动汤勺：“你——这汤里投毒了？”

宝公子忙摇头。

“泻药？”

眼神交会，宝公子继续摇头。

段子明放下勺子，一撩额前的散发，眯起眼盯着阮宝玉的笑脸：“你不会傻乎乎地放了春药吧？”

阮宝玉还是摇头：“你我讲和吧。”

段子明了然地挑眉，优雅地敛袖一笑：“好是好，不过，我是不会借给你钱的。”

“我是真诚的。”如今心情特好的宝公子智慧也跟着见长，如果段子明不和自己折腾，他到今日还是恹恹的。

段子明狐疑地横了阮宝玉一眼，当真端起鸡汤不怕死地一口口喝起来。汤不烫，碗很快见了底。喝完汤，段狐狸慷慨地取出一块木牌推给阮宝玉，还以真诚：“既然到了这里，你也该换个标记了。我认为如果你出门有了状况，还是送到永昌我府上比较安全。”

宝公子低头一瞧，牌子上写着——

> 我叫阮宝玉。
>
> 我很穷。
>
> 但是永昌段知府有的是钱，送我去他府上，赏银二十两。

阮宝玉垂头，思索了好一阵，伸出两个手指捏起木牌，气魄十足地拍在段子明笔挺的鼻梁上：“我拒绝！”

帛泠脸色铁青，眸里翻涌出的戾气排山倒海。

探子跟着帛锦他们才出京城三日，就把人给跟丢了，之后的半月，更是一个岔道不落地搜寻，依旧没有发现帛锦他们的踪影，最后只带回了帛锦故意丢弃在客栈桌上的一包素燃，向皇帝谢罪。

“当真可以放下那么多吗？”帛泠手指一转，用点燃的素燃静静地烫上自己的手腕，只一会儿就烧出了个不大不小的洞。雅致的苑中小亭间，瞬间弥漫开一股很怪异的焦味。

许久后，帛泠轻佻地把灭掉的素燃扔在地上，他跟前跪着的一行内侍没人敢抬头。

远处灯火如豆，帛泠眯眼，隐约瞧见甬道上有一修长而略显单薄的身影，由着两名宫人引路，向修竹林小径走去。这方向——

帛泠皱眉："是太后想传召什么人吧？"

大太监忙比手画脚，示意人去打探。不一会儿，打探消息的人回来道："禀陛下，太后传的是永昌知府段子明。"

帛泠闻言，低喃地应了句："他姓段？"

夜风中，他身后的大氅随之张开，好似身形嚣张、欲扑杀猎物的眼镜蛇。

四月，立春后，天气依旧是寒风刺骨。

李延回了尚书府，刚进自己房门，就见他的母亲大人正神秘兮兮地用剪子剪自己的衣服："娘，你是不是又想买新衣服了？你买你自己的就行，不用管我。爹说过，要节俭，节俭！"

“我不是要买新的，是要补旧的。”尚书夫人笑嘻嘻地高举剪刀。

原来前些日子，各部尚书夫人搞赏梅聚会。说是聚会，就是比谁穿着更华丽。

聚会上，李夫人得了一条消息，说是福乐客栈来了位洗衣娘，会用绣花修补客人损坏的旧衣。消息一传开，许多有钱人特意剪破衣服去买她的绣品。

“她们衣裳上都绣着花，漂亮极了。我不能被她们比下去，我也要！买新的你爹有意见，补旧的总可以了吧。儿子，反正阮宝玉不在京城，你没事可做，闲着也是闲着，不如帮娘跑次腿，将这堆衣服送去福乐客栈。那洗衣娘子答应我了，我的破衣服可以最先开工补绣。”

李延听后，连连摇头："不去，你可以找下人去。"

"下人没你能催。去嘛，你的衣服已经坏了……"

"我替换的衣服足够了。"李延机灵地避开李夫人的擒拿手，夺门逃出。谁知，他两只脚刚在廊下站定，"嗖嗖嗖"三道寒光立刻向他扑来！李少卿惊魂未定，背上冷汗如瀑。

暖和的阳光从游廊的东侧透过，秀艳的苏银站在他十步开外，正拿着弓歪着头瞅他。

这个人，吃在他家，喝在他家，睡在他家，方才居然张开了弓箭射穿了他……他的衣服。这可是新领的官袍!

李延气急败坏地冲到苏银跟前，指着苏银的鼻子厉声质问："你认得我是谁吗？你居然拿箭射我！"

苏银手抚弓背，清亮的眼瞳如雪莲绽放，冰凉凉的，不含任何杂质，也不见任何心绪。"认得官袍。"随后，他又侧头，仔细辨认了李延后脖子的疤痕，猩红的泪痣相当耀目，"没错，射的就是你。"

这时，李夫人昂首阔步地捧着一大堆衣衫走了过来，喜滋滋道："儿子，现在你可以去送衣衫了，记得早去早回。"

饱受惊吓的李延木然地接过衣服，他母亲何时豢养出如此鹰爪了？他不甘示弱地扣住苏银的手腕，眸里火焰悍然："你得和我一起去。"

谁知天有不测风云，他们出去不足三刻，管家便一路大吼着冲进门，胡须迎风四散凌乱："夫人不好了！少爷，掉进冰湖里了。"

说是去替李夫人送衣服，这李延偏偏要去结了冰的湖上滑冰，劝也劝不住。

大理寺少卿撩起袍子，在湖上撅着屁股溜冰，样子跟只呆熊似的，苏银看了好笑，骂道："真是有其母必有其子。"

话还没说完，那边李延就出事了。

已经开春，湖上的冰本来就已经松动，加上他不得法，只知道一只脚死命往前用力，薄冰架不住他这只笨熊，直接漏了一个大窟窿，他还没来得及喊叫，便"扑通"一声掉了下去。

苏银手里拿着包袱，离他甚远，见状急忙丢下东西溜了过去，等跳进水里才发现李延已经沉到湖底。

开春的湖水仍然冷得刺人，他水性一般，人潜到湖底抓住李延已是十分勉强。这李延更好，竟是个旱鸭子，人已经昏沉，但还记得保命，一双手死死抱住苏银的脖子，差点把他箍死。

苏银在水里扑打，右脚受过伤的跟腱又开始作梗，软绵绵使不上力，一不留神，就跟着李延一起沉了下去。

李延已经入水多时，嘴里吐出一串气泡，眼见就要不行了。情急之下，苏银脚底突然便有了力，猛地一蹬，立时便浮出水面。

湖面无人，他拖着李延，一路发抖，将人拖到了湖岸时已几近脱力。李延没有醒转，他只好又替他控水，折腾了好一会儿工夫，这才看见李延吐出了一口水，重新开始呼吸。

李延醒来，第一句便开骂："我死了吗？他祖母亲的，阮宝玉这个祸害还没死，我怎么可以先死？"

苏银叹了口气，强打精神，替他脱下湿透的外袍，将包袱里他娘的衣服给他草草裹上，这才跑到大街上找人去李府传信。

回到府上，李延理所当然地受寒生病了，整个人四仰八叉地躺在床上，不停支使下人跑进跑出，嗓门倒是挺大，可见中气很足。

"我看你就是装病。"尚书夫人一进房就吩咐丫鬟不要给他端水，让他自己起来喝，不起来就渴死。

李延气得捶床："我肯定是你捡来的，一定、肯定、绝对！"

跟在夫人后面进门的苏银咳嗽了一声，两母子的战争却没停止。那厢做娘的还在说："真是，我的衣服都被你糟蹋了，害我又得另外找衣服来剪洞。你多大的人了，还跑去湖上溜冰，没脑子吗？"

"那上次去酒楼吃饭，你不也是为了施展你那狗屁轻功，从二楼跳了下来，结果摔得半个月不能走路？"

"我是你娘，有你这么跟娘说话的吗？"

"你有点做娘的样子吗？"

一旁的苏银看不下去，又咳嗽一声，问："夫人，你手上的衣服是新铰的吗？要不要我送去给绣娘？"

"好。"

"别给她送，你是我的人，不是她的狗腿！"

苏银冷笑了一记，拿过夫人手里的衣服，没说话，直接出门去找绣娘了。

同一时刻，段子明拜会过太后，正从步寿宫里出来。

三天之内，太后两次召见他，盯梢的太监也觉得情势微妙，急忙去找帛泠禀报。帛泠捧着一只手炉，似乎漫不经心：“你去把太后身边的素蓉叫来。”

素蓉很快便到，跪在堂下，手脚有些哆嗦。虽然她是帛泠安在太后身边的眼线，但太后待她亲厚，不到迫不得已，她也不愿意出卖主子。

“太后这两天总是传唤那个姓段的，你有没有听到些什么？”帛泠幽幽说了一句。

“没……”素蓉下意识答，偷偷瞟了一下帛泠后，立刻脊背发冷，改口道，“有……”

“到底是有还是没有？”

“有，奴婢听见太后他们提到……提到齐王，太后还给段大人下了一道密诏。”

“密诏？”帛泠霍然起身，“你确定？”

“应该是。”素蓉埋头继续说，“因为圣上交代过，奴婢就比较留意，今天也是好不容易听见了里面的两句话。”

“什么话？”

“好像说是密诏交给锦衣侯，不到万不得已……不要拿出来。”

帛泠定住，眸里光华闪烁，一根手指叩打着书桌。

“奴才查过段大人的住处。”一旁太监连忙接话。

“他姓段？家中背景如何？”

“回圣上，段子明的父亲段凛，曾经官至吏部尚书，后来辞官，举家南迁，现已不在人世。”

“段凛？”帛泠重复着，似乎对这个名字颇为在意，五指收进掌心，手背青筋凸起，许久都没有说话。

“圣上……”

最终，帛泠道：“找个稳妥的人，寻回密诏。至于段子明……朕要活口，你将他带来。”他退回龙椅，手张开时掌心一片鲜红，都是血印。

鼎富楼，京城里最豪华的客栈，符合某人一贯的炫富风格。段子明回到他的上房，叫了燕窝，又拿玫瑰露洗了手，这才窝到他的狐皮榻上休息。

这时，屋里突然响起一道冷森森的声音，而且就在他身后："段大人好。"

段子明也不回头，将脖子上的狐皮围脖抽出，劈手就挥了过去。他虽然不是什么高手，但也粗通武功，而且极是机变，将来人一阻后立刻便朝房门掠去。

外面人声鼎沸，如果这位真是刺客，应该会有所顾忌。可惜来的这位是个真正的高手，动起来好似鬼影，没等段子明到门口，这位就已经拦在他跟前，出手如电，连点他几处要穴。

将他安放好后，那人道："大人想必知道在下为何而来。"看上去颇为斯文。

段子明被点了哑穴，说不出话，于是翻个眼表示不知道。

"东西在哪里？我没有太多时间和耐心。"那人依旧斯文，不过十指已经搭上了他的肩，内力暗送，使上了分筋错骨手。

段子明在富贵窝里长大，娇生惯养，没一会儿就吃不消，冷汗一层层漫上额头。

"想好了再说话，但别想耍花样。"那人道，解开他的哑穴，却又一掌按上他的胸口，略微施力，便将他的心脉震伤。段子明往前一个踉跄，"噗"的一声便吐出一口血来。

"东西在哪里？"那人又道，在他身上翻找一番，没有收获后开始焦躁起来。

"东西显然不在我身上。"段子明抬头，露出狐狸样。

"那在哪里？"来人十指搭上他的经脉，这一次使出了十成功力。

段子明粗声喘息，将头别向南方。

南方乌蒙山是殿下所在，此刻跟在他身边的，是那个混蛋阮宝玉，想想真是不甘心，他恼恨地狠狠吐出一口血痰。

"东西在哪里？"

头顶的声音已经有些空蒙，好像是被鬼附身，这一刻，他居然抬头，露出一个笑，说了句阮宝玉的经典台词："我为什么要告诉你？"

就在这时，外头有人敲门，声音短促有力。刺客略顿，想起主人吩咐——如果自己不能得手，也要确保别人不能得手，眼里便慢慢闪出了凶光。

"段公子，来世再见。"他道，腰里长剑出鞘，迎光雪亮，一个横抽便扫过了段子明的颈脖。

“段子明死了？”三刻钟后，帛泠在大殿内狂怒，劈手便将一个镇纸摔得粉碎，“那密诏呢？”

“遍寻不得，不知有没有被人捷足先登，取了去……”太监有些哆嗦。

帛泠沉沉呼吸，眸里厉色越来越重。

过了半晌他才道：“他的尸身呢？”

“仍在客栈。”

最终帛泠发话：“你去找杆长枪，将他的尸身挑了，钉在锦衣侯府的门匾上。”龙袍拂地，满殿都掠起一股阴风。

“陛下，该早朝了。”

“今早，不去了。”

晨光熹微，帛泠将眼睛沉沉闭上，眼睫微微颤动。光从窗外游了进来，雕花窗格在他脸上烙下的影子，深深浅浅，宛如魍魉附体。

“朕要去见太后。”

太后所居的步寿宫，原名思子宫，齐王死后建成，帛泠登基后改名。太后病重，近日一直卧床不起，帛泠进屋时，她依旧躺在床榻之上，神色十分安然。

“母后，段子明死了。”帛泠用眼神遣退屋里宫人后，一字一句地道。

风穿过屋外的竹叶，沙沙作响。

久病的太后脸色惨白，疲惫不堪：“我可不可以问陛下，究竟为了什么，为什么你要那么做？”

帛泠端起汤药碗，放在嘴边，轻轻吹着黑色的药汁，碗中映出他的无奈笑脸：“母后，还记得二十多年前有个晚上，大哥来找你，问你关于我身世的谣言吗？”

太后没有开口，手尖发颤地摸着冰冷的佛珠。

“你开口说出了那个秘密，可惜听到这些话的人是我，不是他。”

药仍然冒着热气，很烫的样子。佛珠仍然冰凉，没有半分温度。

她记得，那时，她背对自己大儿子，无从开口。最后，她还是说出了事实，说出了那个压在她心底多年的秘密。这个事实，作为一个妻子始终是羞于面对的，所以她一直没有勇气回头去看自己儿子的表情。就因为这样，阴差阳错——当时的齐王认定自己不会从自己的娘口中探听到答案，因此早早离开，宣告放弃。不巧，路过的帛泠意外地获悉了自己的身世。

“原来父皇还是父皇，只是我娘是段凛段尚书的妻，从来不是你。”帛泠侧头，倏然抬起眼，用一种忧伤的目光逼视着自己一直叫“娘”的女人。

命运弄人，不过如此。

“所以，你杀了你大哥。”

帛泠点头，讨好地将药端到太后面前：“因为我不做皇帝就会死！如果大哥做皇帝，他一定会杀我，他们谁做了皇帝都会杀我。除非，我当皇帝！母后，你说对不对？”

太后摇头：“所以你弑兄，诛……弟？”

“一个是同父异母，一个是同母异父。朕夹在中间，算什么？算什么！”

“你是皇帝！”

帛泠冷笑一声，又将瓷碗逼近太后：“朕是皇帝，是个时时怕史官翻旧账的好皇帝。不过，如果太难搞，还是死得好，死了就都干净了。”

“娘，吃药啊！”帛泠相当专心地端起了汤药，捧送上去，脸上绽开笑容，眸子像夜霜在月下发着寒光。

太后深望了他一眼，终是放下手中的佛珠，平静地接过药碗：“陛下，有一点你说错了。”

“哦？”

“你认为，一个尚书，多年面对着自己不贞的妻子，面对着自己的耻辱，敢怒不敢言，在这样的情况下，他还会与她生育出另一个孩子吗？”

一石激起千层浪，帛泠的神色随即一僵。

“你们帛家对感情的执着简直到了疯癫地步，时时令人无措。”太后双手抖得厉害，药汁洒溅而出。

“那么说，段子明和朕一样，也是孽种？”帛泠话音掷地，刺得太后心一揪，愤愤地将药向他全数泼去。

帛泠抹了抹湿淋淋的脸，伸舌舔了舔沾药的手指：“果然很苦。”

事到如此，太后反倒有些尴尬，她骤然沉下双肩，手里的瓷碗随之落地，整个人神色沧桑：“这么多年了，即使我心有怨，可我真心将你当作亲生儿子。”

帛泠相当惋惜地瞧着地上的碎碗：“母后，朕考虑过了，即使将段子明的尸身钉在侯府门上，锦衣侯也未必会回来。可如果您暴毙了，他就一定会赶回来。”

“帛泠！”太后的脸色苍白得要命。

多年的养育之情，在皇权面前不堪一击。

“娘，事情归根结底都是你的错，终究是你先弃了朕。所以母后，为了朕，去死吧。”帛泠说着话，面无表情地拉起缎被，闷住了太后的头。缎子很软，力道却很重。帛泠沮丧地瞧着太后逐渐没了挣扎，掀开被子，果然咽了气。

他深深吸了一口气，仰面在床边坐了良久，才慢条斯理地整冠，哑然唤道：“快来人，传太医！”

所有人见了太后的死状，全部傻眼，太医更甚，当即瘫软在地。帛泠倒挺客气，托着腮认真询问：“刘太医，你说太后怎么会暴毙呢？”

“臣……臣不知。”

“你知道。”帛泠冷笑，“一定是你用错了药。”

“臣罪该万死。”太医额头磕地，声声锵然。

帛泠又开始怅然，眼眶泛红：“刘太医，你说朕是不是杂碎？”

刘太医怎敢应声？

“快说，说朕是个杂碎，朕就饶你不死。”

“杂……杂碎。”

帛泠微笑着拍手，赞道：“说得好！来人，把他的舌头给拔了。”

“皇上饶命！”太医两手支地，戚戚哭号，“饶命啊！”

“你哭什么？又没要你的命。放心，朕说什么就是什么，因为朕是皇帝！”

帛锦，你何时能得到消息，又何时会赶回？

屋檐雪融无声，放眼又是寂寞的初春。春风梳过树枝，残雪飘落，落在领子里，李延一个激灵，缩缩脖子，真冷啊！

可叹，在这么寒冷的日子里，大理寺还要办案——有文官死了，凄惨无比地被钉在了侯爷府门口；有武将好端端地出门，送几件衣服，居然也闹失踪了。

文官是段子明，交情不浅的朋友，于私于公都该先管！武将是苏银，家里白吃白住的食客，本想撂在一边，但是亲娘举着鞋底郑重交代，尸体不会走，晚点也能断，活人多口气，必须得先找。不管先判哪个案子，李延都是被早早地踢出了门的命。

李延愤慨，轿子也不坐了，吹着冷风，怏怏地闷头走路，没料在街口拐角撞上了人，他抬眸，讶然道：“你怎么回来了？”

第十二章 首丘

来人静立彼方，灰蒙蒙的狐裘裹着风尘，眼底的温柔一如既往，毫无瑕疵。浮云游过，春日煦煦，这点暖色染上来人苍白的面容，更显其澄澈。

“我回京，是向圣上禀明铸铁修堤的进程的。”眸光转动，笑含风流。

李延眉梢一扬，也觉得自己方才那一句有点唐突，嘴角扯开一丝干笑，回了礼：“萧少保。”

风细细吹过，初春的冷意嚣张地渗入萧彻体内，冻得他双唇发白，喘咳了好几声。

李延皱眉：“少保，你气色不怎么好。”或者该说是奇差。

“这天气，我最容易着风邪，早就习惯了，应无大碍。”萧彻顺了气，才摆摆手笑道，“倒是一回来，就听说李少卿近日很忙。”

李延双手藏在衣袖中，无奈地颔首，忽地想起苏银的事情或许跟前的萧彻能提供些线索。

“少保，苏银他除了不大认人外，还有其他毛病吗，比如道痴路盲？”

萧彻毫不犹豫地摇头。

“那他以前是不是喜欢留恋野花，经常彻夜不归？”李延奸笑。知人知面不知心，说不定苏银是欢畅地寻欢去了。

“苏银并不贪欢。”

李延一撇嘴，心里咕哝，这位白吃的客人果然与自己的娘说的一样，乖宝宝一个，没劲。

见他不说话，萧彻和气地问了一句：“可是苏银出了什么事？”

李延想了想，将苏银失踪的事大致交代了下，萧彻闻后，眉心一动："李少卿，在下可否与你一起去找苏银？"

李延诧异，还没问萧彻原因，就见大理寺丞领着衙役向他小跑过来，带来了口谕。李延听了，干张着大嘴，说不出话，好似尖锐的鱼刺卡进喉咙，不上不下。不久后——

"圣上当真说，不破了段子明这案子就不许收尸？"

"是。"大理寺丞簌簌地抹汗，"太后方薨逝，陛下可能情绪不佳，搅乱了心智。"

"就眼睁睁瞧着朝廷官员的尸身这样被钉着？"

没人回答，也不需要回答。

李延当即决定："我这就去侯府。"

侯府门前如此情景，任何一个有良知的人都是不可接受的。李延感觉极差，整个背脊都在发寒，眼睛居然有点带湿意。

尸体不懂反抗。段子明歪垂着头，尸身被一杆长枪完全穿透，深深地钉在沉重的门上，双脚悬空离地，身上斑斑血渍已经转黑。风无声地扫过他纠结成一团的乱发，在绚烂的阳光照射下，尤为凄惨。

李延心中震撼，深吸了一口气："照血流的多少来看，尸体明显是被移到这里来的，而他被杀的地点，很可能就在鼎富楼。"

此时，侯府北方的天空从青转成一片赤红，连风中都夹带着一股浑浊的热意。

"究竟发生了什么事？"李延忙问。

"朝廷命官死了，陛下迁怒之下，下旨烧了鼎富楼。"

"那酒楼是第一现场，肯定留有线索，圣上说烧就烧，这案子怎么查啊？"李延脸色大变，急得跺脚。难道皇上根本不想知道凶手是谁吗？

脑子一片空白时，他听到萧彻焦虑的声音传来："李少卿，可否先找苏银，我可能认得绑架之人！"

李延一手抚上眉心，心里开骂："他祖母亲的！阮宝玉，你死到哪里去了？"

"阿嚏！"猛地，宝公子鼻子一痒，非常大气地连打出了第十一个喷嚏，双手合十，看向身边俊秀绝伦的人："请问这位爷，你知道我是谁吗？"

帛锦轻轻叹了口气，伸手掸落阮宝玉发上的尘屑，指着桌上涂黑的小纸人：“这是你弄的吗，用来做什么？”

宝公子捧着脑袋，勉为其难地想了会儿，摇摇头：“我不知道这是谁弄的，不过呢，如果你要整什么人，我倒是想到个好主意——等夜深人静的时候，你把这小人贴到那家伙门框上，那人晚上尿急，一开门，见个黑影吊在房门口，乖乖龙地洞，保准他吓得尿裤子！”

“你是想吓段子明吧？”那紫眸中滚出复杂的光芒。

“段子明是谁，我认得吗？”阮宝玉继续道。

“段子明，他已经死了，我祖母也死了。”侯爷眉心紧皱，“好像就是一转身、一眨眼，人都不在了……”

眼前的人一感伤，宝公子也被感染，阵阵酸涩萌动：“人死不能复生，你不必太难过了。”他尽职安慰。

是时，月光尤亮，银光泻在帛锦身上，宛如雪霜冻白菜，水嫩净洁。

帛锦转眸，瞧见他桌案上的字画，努力地牵出一个笑容：“你最近左手书法大有进步……”随即，他又自顾自地拿起宝公子的印章，蹙眉，“你的章没刻好？我来吧。”

说完，他当真取了刻刀，仔细镌刻起来。刻到关键处，耳边听到宝公子叫了声“侯爷”，声音带闷。帛锦手一颤，刀在玉印上相应地一划，沉声抱怨：“就算你记起来了，也不用这样吓我，瞧，这章都给刻坏了。”

“只划损了一角，能用。”宝公子擦擦眼角，拧着手指，“侯爷，一会儿我给你去打洗脚水。”

“阮宝玉！”帛锦欲言又止。

“睡前洗洗脚，春眠不觉晓。”宝光粲然一笑，“侯爷，等咱睡饱了，养足精神，就杀回去，杀他个片甲不留！”

不等帛锦回话，阮宝玉就跑出屋子，对着皓月深深一拜：“这句话，虽然说晚了，但还是要说的：死狐狸，一路走好！”

忠臣，绝对不是皇帝说什么便是什么的窝囊废，李延也有恃才傲物的时候，所以他昂首阔步地前去面圣，直言进谏。座上的帛泠慢条斯理地喝了一口茶，就面无表情地派人把他拖出了殿堂。

文的不行就来武的。李延要强行带段子明的尸身回大理寺，结果皇帝先他一步，将地方的护卫全换成了刑部的人。

两个衙门，一队在台阶上，一队在台阶下，鼻子对鼻子、眼对眼地对峙了很长时间。李少卿在损失了一双官靴后，居然还是打不过人家。没办法，敌众我寡，败兵李延灰溜溜地滚回了家，双手闷闷地捧着饭碗，深思着自己应该没什么胃口。

“叫你先找苏银，你不听，有他在，你脸上会有鞋印？”颇有先见之明的李夫人说话了。

李延含着大半只卤蛋，瞬间洞悉了银子在身边的美好之处。银子果然是个好东西！

于是，他神经兮兮地放下碗筷，愤慨地在半空一握拳：“我去把他找出来！”

蛋黄末子在半空喷飞，猫咪眼馋地凝望着。

其实找苏银并不太难，苏银送衣失踪，而那绣娘也随之不见，事情明摆着与绣娘脱不了干系。问题是，谁那么强悍，能把苏银给降伏？

百思不得其解的李延匆匆赶到客栈，却没想在下人房里遇到了萧彻。

“萧少保，苏银失踪，我以为你会躲在某处偷乐。”

萧彻没回答，纤长骨感的手提着薄刃将枕头划开，枕芯露出，是褐黑的小粒子。李延上前拿了几颗在手指间一捻，又放鼻下闻了闻，是蚕沙。

“我弟妹，有用蚕沙做枕的习惯。”

李延相当快地消化了他的话，他弟弟就是那个被剐了的萧旭，而萧旭，如苏银所说，曾纳绣娘为妾。因为苏银，萧家几乎被灭门，难怪她要找上冤大头苏银，只是……

“她原是个该死的人，官差惊动不得。”李延仗义地拍拍萧彻的肩头，“我们私下找吧。”

是夜，月光凉沁沁地洒下，照在拔地高的旧木屋上。小屋四壁被常青藤遮护着，几乎连门窗缝都找不到，空气里散发出阴腐的味道。

屋里的蒲团上端坐一个女子，她对着昏灯的光亮穿针引线，动作十分优雅，头发微乱，绢裳破旧，身上血迹斑斑，但血明显不是她自己的。

屋子的地板上有许多糕点的残渣，地上有蚂蚁、蟑螂、老鼠，死的活的都有，最大的活物应当算是苏银。

屋里的苏银显得很安静，眼睛闭着，靠在角落。双手被反剪，束缚手的不是绳子，而是剪刀。两把剪刀的刀尖穿透了他的两个手掌，剪刀的柄又相互制约着成了扣。血有新有旧，旧的已经干涸变色，新的在伤口处聚集成珠，正不成线地滴落下来。

女子的确是萧旭的妾室，闺名白梨。白梨出身绣坊，打小就爱刺绣，她的绣品可以说是独步天下。萧家忽生变故，她却意外地活了下来，惶惶不可终日。她在很长一段时日里只能靠刺绣来安慰自己，她可以不吃不喝不睡，却不能不绣。没有丝线，她就用头发丝；没有绢绸，她就用树木上的叶子；再没有，她就用动物的皮毛。

一日，走火入魔的她猛然想起了自己没能完成的龙袍。龙袍上有龙，龙头有龙睛。她认定，龙睛一定要用苏银身上的筋绣出来才完美。没有仇恨，没有道理，只有信念。自始至终，她就这样认定。于是，她来了。

没有计划，就是运气好。她依旧刺绣，一部分是为了打探消息，一部分是为了生计。而苏银就是这么轻易地送上了门，可谓从天而降。为驱寒，他居然没任何戒心地饮下了她下了药的酒，之后事情变得更加容易。

她每日要绣要洗的衣服不下百件，大包小包地进出客栈的举动绝不突兀。包裹沉重，她一路拖行，即便有好心人愿意帮忙，她也严词拒绝。最终，一切水到渠成。

火光暗下几分，白梨拨亮后，起身打开随行的包裹，翻出包裹最里面那件华丽耀眼的龙袍。仔仔细细地将龙袍摊平后，白梨开始刺绣。

夜风从窗缝里挤进来，逗着灯火乱跳，她停下手里的活，将龙袍又仔仔细细地折好藏好后，碎步走到苏银跟前，探探他的鼻息——活着。

苏银秀气的脸庞上长出了胡碴，青青刺刺的，挺好摸的样子。白梨歪头思忖了下，暂时放弃了用他的脸皮替代布料的念头，青白的手拧了拧插穿苏银掌心的剪刀柄，灼热的鲜血从伤口涌出。她见苏银皱眉，眼皮动了动，便极其诚恳开口道：“你醒醒，我喂东西给你吃。”

活人抽出的筋比较有韧性，因此她一直很善待苏银。

没等苏银答话，她就小媳妇一样忙碌起来，吹吹糯米糕上黑灰色的糖霜。这时，有人推门而入，一记夜莺扑翅的细音传来，白梨黑亮的眼瞳直直地望去：“你……”

来的是萧彻，长鬓掠地，眉若远山。有他当挡风墙，李延顺利地猫着腰进了屋，连滚带爬地摸到苏银身旁。

苏银的手受了伤，一动就出血，李延去拍了拍他的脸，苏银的眼眸向他投射出冰冷的寒光。李延还记得他不认人的毛病，忙指着后颈的伤疤表明身份。

白梨激动地取出龙袍，巴巴地给萧彻瞧。萧彻眼眶温热，笑容未尽，点头连连称好，说话一急，他就开始大喘："有水吗？"

白梨蹙眉，茫茫然东张西望地找水。萧彻紧跟其后，牵制住她的视线。

李延一把团住苏银，两人倒下，缓缓地滚地，向门外移动。

"她脑子失常，你多担待点。"李延低低发声。

待滚到门前，李延推开一条小缝，倏地将苏银扛在肩上，一溜烟逃了。

白梨听到声响，对着门愣了很久，全身发抖。

"白梨？"萧彻轻问。

白梨紧张地抓乱了自己头发："绣龙睛的线没有了，龙袍完成不了了，怎么办，怎么办？"

萧彻上前规劝，却被白梨一把推开，慌乱中她拿起地上一把竹刀，对着自己的头颈没命地刺去。

萧彻疾步冲过去一把拽住："我保证你的龙袍一定会完成的，一定会让天下所有的人看到。"

白梨双眸瞪得很大，手上的劲小了许多。

"有许许多多的人会喜欢的，会夸你的。"

"真的吗？"白梨眯眼，"他们都会来看？"

"真的。"

白梨欣喜地落下两行热泪。

苏银毕竟是武将，伤也不重。在李延大善人的搭救下，他逃离了"魔窟"，包扎完伤口，吃了点干净东西，体力有所恢复。见李延又递来酥饼，他摇头："有粥就成，油饼吃不进。"

李延一扬眼，表示理解，随后他又颇有豪气地拍拍苏银的肩头："她也是个苦命人，要不是被你害了，也不会沦落到这地步。"

苏银眼色一黯，头微微低下："你怕我去告密，派人拿她？"

“冤冤相报何时了呢？这事……你就当没发生，那女的嘛，交给萧少保处理就行了。”李少卿与苏银并排坐下，仰面开始数落，“现在想想，你当时也是不得已而为之，人家只把你手扎了俩窟窿眼，算很便宜你了！”

苏银默不作声地将头扭向另一侧，无声无息地与他保持距离。

“喂！你怎么啦？吃我的，喝我的，说你几句都不行啊？”

“不是，沙进眼睛里了。”苏银闷闷地回话。

李延方才想起要托苏银办的事，讨好地靠近：“我帮你吹吹。”

“不用。”苏银又退开一些。

“我事先说好啊，吹出了沙子，你得还我人情的。”

“没沙子了，好了。”

“不可能，没见你揉眼，怎么沙子就没了？一定是你不想还我人情。”李少卿不是吃素的，阴笑着点头，“我知道一个更有效的法子。”

话音落地，李延就吐了一口口水在手上，径直涂上苏银的眼皮。苏银咬牙，眨了好几下湿漉漉的眼。

“怎么样，很有效吧？”李延得意地看着他。

苏银吸了口气，慢慢抬眼，瞳孔骤然一缩，脸色顿时刷白，他惊恐地问道：“你的口水里有什么怪名堂，我怎么看到……”

“看到什么？”李延从未见过苏银这副表情，也被吓住了，紧张地顺着苏银看的方向望去，黑漆漆的，什么都没啊。

“嗯……要不你也用口水涂涂眼，自己看看？”

“嗯。”李延又在手心吐了一口口水，狂擦眼睛。擦拭完，他万分期待地定睛一瞧——还是什么都没有。

苏银此时才冷然睨向他：“你怎么做上大理寺少卿的？浑身上下哪里有才？”

好奇心重的李延这才觉出上当了，怒指着苏银的鼻尖：“我告诉你，怀才就和怀孕一样，时间久了才能看出来！”

“你真能把他的尸身取下来？这边看守的两人可都是刑部的高手。”锦衣侯府前的暗巷，李延搓着手，不无巴结地看着苏银。

苏银不说话，只是将后背长弓取下，慢慢转头看向他：“你真的想好了，要把尸身取下，真的要和刑部作对？”

“想好了！”李延一扬脖子，做正义凛然状。

于是三支箭搭上了弦，弓被拉满，苏银刚刚包扎过的手掌又开始渗出鲜血，一滴滴地打在鞋面。夜风凝滞，三箭齐发，目标全是那杆钉死段子明的长枪。

守夜的两个人都是内力精湛的高手，听见异动，连忙拔出刀来，四只眼睛瞪得雪亮。

苏银拧紧眉头，又取出了两支箭，拉弓时掌心剧痛，便干脆将牙咬上了弦，一仰头，弓弦弹破嘴角，那两支箭呼啸而去，竟然兵分两路，指向那两人的面门。

这个时候，先前那三箭已到，虽然因为手掌受创有失力道，但三股力量合拧，还是把枪杆生生射断了。段子明的尸身掉了下来，后发的那两箭正追着看守面门，迫得他们步步后退，就算李延武功再不济，也足够他闪身扑上去，一把抱住段子明的尸身。

时机刚刚好，后射的两箭也在这时正擦过看守两人的头顶，有惊无险，没有害到刑部人的性命。

“你带人先走。”后到的苏银这时走近，又取出两支箭，咬牙上弓，阻住那两人的追击。

李延得令，连忙抱着段子明的尸身撒丫子开溜。

“银子银子，你果然是样好东西啊！”一路走他还一路念叨，末了不忘加上一句，“比他祖母亲的阮宝玉好何止一万倍啊！”

隔日，李延雄赳赳地等着刑部前来算账，结果等到的却是这么一条消息——

“圣上召见，苏银将军，请跟我走。”

那太监脸上的笑堆成了一朵菊花，连看都没曾看李延一眼。

两个时辰过后，苏银回转，负手走得很慢，李延连忙迎上去，颇有良心地打量他：“圣上有没为难你？你有没有告诉他，一切都是我的主意？”

“圣上差你好好查案，早日找出真凶。”苏银答非所问，径直走向自己的住处，进了门就开始收拾包袱。

“你要走？不会是替我顶罪收监吧？”

“苏将军要走？”李夫人这时也杀了进来，“不行！那……那只吃我金背蟋蟀的死鸟，你……你还没……”

“圣上没有责罚我，相反，他瞧见被我射断的长枪，想起我这个人来，给我赐了个官职，委我做宁朔将军，即日上任。”苏银缓声开口，却并不见欢喜。

“哈！”

“还有，夫人。”那厢苏银又道，“那只翠鸟，您以后便不用挂念了。因为令郎曾经亲口告诉我，那只金背……是被他不小心一屁股坐死的，他怕你责罚，所以便嫁祸给了那只翠鸟。”

“好你个兔崽子！”话音刚落，李夫人的一只鞋就飞上了李延的右脸，而且劲力巨大，打得李延半边脸立刻盖上了鞋底的纹路。

“我要告诉爹你和下人赌钱！告诉爹你偷偷练武！顺带告诉他你还偷看春宫图！”

“那我告诉你爹，是你使了银子串通道士硬说自己不宜娶亲！我让你爹明儿就给你娶个媳妇！”

很快这两人便干上了，整得鸡飞狗跳、尘土大作，根本没工夫再去管苏银的去向。

苏银从容地打好了包袱，迈出李府，走了一会儿才回头，为这两月来的欢快日子流连，他站了许久，轻轻说了声“再见”，这才起步。

同一时间候，皇宫大内，帛泠正在亲自过问太后的发丧事宜。身后的太监轻声问了一句：“段大人的事情，圣上可要追究李少卿的……”

“他是李停云李大人的独子。”帛泠轻轻叹一句，“李大人为朕操劳，朕要体恤他。”

“是，圣上宽厚。”太监随即退后。

“三日后宜丧，日子便定下了吧。”帛泠又道，“朕要亲自题碑，祭奠亲娘。”

“圣上大孝！”

帛泠苦笑一声，手滑过棺木的雕花，闭上了双眼。

“同母同父的胞弟，养育了自己十数年的母后，我用这些换你回转……”他在心底呢喃，“帛锦，我的侄儿，你可千万不要让我失望。”

“祖母，小锦叫你失望了。”

马车上帛锦辗转反侧，满头是汗，睡梦间开口说了一句梦话。

马车里，蓝庭轻声道："可以了，蛊虫差不多已经喂饱。"而后拿出药瓶，给阮宝玉腕间的伤口止血。

阮宝玉皱着眉头，看人的时候满眼都是星星，赶紧靠着车厢咻咻地喘气，问："侯爷什么时候能醒？你给他下的蒙汗药没过量吧？"

"不会过量。"蓝庭低着头收拾东西，"但是总这样不是办法，大人要劝服侯爷接受血饲。"

"哦。"阮宝玉应了一声，伸手抵住太阳穴，眉头越蹙越紧。

"大人头疼？"

"嗯。"阮宝玉点头，拿手指指帛锦后背，"也不知为什么，我一见那个图案脑仁就疼，疼得要死，真是要命。"

帛锦此刻睡得正沉，但后背仍然裸着，血蛊虽然已经淡去，但在他后背上血点构成的西番莲图案仍然依稀可见。

"对了！"替帛锦盖好盖毯后，阮宝玉又一敲脑门，"上一次，金大盖他娘一见到这个血色的西番莲就开始发狂，你知道是为什么吗？"

"她们给她催眠时，用这个西番莲的图案做引，所以她才狂性大发，连自己的亲骨肉也想杀。"

"哦。"阮宝玉又应了一声，脑仁委实太疼，无法思考，他便拿出了他那套宝贝纸笔，开始用左手画画。

蓝庭见状，便道："我去陪赶车的大哥，顺便透透风。"说话间便钻出了车厢。

于是车厢里只剩下阮宝玉一人醒着。半个时辰后，阮宝玉手中的画眼见就要完成，马车却突然一个急停，害得他毛笔一滑，顿时画下一道长条，把整幅画都给毁了。

"谁？哪个作死的？"是可忍孰不可忍！

"阮大人，好久不见。"马车外有人说话，声音微沙，略微有些气喘，正是萧彻。

帘外，远山如黛，早春的绿意不盎然，却写意。萧彻就站在径边，那嫩枝浅绿的最深处，春色下，意外地好看。

"萧兄，你怎么会找到这里？"

萧彻从袖袋里夹出一纸："李少卿有心，得了些消息，怎奈他与刑部起了些冲突，无暇抽身，所以托我带片小纸给你。"

阮宝玉接过，两人的手指无意间相碰，萧彻的指尖冰冷。

"萧兄畏寒，还能大清早地赶来，真是有心了。"宝公子寒暄了一句，匆匆了扫眼纸片，纸上写了七字——

狐死首丘八八八

"举手之劳，不算什么。李少卿说这是段大人临死前偷偷用血写在袖内的。"萧彻对双手呵着气。

"段狐狸死前居然留下了如此深奥的谜语，有意思。"宝公子皱眉，沉思了下，"听说他死后住的客栈也被皇上下旨烧了，当真？"

"千真万确。"

"为什么？"宝公子敲敲脑壳。

萧彻搓着手，拧着眉想了好一阵，口里总算说出一句："兴许陛下不愿人亡物存吧。"

阮少卿眸光一转，旋即对萧彻展笑，拱手道别："有劳萧兄，恕不远送。"

"阮宝玉……"萧彻欲言又止。

宝公子急忙拍拍萧彻的肩头，笑道："萧兄，有些话放在心里就可以了，千万不能说出来，你一说出来、一点穿，我很可能来个严词拒绝的，这样，大家以后见面都会难为情嘛。"

萧彻瞠目，咬了咬唇，向马车内横了一眼，莞尔："我要说什么？说我五花大绑将你捆着，你也能如蚯蚓般拱着走向他那边吗？"

"蚯蚓太丑，有没有好看些的比喻？"

"阮宝玉，你为何偏偏选他？"

宝公子没能回答，只因他听得身后帘门一动，转脸就见有人大大咧咧地掀开帘子，出来见客了。帛锦无氅无冠，身上简简单单卷着棉被，长发随意披散着，对着萧彻微笑。

"大清早的，你和萧少保说什么呢？"帛锦问。一觉醒来，他发觉自己比较讨厌的敌手，正站在景致宜人的地方——蜿蜒小径上薄细雾霭飘动，时浓时淡，安分地衬出四周好一片水润翠色，而那抹春光从萧彻身后投来，勾得其身形尤为修长优雅。

帛锦看向宝公子，身上的孤绝煞气像昙花般层层盛开——真正华丽的感性，一记洞穿的绝世。

萧彻面不改色地瞧着。

“我们正夸侯爷你呢。”宝公子万分狗腿地站到帛锦身后，“夸侯爷，宛如一株幽兰……”

“怎样？”

“举世无双。”

“孤芳自赏。”

两人同时开口，却是不同的答案——一个是真狗腿，一个是真没好话。

帛锦轻微地一抬眉：“多谢赞誉。在下最近心情不佳，不愿与外人同回京畿，萧少保请回。”

“侯爷放心，这点萧某不会强求，只是临行前想劝侯爷一句：皇宫最近事多，入宫面圣，要小心。”

“多谢关照。”

不远处的矮树丛中，阮侬发出一声叹息，默默地用树枝在地上画圈。太丢人了，为何他身边的人都那么厉害？

朦胧的春色下，断牙的松鼠艰难地啃着花生。

翌日黄昏，帛锦一行人终于回京。

听了消息的帛泠双眸慢慢眯成线，眼睫将灼人目光全然掩盖：“传他马上进宫。别忘记，把送他的礼物准备好。”指弹瓷杯，铮铮然一声响。

狐死首丘八八八……

月上梢头，阮宝玉抱着这张密码字条蹙眉，想着想着，那作死的脑仁又开始疼了。

“狐死首丘……”他拿指头笃笃笃地敲着桌，念了几遍，却看见帛锦端起了酒杯，慢慢踱到了窗前。

“狐死首丘，说的是狐狸死时会将头朝向故土，是为念旧思乡。”帛锦将杯中酒荡了荡，低头看着那杯中摇曳的银月，轻轻浅浅地叹了口气。

阮宝玉抬起了头：“请问侯爷，段子明和侯爷初见是在哪里？”

“他外祖家的宅子。我娘亲和他外祖沾亲，当时是他外祖大寿。我还记得当时他拿弹弓射得我额头鲜血直流，到现在我额角还有个印子。”

“连皇孙都敢射，这小子胆可真肥。”

“后来他说，那是他第一次见到比长得更好看的男人，一时间妒火中烧没控制住。”

“这么说，他从始至终都是侯爷的人？所以那时候在永昌，他一见我就恨不能将我撕了？”

“是。”帛锦垂首，“所以我将兵营安在他掌管的永昌附近。永昌出银，他富甲一方，兵饷也一直都是他在供给。他待我，是十数年如一日地赤忱。只可惜，待我赤忱的人，到头来却都不能善终。”

阮宝玉走近，做出一副“侯爷你总归有我”的狗腿表情。

“我这次来……多半不能全身而退，你……”帛锦犹豫。

“侯爷！”阮宝玉又近一步，将他的话头打断，“我们走吧。有我在，我定会让侯爷全身而退。”

“去哪里？”

“侯爷和段子明初见的地方。”

“他外祖家？狐死首丘，你不觉得更可能是他家在京城的祖宅？”

“这行血字，侯爷认为他是写给谁看的？”

“自然是我。”

“所以说，侯爷和他初见的地方，才是只有侯爷一人能够领会的意思。侯爷，你要信我。”阮宝玉低声，一只手拖着帛锦去开客栈墙边的一只大衣柜。

柜门打开，里面却是一个大洞，正通往隔壁房间，那房里坐着一个人，着锦衣，头上绑着墨色发带，身量和帛锦一般无二。

“一会儿你就出门，头也不回地往城东走。”阮宝玉过去拍拍那人的肩头，“我们进城的消息应该已经传到皇宫，那边的指示应该也已经下来了。”

帛锦顿住。

“侯爷的心肠是直的，你为了段子明和太后回来，并没想过退路。可是我会想。”那厢阮宝玉又亮出了他招牌式的灿烂的笑。

段子明外祖家的宅院在城西，这时住着的已经是位贾员外，门口的牌匾也换了，写着斗大的“贾府”二字。

“既然已经换了主人，如果有什么东西，那应该不在府里，毕竟不至于要去惊动别人。”阮宝玉一手按着太阳穴，一只手拿着那张他新写的字条。

他的左手字如今大有长进，最起码很能见人了。帛锦探头，看见他那纸上写着好些杂乱无章的字——

木，东，春，青色，酸味，榆柳，怒，目

“这些是‘八’这个数字所有可能代指的含义。”阮宝玉连忙解释，“比如说阴阳五行里面，八指的就是东和木。还有些别的，是我看过的书里面‘八’可能代指的意思，五行配物，目前我能记起的就这些。”

“木，东，春，青色，酸味，榆柳，怒，目……”帛锦继续低头，念着这行字，突然间有些记忆涌上心头。他抬头，突然间醒悟：“这座宅子往东不足百米，有个榆柳林！”

宅子东面的榆柳林里，第八行第八棵榆柳树旁，阮宝玉掘地三尺，却什么也没有发现。

五行配位、天干地支……阮宝玉脑子都想得青筋暴起，还是什么都没有想到。一直到了清早，天色泛青，这榆柳林还是榆柳林，树底下，除了树就是土，除了土就是树。阮宝玉抓狂，手指插进头发里，脑仁疼得像要爆开。帛锦看他五指冻得通红，便脱了风裘将他罩住。

夜月清减，窄窄的一轮挂在天边，月下，帛锦敛眉，五官虽然依旧犀利，却隐约流淌着一脉温柔。阮宝玉抬着头，突然说了一句：“侯爷你长得是真好看，天上地下无双地好看。”

帛锦有些愣神，闻言微微笑了笑：“你和那段子明真是一路人，我记得这句话他也说过，和你说的一字不差。”

“他在哪里讲的？也在这里？”

“不是，那时候是在前面的太昊庙，他是当着神灵的面这么说的。”

阮宝玉突然不说话了，他“啪”一下立起身来，抓着帛锦手腕就问：“庙在哪里？太昊庙在哪里？”

“啊？”

“五行中还有五帝，其中打头的便是太昊帝，这就是最后一个‘八’的含义。”阮宝玉大声道，眼光湛亮，无比笃定地拖着帛锦出了榆柳林。

不出几步就是太昊庙，帛锦稍加回忆，便想起了当日段子明说出同样的话时两人所在的位置——庙前的门槛处。顺着回忆，帛锦弯下腰去，果然在门槛下摸到了一个小洞，里面塞着一个小小的布包。打开系着布包的带子，里面包着东西的是一等府绸，果然是某人一贯的豪阔作风。

府绸上有字，正反两面都有。正面的是给帛锦的，字体工整，洋洋洒洒有近百字，言明此刻自己恐已不在，愿殿下事乘东风，要他记得人心险恶，虽心性刚直，但也要查情断色。反面的则是写给阮宝玉的，字便潦草，语气也不善——

你个杀千刀的阮宝玉，现下我把殿下托付于你，你若敢背叛他，我必定咒你，叫你来世投胎做个三条腿的瘸蛤蟆！

再里面包着的，便是太后给他的那道密旨。帛锦不语，拿着那卷轻飘飘的黄绫，却觉得重若千斤，连脊背都不能立直。门外天青破晓，他举目，仿若看见段子明围着狐裘，尖下巴埋进狐毛里，正朝他笑。

这是个心计似海的人，活了一世，却对他掏心挖肺、一腔赤忱。

帛锦抿了抿唇，觉得齿间涩重，似乎满腔都是血腥气，他轻声道：“他的愿望是有一天我能登临天下，所以从始至终都称呼我‘殿下’，可我……”

下一句，他未能说出口。那样龌龊的暗尘之下，他已尊严沦丧，又何谈志向。这些话，不管段子明生前还是死后，他都说不出口。

“他之所以有这个愿望，是因为他以为侯爷也是这么想的。”阮宝玉移步过来，将手盖在帛锦肩头，“所以侯爷的愿望就是他的愿望，侯爷若想了断恩怨后放下一切，他也决计不会嗔怪。”

“了断恩怨后放下一切……”帛锦喃喃，紫眸光华涌动，“你断定我便是这么想的吗？”

“我断定！”阮宝玉大声道，他将一只手按上心门，“因为侯爷的愿望就是我的愿望，今生今世，我都不会背叛侯爷，否则就罚我变成三条腿的癞蛤蟆！”

帛锦莞尔，没再说话。

同一时刻，皇城，帛泠的心正跳得很急，因为躁怒。

“好好的大活人，怎么会跟丢，你还配不配做大内高手？”一只镇纸劈手便被丢了过来。

“启禀圣上，属下虽然跟丢了人，但可以断定那个不是侯爷，侯爷没有那么好的轻功。这个人，应该是出门时就调包了的。”

就这一句，帛泠的情绪渐渐冷了下来，他慢慢坐定，道：“这么说他是有备而来。这倒不像他了，祖母丧身，来的时候他居然还能想好退路，还真是长进非凡。”

“侯爷并不擅长心计，可是他身边有个阮宝玉，想来应该都是他的主意。”堂下那人又道。

“阮宝玉……”帛泠念着这个名字，不自觉竟将一只薄胎瓷杯握碎。

“太后下葬皇陵，依他的性子，必定回来祭拜。阮宝玉，我倒要看看，这一次你要如何让他全身而退！”他将舌尖一挑，掌间被瓷杯划伤的鲜血便被他裹进了腹。

步寿宫，太后仰面躺在灵床上，死后看来一派安详。灵床边搁着棺木，金丝楠木上雕满游凤。帛泠的旨意，他不舍太后落葬皇陵，要在此守孝十日，以尽哀思。

十日很快过去，夜已将尽，明日就是吉日，太后就要落葬皇陵。帛锦没有来。

“难道是我看错了你？”帛泠仰头看天，“难道说你变了，涉险回来，只是为了段子明留给你的东西？”

没有人答他，那头太监请奏，说是要为太后整理仪容落棺。帛泠叹了口气，没抬头，挥手喊他们进去。这么折腾一圈，又是两个时辰过去，天色已经大亮，那打头的太监又来禀，说是一切准备就绪，只等盖棺启程。帛锦还是没来。

踏着不知是什么滋味的步子，帛泠走进内宫，见太后神态安详，此刻已经躺在棺内，那神色，看得久了，竟然满心讥诮。

“你的孙儿，你那视如珍宝的孙儿……”帛泠绕着棺木游走，自顾自叹息，“他没有来见你最后一面，这二十四年，你是白白疼他怜他……”

太后不语，身上的朝服华光璀璨，遗容无可挑剔，只在领口有一个小小斑渍。帛泠顿住脚步，正想发怒，突然间觉察到什么，将腰越弯越低，最后盯住了那一片小小水渍。

水渍新鲜未干，如果有人像他一样离太后的脸孔这么近，一滴泪坠下来，落到领口，就会刚巧形成这样大小的一个水渍。

莫名地，帛泠的心脏激烈起跳动来，横扫一番，果然看见太后交叉在胸前的双手中，右手空握，似乎拿着什么东西。将五指掰开，里面果然是块紫玉，雕成了两根湘妃竹的样式。那是帛锦周岁时太后送他的礼物，紫竹取意节节高升，二十几年他一直贴身佩戴，从未取下。

这么说，帛锦已经来过，而且从那一滴泪的湿度看来，可能是刚刚才来过！

“来人！”帛泠一瞬间回过神来，将袖一拂，高声喊，“来人！关闭所有宫门，传我旨意，任何人都不得外出！”

跟着整理遗容的队伍出来后，帛锦故意落后，没多久就脱离了队伍。

脸上的人皮面具很粗糙，不仅憋气，而且根本不能细看。可是没关系，到现在为止一切顺利。这阮宝玉手段果然了得，居然能打通关系，让宫里的老太监带他这个新人来替太后整理遗容。

整整两个时辰，他和太后咫尺相对，抚着她的额头，扶着她的肩，将紫玉放在她手中，最后还施施然一个长跪。虽然怎样都不算足够，但自己总算陪了祖母最后一程，握过她的手，聊胜于无。

想着这些，帛锦叹气，脚步加快朝宣德门移动。按照阮宝玉的说法，太后灵柩今早会从宣德门出去，那边的大门这会儿极有可能是开着的。果然，到了门口，侍卫们正在准备，朱门渐启，缝隙足够一个人通过。

帛锦走近，掏出腰牌，才在侍卫们眼前晃了一下，就听见身后声音嘈杂，有人喊着“关门关门”。看来事情已经败露，可是关系不大，眼前这几个小卒还不够资格阻他去路。薄刃穿袖而出，将眼前几人击倒，接着穿出朱门往西，所有动作一气呵成。

西侧槐柳处，不出百米，阮宝玉果然依照约定，牵着匹白马候着他。

“我们走！”帛锦上马，单手拉缰，猛然间找回了昔日马啸沙场的感觉，他看也没看身后的追兵一眼，顷刻便已扬长而去。

出了皇城便有人接应，便是自由天地。帛锦策马狂奔，尘土漫天，那等气势，竟是诸神难挡。

可是这该死的脑仁居然这时候开始疼起来，变着法子在脑仁里扭麻花似的疼。阮宝玉的意识开始变得模糊，眼前发暗，周遭的一切变缓，开始瞧着眼生。这绝对是晕倒前的征兆。

“不许发病。”阮宝玉轻声，用牙齿去咬舌头，自己跟自己较劲，“要是敢晕倒，你下辈子就变只一条腿的癞蛤蟆！”

想着癞蛤蟆的样子有多丑多怪，他又多撑了一会儿，眼前一忽儿明一忽儿暗，终于，帛锦勒马，两人已来到了城门口。

城门有人把守，他瞧见帛锦足尖勾起，夺了人家一把长枪横在马侧，气势凛凛的模样要多威风有多威风。后面的事情他就不知道了，厮杀开始的那刻，他的意识终于涣散，抓住帛锦衣衫的双手松脱，整个人从马上跌了下来。

杀，枪尖刺血，挡我者死。许久不曾有过的快意，但并不陌生。帛锦握紧长枪，马踏血尘，终于是一步步杀出了城去。

身后有人追赶，羽箭带风，甚至有一支擦着他脸颊而过，带出长长一条血痕。可是这些都不再重要，马是千里良驹，奔走如风，渐渐地就把众人都甩在了身后。

“我们出来了，接应的人在哪里？”这一刻，帛锦终于得空，扭过身去。

身后无人应答，一眼扫过，马上空落落的，竟然只有他一人，阮宝玉已经不在！

方才自己厮杀正酣，竟然没有发觉他何时掉下了马去！春风吹来，寒意料峭，可帛锦却一瞬间已是惊得满头热汗。

皇城西门，迎风洞开，似一只吞噬一切的野兽张开了口。帛锦仍骑着那匹白马，这一次却是一步步走了回来。

不远处，帛泠逆光而立，手里提着昏厥的阮宝玉，迎风朝他张开了双臂。

“许久不见，我的侄儿……”

第十三章 结盟

耳边有风掠过，搅得人心恍惚。

犹见那年那夜，月光朗朗，玉琢般的小人随意高高卷起锦衣长袖，神气十足地摊开原来握拳的小手："太子叔叔，给你看样东西。"

小手摊开的瞬间，掌上流光乍泄，御苑榕树下，萤虫飞舞。一只萤火虫悠悠然停在他的肩膀上，帛泠笑着伸手，为他轻轻一弹。这一弹指，又是多少春秋？

眼前的帛锦越走越近，已然褪去了当年的稚气，长枪拖地，锐尖滴血，点点滴滴拖出一道血痕，凛然的紫眸中翻腾着熊熊烈火，裹着烧尽一切的煞气。

帛泠的嘴角勾起一抹残酷的笑，他不疾不徐地将阮宝玉高高提起。难得阮宝玉能安分得像个瓷器，脆得只要自己轻轻一砸，就可以弄他个脑袋开花。

帛锦的额角爆出一条青筋，枪头支地："你想怎么样？"

"你看不出来吗？朕想一下摔死他。"帛泠笑得风雅。

大好春光，煦阳下，帛锦每一根血管都像要炸开一般。

"不管关系如何，到底我是君，你是臣，臣下用凶器正对君主，该是何等罪名，你心里应该最清楚。"帛泠又温软地跟了一句。

窒息静默时，廊角处，一名小太监拐出来，胆怯地垂头传话："禀皇上，礼部尚书求见。"

帛泠冷哼一声，眼神似有似无地向阮宝玉飘了飘，冷森森道："你刚问我想怎么样？我想和礼部尚书说，朕的皇侄要尽孝道，愿独自一人将太后棺木拉进皇陵。朕拗不过你，所以准了。”

此时，宝公子迷迷糊糊地“嗯”了一声，帛锦倏地松了手，枪杆铿然落地。

帛泠见状，面无表情地建议道：“帛锦，你煞气太重，朕对此万分担忧。不如，你刺穿了琵琶骨，再去拉太后棺木吧。”

“陛下，竟然连自己的母后都不放过吗？”帛锦蹙眉咬牙。

帛泠眨眨眼，慢步逼近帛锦，微笑着埋下自己的脸，犹若当年。他用指尖弹开帛锦肩上的血珠，微凉的唇开启，试探道：“朕，未必当她是亲娘。”

帛锦眼皮一跳，皱眉问道：“陛下，这话什么意思？”

帛泠：“没什么。亲爱的侄子，去干你该干的活儿吧。”说罢，他轻轻一推，眯着眼看帛锦慢慢离开，真是一道好风景。

宝公子在此时睁开眼，眼球滴溜溜地乱转，目光迷迷糊糊地对上了个人形，张开嘴龇着牙，指着自己的鼻尖道：“请问，我是谁？”

话说完，他才瞅清眼前这人披着斗篷，秀逸的面孔上有对冷冰冰的眼，眼神极尽妖魅，而眸内的死光却像让人身处无边沙丘，一片荒芜。

帛泠侧过头深深睇了他一眼，勾起他胸前的木牌，轻蔑地道：“怪不得要挂个牌。”大理寺阮少卿有病，帛泠不是不知，当时只当玩笑，听过就算，也没怎么信，今日得见，方知果然是那么回事。

阮宝玉顺着他的目光垂眸，将木牌上的字默念了一遍。三句大白话，他自然都看懂了，于是他殷切地点着木牌问：“侯爷在哪里？请你立刻送我到牌上说的这人那里去！”

帛泠漠然地盯了他一眼。

“老兄，我看你的斗篷面料考究，就知道家底不错，肯定是世代挖金矿的命，赏银就免了吧。”

“不行。”

“那……赏银对折。”这已是宝公子最大的让步，“你家肯定不缺钱。”

帛泠出手一指，声音压得很低：“你要找的人，在那里。”

阮宝玉越过帛泠，延颈向不远处望去。越过所有随行的人，他独见天地间一道寡白的影，醒目、突兀。

很强的人哦，牛一样拉着一口庞大棺材，竟还能有如此风姿。这个莫非就是武道传说中的以气化力？阮宝玉有些惊讶，心却好像猛地抽动了一下，很不舒服。

他心中暗忖，既然这个侯爷是自己神志不清时都想去找的人，那自己应当很是重视这个人。于是，他嘴角咧开一条难以形容的浅笑，拱手道别：“多谢指明，在下告辞。”

“没准你去。”帛泠冷笑着，一把扣住宝公子的手腕，斗篷里的锦袍因此露出一尾龙鳞。

原来是个大人物，阮宝玉偷看了一眼，瞧着四周不远处的那些卫士，估摸着都是这人的手下，看来是个得罪不起的角色。于是，他无奈地撇撇嘴，眯着眼，仔细地去瞅那侯爷。

侯爷披孝着素，全身雪白，恍如谪仙。不过，怎么背着锁套的肩头会沁出点点殷红？这，应该是血。

宝公子心又是一紧。

虽说已到春暖时刻，但今朝风里依旧带着冷刺，大家穿的衣裳还是厚重。若不是削骨碎肉的伤口，穿那么厚，肩膀哪里会渗出这么多血？且每走一步，那血红色就重一分，到最后，那血几乎汩汩流淌。这一幕入眼，宝公子急切地想挣脱帛泠的牵制：“赏银一分不少你！你、你放手！”

“不是说过不行？你只能站在这里乖乖地看着。”帛泠用手死死捏住他的下巴，迫使他对着帛锦那边，“我侄儿这铮铮傲气，真是世间难寻啊。”

瞧着瞧着，阮宝玉眼前又开始模糊。帛锦的肩膀鲜血淋漓，他还站着，走的每一步都很踏实。

“这锁链的端头带了根倒钩环，已经穿透了他的琵琶骨。阮宝玉，你去，也迟了。”

一瞬间，热泪转凉。他想起来了，是自己太不争气，关键时候昏倒，坠落下马。更加不幸的是，如今身边站着的就是那恶名昭彰的皇帝。

“阮卿家，记起来了？”

“兽若伤人，是为生存。圣上，你伤人，时常是为了取乐。”

这话一出口，倒让帛泠报以羞涩一笑：“阮宝玉，朕只想问你，诏书呢？”

宝公子手握成拳，低着头：“臣，不明白皇上说的是什么意思。”

或许，他们真没寻见段子明留下的东西。帛泠想到这层，才慢慢放开了宝公子：“一块琵琶骨换你贱命一条，朕突然觉得这生意划不来。要不，爱卿自己选个死法，满足下朕的乐趣吧。”既然禽兽都比他来得仁慈，那就让禽兽去仁慈吧。

“在你的脖子上系块巨石，沉湖，如何？”帛泠抚着掌心。

“我不要死！”宝公子决绝地摇头，拒绝，“皇上，君无戏言。你答应过侯爷了，要留我性命，是不是？”

“真没骨气。”帛泠厌恶地皱眉，旋即冷哼道，“你以前不是天不怕地不怕的，还讽朕是横行的螃蟹？曾英明地将那个女人捉奸在床，让朕在文武百官面前颜面无存！你今日要的又是什么把戏？”

阮宝玉咬牙，退开一步，跪地行君臣大礼：“臣就是不愿意死。”他不能死，他死了，侯爷身上的蛊怎么办？人在屋檐下，要他低头碰地都没关系，“陛下，我怕死！沉湖一死，尸体肿得比猪还肥，我不要。”

“你怕死？”

“怕！”

“更怕死得很难看？”

“是！比死更怕的是死得难看，比死得难看更怕的是侯爷死。”

“哎，你贪生的执念着实让朕佩服呀。”帛泠骤然展笑，和蔼地上前扶着阮宝玉起身，“不过，让你死得那么漂亮也确实太便宜你了！”他说着话，嘴角的笑意又深了几分，“前日，清阳城上本，说城中一夜死了近十口，尸身糜烂不堪，恐是瘟疫。朕封爱卿为钦差，派你去查，让你活着滚出京城，也算是给锦衣侯一个交代了。”

见宝公子面如死灰，不自觉地攥紧了他的袖子，帛泠的笑容里陡然有了一点孩子气：“望卿不负君意，死得最最难看，连蟑螂都不屑光顾！”

“我不去！我死了，侯爷也会死的！”宝公子这一刻化为忠犬，狂吠着。

“你以为，朕会信？”帛泠啧啧几声，下巴骄傲地一抬，“来人！送阮少卿即刻启程！”

帝王口谕不容抵抗。阮宝玉大力一扑，张开嘴巴，隔着衣服一口咬住了帛泠的手腕。

回到侯府时，帛锦已是半身染血，管家一把鼻涕一把泪地召唤大夫，为他收拾伤口。铁钩已经从肩头取出，可骨碎肉离，形状十分恐怖。管家抬袖，抹了抹眼角。

“一点肩伤，不算什么。阮宝玉可曾放回？”帛锦用手按住了额头。

“放是放了，只是被封了个官，给放逐外派了。”管家稍微缓和的脸又拉长了。这年头，他这把老骨头见过的坏人不少，扳扳手指头，最坏的，还要数当今天子。

书房内瞬间乌云密布。

“备马。”

“侯爷，阮少卿早就启程了。人已经出京城好久了，而且……”

“我说备马。”帛锦抑住怒气。

“侯爷，这是要去哪里？”管家追了一句。

问得真好！去追，但城门已关，他怎么去追？不追，难道去找皇帝评理？

一转念，帛锦低头看着自己的手，虽只微微发抖，也难被人发觉，不过他自己清楚，今朝要他勒马收缰恐是不能了。不止今朝不能，日后还能不能，都要打上一个斗大的问号。

想到这些他便心中烦闷，一件件一桩桩都能洇出血来。帛锦起身，压下眩晕感，取了一件风裘盖住伤口，走到了门外。管家一路细步跟上。

“你退下！”门外透凉，吹得帛锦的伤口又开始发疼。

“皇上还有句话，说是要交代侯爷。”

“说！”眼神扫过，魔神勿近。

“阮大人临走前咬伤了陛下，陛下无奈出掌抽落了阮少卿的后槽牙，血流得不多，脸倒是抽肿了。陛下说自己委实是迫不得已，望侯爷体恤，以慰君心。”

帛锦愤然拂袖，无意中扫倒了阑下一丛兰花。花沾衣，积了半袖香，婀娜兰花却就此摔下，花盆应声而碎。

管家立即惋惜道：“碎掉的这盆兰花，是阮大人当初特意送给侯爷的，人一走，这花就摔了，真不吉利……我这就命人去换个花盆。”

“已经一年了……”帛锦微微点了点头，无意间看到地上泥土里点点异芒，心中一动，蹲下身拨了几下，寻到了一团蜡丸。帛锦用手碾碎，发现丸里藏了一张旧纸，借着月光细看，不由讶然道：“阮宝玉如何有这东西？”

侯爷的老管家是个优秀的人物，也不好奇张望，本分地报告主人自己该知道的事情，道：“侯爷，你在外时，某日李少卿和萧少保同时到府门探访，老奴无意听了次墙角。这兰是萧少保转赠阮大人的。”

“萧彻？我现在就去找他！”

“侯爷，皇上交代过，他不禁足侯爷，不过侯爷……这府里如今可到处都是暗哨。”

“我心中烦闷，去寻他下棋，怎么，也不可吗？”

帛锦拂袖而去，顷刻已不见踪影。

浊世公子，意在逍遥。帛锦进屋时，萧彻正靠在红灯边，披着厚重的狐裘，手环着暖壶，独自一人下棋。桌边炉上煮着茶，烘得雾气满堂，看起来相当有雅兴。

瞧见帛锦走近，萧彻也不起身，只裹了裹风裘，苍白的脸略微低了下，又醉心在自己布下的珍珑棋局之上。

“卒过河。”帛锦略略侧目，很不君子地指点江山。

“甚好。”萧彻赞许性地点头，果然挺卒，而后，两人相视一笑。

棋盘上，卒子越界，誓不回头。

“侯爷见谅，我一个人破局习惯了。”萧彻嘴角勾起一个小小的弧度，指尖的棋子老旧，印出他那些孤寂岁月的痕迹。

“我陪你下一盘。”帛锦当即在对桌坐下。

“侯爷肯屈驾相陪，是萧彻的荣幸。”萧彻浅笑，大大方方广袖一扫，重新开局，眼里不含半点阴霾。

萧彻先行，首步飞相置位中宫，明显以守治攻。帛锦肃然起敬，紫眸清亮。方寸棋盘间，平静厮杀。

“早就听说侯爷今日很忙，入夜造访，不会单纯找我下棋吧？”萧彻声音极轻地问道。

“的确有事，是关于你送阮宝玉的那盆兰花。”

“难怪，我说侯爷进来时怎么会带着兰香。说来也该萧彻惭愧，我养了一屋的兰，却没有一株比得上侯爷你，这般兰香馥郁。”

帛锦挑眉：“少保讽我？”

萧彻摇摇手指：“不是，是妒忌。”

“多谢你的妒忌。”帛锦落子无声，牵扯到肩膀的伤口处隐隐作痛，“不过十分不巧，那盆兰花今日被我摔烂了，而我发现了一样很有意思的东西。”

“哦？”

“少保猜不出是什么吗？”

“应该是当年家父被逼起兵前，朝中各部暗中支持他的大臣的名单。”萧彻迎上帛锦的视线，眼眉弯弯，“我猜得可对？”

“恭喜萧少保，的确猜对了！”帛锦支着下巴，双目凝视着萧彻。

当年萧鼎被逼哗变，朝廷除了奸佞外，态度大致分成了三派。其一，认定萧家是乱党，要坚决消灭；其二，中立些的，认为萧家虽然不对，但可以招安；其三，是支持萧家造反，取而代之，朝纲重振的。

这第三派中之人大多年轻热血，属于暗派。他们当然不会傻得把这样的牌子明着给举出来，上赶着找大刀砍。这些人早就结党，各自签名，制成了一份秘密名单，并一腔热血地交付给了萧鼎。

“先帝对名单一事并不清楚。而萧彻作为质子，能在天子脚下活得还算自在，也是因为这名单的关系。”

“既然东西如此重要，为何要给阮宝玉？”

萧彻轻轻咳了一声，才徐徐道：“这盆兰是阮少卿硬夺去的。不过，别人都认为东西在我手中，即使不在了，他们也未必知道。”

“跳马。”帛锦举棋，却因伤口裂开，疼得他瞳仁一缩，动作骤然止。

“侯爷，你没事吧？”

帛锦摇头：“还有件事，要叨扰萧少保。段子明曾经调查到，永昌炸银矿的案子，幕后主谋最大的嫌疑人——是你。萧少保，你可认罪？”

“这么说，侯爷要带我回大理寺了？”萧彻顿了会儿，旋即长长地舒了一口气。

“萧少保，你可认罪？”

沉默了一盏茶工夫后，萧彻终于回话：“认。”儒雅得能滴水的星眸，此刻越发透亮。

帛锦动作一顿：“段子明也是你杀的吗？”

“我为何要杀段大人？”

“杀人灭口。”

萧彻抿唇，沏好茶，想了想措辞，这才缓缓开口道：“侯爷，炸银矿一事，确实是我贪财在先，因我藩地也有银矿，想取而代之，又用人不当，计划草率，方惹下滔天大祸。怀璧之罪，萧某已经受罚，教训椎心泣血。事已至此，段大人翻不翻这案子，对萧某关系还大吗？萧某还有这个必要去杀人灭口吗？”

帛锦睨了萧彻一眼，倒没为难，取出名单递了过去：“完璧归赵。”棋盘上，他的兵马已成势，凛冽逼人。

萧彻思忖一下，问道：“侯爷，这个人情要萧彻如何奉还？”

帛锦端起酒杯，牵扯到伤处，手轻晃。萧彻默然，沉声静候。

“我手上有兵，近日得太后一道密诏，萧少保要猜是什么内容吗？”

萧彻抬眼，隔着新茶蒸腾而起的云雾，眸光锁定眼前面孔醒目的帛锦：“侯爷，要造反？”

帛锦狭长的双眼一眯，这答案，昭然若揭。

萧彻啜口茶，挺直了脊背，双手笼着暖壶，微笑：“侯爷起兵，我以为准备不足。”

“哦？”

“有兵，但手中无器；有卒，却无马匹；师出有名，却无财力。”

轻飘飘一句，却让帛锦通身一凛。形容闲散但无所不知，这个萧彻，果真深不可测。片刻之后，帛锦才道：“所以我才来找萧少保，寻共同进退之道。”他举杯，左手落子，又吃掉了萧彻一个炮。

萧彻还是抱着他的暖炉，眼睛微眯，叹了口气：“侯爷，还有最重要的一点，事成之后，我未必愿意向你称臣。”

“你想和我争？”帛锦捏着棋子，细细想了想，“也好。不过这人世间九宫棋局，只有一人能称王。”

“楚河汉界，谁是项羽，谁是刘邦，哪个说得准？”四目相对，没有不自量力。他们彼此心知肚明，对方都有这个本事。

“好，今朝你我开始约定，将来谁先得玉玺，谁称帝。”帛锦忍着伤落子，一记脆响。

“此话当真？”

“真的。”

萧彻抚额，朗笑着戏谑道：“帛锦，你真好说话，我以为你至少应该邪魅一笑，或者拔身怒指，不带我这样贪的。”

一番话让帛锦有些无语。

萧彻敛笑，神色渐渐正经：“侯爷，你我很可能注定为敌。”

帛锦莞尔，不管将来如何，他已箭在弦上。

“萧少保人脉广，可有办法送我出城？”

“侯爷可知，西南坊那边，图利的小商贩为了进京避税，偷偷挖了一条直通城外的地道？”

西南寒坊？那里龙蛇混杂，流民过多，官方也难控制，那地方居然有这样的地道？

帛锦顿了顿：“还有，最近皇上看我看得很紧，我去哪里都会有暗哨跟着，这是个大问题。”

“侯爷武功盖世，三两个暗哨何成问题？”

帛锦不语，将头侧过，看了看自己右肩。铁爪带钩进入血肉，然后拖着一副硕大的棺木行进数里，这伤就算能够痊愈，他的琵琶骨也已经尽毁，怕是今生都不能再握枪。

你想鹰击长空，挣脱束缚，那我便折断你的翅膀——这一向是帛泠的作风，不足为奇。

“到底，侯爷是被伤了吗？”那厢萧彻发声，目光从他肩头划过，顷刻间已是了然，“既然这样，我便再帮侯爷一次。三日后，圣上戒备稍松，侯爷便找个借口去西南寒坊一次，我会剪掉跟踪侯爷的暗哨，并替侯爷在地道出口备一匹快马。”

“如此，多谢。”

“我可以多嘴问一句，侯爷要去哪里吗？”

帛锦将拳微握，一丝一毫犹豫也无，脱口而出：“清阳城。”

清阳城，天生要塞，易守难攻，是入京的第一道关卡。如今这座城却成了死城，城门紧闭，重兵把守，许进不许出。

阮宝玉被人架着来到城前，咬过帛泠手的牙依旧很疼，不方便咬住城门，最终还是被人一把塞进了城去。

城内一片萧条，文官染了瘟疫只剩一口气，所以只有武将江琅前来迎他。这位江将军本就长得难看，现下染了瘟疫，右脸有只杯口大的疮，模样更是吓人，朝阮宝玉跟前一站，差点就没把他吓背过气去。

“你……你……你们这里人人都是这样吗？”他摸着自己现下还算光洁的脸，连说话都不利索了。

江琅识相地低下了头：“回大人，是的，几乎一夜之间全城人染病，他们都说……”

都说是遭了天谴，这个话有些大逆不道，自然是不大方便跟上官说。

“那人呢？死了多少？”

“死得不多，只有十几个老弱，这病发起来不急，而是全身慢慢溃烂，最后才到腹脏，但现在无药可医，我怕……”

“会从哪里先烂起？”

“脸。”

就这最后一句，阮宝玉便好似猫被踩了尾巴般跳起来：“查！查这瘟疫的出处，一定要查出来！”顷刻之间他便斗志昂扬，捧着脸走在了前头。

一天之内全城染病，最大的可能便是问题出在水源。可是这清阳城不是漠北旱荒，城内河流交布，怎么可能同时出问题呢？

“也许有人下毒。”阮宝玉继续捧着他的脸。

“清阳城是兵家重地，不说别的，兵营内外日夜有人值守，至少营内的那个河塘不可能被人下毒。”

“你肯定？”

“肯定。”江琅挺直腰板，肩有担当，倒是有大将风范。

过了一会儿，他又道：“末将怀疑城里这次是鼠疫。”他自觉离阮宝玉远了些，“因为最近城里死了好些老鼠，一个个肚子胀大，死相很恐怖。”

“就算是鼠疫，也不可能一夜爆发啊。”

“是，所以……所以城里的百姓才谣传，说是天谴。”

“为君不仁，所以才遭天谴是吗？”阮宝玉将袖子一甩，“那你脸上的这口疮，为什么没长到他那里去？真是笑话。带我去看那些死老鼠吧。”

江琅愣神，被他这句大逆不道的话吓得脸色煞白，战战兢兢地走在了前头。

“就这几只，其余的末将都让人深埋了。”

到了营边，江琅仍然心有忐忑，一边说话一边拿眼去瞟阮宝玉。阮宝玉担心自己长疮，离得老远去看，眼神又不济，只能远远地眯成了一条缝。

江琅拔出他腰间的佩剑，一下将一只老鼠的肚子划开，一肚子的水顿时从老鼠肚里喷了出来，散发着浓浓的恶臭。这么看，这只老鼠不像病死，像倒活活喝水胀死似的。

阮宝玉蹙眉，有道念头从脑间一闪而过，他依稀想到了些什么。

老鼠……喝水……胀死……这三个词缀成一根珠线，后面似乎牵引着一个呼之欲出的真相。

该死的脑仁，又开始疼了起来，一突一突地顶着太阳穴。阮宝玉抱住头，半蹲在地上，做一个蹲坑姿势，心想着今日无论如何也要把这个灵感蹲出来。他才刚有了点头绪，就听见那头有人疾步奔了过来。

“将军！”那人似乎十分激动，根本没瞧见半蹲的阮宝玉，过来就大声喊，“终于有人来了，有人带了大夫来，主动请缨要来给咱们瞧病！”

又是迎人，迎一拨极可能有来无回的人。江琅再一次立在城门，不同的是这一次身边多了个阮宝玉。

领头的人进来了，眼下有颗泪痣，看见阮宝玉时眼神漠然，似乎并不认识他——居然是苏银！阮宝玉心头一跳。第二个人进来时，他反倒好了，或者说心差点就不跳了——明明是为他而来，却做出一副不屑一顾的腔调，只拿眼尾扫他，不是那作死的烂李子又是谁？！

片刻工夫过后，只有五六个人的队伍进了城。阮宝玉挤到李延身边，终于有机会和他说话。

“怎么你还没死？”标准的李延式恶声恶气的问候。

“抱歉，还没有。”阮宝玉回瞪他，这次是真有些怒了，“倒是你，跑这里来做什么？做少卿的可以随便离京吗？这城里流行的是瘟疫，真真会死人的，不是过家家！”

“我查段子明的案子，跟上面讲线索在外面，就获准出来查案了！”李延将脖子一梗。

“那你来这里作死干吗？”阮宝玉直跺脚。

“来看你死了没。”李延继续恶声恶气，却到底有些心伤，不再跟他多话，加快步子挤进了苏银的队伍。

第二日，苏银带着他那两个大夫开始研究瘟疫的方子，然而始终没有收获。

因为阮宝玉卡着他们的脖子不许他们喝水，这一行人全部嘴唇开裂，嘴里干得要吐火星。李延有些受不住，嘴边长了个大泡，说话都疼得嘶嘶抽气，好容易等着机会和苏银独处，连忙扒着他膀子问他：“喂！你不会真的是来给这些人治病吧？”

苏银不说话，抿抿嘴巴。

“我去找你，求你带我来这里，不是说好就为了把阮宝玉弄出去吗？”

“重兵把守，我怎么把他弄出去？”苏银的嗓音有些沙哑。

“你箭法如神，武艺这么高强，肯定有法子的！”

“我的箭袋中只放得下三十支箭，可门外至少有上千人。”

“那你把阮宝玉绑在木桩子上，把他射出城去。”异想天开的来了。

“那你呢？”

“我也射出去，不成陪他一起摔死。”

“那我呢？”

李延顿住了。是啊，那他呢？自己想了这许多，为救阮宝玉无所不用其极，却从来没有想过他会怎样。这就是差别吗？他有些词穷，心虚得抿抿嘴巴。

“放心，我不会让阮宝玉死的。”苏银站了起来，拍拍他的肩走远，许是累了，背影逆光，瞧着竟是十分落寞。

第三日中午，阮宝玉已经站不起来了，正努力卡着李延的脖子，教育他渴死也比脸上生疮死好上百倍。

城里又死了十几个老弱，满街无人，腐臭味越来越重。阮宝玉心底才生出那么一点点绝望，就听见有人走进了他的房间，凑到他耳边，道：“大人，药也许研制出来了。”

也许研制出来了？什么叫“也许”？

阮宝玉软塌塌的，说不出完整句子，就指示来人将他和李延抬去。

到了现场，他一眼瞧见苏银右颈有一个碗大的疮。这个天杀的，到底还是没忍住喝了水。阮宝玉坐直，想骂娘，奈何发出的声音太过微弱，完全被周遭的嘈杂声盖住了。

“听说他是吃了那个……死老鼠，故意染病来试这个药的，啧啧啧……”依稀间，阮宝玉听到有人这么说。之后就是人群涌动，大家都尽量凑近，却又集体屏住了呼吸。

苏银并不洪亮的嗓音亮起：“我知道这法子骇人，弄不好病没治好却丢了性命，所以先由我试，一切全是自愿，生死由天！”

阮宝玉还有点不明白状况，本来只吊着一口气的李延却好似突然来了精神，将身子支起，直愣愣地往那边看去。

三步开外，苏银右臂的衣袖高高挽起，左手却捏着一条黑黄相间的细蛇。在他几下撩拨之后，那细蛇发怒，露出毒牙，恶狠狠地一口咬上了他的右手腕。

人群中顿时爆发出一阵抽气声，有人窃窃私语：“黑金环七步倒，被它这么一咬，哪里还有命在？”

话音未落，苏银的伤口已经开始发黑，手腕像吹了气般开始肿胀。

“这蛇毒只是药引，接下来大家还要服用古大夫调配的汤药。”苏银强咬住牙，走了几步去取药汁，才将药碗端起喝了两口，人便开始眩晕，“咣当”一声向前栽倒，将药碗摔了个粉碎。

等到苏银醒来，已是第二天的下午。

随行的大夫见他睁眼，连忙道：“谢天谢地，将军，你可算醒了，否则老夫的罪过可就大了！”

苏银牵了牵嘴角，身上仍是软绵绵的，他抬起胳膊将袖子挽高，去看上臂的那个疮。疮口仍在，并没有奇迹般消失，可已经不再流脓，而且有收缩的迹象。

“药见效了？”苏银开口，喉咙仍是火烧般疼。

“见效了！但是将军被咬的那一口，毒液入得太多，还真是危险。现在老夫已经基本可以确认毒液做引的剂量，配上药汁，应该就可以化解这场瘟疫了。”

“那药材够吗？”

“都是些普通的药材。至于毒汁，因为黑金环蛇是这边的特产，而且用量极少，倒也还能凑齐。就是这蛇这次可倒了大霉了，漫山遍野地被追，怕是要绝种了。”

苏银一哂，单手支着床慢慢坐起身来，迎着光看向门外，一眼就看见了门边的李延。

“你在那里做什么？拿脚画圈圈？磨鞋还是磨地？”苏银忍不住笑了。

李延轻咳一声，磨磨叽叽地走过来，说话时神态不大自然：“那个，城里上下都很钦佩你，说他们副将正好有缺，要跟上面推举你。”

“是吗？”

“阮宝玉也很感激你。他这个人其实不怕死，主要是好漂亮，怕脸上生疮。”

“哦。”

“其实……”李延比城砖还厚的黑皮居然有些发红，“我也很感激你，你这么以身犯险，我……我……”

“我没什么。”苏银接过了话头，“你休息吧。”

最终，他站了起来道：“再过两天，我们要想法子把阮宝玉给弄出去。”

两天过后，城中瘟疫得到控制，城外的守卫开始松懈，终于让苏银找到一个空隙，将阮宝玉跟李延弄出了城去。

“圣上派大人到这里，便是想要大人的命，大人还是逃吧。”苏银开口，牵过一匹马来：“只是不知大人会不会骑马？不行我找辆马车。”

一旁的李延扭着头，明明不舍，却还是不肯拿正眼去看阮宝玉，只道：“他会骑马，以前在书院没少让人教他骑马。”

阮宝玉在那里低着头，憋了半天憋出一句：“李子，你能不能回避一下？我有话跟苏将军说。”

李延“哼”一声，脖子一梗，气呼呼地走远，寻了棵柳树开始撒气，有仇似的拼命拿脚去踢。

“他其实是个顶纯真的人。”阮宝玉突然开口，看看李延的背影，低下了头。

“是。”

“所以我希望苏将军不要戏弄他。”

“啊？”

“我想问苏将军一句，你来清阳城，就真的是因为李子他求你来救我吗？”

苏银一顿，过了一会儿才笑起来：“不然大人以为我是为了什么？”

阮宝玉不响，从怀里掏出一只小纸包，打开来给他看。

那里面东西恶臭，已经几不成形，只看得出是蓝色的一团。

“这个，是我在一只死了几天的老鼠胃里找到的。”阮宝玉掩住口鼻，“不知大人可认得？”

“大人去翻动那些死老鼠！不怕染病吗？”

“你们不是已经研制出药汁了吗？不仅可以治病，还可以预防。”阮宝玉轻声，“而且是两天之内研制出来，可真是高效。”

“上天眷顾，说来苍天还是有眼。”苏银抿了抿唇。

“不知苏将军自己知不知道，你有个习惯，每次言不由衷的时候都会抿一抿唇。上一次你说为了保命愿意出卖主子的时候，不止一次做了这个动作。”

苏银连忙紧紧闭上了嘴。

“将军并不是个擅长撒谎的人，也并不喜欢撒谎。”那厢阮宝玉抬头，一双眼清凌凌照进他的眸，“不如这样，我替将军把真相说出来，如何？”

春风拂面，万物都开始萌芽，包括人的野心。

阮宝玉拿着那团蓝色物事，深深吸了口气，缓缓开口：“这团蓝色的恶心的东西，是蓝焱汁腌成的兔脑，很凑巧，我偏巧尝过。兔脑本身并没有毒，只不过会让人口渴，疯了般喝水。如果有一笼事先染病的老鼠，被迫吃了许多这样的兔脑，然后被人放了出来，那么这群老鼠就会出来寻找水源，不停喝水，直到胀死为止。这样的话，一夜之间将所有水源齐齐污染，便根本不是难事，你说是也不是，苏将军？”

苏银低头，几乎下意识地又抿了抿唇。

阮宝玉又凑近了一些：“那位做出兔脑的巫师被害死之前，曾经写过一个‘疒’字头，是一个未完的字，将军可知道是个什么字？”

“不知道。”

阮宝玉笑着，捡了一根树枝，在地上写字，笔画在沙地上显形，端端正正，正是一个“瘟”字。

苏银强自镇定：“如此说来，这瘟疫却是人为，这人……莫非是跟清阳城的人有仇？”

“的确是人为，但这人跟清阳城人没有仇。”阮宝玉继续低声，“所以他选了一种发作起来并不急的疫病，目的并不是要害死这些人。”

“那他的目的是什么？”

“苏将军，如果这个人事先准备好解药，然后派人带进城来，以身试药，解了全城之困，那这全城将士……会对他如何？如果这个被派的人能留在城内，做了副将，那将来他必得军心。等到他家主子起兵，这一座易守难攻的要塞，不就不攻自破了。”

“苏将军。”阮宝玉霍然逼近，一字字几乎钉到苏银的心上，“这个人的主子是谁，你想不想我明明白白地说出来？”

“在下并不知道大人在说什么。”苏银唯一的反应便是装糊涂。

“可是我说的，有人会信，最起码一向忌惮萧家的皇上会信。”

苏银沉默了，犹豫地看着他，缓缓沉下声来：“那大人想要怎样？”

“我想要的，当然不是为了这个皇帝精忠报国。”阮宝玉笑了笑，将那团作为证据的蓝色兔脑搁到苏银手心，“我是小人，所以坦白来说，我是想拿这个要挟将军的主子和我们共同进退，至少这一次，他要助我和侯爷脱困。”

又是一盏茶工夫过去，李延又解了一次手，这才看见苏银和阮宝玉慢悠悠地走了过来。

“两位大人，谈什么啊谈了这么久？”

“谈保养心得，还有京城美人的新名册。”阮宝玉横了他一眼，“还有，你要回京是吧？我也要回去，装作你的家丁，到了京城就和你分开。”

“你疯啦！回去你就一个‘死’字！”

“死我也要回去！”

“不许！”

“你说不许就不许啦？我干吗要听你的？对了，你带钱了没？借我一千两，我有用。”

“不借！”

“不借你晚上会睡不着的，回头又巴巴地赶来送我，何苦呢？”

“苏银，我现在命令你把这个疯子绑了，找人送出关去，我给你三千两！”

“哈！你当苏银是什么？他凭什么听你的？”

这么吵吵闹闹着，两人一副就要打起来的腔调，阮宝玉咬牙切齿，就差咬住他的大腿跟着回京了。苏银在一边抓着头，不知说什么好，只得跑去和马说话，一下下理着它的鬃毛。就在这时，他听见有马蹄声渐近，有人踏着飞尘而来，转瞬已在眼前。

“请问……前面就是清阳城吗？”那人勒缰，向三人问话，一张脸满是灰尘，整个人因为日夜兼程而疲惫不堪。

苏银有间歇性人脸识别障碍，照面后倒没什么反应，可阮宝玉、李延和马上那人却集体愣住了。

“侯爷！”短暂的沉默之后，阮宝玉当场爆发，也不知哪来的本事，蛤蟆似的一跳，居然一下就跳上了马背。

骏马飞奔，四蹄离地，长风凛冽，风沙四起，吹得两人脸上生疼，却一点也不妨碍两人的心情。大难之后脱险，阮宝玉和帛锦放着马缰，一路说话，竟不知不觉已经天黑。两人回到原处时，只见苏银孤零零地站在那里，安静地提着包裹在等。

待他们走近，苏银端详了那马好几眼，才过来用手指点点宝公子的招牌木牌："行李给你，李延已经回京了。"

阮宝玉估计走远的李延已经开骂，十分不爽地盯着苏银，问道："苏将军现下要去追上李延一同回京吗？"

苏银拧了记眉头，也没回答，直接抱拳道："告辞。"说完翻身上马，扬长而去。

帛锦见苏银走远，才道："如果起兵，恐怕李延会很为难。"

宝公子极为自负地撩撩额前的发："侯爷放心，我有本事劝住他，当然，也不会拿大刀架了脖子硬逼着他听我的，最坏的结果是大家不会彼此为难。"

帛锦没应声，只看着这季节下的一片绿意，还像当年他出走时一样鲜活，只是他已没了当初的天真，浪迹天涯的希望，只能靠自己拼杀出来。

受了那么多折辱，死了那么多人，不废了帛泠，活着也是窝囊！所以，他不会为李延与阮宝玉将来的失和愧疚什么，他这么说，只是要阮宝玉早些明了而已。

"侯爷，现在我们去哪儿？"

"回蒂誉山。"

"好！"

回到蒂誉山，刚到寨门口，阮侬头一个冲了出来，热情地扑到阮宝玉怀里："爹，我好想你哦！"他一边哭，一边精准地掐着宝公子最怕疼的地方。

宝公子含泪微笑，极轻声地问："我又哪里得罪你了？"

阮侬知疼着热地抬起头，体贴道："你说京城危险，只让我和娘在城外等，等了好半天，才等到个神秘的叔叔，非要护送我们回来。爹，这一路，我是吃不好睡不饱，实在是太担心你和师父了！"接着，他又把头埋进宝公子怀里，咬牙切齿道，"你倒好，自己和师父骑大马回来！"而他，他回来时骑的是小毛驴，而且还是头斑秃的毛驴！

也不想想，他阮侬是谁啊？是未来能让江湖黑白两道都闻风丧胆的恶霸，叱咤五湖四海的坏人头头！如果让人知道，他小时候出行，骑的不是高头大马，而是小毛驴，这太没面子了！

如此伟大的梦想就那么轻易给毁了，阮侬越想越伤心，终于号啕起来。因哭得太过张狂，连一旁的帛锦都颔首："难得阮侬这么有孝心。"

听到帛锦赞许，阮侬立即抬头："师父，有个小白脸找上门来，说要找我爹！"

已近黄昏，寨内炊烟袅袅。阮侬说的那位小白脸，长得真是清秀，远看近瞧都是个雅致的人物。帛锦见了人，发现居然是自己认得的，回头扫了宝公子一眼。

"他就是赵越救下的那个仆人，叫时恩，侯爷也认得吧？"宝公子上前解释。当年，赵越被判欺君，充军途中，恰巧遇上进京上任的阮宝玉。宝公子与他们相见恨晚，很快大家称兄道弟。

"我去过赵府，与他的确有过几面之缘。"帛锦笑得很随意。

"我一塌刮子就借给了他五两银子。"

"哦。"钱是不多，但按宝公子的性子，已经极为慷慨了。

"我们那时一塌刮子就剩八两三钱碎银子。"阮侬豪爽地揭发。

"前些日子，我传信托了他一点事。"

"哦。"难怪匿在永昌的探子报告说，段子明过世，永昌府新知府上任后，有个外地人到知府衙门去寻阮宝玉，裴翎怕出岔子，就把人秘密劫回了山寨，原来真有内情。

既然是正事，当然要重视。帛锦等宝公子支开阮侬、蓝庭，才转脸问道："赵将军愿意帮忙？"

时恩躬身："恕在下大胆，想先问侯爷一声，赵将军答应的话，会得多少好处？"

"我可以先救赵将军脱困，以后得势，足够官复原职。"

"事成之后，侯爷也会答应让你脱贱籍。"阮宝玉插话。

见时恩沉思不语，帛锦明明白白道："赵将军应当晓得帛锦是个实在人，我能给多的，绝对不会给少。你想为他争取更多，我也明白，但是虚夸的承诺我认为多说无益。"

时恩点点头，笑道：“侯爷果真和他描述得很像。为表诚意，赵将军要在下转达一个消息，他已经传信给几个信得过的战将，希望他们支持侯爷，请您静候佳音。”

“一定。”

大家不惺惺作态，说话比较容易沟通。阮宝玉挠挠头，笑容依旧阳光灿烂：“小恩啊，我拜托赵将军向罗昭仪的堂兄说情，那家伙怎么说，愿意帮忙吗？还是认定要我死后才肯帮侯爷？”

“宝玉兄，放心。罗敷已经回信，说他最近身体有恙，驻守边关已相当吃力，有些事他恐怕是心有余力不足，远水不济近火。”何恩别有深意地答道。

“嘿嘿，那就是说他两头都不搭腔了？”阮宝玉马上会意，讨好地凝望着帛锦。

帛锦没说话，只是冷冷地剜了站在屋门口的裴翎一眼。

三月，新月如眉时，萧彻发来密函，并将铁甲、武器逐步秘密送到，好事连连。

帛锦试穿新铠甲，银甲戎装，俊逸凛然如天之器。

“萧彻信函上说什么？”帛锦问裴翎。

“三月十五，正午，叶波泉，水涌龙驹，切勿错过！”

第十四章　易帜

水涌龙驹？这种荒诞的说法，智慧超尘脱俗的宝公子当然不信。他本想请命，跟着去瞧个新鲜，可他不想离开太久，于是干脆放弃，空闲的时候，继续积极练习左手字。

月底，裴翎派去的一干人果然带回了大量的骏马，领头的将士入了寨子大帐就大呼神奇。颠来倒去，总算把事情交代清楚。

三月十五正午，叶波泉上游水势突然变得湍急，涌泉处水花飞溅，水里奔出了一匹神俊超群的白马。高大威猛的神驹飞奔上岸，抖擞精神，高高仰起脖子长嘶，一大群骏马竟然应声紧随其后出现在众人眼前！回了神的兵士连忙收了马群，赶回复令。

“匹匹都是良驹，真神了！”报告完，将士还不忘跟着赞一句。

宝公子立刻耷下了头，胸闷。帛锦嘴角浮出个微笑，却没有多评一句。

裴翎也算聪明，忙出列弯下腰：“真是天助殿下，这是吉兆！殿下皇图北望，指日可待。”

帛锦紫眸一转，蛮好商量地点了点头。

晚上，宝公子继续闹着情绪，没胃口吃饭，人潜屋里，坐在板凳上，心事重重。有人推门而入，将饭碗端到了阮宝玉眼前。

“我不饿。”刚说完，肚子就发出了一记怪声。

阮宝玉当即夹起一筷子鱼肉塞进嘴里，慢慢抬头，抱屈：“侯爷，这样的招式我也想得出的。”

帛锦没回答，继续看着宝公子吃鱼。

“在下游河道不深的地方挖个断层般的坑，把马群的头头安置在里面。等上游源头的积雪化开，一路流到断层处，上游的水会立刻掉进坑中，自然水珠飞溅，趁满坑前放马出来，不就完成了？”

“嗯……”

“侯爷不信，可以用树枝挖个浅浅的小土洞，让阮侬对着那洞撒尿。我保证，水在没坑前，大家一定能先瞧见水花溅起。”

“你要让寨子所有的营兵都去看阮侬尿尿，破解这个谜题？”帛锦抬抬眉。

“所以……叫阮侬去呗。”

帛锦笑笑：“其实，能有传言说我有天神护佑，也是好事。”

“百姓相信侯爷有神保护，当然是好事，但是在侯爷的军营里悄悄树立起的，却是萧彻的形象。”

“我不介意。”此时鱼几乎只剩尾了，“而且，能有这样的鬼点子，还能如此精准地算到上游到达的时间，也是难得的鬼才。”

“侯爷能于大处落墨而不计小事，我不行！”阮宝玉咻咻吐纳粗气，“不行，我要想办法压倒他！”

气场莫名地有些僵化。

“小心鱼刺。”帛锦提醒，声音挺轻。

阮宝玉舌头一动，果然舔到了一根很大的鱼刺，他一手高举着鱼刺，又开始想主意。

帛锦额头抵着窗格，静了好一会儿，离开屋子前，才半真半假地甩下一句玩笑：“宝公子如此不服输，以后归隐了会很痛苦吧？”

第二个进屋子安慰阮宝玉的人是阮侬。他打了个哈欠，一鞋底板拍死一只蟑螂，出色完成了“日行一杀”的使命后，穿上鞋，开始了他的孝子表演。

“爹，要玩风筝吗？师父的皇奶奶薨逝了，举国哀悼，所以山下那个偷卖风筝的卖得特便宜，三文钱两大只。”

阮宝玉暗自赞同，以前五文才一小只。

“美人风筝哦，高高地放到天上一定很漂亮。”

“大白天的，风筝放得太高，官兵会抓人的。”宝公子说得有点夸张，却也是事实。

阮侬得意地撇嘴：“娘说她有种蛊粉，晚上能发亮，各种颜色的都有，如果放在风筝上，晚上也能玩了。爹，想玩吗？”

阮宝玉想了想，眨眨眼，小心地问：“有更大的风筝吗？”

“有。”

阮宝玉又眨眨眼：“有更大的龙风筝吗？”

“也……有。”

阮宝玉拧着手指，咧嘴一笑：“爹要买个龙风筝。”

“成。”

“爹要配个顶顶好看的紫色蛊粉。”

“也……成。”

宝公子咧开嘴，露出璀璨到无可挑剔的宝光笑容：“阮侬，乖儿子……”

“爹，李叔叔交代过，你这样笑的时候，就是肚子里充满邪恶之水的时候。”

“那叫智慧！”宝公子正色纠正。

“爹，谁是天下最厉害的人？”阮侬欢笑着朝他钩钩指头，“来，说句好听的。”

“反正，不是你。”阮宝玉冥思了下，决心做个诚实的父亲。

七日后，有人说在夜里看到一条紫色的飞龙缓缓升空。

一传十，十传百，很快，传言席卷京城，并很不巧地传到了帛泠耳里，他假惺惺地浅笑：“在我鼹鼠饮河也能成灾时，他却被说成了真龙转世。亲爱的侄儿，你快反了吗？”

风不止，湖畔柳絮如雪。絮雪里，帝王孤零零地站着，静静地等着。

那厢，得了消息的萧彻依旧菩萨低眉，笑姿从容。天气转暖，也让他过白的脸上透出了一些血色。微风里，他随意地将手上一个泛黄的小册子翻开，指尖点点当日阮宝玉押给段子明的欠条，悠悠道：“宝公子啊宝公子，你究竟知不知道自己在和谁过不去？”

终于到了暮春，终于万事俱备。帛锦身穿银甲，左手将长枪提起，号令全军齐发的那一刻，看起来就像一尊天神。

“出发！”

这两字出口，声音并不特别响亮，可因为掺杂了无数屈辱愤怒，此刻好似一羽利箭，豁然刺破长空。

一月，破华昌。再一月，破平凉。第三月，破潼关。

帛锦这一次出发，便好似一枚血剑出鞘，去意凛然，无人能挡。第四个月月末，帛锦接纳近万降军，实力更加壮大，真真兵强马壮、意气风发，一举就攻到了清阳城下。

清阳城是去往京城的第一条要塞，自古易守难攻。帛锦也不敢大意，示意军众在城外一里扎营，稍作整顿，看样子也并不着急攻城。

入夜，阮宝玉和帛锦终于有了闲暇可以说说话。

“最近又捣鼓什么？脑仁还疼不疼？”帛锦脸色倦怠，但还是关心了一句。

“疼也还是疼的，也晕过几次。”

“四次。”帛锦跟上。

阮宝玉那灿烂的笑立刻就漫了出来：“果然侯爷就是侯爷。”

帛锦笑了笑，又问：“既然疼，那自然是很辛苦，你还不如留在永昌休养，干吗非要跟来？”

阮宝玉嘿嘿地笑：“因为我誓死跟随侯爷。”

帛锦跟着淡淡笑了一记，再一转身，已经睡着。

过了不到半个时辰，阮宝玉听到一声闷咳。活了不到三十年，苦楚却受过无数，帛锦这样子，明显是各处旧创发作，但他性子倔强，从来不许阮宝玉多问，只是一味将身体绷得更紧。

阮宝玉看他出了一身冷汗，只好找些闲话来说，转移他的注意力：“清阳城里面有苏银，应该是不用硬攻的吧。”

帛锦“嗯”了一声：“只不过苏银的主子是萧彻，萧彻如今还没明反，还在修他的铁堤，没有他的示意，苏银不会动作。”

“沉铁筑堤，难怪他有这许多兵器送来，铁这东西，他萧少保如今可有的是。”

“嗯。”

“这么看来，管铭定是死在他手上，那些马种想来也是他偷去的，所以才能给我们送马。”

“嗯。”

“永昌的银矿应该也是他做的手脚，他的藩地也有银脉，肯定想取而代之，大捞一笔，可惜他的藩地被撤，这一招没能奏效。”

“他不是神，总有失算的时候。”帛锦跟了一句。

“可是侯爷。”阮宝玉终于正色，“他圈铁搞马外带捞银子，显然谋划已久，似乎早就知道侯爷缺什么，早就画了个圈将我们围上，跟这样的人交易，侯爷不觉得害怕吗？”

“我兵强马壮，而他不过是个被撤了藩的少保，我怕他何来？”

“他有苏银，也就有了清阳城内大半兵力，再说他藩地之内未必就不曾藏有死士。”

“那也不怕。”

“为什么？”

“因为他谋的无非是个天下，可我要的，却只是来日逍遥。不与他争，他就算再算谋无双，我又何必怕他？”

帐内陷入沉默，帛锦的呼吸依旧粗重，可心跳却是平定温和。

一切都安定下来的时候，帐外却响起了人声，有个参将正急声唤着：“殿下！”那人又唤一声，却不敢进来，“探子回报，清阳城来了援军。”

“是谁？”

“帛泠。”那人直呼其名，“皇帝御驾亲征，据说带了不止两万兵马！”

次日，帛锦登眺台远望，看见清阳城城头果然飘起了龙旗。

不久，城里的消息也到了，说是帛泠号称领兵两万，其实来得仓促，只带了六千精兵。

随行的副将立刻嗤之以鼻：“只不过六千人马，加上城里的驻军也不过两万人，而且是个无德无行的暴君领着，咱们能攻下来。”

帛锦低了头，并不说话，只是微微眯起了眼。他依稀记得，自己五岁时第一次学习骑射，那拉不开的第一张弓，是帛泠在身后替他张满。他们师从同一个师父，自己虽然武艺远甚于他，可要论领兵，却还高下难判。这六千精兵，绝对会是一个大威胁。

“殿下，那我们……攻还是不攻？”副将追问了一句。

不攻难道要等苏银受命起兵？那边可是一个多疑暴戾的君王。最终帛锦回身，银甲铠片相撞，发出决然一阵钝响：“攻！”

当日，帛锦号令攻城，云梯架上城墙，架势做得很足，看上去煞有介事。

果然，帛泠带来的个个都非等闲，战到酣处，他更是持刀在城头画下了一条长线，下令，退过此线者，退一步斩手，两步斩腿，三步便是斩头。领军的如此狠厉，他的手下将士没有退路，一时大勇，硬是将攻上来的兵将一次次杀了下去。这么几次下来，眼见没有胜算，帛锦也不恋战，下令收兵。

第二日，亦是如此。第三日，全军休整。第四日，又是无功而返。如此过了七天，帛锦这边士气低落，清阳城内则是一片欢腾。

“所谓叛军，不过尔尔！”守将江琅甚至开始骄纵，在帛泠跟前请命，“臣愿领一路精兵，趁他不设防杀他个措手不及，给他个下马威！”

帛泠冷笑了一声，并不说话，只是饶有兴味地看着一旁的副将苏银。苏银抿了抿唇，也正待请命，外头就有人急急奔了进来。

“圣上！”那人踉跄，“北门突然来了几百难民，说是被流匪追赶，请求进城避难。”

这个消息让人有些错愕，江琅和苏银一起抬头，全都看向了帛泠。

“这么巧？这边城防吃紧，那边却要求进城避难？”

江琅为人也算耿直敢言，当即回了帛泠一句：“应该不是叛军安排的吧。叛军从南攻来，攻的是南门，这流民应该跟他们没有关系。”

帛泠冷笑，只是“哼”了一声，瞧也不瞧他一眼。

“那这事……该如何处置？流民在外面呼喊，很是扰乱军心。”来报的人很是忐忑。

过得片刻，那上座的帛泠终于有了回复，食指拂过掌背，眼中没有丝毫犹疑：“杀。一人呼喊便杀一个，十人呼喊便杀十个，下面的，不需要我教你吧。”

半个时辰过后，刚刚前去报信的都尉隔着城墙开始喊话：“你们别再喊了，上头命令，喊一个便杀一个，喊一百便杀一百，刚刚被城头飞箭射死的那些人，难道还不够给你们教训吗？”因为良知尚在，声音不免有些焦躁。

“军爷，我们要不是没法子了，也不会来求大爷，这流匪眼看就要追到，咱这老弱妇孺的，被他们抓了去，那是比死还惨，军爷，您就开开恩吧！”

外头有人喊话，身后立刻呼声一片，请求开恩的声音不停回响。

城头上弓又拉成一片，大伙面面相觑，心底里都还有些不忍。这些人都是城内守军，领将江琅向来仁善，所以手下的人也并不凶残。都是些离家的浪子，谁的家中没有老弱？保不齐现在也正在逃难。那都尉低下头，许久许久都没能喊出那个“射”字。

“开门！”这时，城内有人负手走了过来，语声刚硬，正是苏银。

“苏将军！”

“开门，一切罪责由我来担。”

“将军！”

苏银没有回他，亲自动手将城闩启开。过了片刻，他又道：“听方言他们是清河人，这里便没有清河的兄弟，愿意帮我替自己父老开门的吗？”

有些军众慢慢走了上来，还不等他们动手，门外人群便一拥而入，城门顿时大开。

“后面还有人！还不少！是奸细！”墙头有人高声呼喊。

苏银和那都尉立时一惊。就这一愣神的工夫，城外一批黑衣人已经迅速涌了进来，全体黑衣黑裤黑靴，行动迅速整齐如风，近千人顷刻间已经涌入内城。

“我们……上当了……”那都尉半天才挤出一句话。

苏银立在原地，抿了抿唇：“这门是由我强开的，你们拦不住我，所以这事和你们没有干系。”

“将军！”

“先抄家伙解决了这些黑衣人，回头我再跟圣上交代。”

“到了圣上那里，将军哪还会有活路！”

“死罪而已，苏某不怕！”这一句颇是慷慨激昂。

众将士沉默了。过得片刻，那都尉终于按捺不住，冲口而出：“将军，不如我们反了吧，圣上如此暴戾，对自己手下的军士如此，对百姓更是如此！外面都传，天生异象，那紫龙才是真主！”

就这样，苏银理直气壮地反了。他在清阳城颇有威望，他这一倒戈，还真有多半人跟了他，手底下立时就有了近八千人马。也有近五千守军选择继续跟着江琅，说誓死效忠，加上帛泠带来的六千精兵，总共万人出头。而那些趁乱涌入城内的黑衣人，自然和苏银一路，姓萧，如阮宝玉猜测的，是他萧家藏匿的死士。清阳城内混乱的一夜，就这样开始了。

收到消息的帛锦自然不会客气，也终于不再保藏实力，下了死命令发起总攻。腹背受敌又实力悬殊，帛泠很快不支，被苏银带领的反军逼到了南门城头。城头上守着的是江琅，此刻投石已绝，已然抵不住下面潮水一般的进攻。

夜很快过去，天色逐渐透亮，跃出第一道红光。帛泠站在城头往城下望去，终于看见了帛锦。穿银甲，跨青马，指挥若定，这是属于多年前那个帛少帅的容光。原来他依旧是鹰，就算屈辱困顿，却从未被真的折断翅膀。帛泠顿了顿，胸腔里泛起一股血腥，一转眼，却看见那边眺台依稀有人。

“千里眼！”三个字说得咬牙切齿。从那小孔望去，眺台上立着的果然是阮宝玉。

帛锦攻城，他则在后方远望，真是好得很啊！帛泠眯紧了眼，将手里的千里眼放下，忽然间内心变得平定，耳畔厮杀声掠风而去，最终满心只剩阮宝玉那一张志得意满的脸。

“圣上！圣上！”一旁的江琅已是焦头烂额，“城已经守不住了，不如我领人带圣上从北门杀出去！”

“杀退苏银的叛军出去？”

“对！北门有马，我等拼得一死，也要护圣上出去！”

帛泠却不说话了，模样毫不仓皇，反而有一丝泯不畏死的气概，他往前挪了几步，道：“李大人你们没有弄丢了吧？”

下头立刻有人回话：“没有，我等点了他的哑穴，依照圣上的嘱咐，一直好生带在身边。”说完就推了一个人出来。而这个人，好死不死竟是无论如何也不该出现在此地的李延。

帛泠也不多话，张开手一把掐住他的脖颈，朝北提高了声线：“请苏银出来说话！”

李延生来怕高，往城墙下瞧了一眼，立时吓得三魂七魄尽失。

“请苏银出来说话，否则李延李少卿性命不保。”

这声音越过重重厮杀声传了出去，没过多久，厮杀渐止，苏银果真越过人群挎着弓走了过来。

“请苏将军上城墙。”帛泠将李延提起，五指松开了三指，这一下李延更是摇摇欲坠。

“这人是死是活，又与我何干？我为什么要上去？！”

“很好，那请问苏将军，你是为了谁才冒死到这清阳城中来？李延擅离职守，又是谁送他回京？”

多疑的君王，眼线无处不在，只是那盯梢的人畏死，不敢靠近瘟疫蔓延的清阳城，于是只发现了前情和结尾，错过了真相。但有这些就够了，虽然那场瘟疫里面藏着一个阴谋，但苏银与李延之间的这份情义不是假的。

“降将本来就不可靠，但我想着你因为阮宝玉的关系应该不会投到那边去，所以才暂且信你，没想到……”

“因为疑我，便拿堂堂四品少卿来要挟，这也算君王之道吗？”

“那好。我先将他摔死，再来跟你讨论什么才是君王之道。”帛泠冷着脸，无声将五指收紧，“你在下面，准备接住他的尸首吧！”

胶着到了顶峰，苏银终于出声认输：“放下他，我上来。”

不过百步台阶，苏银却走得异常沉重，终于，他到了城墙之上，迎风站定。

“我不可能下令让这些弟兄再次倒戈，圣上的手段他们都很清楚，造过一次反的人，在圣上这里不会再有活路。”

“这些人都曾受过你的恩惠，最起码你可以保我全身而退。”

“那好，请圣上放下李少卿，拿我就是。”

“我自然会这么做，但我还想请苏将军做一件事，一件你绝不为难的事。”

“什么事？”

“那里，叛军眺台，站着的是当初安排陷害你的阮宝玉，我要你一箭穿心，将他射毙。”

箭送上来了，两支，箭尖全部闪耀着蓝光，显然有剧毒。帛泠抽出一支，抵上李延的心门，将另一支差人搁上苏银的掌心。

“虽然苏将军可百步穿杨，但也难保万无一失，这上面喂有剧毒，绝对无解。”

苏银额角闪着汗，他将箭上弦，慢慢拉弓。一分力，再一分力，弓渐渐拉满。

李延在他左侧，离他尚有一段距离，虽然被点了穴，可仍然会摇头，喉咙里呜呜作声——你若敢射他，我永生永世都不会原谅你！

他眼睛里的意味苏银看得懂，也知道自己现在在做的，是一件注定没有回报的事。

“苏将军，当断则断。”

帛泠手里的那支毒箭已经割破李延的衣衫，只差半分就要刺进心门。而李延在这时突然大力挣扎，心口一股怒气直冲喉咙，居然连带着冲破了哑穴，伴着一个“不”字，口中喷出一道磅礴血雾。

苏银收紧臂膀，心里一阵苦笑，两指一松，箭立刻离弦而去。苏氏开弓，破风穿尘，弦无虚发，这一次也不例外。那支箭生着风，在百丈之外一记洞穿了阮宝玉的心门。

“你居然……真的射死了他！”李延心胆俱裂，说出的每个字都像铁钉，字字洇血，直往苏银飞去。

帛泠见目的达到，收回手里的毒箭，预备拿他换了苏银，好杀出北门。

老套路，李延过去，苏银过来，帛泠手里的毒箭还指着李延后背的方向。可是这时候李延已然疯了。他向来没心没肺，不是个冷静的主，这一刻更是目眦欲裂，浑然忘记苏银是在救他，居然脚下生风，一头便朝苏银撞来。

急变猝生，帛泠毫不犹豫，将手里毒箭掷出，预备灭了他这个祸害。

“小心！”苏银那边急唤，又从后背抽出支箭来迅速抛出。这支箭堪堪迎上毒箭的箭尖，在千钧一发之时救了李延的性命，可是李延那一下熊撞他却再也不能躲避。“砰”的一声，李延那硬头撞上他的软腹，来势凶猛，而且毫不收力，居然抱住他，两人一起掉下了墙去。

城墙高逾五丈，下面架有攻城的云梯，苏银伸手借了几次力，却依旧不能阻止两人下坠。耳畔风声呼啸，苏银在他的眼里看到的只有恨意。

罢了，就这样死去也好。苏银在心间叹了口气，落地时臂膀伸直，用尽最后的力气护住李延，鲜血滚烫，热辣辣地喷了李延一脸。

四周杀声依旧震撼，风中带着血腥。在团团含着沙尘的热气里，血肉将天地蒸染成了赤红色。

军帐里，李延安分地消化着刚经历的一切。

他们着地后没摔死，只是苏银整个背脊磕到地面，喷出了一口血，所幸地上没有尖锐的大石头戳他个透心凉。

阮宝玉确实被射中了，人半昏迷了，箭也好拔。拔出箭时，血喷出半支香的高度，但是压根儿没有带毒的箭头，伤人的只有箭杆。

刚开始，李延是绝对不信的。他冲过去，伸出手指头，准备把箭头从这小小的血窟窿里抠出来，幸好被帛锦一把拦住了。而后，军医软语解释说，看箭杆头的样子，应该是射箭的人在射箭前已经用内力把箭头折断了。

“不可能，箭射出的时候，箭头分明是在的。”

“这个……可能当时没掉下来，箭射出后，箭头经受不住一路的风劲，自然就掉了。”帛锦解释道，“你放心，阮宝玉肯定没中毒。”

“你肯定他死不了？”李延质疑。

帛锦“嗯”了一声，也没打算继续安慰太过仗义的李延。

李延低头反思时，阮宝玉睁开眼，说的第一句话便是：“侯爷，我想吃条鱼，黑鱼就行了，能收伤口。”

这时候，有人进帐回禀说帛泠战败，领着残兵向京城撤退，萧彻领兵来会合。

宝公子则眨眨眼：“苏银和萧彻是一伙的。”

这话明显就是说给李延听的，李老实果然震惊了，他抹了把脸上的血渍，好半天才小心翼翼地问了句，苏银是不是比他精。

帛锦相对厚道，目视着其他地方不说话，宝公子继续登峰造极地作孽：“你说的不是废话吗？”

李延恢复常态，出指如风，指着宝公子的鼻头：“你可以再吼大声些，当心血窟窿继续冒血，让你来个血流不止、一命呜呼。”

“以前书院山脚下的算命老先生说过了，你是我的福星……”宝公子翻了个白眼。

“是是是，我一定死得比你早。”

他俩恶形恶状地又掐了几句，阮宝玉突然觉得头疼，旧病复发，脖子一歪，昏睡了过去。

军帐内一下子安静了许多。

“他这老毛病一直没好过？”李延尴尬地问。

“是。不过阮侬的娘已经送来了药，说有缓解这病的功效。”

“难怪不见阮侬。”李延笑笑，妇孺确实不适合带上战场，“那么说，侯爷身上的蛊毒也解了？”

“余毒而已。你放心，不会再拼命要宝公子的血伤及他性命。”帛锦点穿李延的担心。

李延听后有些窘迫，一个劲儿地咳嗽。

“李大人愿意留下吗？”帛锦嘴角上扬。

李延搔搔头，而后正色拱手："侯爷，李延不愚忠也不愚孝，但也不是不忠不孝之人。我的爹娘在京城，我不可能留下，更不可能倒戈。"

"那你今后如何打算？"

"我想抄小路赶回去。"李延语气坚定。

帛锦思忖了一会儿，点点头："我让人为你准备行装。"

李延还没答谢，阮宝玉已经醒了，发觉自己有伤，立刻病恹恹地靠在床头："这位军台，是你救了我吗？"

于是很快，李延又被宝公子赶了出去。李延气鼓鼓地大步迈出帐子，抬头就见三丈外站着比他更精的苏银。

日头转西，夕阳下的苏银泛白的娃娃脸带着薄醉。李延眼珠转了转，小跑到苏银跟前："那家伙没死，我没想到你会在箭头上花心思。我……错怪了你。你为了救我伤得不轻，真对不住，要不我让你打几拳消消气吧！"

"不用了。"苏银莞尔。

"你不打，我良心会很愧疚的。"李延颇为诚恳。

"不用了。"

"苏银，你是男人不？是男人，就捶我两下！"李延挺起胸膛。

"真的不用了。"

"来呀，你这个心思像大姑娘一样黏糊的人！"李延放出一句狠话，让银子的血沸腾了。他真的给了李延肩膀两拳。

李延斜了他一眼，冷冷地讽刺："哟，就说你像姑娘家吧，你这给我挠痒呢？"

话声落地，苏银已然再次出手，给李延的腹部留了几下老拳。

这回可够李延受得了，他捂着肚子蹲了好一阵。苏银知道出手重了，忍住背上的痛想过去扶李延，却被李延一手推开："你不用再演戏。"

苏银有些诧异，背上的刺痛更加剧烈。

只见李延缓缓起身，竖起一根手指，声音透出点阴冷："到了这地步，请别把我当傻子。我好歹也是大理寺少卿，你以为我真的想不明白你和萧彻演的什么戏？"

苏银拧着眉头，整张脸都变了颜色。

"没错，你是被逼无奈，到哪里说都是情有可原。可你知不知道，你自愿陪我去清阳城找阮宝玉时候，我有多感激、多愧疚？直到今天我才知道，自己才是那个被利用的蠢人。按世间的道理，我是活该，可我不接受！”

“李延……”

“这世上所有的对对错错，就像做买卖的手里的秤杆子，没有绝对的‘公平’二字，只要是自己心里平了，买卖便自然成了。我现在心里很是不平，所以苏银，这趟买卖你做不成了！”随即李延又笑笑，“好了！苏银，我现在不欠你了，我可以理直气壮地讨厌你了。”

两人僵了片刻，李延吐出一口气，语气高昂：“天一亮我便离开这里，有着凌云壮志的苏将军就别来相送了。”

苏银欲拦李延，因为有伤，额头沁出了几滴细汗，大口大口地喘气。

李延退开半步：“苏银！我方才说得不够明白？那我说明白些，你我从此划清界限，桥归桥、路归路，各不相干！”

李延说话算数，说走就走，彼时长夜将尽，帛锦和萧彻正一块儿商量开进清阳城后下一步的作战计划。

得了报告，帛锦讪笑一声，别有深意地说了句：“我以为苏银会去追上去拦下他。”

萧彻悻悻然摇首，抱臂后靠：“苏银肯定不会追的，只会自动请缨，尽快攻下京城，防止夜长梦多。”

“看来先锋官非他莫属。”帛锦了然微笑。

果然，两天后点卯时，初愈后的苏银出列，主动询问何时进军。

“兵家常云：一鼓作气，再而衰，三而竭。清阳关大战前，我军已经疲困，这次入城后，必须休整些日子。”帛锦寒着脸，回绝的意图明显。

“我愿意领兵先行！”苏银诚恳地讨令。

先锋官苏银果然神勇，半月过后，又下两城。帛泠兵败如山倒。十一月初九，大军会师，兵临城下。帛锦收拢缰绳，傲然远望，城内城外风声鹤唳。

终于走到了这一步，终于回到了这里。

帛锦抬头望去，天色已近黄昏，京畿城墙巍峨如昔，城头却草枯叶老，寒鸦“哇哇”返巢，什么都死气沉沉的。

阮宝玉走过来，与帛锦并肩：“侯爷，当时寒坊的地道还能用吗？”

“我问过萧彻，自我离开后，那边就被封了，地道口给堵上了。”银盔下的紫眸透着冷意，“其实耗到现在，京城几乎已是无兵可用。帛冷死守就是在等援兵，我们必须在援兵到来前拿下皇城！”

阮宝玉突然凑近，神经兮兮地笑道：“明日一早也能攻城的。”

帛锦疑惑：“为何要拖到明早？”

宝公子还没回答，就有兵士冲过来急报，说是西城门自己打开了，看架势不是暴君突围，而是百姓迎义军进城。帛锦吃了一惊，为防有诈，立即上马向西飞奔。

赶到西城门，见大门果然敞开着，一旁的几乎都是老百姓。胆子小的躲着向城外张望，胆子大的就大咧咧地站在城门口。为首的是个蒙着面的，英风带劲，看身形是位妇人。

瞧见帛锦，她便“雌”赳赳地走过来，兰花指一指：“我找苏银说话。”

苏银催马出列，歪头眯眼盯着那妇人夸张的耳环瞧了又瞧。蒙面的巾帼也想气焰英豪一把，将苏银揪下马头，谁知苏银颇为乖巧，先一步自己跳下坐骑，躬身行礼。原来这位女英雄不是别人，正是李延的娘，李尚书的夫人。

京城内，时局正如帛锦说的，帛泠果真没啥兵了，皇帝早就放弃城郭，调了兵力死守皇城，只留下几个兵卒看守城门，目的是吓阻老实的百姓们。

也是官兵多事，心慌了拿西南来的流民撒气，碰上了几个不要命的，回家抄起硬家伙就冲出来，口里直吼：“造反啦，咱参加义军了！”

西城这块儿本来就龙蛇混杂，一个反了，大家也齐刷刷跟着反了。

“您老人家怎么也来了？”苏银问。

“我很老吗？”李夫人第一时间回瞪过去。

苏银连忙识相地摇头，紧接着，就听李夫人一声长叹：“还不是为了家里正找棺材睡的一老一小嘛！”

原来，前段日子李延一回来就被下了大牢，所幸时局动荡，朝廷上下都挺忙，所以他没再遭什么罪。没料想到了今朝晌午，忠肝义胆的李大尚书跟其他大臣官员前后都被帛泠请进了宫，生死难料。

“我不知道这暴君又想出了什么招！”李夫人气得直跺脚，“我就带着几个有点身手的家丁出来转转，看看有什么机会救他们父子。”

其实，李夫人本打算劫狱的，可惜人手明显不够。正犯愁时，听说西城暴动了，她就想，说不准能请到几个不要命，给她捡个便宜。于是，她蒙着面领着家丁浩浩荡荡地出发了。

到了西城，只见一片混乱，造反形势一片大好，李巾帼脑子一转，想起城门外最好使的银子来了。要用银子，得先把银子放进来！于是她站上高处，半空握拳，扯开大嗓门喊道："参加义军！开城门迎义军啊！"

一语点醒众人。

"说得对！开城门去！"

"好！听这蒙面女侠的！"

就这样，蒙面的李夫人万分自然地成了头目。

李延要睡棺材了？苏银当然不答应，立即请命进城劫狱。帛锦按住阵脚点头首肯，苏银便一扬马鞭，扬尘而去，马蹄声声呼啸。

萧彻则策马过来，嘴角上扬："侯爷离开京城前的赌约，还算数不？"

"自然算数。"

"如此，我们宫里见。"萧彻笑容不变，拢紧厚重的大氅，催马领着自家人马跟进了城。

"尚书夫人，您知道帛泠为什么囚禁大臣吗？"帛锦扭过脸问，他想试着猜出帛泠的目的，做好相应的准备。

"听说是……吃面。"

"吃面？"

"侯爷，今日是十一月十一，你的寿辰。"宝公子亮灿灿的眸子锁定帛锦，揭晓谜底。

的确，帛泠将大臣悉数召进宫，就是要请大臣们吃面，吃寿面。帛锦的寿面。

瓷碗里的面很筋道，色香都地道，却没人肯尝味道。帛泠皱着眉，不紧不慢地踱下台阶，走到殿堂正中央。

"众卿为何不吃？"

终于，有大臣按捺不住，苦劝道："陛下，战事迫在眉睫，您就不要开此等玩笑了。"

帛泠娴雅地拨开眼前长长的冕旒，微微一笑："朕不开玩笑。"

"皇上，放手一搏也比坐以待毙强上百倍。"又一位大臣跪伏于地，额头磕上殿砖。

“卿可以亲自提着铜锣跑去市街，瞧瞧还有什么人可以被征用。”帛泠眼中笑意灼灼。

君臣正僵持着，有宦官跪地：“陛下，西城暴动，叛军趁机进了城，直奔皇城而来。”

帛泠甩袖让小太监退下，自己缓缓走到一位手已经开始发抖的官员跟前，夺下筷子，抖开面条：“你不吃，是怕朕下毒，毒死你吗？”

“臣不敢。”

“不敢，你也不吃。”一句话落地，帛泠反手一筷子戳入那臣子的眼中，“噗”一声，当场扎穿了眼球。

浅薄的血雾顿时喷到了冕旒之上，有几颗血珠聚集在旒间玉珠底部，慢慢滚落到龙袍上，最后一路滑下，留下道道血印。臣子当即倒地而亡，哼都没哼一声就归了西。

殿上顷刻间响起一阵吸气声，帛泠转动筷子，端详着筷子一端鲜血淋漓的眼球，疲惫道：“滚，都给朕滚吧！”

“皇上……”

“滚！”

殿内终是只剩下帛泠一人。帛泠低头，除了一身至尊龙袍，一切空空如也。

殿外，月色如水。殿内，帛泠阖目，静静地听风穿过冕旒间的玉珠，音响玎珰。

继位以来，国事如麻。帛泠一直想做个好皇帝，可惜总是越走越错。大殿的残烛在夜风里乱摇，快灭了，好似他的心力将竭。

这时，身后有了许多足音，相当突兀。

“不是叫你们滚吗？”帛泠转身，却见殿上多出了一群面目狰狞的歹人，为首的那厮面带微笑，长氅掠地。

“你怎么会来？”

“我进宫多次且记性不错，哪边有小门，哪里守卫多，我都记得很清楚。”萧彻抄捷径抄惯了。

“你来做什么？”

“我来取这个。”萧彻温和地笑着，指指案桌上的玉玺。

帛泠放声讥笑：“就凭你？你是个什么东西？”

萧彻挑眉，嘴角上扬的弧度没减一分："多年前萧家战败，伏地乞降之耻我一直铭刻在心。那时我就发誓，这样的事以后绝不会再发生。"

帛泠依然皮笑肉不笑。

此时，外头传来厮杀声，闹哄哄的，看来帛锦已经开始行动了。

"这玉玺，我要定了。"萧彻不客气地去取印，帛泠快步横拦，却被萧彻的手下团团围住。

见萧彻轻而易举得了玉玺，帛泠赫然出招，杀气纵横。只可惜，萧彻带来的是死士，个个都是精锐，况且人多，帛泠渐渐落了下风，很快被摁住。膝盖离地半寸时，帛泠咬牙硬撑着立起。

第一跪，不成。再摁，再撑。第二跪，仍旧不成！帛泠背脊湿透，两腿已经瑟瑟发抖。

萧彻眨眨眼笑道："我先试用下玉玺。"

"你敢！"

玉玺终是落下，只是一瞬，便在空白的圣卷上悍然烙定一个印记。帛泠身子不由一软，同一时间，双膝跪地。

"如果你真是真命天子，为何会跪在我的面前？"萧彻毫无杂念的眼神中透出王者的威严，这威严浑然天成。

帛泠痛苦地闭上眼睛，全身发抖。唯一支撑他的信念，刹那风化殆尽。以往种种皆成空，这痛，如万箭穿心。

萧彻眸底一片清明，挥手示意手下将帛泠带走，他则伸出手撩起玉玺，准备去寻帛锦说话。就当他以为已经稳操胜券时，殿内倏地杀进一人，血腥气瞬间又浓了几分。

萧彻认得这人，他是去年晋升为禁军正统领的方倪。

只见浑身血污的方倪怒吼一声，提起沾满血的大刀就向萧彻劈来，几名死士忙抽身保护。方倪立即改劈势为横扫，迫使其他人退开半步，趁机砍伤了压制帛泠的几人，一把抓住帛泠的胳膊，将人向殿门外推去。

好一招声东击西！

"皇上，快逃！"方倪单手抽出宝剑送了过去。

末路天子的眼眶猛然泛红，没有抽抽搭搭的生离死别，他只点点头，拍了拍方倪的肩头，接过利刃，便转头杀进了茫茫夜色中。

殿上，死士们立马掠身想追，方倪额角青筋暴起，振臂横刀，无畏地堵在了殿前。

龙案边，萧彻支颐浅笑：“你势单力薄，拦得住他们吗？”

“谁说我在拦你们？我这是在护驾！”殿堂卷起一股血风。

人，立场不同，有时换个角度瞧，并非助纣为虐，而是真正忠肝义胆。

就这样，天，说变就变。皇帝帛泠一夜倒台，逃逸在外，城里内内外外都死了很多人。朝廷嘴里的叛军眨眼变成了义军，已经有条不紊地进了城。

第二日，老百姓战战兢兢地打开房门，慢慢接受这些事实。又过了一天，天开始下雪，雪下得不大，却净了很多血气。

残山剩水里，伺机发难的人自然也多，他们高擎天子援军的旗帜，千里迢迢赶来救驾。帛锦不敢掉以轻心，进城后就积极调派兵将，做好了以暴易暴，再杀成一片腥风血雨的打算。

相比之下，帛泠反倒显得十分悠闲。黄昏时分，他站在管铭的墓前，捏着已经烧着的纸钱，平静地看着它慢慢烧完，最后灰飞烟灭。

“皇上，该动身了。”羽林军小心翼翼地低声劝慰。

“你说得那么轻声做什么？怕死吗？”帛泠眯起眼，恨声道，“你们若是怕，不必冒死护驾了，立即滚吧。”

几个羽林兵彼此对望了下，随即跪倒一片，领头的那位坚定道：“陛下，吾等誓死效忠。但此刻情况危急，陛下该启程了！”

现在城内一片混乱，正是逃出去与援军会合的最好时机。

“知道了。”帛泠摆摆手，眸中藏着阴毒，“不过，朕在离城前，必须见到一个人死。”飞雪中，天子脸色青白，犹如噬魂的恶鬼。

“我要帛锦在世间每一天都记得我，记得恨我。”

他心中只剩这个想法，无须任何理由。帛泠毅然将手中冥纸的火苗捻灭。

雪终是下大，簌簌坠落。阮宝玉不自觉地在发抖，这天也忒冷了。他呵了口气将手焐暖后，继续推着石磨，准备做豆腐。

在外行军的日子十分辛苦，而杀回京城唯一的好处就是不必再穴居野处，可以回到侯府安逸地住上几天。

“几月不见，成豆腐东施了？”李延不知何时站在了门前，撇着嘴嘲笑，双肩被雪花覆上一大片，衣摆略微带湿。

宝公子相当友善地递上块干抹布，替他拭去肩上的雪：“没你厉害。听说，苏银救你时，你光不溜丢的，啥也没穿。”

“哪个杀千刀的说的？当时不过是穿得少些，但绝对是有穿的。”李延红着脸辩白。

阮宝玉灿烂一笑。

“你见过哪个重犯会在刑房多穿的！”李延大怒。

阮宝玉抖抖眉毛：“其实苏银救你，也算是他功德一件，对你——他没提什么要求吧？”

“你有完没完？我不知道他心里打的什么算盘，想知道，你自己去问。”李延正经八百地“剜”了宝公子一眼。

“好好好，不说了。你李大人本来就是个福大命大之人。”

“那是自然。放心吧，就算我死了，也会抽打着牛头马面风光上路的。”李延举臂握拳，展现勃勃英姿。

阮宝玉叹息一声，转回豆腐的话题：“阮侬这小子要来了，我准备做点他爱吃的麻辣豆腐。”

动荡时期，豆腐摊老板明智地扔下生意，不知道混到哪里去了。对此，宝公子也无计可施，只好自己动手试试，并暗地里市侩地安慰自己：正好省钱。

“阮侬怎么这时候来？不安全。”

“他爱闹腾呗。不过，侯爷已经派人去接应了，最快三天后就到。侯爷保证过，肯定能让他们母子在大战前平安进城。他在我身边，我也放心些。”

“那真不巧，我正好要在大战前出城，避开这场战祸，估计是见不着阮侬了。”李延遗憾地埋下头，静静地帮宝公子磨豆。

“为啥？”

“我爹心寒啦，想早些离开，我家正卷铺盖，准备回老家。”李延摸摸鼻子，声音多多少少夹带了一点忧国忧民的腔调。

宝公子怔了会儿，才轻声问：“几时走？”

“最快明天早上，最迟明天晚上。”

“要不……你帮忙把桌上的辣椒给磨了，我烧次麻辣豆腐给你先尝尝味道？”

“我不吃你做的豆腐。”李延很有志气地昂起头。

“去磨！”宝公子指挥。

李延转动小石磨，辣椒十分呛鼻：“这是啥辣椒？”

“朝天椒。”

“你祖母亲的！”李延一把鼻涕一把泪地开工。

磨了好一会儿，李延才开口：“苏银知道我要走。”

“哦。”

“他找过我，给了我一张纸条，说如果原谅他，就去那个地方寻他。”

“哦？”

“我没看。”

“哦。”

李延停下，从怀里取出一张折叠工整的纸条，一分为二，递给阮宝玉半张：“一半寄放在你这里。”

宝公子接过那半张纸放入怀里，不动声色。

黄河没盖，人心没底。李延心里还有疙瘩，宝公子又捏不准苏银的心思，所以大家默契地不说，保持愉快心情，继续做豆腐。

隔了一会儿，李延被呛得又打了个喷嚏，他揉揉鼻头，却见阮宝玉开始流鼻血：“好端端的，怎么流血了？”

李延麻利地起身，想帮忙搭个手，恰在此时，门忽然被推开，风雪扫了进来——要命的帛泠出现了。

三尺寒刃，触目惊心的阴森。阮宝玉大骇，张口欲呼救。

略带潦倒的帛泠面带浅笑：“尽管呼救，看看朕能不能让你一鸣成尸！”

外头风雪肆虐，无情地掩盖住了稀稀拉拉的暗杀声，里头气氛几近凝固。

帛泠进了屋，眉峰的雪融化成水，冰凉凉的水珠慢慢顺着脸颊滑落。李延悄悄后退，半躬身似乎要行礼，还高呼了一声“陛下”。

趁帛泠迟疑那瞬，李延劈手抓起一大把辣椒末子，向帛泠猛撒过去。

刺激的粉屑喷薄开来，入了帛泠双目，辛辣火痛直通过眼睛钻进心里。帛泠紧闭双眼，杀意澎湃，凭着先前的印象，挺剑向李延刺去。李延侧身避开，脖子却是一凉，他捂住后颈，摸了满手鲜血。帛泠尚不解恨，将剑原路回撤。

李延松开手欲上前夺剑，可惜功夫不到位，剑没抢到，人也没躲开。后脖子不幸连续中招两次，虽没伤至要害，口子却不小，皮肉外翻，血染上了整个后背。

“李延！”宝公子扑过来，横抱住帛泠的腰，脸上鼻血未止，血线一路拖地。

被刺激得泪水纵横的帛泠，费力地撑开一点点眼皮，咬牙狞笑，恨意熊熊：“阮宝玉！只有你死了，我才会觉得舒服！”

是的，非常舒服，舒服无比。只要这无耻的阮宝玉死了，帛锦必定会记得他，时时刻刻都记得他，记得恨他。

利剑凛冽刺下，一剑洞穿！李延惊呼间，剑直挺挺地刺穿了阮宝玉为保命高高举起的刻有自己名字的木牌，而后斜斜地刺穿了帛锦的肩膀，血雾耀眼。宝公子无恙。

帛泠揉了揉眼，心里一阵可惜。剑不能用了，他便随手操起庞大的石磨，对着宝公子的头猛砸过去。一声闷响，沉甸甸的石磨全然砸到了李延的后心。阮宝玉依然无恙。

“我就不信杀不了他！”帛泠左右张望着，“来人！”

此时，帛锦站起身，拔出剑毅然折断：“我以为你到管铭那边哭了次灵就会离开，没想到你会带羽林军到这里来送死，你到底想怎样？”

帛泠一顿，抹干被辣椒粉逼出来的泪迹，赤红着双眼望向帛锦：“很简单，我要这阮宝玉死。”

“不可能！这天下已经不是你的天下了。”

“即使不是我的，为何不是你来拿玉玺？”帛泠怒目。

帛锦骤然露出笑意：“你说为什么？我从来没在乎过什么皇位，但，最终成全这事的人是你。”

如果不是帛泠一碗药将帛锦的尊严粉碎，事情又会如何发展，谁都不知，然而再如何也绝对不会是今朝的局面。帛泠暗地握拳，指甲掐入掌肉。对，是他作茧自缚了。

“来人，将他带走。”帛锦向外挥手。

“等等，我还有一句话对你说。”帛泠眼露坦然，微微靠近帛锦。

帛锦双肩的雪花也已经融开，雪水裹着血水滴落。帛泠伸出食指接住帛锦肩头快要坠下的一滴血水，细看，血毕竟浓于水。

帛锦皱眉：“你说。”

“段子明不是我杀的。”

未定天子位，先定杀人刀。这样的人物是谁，不用帛冷点名，帛锦也该明白。帛锦听后，果然一怔，帛冷乘隙出掌，直奔宝公子。帛锦当然不会让其得逞，帛冷转身伺机打倒几名帛锦手下的护卫，奔窜出门。帛锦拧眉，命人去追，他留下查看宝公子与李延的伤势。

“侯爷，我没事，只是鼻血被这么折腾，现在还没止住。烂李子，你呢？”

烂李子李延，后脖子肉有点被刮烂了，身子骨还很硬朗，没烂一点。虽然挨了帛冷一下闷砸，不过脖子伤止完血后，李延很快恢复了龙马精神，一点事儿都没。

“我没事。”李延瞧帛锦忙着帮宝公子止血，压根儿没自己插手的余地，便摸摸鼻子，笑道，“侯爷，时辰不早，李延告辞！”

“你确定没事？我已经命人请大夫去了。”

“皮外伤算点啥？”李延哈哈一笑，“侯爷，我人虽然不好看，但皮糙肉厚的，死不了，就算是死也……”

“是是是，就算是死，你也会抽打着牛头马面风光上路的。”宝公子高昂着头，捂着鼻子道。

“如此多谢，恕帛锦不远送了。”帛锦施礼。

李延借了柄伞，客气地出了侯府，老天爷开始帮忙，雪下小了很多。李延举着伞，单手悠悠地敲敲后背。鬼天气贼冷，他手脚冰凉，心口倒热血沸腾。走着走着，想起了苏银的那半截纸条。

反正留了半张，看看写啥该是无妨。可是，万一自己心痒了，想要看宝公子那半张了，怎么办？左右为难了一口茶的工夫，李延还是决定瞧瞧。瞧上一眼，满足一下自己的好奇心，否则他会一直心神不宁。

气有点喘，心口闷热，他欲将半张纸条取出，谁知纸条还没掏出来，满口血腥的甜腻先一步轰然滚出了喉口。油纸伞落地，随风滚远，紧接着喉口甜腥味又起，李延强咽不下，血又喷吐出喉。李延闭上眼，沉了沉心绪，掏出那半截纸条，吐出了第三口血。

夜里颇黑，笺上还沾了血，李延死眯着眼，费尽全力也瞅不清什么，隐隐只瞧出“树下”二字。苏银真小家子气，把简单的事情搅得这么复杂，简单几个字还要传个纸条说，李延微微抱怨。

体内的血不受控制地从喉咙向外冒，越冒越多。李延头有点眩晕，他一步步，深深浅浅地朝路边的大树走去，血滴滴答答拖了一地。手已无力握起，带血的纸条也随风逝去。

因为实在忒累，李延觉得神志都开始模糊，于是，他背靠大树坐定身子，琢磨着苏银说的到底是哪棵树。应该不是这棵，可他挪不动了。哎，这苏银就不能将就点？讲究那么多！

破晓的光，居然开始让人犯困，连眼皮子都跟着沉了下去。真是的，真是他祖母亲的……眯一下，应该不会死。就算是死，他也会抽打着牛头马面风光上路的。

“苏银就是小家子气，真是的。”李延闷哼一声，这风雪夜里的最后一声。

翌日，雪停了，天出奇地好，还出了太阳。碧天如水，冻云如棉花，安静地挂在天上。

出了怪事了，大清早的，路边大树下冒出了个大雪人，雪人旁隐隐能见脚印和干涸的血渍，雪人跟前还有只老猫对着雪人孤零零地叫，怪惊悚的。有胆子大的路人仔细上前瞧了瞧，发现那是个真人，上前去探了探那人的鼻息，已经断了气。

冬日的阳光不强，雪经过阳光的反射，却十分扎眼，苏银不舒服地眯起眼。

“这人已经僵了，你们小心点放。”路边围着一干人，好似在抬什么东西，其中一人正在指挥。

苏银好奇地走了过去 :“发生了什么事？”

“这位军爷，能帮个忙吗？”领头的路人指指尸体，“我们想将他送去衙门。”

“成。”苏银送出个爽气的微笑，一把将尸体抬起，小心地放在担架上。

尸身上的雪虽然清扫过了，可仍不算弄得干净，不过苏银眼尖，发觉这人身上有不少外伤。脸皮子他不认得，脖子血糊糊的没记号，不知为何，他突然想到李延功夫蹩脚，绝对不会跟人斗狠。

“这人真奇怪，兵荒马乱的，还挑在树下死。”苏银摇头，目送着好心的路人将尸体缓缓抬走，擦肩而过。就这么，擦肩而过。

孤独的老猫叫了几声，在苏银脚边动情地摇摇尾巴。苏银蹲下身，摸摸猫头，原来是大理寺那只野猫。

“李夫人家的那只猫要走了，你准备和我一样不去送行吗？”雪地里，大树下，银子还是银子，眸光灿亮，没一点阴沉。

帛泠运气好，逃出去后勾搭上打着勤王大旗的队伍，试图卷土重来。苏银主动请战清阳城。大军出城临行前，厚道的苏银单膝落地接印，身后长氅迎风舒展，昭示着血与魂融为一体的刚毅。

军队出城，浩浩荡荡。没有几场仗能打了，只待江山大定，他便挂印辞官。苏银微笑着。

是的，他和萧彻这么说过——

“等山河平定，请允我弃甲归田。”

“这是为何？”萧彻皱眉问道。

“你明白我，我只想做元帅，可惜我不认人的毛病日渐厉害，命中注定一生只能为副将。若不能如愿，我宁可放弃。”

“好……只是你这一路要多加小心。”萧彻重重地拍了拍苏银的肩膀，“我绝对不能输。”

“末将明白！”

寒风起，不知哪里飞来一张冥纸，愣愣地沾上了苏银的肩头。

真不吉利！苏银拧着眉头，他心底明白这城里死了不少人，偶尔遇上个烧纸奔丧的倒没什么怪异，只是这张停得也太寸了。他郁郁地取下冥纸，松开手指，冥币随风而逝，形骸在冷风中逐渐远去。

苏银看着天上的白云，好似遇见了今冬最温暖的阳光。而尔后，他潇洒地一甩马缰，指挥大军全速前进。日光裂云，投下几柱光芒，照出千军万马的影，斑驳大地。铁蹄峥嵘，尽显披靡无敌之威。

残雪冰屑轻飘，天地之间一切都亮堂堂的，如同他的心绪——李延，如果原谅我，就去我们第一次见面的大树下。

苏银嘴角上扬，一蹬马镫，人未出征，已经归心如箭！只是银甲将军矢志不渝，从不回头！

坐在软轿中的萧彻直到望着军队远去，才缓缓地放下了轿帘。冰凉的双手拢进广袖之中，头也跟着慢慢低埋。世事多变，什么都要多想。

那日，萧彻辗转知晓了李延猝死的消息，便立即去寻帛锦：“烦请侯爷封锁这个消息，尤其不能让苏银知道。”萧彻这人做事从容，也从不客气。

“这是为什么？”

“苏银的性子我很清楚，他若知道李延过世，他一定会死。”绝非萧彻多愁善感，而是如今大家都没了输的权力。

李延死了，苏银活着。活着才最重要，这样的结局，才是真的好，一等一的好。

接下来半月，飞骑扬起尘沙，捷报频频。

帛泠毕竟是强弩之末，苏银杀红了眼，攻无不克，一路搴旗斩将，终于将帛泠和几十名残兵围困在了暮光岭上。苏银这回倒不着急了，神清气爽地上表帛锦，说明了形势，点明等钧旨回复。最后还捎带埋怨自己双足跟腱近日旧疾复发，时有酸痛，恐有失手，望见谅。

帛锦无语，这分明是苏银犯了脾气，心底还记恨当年帛泠差点磨断他脚筋的往事。他沉思了好一会儿，最后叹了口气，将其推到萧彻面前。萧彻看罢倒相当客气，狼毫一挥，写下八个字——

活捉帛泠，其余随意。

收到消息时已近黄昏，苏银聪慧解意，直接下令：“明日活捉帛泠！缺胳膊少腿都没关系，只要是比死人多口气就行！”

暮光岭上松树参天，帛泠平躺在松针与冰雪掺杂的山地上，眼睛毫无情感地瞧着天慢慢变黑。山穷水尽的时候，谁说他非要一战泯灭涤千愁？帛泠掀起一边的嘴角讥笑着，他已经不剩一兵一卒，有什么资本冲下山坡杀出个柳暗花明？

这些个日月，他已经受够了，他的士兵也受够了。残兵们总在他浅眠的时候，暗地里商量着如何把这位潦倒的皇帝献出去领功请赏。帛泠知道他们龌龊的想法，虽然他人在睡觉，可他就是知道。从他们交换的眼神，从他们欲言又止的表情，他就知道，他们想变节。

帛泠咬牙。他是谁？是皇帝，是真命天子！如此光风霁月的人物，怎么能死在如此小人手中，所以他先下手为强了，一刀一个，毫不留情。天还没黑，帛泠的手下就全死了。

偏僻的古松林尸横遍野，血流成河，帛泠终于成了真正的孤家寡人。

月光冰冷地泻下，寂静的山岭中传出几声凄美的狼嚎。帛泠闭了闭眼，摇晃着身体点起篝火。他差点儿忘了，这该死的暮光岭，夜里还有这种嗜血贪婪的野兽在自己四周游荡。

带着湿气的柴木在火里噼啪作响，不远处，有东西正悄悄地向火堆蹒跚移动。帛泠凝神，借着火光望去，是头野狼，还是头缺了半只耳朵的狼。

狼猫着身子慢慢靠近火堆，帛泠抬眉，手指擦碰着因沾满血肉而钝化的刀锋。如果他没有记错，眼前的这头狼就是这座山岭里狼群的首领。

“怎么，今天就你孤身来觅食？”帛泠笑问。

狼将身子俯得更低，几乎紧贴着地面，看起来万分谨慎，全然不见前几日它领导狼群时的霸气。帛泠察觉出异样，提了根粗树枝当作火把点着，走近细看。

雪地里，饿狼呲龇着牙，四肢却在无声地打战。火光下，只见它身上有大片凝固的血污，而颈项处撕咬造成的伤口极深。帛泠当下明白，这几日狼群无功而返，狼王的威严受到了挑战。

“你，也被推翻了吗？”帛泠歪头问。

冰天雪地里，它与他倒有点同病相怜。一人一兽，皆是穷途末路，真是好笑至极。

狼狠戾地与帛泠对峙。帛泠微笑着，好似准备俯下身去摸狼的皮毛，在狼趁机扑咬他前，他手里寒光一闪，刀利索地捅下，给了老狼王一记痛快。老狼断气前，喉口滚出一声委屈的呜咽。

帛泠淡漠地确认它死透后，拖起狼尸，寻了一片平坦之地，挖了个浅坑将它掩埋。举着火把，帛泠能看见不远处依旧尸横遍野，而脚下的死狼却风光地有了归宿。满心凄凉，难以言喻。

帛泠揉着眉，发现不知何时，狼群已然悄悄地围了上来。

迎着风，帛泠闻到了一股血腥味。看来这群畜生已经扫荡过死尸堆了，而活着的自己是它们最终的目标。帛泠眯着眼，脸上显现出浓浓的倦意。

夜里，狼群中一双双绿莹莹的眼睛死盯着他。其中一头比较靠前的，开始用黝黑的鼻头嗅着地，随后抬起脑袋，用一种异常贪婪的目光打量着帛泠，凶目贼亮。

它应该就是新的狼王。

帛泠吸了一口气，双眼顷刻清明，他慢条斯理地举起刀，将兵刃在火上烤了烤，而后骤然举起刀，从自己手臂上削下一块肉，刀锋一个轻挑，肉被扔进了狼群。火把的火焰，因手伤而剧烈晃动。

狼群一片混乱，抢食着最新鲜的肉块。不过，狼王只迅速地扭了下头，又开始死盯着帛泠手上的火把，极慢地靠近。帛泠潇洒撩袍坐定，用刀飞快地又卸下小腿上的一小块肉。血液喷薄而出，引得狼王兴奋地嚎叫。

帛泠忍着痛，狞笑着又将第二块肉抛进了狼群。新狼王终是骚动难安，口水滴答答流了一地，终于完全别过头去，想要霸得第二块肉。帛泠看准时机，横刀凛然扫过，新狼王瞬时被拦腰斩杀，狼王发出的凄厉惨叫声刺破夜空！

“乳臭未干！”帛泠擦擦脸上的鲜血。

狼王突然被歼灭，狼群全都夹起了尾巴，一匹匹警惕地盯着帛泠，却没有狼愿意退离。帛泠瞟了一眼汩汩流血的伤口，心底豁然开朗。他举眸望向黑咕隆咚的天际，一字一字慢慢道：“帛锦，其实我也有我的倔强。”

他不徐不疾地将火把的火焰摁进雪地里，看着火慢慢熄灭。忽而，天地间只剩寂静。帛泠侧脸等待着，等着月钻进云絮里，等着墨黑吞没一切。

寒风中依旧夹带着血腥，而后，山岭间闻得一声长长的狼嚎，紧接着是扑杀、撕裂的声音，回荡无绝。

他，也有他的倔强——如果帛锦是鹰，那么他便是狼，孤独嗜血的狼。他不后悔折断帛锦的翅膀。他要灭了这火，葬身狼腹，了断帛锦亲手雪恨的机会，就算是死，也要成为那个人此生最后的遗憾。

记得我吧，恨我一日，便记我一日，最好这恨永不消弭。

帛泠长笑一声，声音凄厉高亢，很快便淹没在狼群中，和自家骨肉一起，被尖齿撕裂，破碎成一片血尘。

第十五章 惊蛰

春暖花开的日子，人们忧伤的情绪很容易靠岸。

最早恢复过来的，是回到宝公子身边的阮侬，他红着眼踩上板凳，提着阮宝玉的耳朵叮嘱道：“你给李叔叔的爹娘写封信，叫两位老人家放心，将来我替他们送终！”

宝公子侧耳伫立在原地，想了老半天，决定不写这样的信函去刺激长辈了。这日后，阮侬开始披麻戴孝，又掳了几个护卫玩官兵抓大盗的游戏。他自然很得意地做上了江洋大盗，护卫碍于情面，只能靠真功夫巧妙避开。

阮侬玩了三天，欢笑地来打商量，他一个都打不到，有啥意思？护卫们尴尬地面面相觑，决意从此视“打”如归，并歃血发誓，哪怕他们拼死举起板凳，也难抵挡“大盗”的致命一击。于是，他们又过起了“打打杀杀”的日子。

开始的几日，宝公子贪恋这份热闹，靠在已抽出绿芽的柳树旁积极欣赏，然而时间一长，这份情调犹如大冬天哈出嘴的一口热气，渐渐消弭了。又熬了几天，阮宝玉再也撑不住了，拿根竹筷子当戒尺，严肃地去询问阮侬的功课。

“动乱年代，读书何用？”阮侬翻了个白眼。

冷面施压全然无效，宝公子掉头去找蓝庭。蓝庭颔首，答应找时间劝劝阮侬，最后又慢条斯理地补上了一句：“孩子甚小，耽误几个月的功课，其实没什么大碍。”

慈母多败儿！阮宝玉认清这个事实后，脸色泛青，决定找侯爷商量对策。可惜在帛锦眼里，阮侬乖巧无比，宝公子根本是瞎操心。

帛锦还没来得及劝慰，就见阮宝玉又在敲自己脑壳，知道他是又开始头疼了，侯爷只好手指敲着桌案拿起了主意："不如我让他去牢房瞧瞧大盗的惨状，说不准能有用，从此收了心。"

"嗯。"宝公子脑袋虽疼，笑容依旧灿烂。

隔天一早，听话的阮依果然去了，不消三刻，就屁颠屁颠地回转，一入院子就见到了和颜悦色的阮宝玉。

"回来啦？"宝公子眉眼弯弯。

"回来了。"

"情况如何？"

"挺惨的！"阮依懊恼地咬着手指，"不过我还是问到了做坏人的建议。"

"那些贼人给了吗？"宝公子挺直了腰，"是什么？是哪个给的？"

"都给了啊。统一得很，就是说不要做坏人！"阮依耸耸肩，不以为然地撇嘴。

"哦。这话，你该听……"

话音落地，阮依咂了咂嘴："爹，你认为我该偏听偏信一群失败者的话吗？"

萧彻前脚跨进门槛，后脚还没抬起，两耳便听闻一记闷声——春意盎然的庭院中，阮宝玉就地晕倒，一旁站着满脸无辜的阮依。

竹笼外的母鸡"咯咯咯"拍着翅膀乱飞上屋顶，徒留一地鸡毛。萧彻举目感慨，好个鸡飞蛋打的春日。

"是不是因为蛊未解尽，影响了他的病？近几个月他昏迷次数越来越多了，昏睡的时辰也渐长。"帛锦凝视着昏迷的阮宝玉。

"宝公子昏迷属于旧疾沉疴，与蛊无关。不过话说回来，这蛊现下要解已经不难，只是我需要最后一味药引，新鲜的芭蕉花。"

芭蕉花？还新鲜的？帛锦皱起眉头："芭蕉花开夏季，且南疆边境一带才有，难道要等到那时才行？"

"这……"蓝庭为难地垂下眼睫，抚搓着掌心。

萧彻探头去瞧阮宝玉的气色，凉凉地发出一声叹息后，转向蓝庭："这样延误下去也不是办法，不如蓝夫人再好好想想，说不准有其他药引能代替。"

隔了一会儿，蓝庭眼睛忽地一亮，抿唇笑道："想起来了！惊蛰前，能用大量白梨花代替。惊蛰一过，就不顶事了。"

“后日才惊蛰，来得及。”帛锦点头，睨了萧彻一眼，“我记得南郊朔石谷有片梨树林子，萧少保与我同去吧。”

萧彻诧异，没想到帛锦会拉上他一起。他从容一笑：“侯爷是怕我趁你不在，让醒来的阮宝玉误会是我救了他，还是怕我对阮宝玉做些什么？”

“后者比较多些。”帛锦音质低沉，字句顿挫得尤其好听。三年前的笑话，原来大伙都记得。

“如此，恭敬不如从命。”萧彻应下。

二位一路南行，村落逐渐稀疏、近似荒僻，沿路春风送暖，倒是景致宜人。

路程不近，到了地方，坐惯轿子的萧彻便下马改步行。帛锦理解，回头帮忙牵上萧彻的马，在前头引路，萧彻随后，两人先后入了朔石谷。其内谷风习习，人迹罕至，却果真有梨花盛开，如重雪压枝，喧闹无匹。

前头的帛锦正经做着“采花大盗”，后头的萧彻有品地赏着春色，相当不务正业。走着走着，萧彻忽感脚底滑软，低头却见自己陷入了沼泽。帛锦发现异样转回身，本能地出手要救萧彻，手伸到一半，却生生顿住，长睫下眸光流转：“段子明是你杀的？”

梨花树下，气氛瞬时凝固。

“侯爷何出此言？”萧彻眉梢一挑，满林梨花映入瞳仁。

“帛泠说，段子明不是他杀的。”

萧彻脚下黑色的淤泥已覆盖脚面：“不是他就一定是我吗？况且，侯爷不觉得这招应是帛泠使出的反间计？”

帛锦摇头：“我仔细想过，不管真假，应当问你。”毕竟大家并肩作战，不该有这样的间隙。

萧彻意图挣扎，却感觉身体下沉得更快，烂泥已经没到了他的膝盖，眼下只有帛锦能救他。明白这个道理后，萧彻笑道：“侯爷如果耿直，该早日问我，不必拖到今日。侯爷如果有心计，也该寻次狩猎的机会问我。”

“哦？”帛锦拧眉，看着萧彻慢慢下沉。

萧彻笑容不减，仍是一副人畜无害的派头，只是脸色微微泛白：“待我到山上不慎失足，手攀悬崖峭壁，命垂一线时，侯爷趁机逼供，远山点翠，在下衣袂飘飘，比较有美感。这样一身泥泞，挺不舒服的。”

“我没想害你。况且，阮宝玉不让我现在问你，说若真是你所为，也不该在此时打草惊蛇。”

“宝公子真乃大智慧也。”萧彻若有若无地扫了一眼泥潭，快漫过小腹了。

“萧少保，查案逼供从来不是我的强项。现下，帛某就是想知道答案，段子明是不是你派人杀的？”

帛锦站立在沼泽潭边，有点遥不可及的味道。

“是，是我派人干的。当时敌友难辨，我不可能顾及那么多。侯爷，你要替段大人报仇吗？”

帛锦愤然转身，咬着牙，幢幢花影下，英挺背影岿然不动。萧彻眉色淡淡，身体却如踩棉絮，越来越沉重，他却屏息不求救。

谷风凉意浓浓，依稀能听到谷中鸟儿鸣啭，梨花离枝，飘然落下。淤泥浸没到了萧彻的胸口，使他整个人似灌上了重铅。花瓣零落，帛锦已抽身而回，脚尖点地，纵身越过沼泽上空，左手一把撩起萧彻，越过沼泽平安落地。

花白泥黑，泾渭分明。很凶险的一幕，却在和谐中平息。

“你我毕竟并肩作战。”帛锦紫眸里没有杀意，他没有想过要设陷阱害萧彻。

萧彻喘着气，不吝微笑：“你我当然能继续并肩作战，只是为了段子明失去了化敌为友的资本。不过，帛侯爷——”

“嗯？”

“想开点。”

帛锦一时语塞。他的套路一直很规矩，只要细想，萧彻总会摸清。

“时辰不早了，锦衣侯该回去了。”萧彻极目远眺。

“好。”帛锦上前伸手，准备将萧彻拉起。

萧彻无视自己衣着狼狈，摆手回绝：“不管如何，我是受到惊吓了，想在这里歇歇。侯爷，你救人要紧。”

帛锦颔首，没有丝毫愧疚，慨然将萧彻丢在了屁股后面。

“请问这位大侠，你是我儿子新认的师父吗？”一进门，帛锦就看见未清醒的阮宝玉正对着自己眨眼。

“爹，这就是我说的世外高人。”阮侬插话。

原来阮宝玉一醒来，依然是“我是谁”的经典台词，阮侬就误导他，说宝公子穷得发狠，把自己亲生儿子卖了，不想遇到了侯爷这样的好心人，替阮侬赎了身，还要带进深山老林习武。

帛锦见父子二人配合得天衣无缝，演戏丝丝入扣，不觉一笑，还没配合着点头，宝公子就“扑通”一声跪地：“好心的高人，要不我把银子退你，你也带上我入深山吧。”

帛锦勾起唇角，上前轻轻扶起阮宝玉。

蓝庭开始忙着蒸梨花引蛊，阮侬贪新鲜，立刻蹦跶着跟出去了，屋里徒留阮宝玉和侯爷。

“等你吃了药，病好了，我再带你走。”帛锦把他扶上床。

“高人，说话要算数。”宝公子眨眨眼，素昧平生的，承诺来得过于容易，令人怀疑。

“算数。”

时光偷偷溜走，半盏茶后，阮宝玉清醒了。这时，有护卫在门口立定禀报，永昌的肉枣送到了。肉枣是阮宝玉去定的，只是当时战乱，永昌会做肉枣的人比三条腿的蛤蟆都难找，所以耽搁了好些日子。

阮宝玉不动声色地翻了个身，闭上眼，只当没清醒，不明白怎么回事。帛锦挥手，示意让人退下，又等了好一阵，才过来轻轻拍拍宝公子的肩头。一种情绪猛地涌了上来，相当澎湃，挡也挡不住。

“我没想到李延会这么就走了。我总以为再怎么闹腾，都有的是时间与他好好相处。我这样想着想着，突然，这人就不见了。他应当是福星高照啊，挡风墙一样的壮士，怎么说没就没了呢？”

自李延死后，宝公子第一次说了句正经哀伤的人话。他的眼睛一直闭着，不长的眼睫细微地颤动。帛锦没有说话，手放在阮宝玉的肩头，一动不动。

“说不准我一觉醒来，他就会站在一边，说再信我就是我养的。”说到这里，阮宝玉忽然闭着眼睛笑了笑。

“没准李延真没走开，他一直看着你，希望你过得开心自在。”帛锦安慰着。

“是。可是有用吗？我已经看不见他，也欺负不到了……”

最后，宝公子哭了，很没出息的那种。帛锦不擅长安慰人，只好有一句没一句地对阮宝玉说起今朝和萧彻漫步梨花林的经历。

宝公子眨巴眨巴湿漉漉的眼，拧干鼻孔里最后一道鼻涕，顺了几口气，才提醒道：“萧彻不简单，侯爷要小心。”

“萧彻人精，可想坐稳江山，实力还不够。”帛锦不以为然，姿态略微跋扈，

“他需要我助他。”

侯爷说什么阮宝玉都不会反对，所以接下去，宝公子极其认真地问帛锦以后的打算。

“自然是归隐。以后，不管是谁赢了这片山河，都与你我无关。”

“好。”宝公子没有丝毫犹豫。

“只是这样，天下会有许多人不知道你才智超群了。”

阮宝玉自负，帛锦知道；阮宝玉能欣赏比自己长得好看的人，却不待见比自己聪明的，帛锦也知道。只是，知道归知道，他却没有直接挑明过。

“没关系！”宝公子笑得灿烂，好似美好的憧憬触手可及！可再祥和的未来，他也必须好好筹划一下，唯有如此，万一有变，他才不会傻眼、无计可施。

门被轻叩了三声，蓝庭站立门前，盈盈一笑：“二位，解药配成了。”

蛊毒得解，皆大欢喜。

帛锦的药性发作得比宝公子厉害，汗出如浆，折腾到后半夜，人才安分下来，沉沉入睡。第二天，阳光普照。宝公子率先睁开眼，此时帛锦还处于昏睡状态。

办正经事的一天开始了，阮宝玉打扮得山青水绿，以一副犁庭扫穴的风姿，在萧彻面前华丽亮相。萧彻正临窗吹箫，还是那首《燕返》。窗外果真来了一只鸟，可惜不是燕子，是只画眉。

画眉歪头看着萧彻，萧彻也看看画眉。随后他敛神，扭头去瞧阮宝玉：“宝公子怎么来了？”

“听说萧兄近两天挺倒霉的，所以我来瞧瞧。”他笑里藏刀。

“放心，不过星点小事而已。”

“那就好。在下还有些事，想与萧兄打个商量。”阮宝玉恭恭敬敬地行礼，是为“先礼”。

“你说。”

“我来替侯爷要一方疆土，足够我和侯爷逍遥一生。”

“帛锦改变行事风格了，让你来谈判？”萧彻挑眉，语气一派清凉。

“精打细算，小弟比较在行。”

“阮宝玉，侯爷不缺心眼，但他一直忽略你的才智，对此，你没有半点怨言？

不要告诉我，你阮宝玉就只剩这点志向了。”

“这与你无关。”宝公子笑容轻佻。

萧彻蹙眉，唇慢慢地抿成一条线，静了片刻，他收起笑容，与宝公子对视：“跟着我，你可以大展宏图。”

“萧兄还没掌控天下，已经开始管得那么宽了？是不是因为昨日受了惊吓，压惊茶喝得太多撑到了？”

“阮宝玉……”

“萧少保，未来的九五之尊，气量应该庞大些。”宝公子很形象地张开双手比画。

萧彻眼波一动，竹笛轻拍掌心：“侯爷的疆土可要有兵来把守？”

“这个自然，绝对不当光杆。”

“阮宝玉，越接近成功，我越容易多愁善感。你说关键时刻，我会放这样的兵权给帛锦吗？”

“萧兄不肯？”阮宝玉腰板挺得笔直，要“后兵”了。

萧彻斜斜地扫了宝公子一眼，没搭话。

“如果我在苏将军得胜回朝前，很大嘴巴地跑去告诉他李延的事呢？”宝公子一字一顿，前大理寺少卿从不仁慈。

萧彻一凛，眯起眼，摇摇手指：“时隔数月，如今再说，苏银不会轻易相信。”

宝公子摇头叹息，就知道谈判不会十分顺当：“信与不信，我自有主意，不劳萧兄操心。”

“那我静候佳音。”萧彻的笑容有点僵。

“呵呵，我来拜访，还有件事要问。”

“请说。”

春光悠哉地游进屋里，宝公子缓缓抬头，眸色在阳光下显得极浅，瞳仁好似随时会像猫咪的一样，在强光下缩成一条细细的线：“萧兄当初是为了诏书杀了段子明，却是为何要把他留下的暗号告诉我，让我找到诏书？”

“我能得到诏书自然最好，不能得也不能让帛冷收回去。段子明死在我手里，总比被帛冷折磨至死来得痛快。至于后面，段子明出的谜，我是解不出的，只好借用阮大人的智慧。侯爷得到，和我得到，如今看来有何不同？”

“哦，原来如此，我想萧兄还少说了几句。”

“哦？”萧彻身子微微前倾。

“其一，段子明是侯爷的智囊，灭了他等于断了侯爷一条臂膀，于你绝对有利；其二，侯爷重得诏书，等于危难时刻你帮了大忙，尔后你与他凡事也好商量了许多，也能为今天的合作打下根基。我说的，对吧？”

“宝公子，你还少说了一条。”两人之间气氛逐渐僵化，萧彻的嘴角还从容保留着一丝笑意。

“哪条？”

“我也盼你能早点回来。”

“那……萧兄后悔了吗？”

“我后悔什么？”萧彻笑容轻松，心却忐忑。

“后悔人算不如天算啊。这诏书，它除了让侯爷师出有名外，还让侯爷有了赵家的兵权，不是赵越，是真正的赵家。”阮宝玉一句话，不徐不疾地戳中了萧彻的软肋。

赵家一族兵权不大，手下却全是精锐，属开国之军，永远走中庸之道，永世为忠义之师。赵家祖先英明，求旨让嫡系有开府之权，却世世代代不晋升王侯，封疆之地永不扩充。

然而这样跳出三界外的英雄姿态，还是让帛泠忌讳了。当年帛泠故意挑衅，将旁系的赵越发配充军，其目的就是杀鸡儆猴，镇住赵家，另外再看看赵家的反应。赵家依旧沉默，屁都没有一个，还是一副不参与内政态度，手中兵权始终令人悍然。而太后在遗诏中授意赵家在关键时候护帛锦周全，要紧的时候必须效命锦衣侯麾下，其中分量可想而知。

本来，萧彻有苏银，侯爷有裴翎，两者旗鼓相当。但李延一死，苏银知道后必定情绪波动，帛锦又有赵家力挺，萧彻几乎必输无疑。

“萧兄，你不怕最终你唱的是出空城计？”

“够了！”萧彻霍然起身。

窗外的画眉鸟拍翅惊飞，春风婆娑，阳光悠悠然穿窗而入。光下，萧彻的孤影仿佛比人更单薄。

“其实，侯爷不想做皇帝，我今日向你讨要封地，只为确保他将来岁岁平安。”缓了好久，阮宝玉再次开口。

“如此说来，我还该多谢侯爷让我‘雀屏中选’了？”萧彻冷笑。

“萧兄真多心，您心思敏锐，深谋远虑，夺权计划步步缜密，侯爷是万万比不上的。”宝公子再次施礼作揖，相当诚恳。

“谬赞，封疆之事，我明日给你答复。”许久后，萧彻声息渐渐平静。

“一言为定，不会反悔？”

“一言为定。不会反悔。”

宝公子走后，萧彻靠坐在窗棂边，神色慵懒地看乌落兔升。月光，让一切回归优雅清闲。

翌日是惊蛰，很好的名字。

萧彻抚着笛子，缓缓绽出了笑容：“宝公子，所谓空城计，是要有诸葛孔明这样才智的人才唱得起的。”

他，等待着晨曦第一道光。

第二日，晨光漫射，春色大好。

阮宝玉又一次叩开了萧彻的房门。他开门见山：“现在已经是明日了。”顺便端起桌上新泡的一杯新茶，猛喝了一口。

萧彻浅淡一笑，今日他穿了一件浅孔雀蓝的袍子，瞧着俊雅，很是顺眼，话也说得温和：“不急的，你先喝口茶，这是我特地为你准备的云雾茶，还有些蜜饯，都是你喜欢的口味。”

“果然功课做得足啊，连我喜欢吃咸口的梅子都知道，那我不客气了。”

“好。”萧彻回了一字，透过春光看着他，眼神莫名复杂，“走到今日，是我费尽心血谋划，而且付出了天大的代价，所以说，不管为了任何人任何事，我都不能手软，不能为将来留下隐患。”说完他就执起了杯。

“我知道，这代价包括你同胞弟弟的那三千刀凌迟，所以你只能赢不能输。”阮宝玉支吾着，嘴里塞了起码三只梅子。

“那你可知道，我所指的隐患是谁？”

“知道。”阮宝玉顺了口茶水，“是侯爷，只要他在一日，就算来日你登上皇位，那也是寝食难安。”

“现在外面人人都传他是真龙，如果你是我，你会割藩地给他再授他军权，将他栽培成另一个我吗？”萧彻慢慢沉下了声。

“很可惜，我并不是你。”

“如果侯爷真的无心夺权，我将来登临，可以赐他免死金牌。”

“一块牌子，能保住什么？将来你九五至尊，如果要出尔反尔，别人就只会逢迎你审时度势。”

“那你交出太后的密诏，我可以考虑将来为他割地封王。”

“将自己最大的依傍交给你，然后指望你守诺重信做个善人，很抱歉，我不是侯爷，没有那么单纯好哄。”

两个人开始针锋相对。

萧彻低头，将茶杯握紧，指节几近发白，过了许久才继续开口：“为什么你我非要这样，为什么你就不能跟着我？我能给你的，绝不会输给侯爷。”

“少保的心意我领了，像少保这样的人物，我本来不该拒绝，可是谁让我先遇见了侯爷呢？我承诺了绝不背叛，那便要说到做到，就算只活一日，也要为他而活。”阮宝玉回得也是斩钉截铁。

“没有商量？我们之间就没有转圜的余地？”

“没有商量。因为我知道，萧少保为了今日谋尽心血，所以到了最后这一刻，绝对不会放过侯爷。我要替他留住实力，这是我们唯一的活路。”

萧彻闻言低下了头，陷入了长久的沉默，浅蓝色的衫子映照着他的脸，越发衬得他面容惨淡。

“为了今日，我的确谋尽了心血……”他慢慢转动杯盏，似乎下了极大的决心，“暗地里栽培死士，炸毁永昌银矿，想将银矿引到我藩地大捞一笔，做巫药给清阳城的人下毒收服他们，偷马种培育战马，假冒管铭提议修筑铁堤，一来可以弄到铁打造兵器，二来铁堤会随河底沙石移动最终成涝……这一切的一切，我都计算好、布好局，除了银矿和洪涝，别的都一一照计划实现……为了这些，我的确已经熬空，的确步步艰险，到得今日，再不能允许失败。”

“所以我说萧少保心狠手辣、智谋无双。”阮宝玉也正了正色，“我和侯爷并不想和这样的你争夺天下，我们要的，真的就是安身立命，过我们逍遥快活的余生。还望萧少保成全。”从来浪荡无形的人，居然也恭恭敬敬地朝萧彻行了个礼。

“我若不想成全呢？”萧彻霍然抬头，深灰的眸里终于跃出一抹厉芒。

“那么兵戎相见，我和侯爷并不畏惧。”

“你以为我必定会输吗？以为我有的就只有这些，所有的牌都已经给你瞧见？”

“我知道少保必定还有暗棋，如果少保觉得时机合适，也不妨就亮出来给我瞧瞧。”

“好。”萧彻回了一句，因为答案即将揭晓，反而突然放松下来，甚至还低头吹了口茶沫，“那我告诉你，我至少还有一个谋士，一个算无遗策的谋士。”

“谋士？”

“没错，一个谋士。就是他替我定下谋略，布下这一整盘棋，指导我一步步走到今天。”

“是吗？这么说这人倒也是个人物，只是不知道长得怎样。”阮宝玉的毛病又犯了。

“长得怎样？这个阮少卿不妨亲自一看，因为他就在那扇门后。”萧彻伸出一根食指，遥遥指向身后一扇木门，一扇看着轻巧、雕有芙蓉的轻质拱门。

木门很轻，一推即开。有一个人影陷在黑暗里，离门口不足一丈。阮宝玉一步步挪了过去，莫名有些紧张，手心发汗。

一丈的距离不需几步，阮宝玉很快就靠近了那个答案。黑暗里传来窸窣的声响，那人在桌后擦亮火石点燃灯线，火光颤悠悠的，终于将最后一块幕布撕去。

“阮大人好。”桌后那人眉目娟秀，低头跟他问好，竟然就是阮侬的娘亲，蓝庭蓝大教主！

“你就是那个谋士，替萧彻布下这一整盘棋的算无遗策的谋士？”阮宝玉不可置信。

蓝庭抬头，食指似乎有伤，此刻正滴着鲜血，指向桌面那张宣纸，不答反问：“大人可认得这个？”

阮宝玉走近一步，看见那纸上有画，似是蓝庭刚刚用鲜血画就，是一朵妖异的缠枝西番莲花。几乎同时，他感到一阵眩晕，似乎有样活物在他脑内搅动脑浆，千针万刺般痛不可当。

“我教在江湖上被人称为邪教，原因之一就是擅长用蛊，这个想必大人知道。”

“是，你们用蛊虫入脑，可以操控人的思想，甚至怂恿做母亲的亲手杀死自己的孩儿，‘邪教’这个称呼并不冤枉。”

“大人所言极是。”蓝庭点了点头，“但是大人可能不知道，这蛊虫入脑，只要施法得当，还可以抹去一个人的记忆。”

“记忆？”

“不多不少，两年的记忆。我现在将他还给大人，大人自会知道，谁才是那个算无遗策的谋士。”蓝庭声线柔媚，配合那桌上的血图，似乎在阮宝玉脑内燃起了一支迷魂香，让他顷刻就失去了意识。

又一次昏迷，又一次醒来。但和以前所有的昏迷不同，这一次醒来，阮宝玉再没有说他那句经典台词，没有捉着跟前的人问自己是谁。

自己是谁，这个问题的答案，没有人比现在的他更加清楚。

跟前有人，双眼狭长，气血不佳，脸带病容，正是萧彻，和自己与他初识时一模一样。

“没错，你我初识，并不是在京城，而是在四年之前的无虞山，悍匪窝。”萧彻矮身，在他躺身的榻旁坐了下来，神情语气不无唏嘘。

无虞山，悍匪窝。没错，那是阮宝玉在山西任内的事情。

那时候的他还是个知府，辖地里常有流匪，他便领人围剿，逼得那些人走投无路，逃上了鸟不生蛋的无虞山。悍匪的头目名叫刘威，恨他入骨，于是终于找到机会，将他那时重病在身的老父掳上了山去。

小子来，老子回——文盲土匪给他留了言，顺道还捎了他爹一只耳朵。他这个小子只好只身一人上了山。

无虞山是座荒山，连棵像样的树也没有，他若带兵，土匪在山顶一眼就能瞧见。所以他这次去，真的是不折不扣地前去送死。

如果不是四处游历的萧彻正巧经过无虞山，如果不是萧彻的随从救了自己又救下了自己的老父，他早就死在半山腰土匪的陷阱里，焉能活到如今？

“没错，我是你的救命恩人。”一旁的萧彻似乎明白阮宝玉的心思，又坐近了一些，“但我更是你的知己，一见如故的知己。”

“知己……”阮宝玉轻声念着这两字，滋味不明。

“当然，不排除我这张脸长得不错的缘故。你的原话，对待美好的事物，你总会换一副心肠。”

气氛有些稍缓。由萧彻做引，那些被抹杀的两年之中与萧彻有关的记忆，又重新清晰，顺着路慢慢摸了回来。

真的是一见如故。遇见不过两月，萧彻就趁着酒劲，将自己最深的秘密告诉了他——萧家遭君王忌惮势必不会善终。

“唯一的活路，就是自己做主。”当时萧彻这么说，“所以，我父王一直在做准备，一明一暗统共两个准备。”

明着准备的是萧旭，萧彻那个文武全才的弟弟，所有人都知道他是临淮王的得力臂膀，统兵有方，是将来继承王位的不二人选。

至于暗的，便是萧彻。人人只道萧彻体弱，成日只知道游历山水，结交朋友，是个浪荡公子，在萧府可有可无。却从不知道他胸怀丘壑，如他爹萧停云所言，是个真正能上天揽月的君王之才。

“我只有冷落你，让你可有可无，将来假使萧家成了覆巢，你才有可能成为完卵。”这是临淮王的原话。所以说，那个表面受到万千宠爱的萧旭，才真真是个随时可能为家族牺牲的棋子。

“我觉得我很沉重，肩上担着太多，每走一步都无比艰难。”相识不过两个月，萧彻就将藏在心底最深的这句话告诉了阮宝玉。所谓一见如故、交心知己，大概真的……不过如此。

阮宝玉这时有些眩晕，连鼻血下坠也一无所觉，只抬了头痴痴说了一句：“那我呢？我怎么说？”

“你说你愿做我的臂膀，替我分担筹备，做我身边……一个算无遗策的谋士。”萧彻和声，将头慢慢垂低，终于将这个答案说了出来。

“是你说的，我们首先要做一个假设，就是萧家真的成了覆巢，而我真的就是那个最后的完卵。做这个假设，是因为明面上萧家的实力，根本没有和帛氏抗衡的可能。

“于是你建议我在暗地里培养死士，不需多，但要绝对忠诚、绝对有实力。你建议我栽培苏银，还说将来一旦出现变故，一定要说服他变节。你说起兵所需无非兵马粮草，所以我们要有银子，要有马种，要有铁。

“你所说一切都是正确的，如今一一得到了验证，所以说，你的的确确是个算无遗策的谋士。”

从始至终，只有萧彻在说话。阮宝玉一直沉默着，没有反驳。

他记得这些，那些记忆已经回来，他不仅想起了自己曾经说过的这些话，甚至还想起说这些话时喝的酒、下酒的花生，还有那盏描着彩蝶时明时暗的纱灯。就算蓝庭手眼通天，也不可能在他脑中虚构出这样细节分明的故事。

这些记忆，无可辩驳，都是真的。他一直在寻找的那只暗中翻云覆雨的手，竟然就是自己！这可真是个让人椎心泣血的答案。

“这个册子，就是你当时写的计划，足足有几十页。而这张，就是你写给段子明的欠条。两张字体你可以对比，看看这一切是不是真的出自你的手笔。”一旁的萧彻拿出了证据。

阮宝玉推开手，从床上坐了起来，却是看也不看那些东西一眼，只将双手抱住了头。

“单凭我们的实力肯定不够，所以我们还需要助力，以及一个堂皇的借口，而这个助力和借口就是侯爷。”他轻声，“这句话也是我说的，对不对？”

“是。”

“而侯爷已经意冷心灰，所以需要一个人将他唤醒，激化他和皇帝的矛盾，让他生出反意，然后再监视控制他。这句话也是我说的，对不对？”

“是。”

“他是受过伤害的人，所以戒心极强。因此要接近他，就必须真心相待，必须不带目的，所以必须抹去这两年的记忆才好毫无破绽地演戏，这句话也是我说的，对不对？”

“是。”

“为了接近他，我便开始利用李延，要他举荐我来到大理寺，从而冠冕堂皇地接近侯爷，对不对？”

“是。”

“如此说来，我这一把火，最终却不是为他取暖，而是要把他烧成飞灰，是也不是？”短暂的停顿后，阮宝玉仰起脸，鼻血开始不受抑制，滴滴答答地下坠。

“其实……你也不必难过，最初你来京城时，之所以会想要接近锦衣侯，主要是因为蓝庭来时就利用蛊虫给你催眠，给你做了引导。所以……”

“所以我为他所做的一切，其实也做不得真，对不对？”

萧彻沉默。

“可我若是真的呢？”阮宝玉的声音终于高了起来，他用双手死死按住太阳穴，似乎只有这样才能阻止头颅裂开，“记忆可以抹去，就算是一整个天下也可以谋算，可是一个人的心，怎么能够计算！怎么能够！”

“能。”萧彻掏出帕子去给他止鼻血，“也许你还没有记起，来京城之前，你就曾经说过，凭你的性子，抹干净记忆来到京城，十有八九会真心想要跟随侯爷。”

阮宝玉没话了，不知道为什么，心底里莫名地开始升腾起一种恐惧，一种极度不祥的预感。

“无论如何，我都不会背叛侯爷！”他直起身，看准了门洞想夺门而出，然而两腿发软，才走了几步，便“扑通”一声跪倒在地。

“方才你连喝了几杯茶水，我在里面下了药，不多，不会对你身体有什么影响，只不过会让你两腿发软走不出这间屋子而已。”萧彻上来想扶他起身。

“走不出去又如何？”阮宝玉没有领他的情，用手撑着地，“一向风雅的萧少保不会要对我用刑吧？”

“不会。”萧彻在他跟前停住，也弯下腰身和他对视，“今时今日这种局面，当日你早已预见，也早有对策。”

“什么对策？”阮宝玉轻声，依稀仿佛想起了些什么，那种不祥的预感开始升腾，烧到他几乎战栗。

“诃梨帝母教，只需用极小的蛊虫入脑，便可以蛊惑做母亲的亲手杀死自己的孩子，而蓝庭的使蛊手段还远在那些护法之上。”萧彻不紧不慢地回答。

阮宝玉闻言反应却是极大，居然生出力气，“腾”地一下站起身来，声音嘶哑：“你的意思是我自愿给自己喂了蛊虫，如果计划有变，那么就利用蛊虫催眠，强迫我自己背叛侯爷？”

“没错，你还说过，如果迫不得已，还可以抹去这段你和侯爷的记忆。”

“自己的心意，就这么被随意扭曲抹去，我不觉得有任何一个人会这样对待自己，除非他疯了！”

“你没有疯，关于这些变数的应对之策，你都亲手写在册子里，不相信你可以比对笔迹。”萧彻上前，低垂着头，到底还是有愧，“而你之所以对自己这么狠绝，最根本的原因，其实是你脑子里本来就长了东西，而且在越长越大，你至多只剩三五年的性命。”

沉默片刻之后，他终于下定决心，伸出两指，朝蓝庭示意。成功催眠之后，蓝庭开始向阮宝玉发问。

“太后的遗诏在哪里？”

这个问题没有遭到太多反抗，阮宝玉低垂着头，很快就答道：“在我住处，鸡窝上头。”

在一个臭气熏天的鸡窝上头藏着这么要紧的东西，他果然是想得出做得到。

“锦衣侯是不是真的不能人道？”

这个问题却许久没有得到回答。

阮宝玉意识残存，甚至能抬头，和蓝庭对视。

“锦衣侯是不是真的不能人道？”蓝庭咬开小指，在他眼前又腾空画了一朵血番莲，继续问道。

阮宝玉依旧不肯低头，双眼没有焦距，可心底的那一点点清明还在厮杀。鼻血开始下坠，一滴滴汇聚，洇成一朵血色的大花。

“锦衣侯是不是真的不能人道？”

血气伴着这第三问开始蒸腾，阮宝玉心底那一点光亮被浇灭了。

“是……”

这声回答带着不甘的尾音，连蓝庭也忍不住叹了口气。

凌晨，天还没亮，帛锦在梦中惊了一下，醒来时满头冷汗。

阮宝玉已经失踪十四天了，连去茅厕都要打报告的人，居然不声不响地消失了十四天，这绝对不是好兆头。帛锦想了想，还是起床披好衣服，到马房传人备马。

一旁的管家已经闻讯赶来，见状一把捉住了马缰：“侯爷，你不能再去了，阮公子的消息有这么多下人去打探，您也该多歇歇，想些大事。这些天您统共也没睡几个时辰，我看得出，您的背伤犯了，绝对不能劳累的！”

帛锦也不说话，只抿着唇，过去拍了拍马头，准备牵马出门。他不敢回想方才那个可怖的梦，现在的他是一刻都不能再等，心已经离弦，又哪里还躺得住？

“侯爷……”管家死忠，还拉着马缰不放。

正在僵持的时候，有小厮疾奔而来，身后跟着的是一头热汗的裴翎。

“怎么，是有了他的消息吗？”帛锦满怀热望地上前。

“殿下……”裴翎的脸色有些反常，手里捏着一样东西，整只右臂都在不由自主微颤，“我昨晚在属下那里收了一本……话本。”

“什么话本，害你连话都说不利索了？”

“侯爷还是自己看吧。”裴翎将东西递了过来，果然是本话本，不过现在已经被他手汗濡湿，皱成了乱糟糟的一团。

帛锦拧了拧眉头，将东西接过，随意翻了翻书中的内容，立时凝成了石像。那些字句像一把淬了剧毒的利剑，顷刻间便从他心房穿透而过。

不知何时起，战火初平的京城开始流传一本话本。话本印量有限，所以要价甚高，需得一两银子才能买到一本。看话本的人如果细心，就会发现这本故事离奇的话本，内容另有玄机，这故事中的主角，眼眸乃是双紫眸。

而在这期间，阮宝玉一直卧床昏迷。第十五日清早，在蓝庭的悉心调养下，他终于在一处隐秘的小院中醒来。这一次昏迷非同寻常，似乎耗光了他的心力，醒来后他便一声不吭，傻呆呆地躺了两个时辰，安静地回忆起了自己是谁，也记起了十数日前那啼笑皆非的一幕。

蓝庭庆幸：“你可算醒了，可惜萧大人今日有事还没来，不然他肯定高兴死。”

阮宝玉依旧不说话，眼珠从东转到西，又从西转到东，这才喑着嗓子，道：“大理寺下毒杀死那个巫师的内应，就是你，对不对？”

蓝庭低了头，过了片刻答了声“是”。

“当日我母子被教众追杀，是萧大人助我，领人将全教几乎剿灭，我母子……欠他一个莫大的人情。”到了此时此刻也无须再遮瞒。

“所以你将阮侬放在我这边，自己到大理寺做事，为的就是里应外合监视我？”

“不全是……”蓝庭有些期艾，“我将阮侬放在大人身边，其实也是因为教内护法依旧失踪，他跟在我身边实在不安全。”

“不是为了监视我？也不是为了催眠我而引导我完成任务？”

蓝庭的头垂得更低：“我让阮侬在你睡前给你喝安神汤，骗他说为了治你头疼，然后入夜催眠你，问你些要紧的问题，也是有的……但次数不多，因为萧少保交代过，催眠对你伤害极大，并不许我多用。”

就在这时，阮侬已经回来，嘴里依旧叼着根破草。见阮宝玉醒来，他非常高兴，蹦到床上来，拿草不停撩他的鼻子。不管如何，这个坏小子都是无辜的，对他的情义也不假。

阮宝玉笑笑，坐起身，问："睡了这些天，爹的气色好不好？"

"好个球！跟团干透了的狗粪似的，白里透灰。"

"你就不能比个好的，最起码说我像那秋日里的白海棠。"阮宝玉发了怒，去弹他的脑袋，"赶紧的，给你爹我去找身好看的衣服来，要最贵最好的。"

"你穿好看的衣裳干什么？"

"自然是要出去见人！"

阮侬嗤之以鼻，骂骂咧咧地找了衣服来。阮宝玉将那件月色的衣裳穿上，脸色看上去稍微好了些。

"爹要出门，你小子下午不许乱逛，等着我。"阮宝玉弯腰，捏捏阮侬的脸颊。

蓝庭闻言立刻急了："你这样子要去哪里？萧少保说过……"

"萧少保说过要监禁我吗？"

"没有。"

"那不就结了？"阮宝玉摇摇手，走到门口，却又回头，道，"感谢你把阮侬送给我，告诉这死小子，将来务必长成好看又有用的人。"

他没有去看阮侬，那一刻，逆着寒春的薄阳，他的脸上并无哀伤。

第十六章 留候

锦衣侯府一切依旧，跟着管家绕过影壁，穿过花园，走到游廊尽头，就到了帛锦常待的偏厅。阮宝玉眼睛有些发花，站到偏厅门口，就那么看着帛锦。

这还是他认识的那个侯爷，肤色略深，双眉上扬，轮廓英挺，唯一的变化是清减了，眼底有一道深深的青痕。

不知是怀着什么样的心情，阮宝玉慢慢走过去，在他脚前蹲下。

帛锦手里拿着一本话本，神情有些漠然，是那种冷透、死透、心烧成灰后的漠然。

“侯爷……”阮宝玉唤了一声，声音发颤。

帛锦回神，定定地看着他，就像看着一片陌生的虚无。

“侯爷……”

“你可以解释，我会听。”帛锦低头，指尖微微颤抖，内心深处，还残存着可怜而微薄的希望。

阮宝玉张口结舌。这个故事该如何描述，他要怎么解释，才能让帛锦明白，他也痛恨那个在暗中推动一切的自己？

“你是萧彻的人，从始至终都是，对不对？”帛锦问。

阮宝玉喉头沉重，无论如何也说不出一个“不”字。

“我的存在，于他而言，无论如何都是一个巨大的威胁，对不对？叫天下人都知道我是个没种的，那么他就无须杀我，从而仁义无双地得到了天下。这么好的一个法子，是谁想出来，是他，还是……你？”帛锦问出了口，可等了许久却没有答案。

虽然是在催眠状况下，但这一切……最终有他阮宝玉的功劳。这一个“不”字，他同样说不出口。

“这么说，真的是你。”帛锦叹了口气，心底那渺茫的希望腾空而去，刹那之间，似乎一切都失去了重量，“我对你敞开心扉，你便这样回报我吗？难道说，我这一生一世，只要付出，所得就必定是阴谋和背叛？”他语声甚轻，里面的绝望却簌簌而下，穿透了阮宝玉每一个毛孔，将他的心顿时浸得冰凉。

“侯爷……”阮宝玉开了口，来来去去却只有这两字，之后便久久无言。

“你想说什么？”帛锦慢慢坐直，“到得这一刻，你是不是还想告诉我，你对我是真心相待？”

“我对侯爷……”阮宝玉唏嘘，语气是这般软弱，似乎连自己也不能相信自己，“我对侯爷……就算不全是真，但也绝对不假。”

“那你为什么不跟萧彻建议，让我去死？至少让我死得周全，保全我最后的尊严。”

这样的回复就好比一把铁钳，牢牢卡住了阮宝玉的咽喉。阮宝玉说不出话，鼻血滴滴答答地，又开始落雨般下坠。

两个人相对许久，阮宝玉才想起了来意：“我来，就是想跟侯爷说清楚一切，不知道侯爷，还有没有兴趣去听？”

“你说呢？”帛锦将身后仰，那种姿态，比他们初见时还要冷漠萧条百倍。

纵有万语千言，他们之间也不再有弥合的可能。阮宝玉听懂了他这句心声，这般没皮没脸的人，也渐渐生出了绝望。

当时当日，他雄心勃勃，以为天下之大无不可谋，包括自己。可是他还是错了，自以为算无遗策的阮宝玉，最终还是没有算到，这个结局，自己是无法承受。

上方，帛锦还是静坐着，微风撩动宽袖，里面寒芒凛凛，藏着的正是他那把薄刃。阮宝玉伸出了手，因绝望而生出平静，他将那把薄刃捏到了指间，横握着向上递给帛锦：“杀了我，就像你杀了沈落，砍断过去，重新开始。”

然而，帛锦始终没接。在上方那双微紫的眼眸里，阮宝玉看到了平生所见最深的寂灭。

“你以为，我还可以重新开始吗？”帛锦声音轻飘，就像至深黑暗里的一颗沉屑，“阮宝玉，你可知道，从绝望到生出希望，又从希望到更大的绝望，这是什么滋味？如果说当日，沈落只是把我冻成了冰，那么你这团火，到现在却是将我烧成了灰，彻彻底底，一团死灰！”

从侯府出来时，阮宝玉有些失魂落魄，手里还捏着帛锦那枚薄刃。

外面大雪初霁，天色晴好，透着安定的暖意。

茶肆里面的人都在议论："这仗该打完了吧？看样子天下很快就姓萧了。"

茶肆老板也插了进来，一边叫唤莫谈国事，一边自己也不闲着："可不是？原来都说紫龙才是真命天子，可原来那紫龙是个不能人道的。还真是世事难料啊。"

“你咋知道他不能人道呢？也许是人家捏造的也不一定。”

“可是这么久了，也没见他出来说句话反驳一下啊。”

“你要人家怎么反驳，总不能现生个孩子给你瞧吧？”

这么你一句我一句，话越说越不堪，阮宝玉听得烧灼，不由自主便转了方向，直往萧彻府上奔去。

萧彻府上人流如织，原本在帛锦和他之间摇摆的人全都转了向前来拍马，一个个言之凿凿，说萧氏登基乃是天意。被这么一群人围着，萧彻的脸色越发苍白，见阮宝玉进门，他连忙推说自己胸闷，将一众人全都撵了出去。

“你来了，是醒了便来见我，还是去见过他了？”

“自然是先见了侯爷。”

“他怎么样？”

“怎么样？”阮宝玉闻言抬起了眸，“本来就伤痕累累，现在又被我一刀捅进心门，萧少保觉得他会怎么样？”

“定是心死了。”萧彻将暖炉又捧紧了些，忍不住也叹了口气，“所以，到今日他也没有出来反驳，任流言漫天，自己却是默认了。”

“以后呢？萧少保登基之后，准备拿他怎么办？”

“如今的他对我已经没有威胁。我听你的，你说怎么办便怎么办。”萧彻道，心绪错杂，语声也是极尽柔和。

“赐他边陲之地，让他离开京城。”

“好。”

“有生之年，都不能再为难他半分。”

“好。”

“上下禁言，谁要敢再谈论此事，杀无赦。”

“好。”

“南方潮湿北方风寒，他脊背有伤，都不适合，你安排他去西陲吧。”

“好。”

“赐他宅子，简便些就好，他不喜欢富丽，府邸最好有温泉，方便他背伤发作时泡澡。”

这么说了一路，连买几个仆人、院里栽些什么果树都唠叨了一遍，阮宝玉这才慢慢静了下来，恍惚间，又生出了无限悲凉。还有什么用呢？纵给他一天一地，他的心已然死了，到哪里还不是一世孤单？

到最后，他又加了一句：“最重要的，我要陪他去，他性子单纯，我要防着他被人骗。”声音喃喃地，像说梦语般哄着自己。

萧彻抬起了头，眸里墨色深深，分明写着三个字——不可能。

阮宝玉有些眩晕，猛然间，梦便醒了，退后一步掩住鼻孔：“为什么你就不能放过他？你们约定谁得玉玺便得天下，那一次，他是存心让你，难道你不知道？”

“你在流鼻血，应该马上回去休息。”

“我问你知不知道！”

“蓝庭说过你再流鼻血会非常危险，我现在便送你回去。”

“我问你知不知道！”阮宝玉怒声，也不知怎的就抬手上来，将袖中薄刃架上了萧彻的颈脖，“你应该知道，他无心与你相争，只想着归隐。而我，也已经为你竭尽了心力，你为什么就不能放我们一条生路！”

萧彻不语，亦不反抗，只任那薄刃欺近，割破肌肤，渐渐地割出一道血痕来。过了许久，他仍是一句：“你在流鼻血。”

“我问你为什么就不能放我们一条生路！”

“我想过。”到最后，萧彻终于叹了口气，“可终究还是不能，他若存在，永远会是根不安定的刺，我必须将他拔除。我这一路走来步步血印，就单单我弟挨那二千刀，也绝不允许我回头。”

阮宝玉沉默了。是啊，他这一路走来的确血印斑斑，每一步付出的代价都垒成了血石，这才将他送上高台，他是决计没有理由软弱仁慈的。就像自己当日所说，玩弄权术阴谋，本就是谋大事者的本分。他没有错。

“我没有错。”那头，萧彻也在说，“但是我的确欠你。”

“我可以看见来路,那万人之上寂寞凶险的日子。”他带着些怅意,又道,“以我的身体,这日子必定艰难也不能久长。所以……你若杀了我,我也并不遗憾。”

“你不怕死？”

“我怕。”萧彻那双眼清明，“可你若觉得我该死，那也无妨。活着这一世，我无时无刻不在谋划。我也是人，到今日，也不妨任性这么一次。”

阮宝玉低垂了头，鼻血疯了般开始下落，就像那些纠葛错杂的往事，一滴滴坠地有声，在他眼前铺成一片血色。

如果这是个阴险毒辣的局，那么是谁亲手布下？

如果眼前这人是个不可宽恕的阴谋家，那么是谁助他推他，替他选好去路让他不能回头？

天道不公他可以问天，人心不复他可以弃世，锥天坠地他都不怕。可若那翻云覆雨手便是自己呢？他该怎么办？要跟谁去说？要拷问谁，唾弃谁，跟谁决裂厮杀？

没有答案。这所有的一切便像一张蛛网，织网的是他，困住的也是他，最终千丝万缕，将自己裹进了死局。

眼前渐渐空了，洇成一片紫色，是帛锦的眼，里面没有恨，只有死一般的寂灭。是自己，千方百计得到他的信任，最终给的却是更大的伤害。

阮宝玉睁着眼，眼廓渐渐渗出了鲜血，他听见自己心里不甘地呼啸着，还想着侯爷少了自己来日该如何应对，却再也没有气力去细想，身躯轻飘飘似一片絮叶，慢慢倒在了萧彻怀里。

下午很快过去，夜也很快过去。整整六个时辰，萧彻没有走出那扇房门，所有来问的人，都碰了一个钉子，直到帛锦前来。

那是一个艳阳高照的初春日，无风亦无雨，连金色的薄日都一派欢喜。帛锦跟着管家来到书房，管家禀了一声，萧彻便应说“请进”。

书房初阳暖照，很是敞亮。帛锦看见了阮宝玉，还是穿着昨日的那件衣裳，衣裳上有血，开得一朵又一朵。

“他死了。”隔了许久许久，萧彻才开口，灵魂似被掏空。

帛锦说不出话，只觉得通身一痛，像有什么东西碎裂了，那口心间热血百转千回，最终却是没能吐出，只在齿唇间绕成了一团血雾。

五日后，阮宝玉下葬，虽然没有追加什么封号，但一切都是按照国葬的标准。萧彻亲自扶灵，一路百官相送，这最后的一程无限风光。自始至终，帛锦都没有出现。

又过了一月，吉日吉时，萧彻称帝，改国号为梁。

而这一日，帛锦居然列席。萧彻站在高处，看着他，心中渐渐生出恨意，于是慢声："帛爱卿请上前听封。"

帛锦出列。

"帛爱卿开国有功，现授印，封为司礼监掌印，兼管东厂。"

此话一出，群臣静默。

虽然说那流言现在是无人不知无人不晓，但到底真假难辨，说到底，还只是个当事者默认的流言。现在萧彻登基，第一件事居然就是封他做司礼监大太监，作为义军的统帅之一，前朝赫赫有名的锦衣侯，这无论如何都是一个天大的折辱。

所有人都认为帛锦会拒绝，会抵死抗命，最起码保全尊严。可是等了许久，那跪在大殿金砖上的帛锦却丝毫没有怒意，只是将头垂低，身后锦衣掠地，没有丝毫波澜。

又过了许久，大殿上响起三个字，暗哑低沉，听着十分刺耳："臣遵旨。"

帛锦领命，这才发觉自己嗓子坏了。

自那日阮宝玉死去，一个多月里，他一直沉默，从没开口说过一个字，也没有撕心裂肺喊过哪怕一声。可是他的嗓子坏了。

从这一刻起，穷其一生，他的嗓子都坏了，暗哑无力，再也没有发出哪怕一声敞亮的高音。

新朝更替，万物复苏，一切又走上了正轨。

一年后，司礼监整肃有序，渐渐成为维系新帝与大臣之间微妙平衡的暗流。再过一年，东厂崛起，风头盖过锦衣卫，成为人人闻名丧胆的存在，而帛锦的名声也开始越来越坏。

和前朝那些厂公不同，他并不擅长阴谋，也没有心思摆弄酷刑，但是你一旦入了他的名册，那么十日之内必死无疑。不管你是开国功臣，还是皇族嫡亲，东厂要你死，这就是你不得生天的理由。

第三年很快过去，东厂那份重要人物的名册上添上了第十个名字——裴翎。这一次，裴翎必死的理由，是拥兵自重，有意谋反，证据是他私藏兵器，收买死士。

“这是在裴元帅府上搜出的兵器，共计刀枪千余。”帛锦在朝堂上呈出证据，嗓音低魅，神情冷漠。

一旁的裴翎抬头望着他，心间百转千回，差点忍不住脱口而出一声“殿下”。

“东厂到府上，自然是想搜到什么就能搜到什么！”有人终于忍不住回了一句。

“静国公的意思，是我东厂有意栽赃吗？”

“不敢，在下只是想提醒厂公，裴将军曾追随厂公，十数年甘苦不弃。”

“那又如何？”帛锦紫眸微转，里面没有丝毫热意。

静国公沉默了，低下头放弃与他辩驳。

“裴翎谋逆，其罪当诛，还请圣上裁夺。”帛锦又进一步。

“众卿的意见呢？”高座上的萧彻终于开口，因为天气骤凉，所以带着浓重的喘音。

众卿沉默，多半因为畏惧，少半因为无言。

“兹事体大，朕看还是再议吧。”萧彻发话，第一次在群臣面前拂了帛锦之意。

再议，就是质疑。群臣就是一群狐狸，很快就从萧彻的这两个字里面领悟到了什么，弹劾帛锦的奏疏开始出现，由一封到两封，最后雪片一般飞来。残害忠良、欺君罔上、收受贿赂、专横自大……奏章上的条条罪名都是死罪，众人齐心，把东厂帛锦描述成了一个祸国殃民、不杀不快的妖孽。

一月，两月，三月……时间很快过去，刑部的证据也很快被搜罗上来，桩桩件件，无一不可定帛锦死罪。

“东厂厂公帛锦，陷害忠良，遇事专断，少有请示圣上，这分明就是藐视圣威，有谋逆之意！”偏殿之上，刑部林尚书洋洋洒洒说了半天，最后还嫌不够，又给帛锦安了一顶天大的帽子。

“不会……朕觉得他……当不至此。”座上，萧彻捂着暖炉，缓声发话，语气颇为玩味。

“怎么不会？圣上难道忘了，先前锦衣卫在他府上搜出了龙袍！”

“锦衣卫和东厂素来不和，在他府上搜出什么也不足为奇。”

“圣上！”

“好吧。”萧彻在短暂的沉默之后终于叹了口气，慢慢前倾，看着眼前的林尚书，“那依卿之意，我应该如何给帛厂公定罪？”

“残害忠良、谋逆欺君，论罪自然当诛，应该凌迟曝尸，以平众怒！”那厢林尚书字字掷地有声，没有一丝一毫犹豫。

凌迟处死。这个裁夺，是萧彻过了很久之后，在群臣的催逼之下，才在殿内准了的折子。画完这一道钩，萧彻有些犹疑，躺在胡床上，不知自己是欢喜还是难过。

暖阁外，有鸟悠悠地清唱。萧彻挥手吩咐宦官：“又是画眉鸟，兴许是天寒寻不到食物的缘故。去，给它喂些鸟食。”

不知为何，宝公子咽下最后一口气前，居然还有空瞧了一眼窗外的画眉鸟。不管是不是自己多心，萧彻从此对画眉上了点心思。

一旁伺候的小太监伶俐地应了声，退了出去。不消一刻，鸟食送到。暖阁外的小太监边喂边冷得跺脚，讷讷怨道：“那么冷的天，这画眉鸟难道不南迁，这不是自己找罪受？”

这话正巧被走出阁门的太医听到，老人家捋着长须，欣然答道：“只因画眉是只留候鸟。”

“太医，你刚刚在说什么？”不知何时，萧彻已经走出殿阁，站于廊下。

“皇上……臣说，说……”太医忐忑，不知道自己说错了什么。

“你刚刚说画眉是什么？”萧彻近身再问，双手微颤。

小太监躬身，口快地率先回答：“太医说，画眉是只留候鸟。”

“什么？”萧彻眉心一动。

“画眉是只留候鸟。”

“留候鸟……”萧彻退后半步，有些恍惚，亏得小太监机灵，一把将他扶住。

“画眉是只留候鸟。”萧彻捉住那小太监的手，似乎神魂出窍，又呆呆地重复了一遍。

“是。”小太监惶恐，也呆呆应了一句。

“你说，朕是个好人吗？”那厢萧彻又问。

小太监吓得不轻，连忙双膝下跪，大声道：“皇上仁慈，泽……泽被天下，天……天下百姓无不爱戴！”

“是吗？”萧彻闻言，冷笑一声，掸了掸肩上的雪花，不再理他，径直走进了暖阁。

那小太监惶恐，也不敢爬起身来，便直挺挺地在暖阁外跪了半天。

到了夜里，没再发声的萧彻终于走出暖阁，披着重裘，衣摆扫地，站到他跟前，道：“你叫什么？”

“五……五福。”小太监哆嗦着道。

“五福。”萧彻念了一声，将衣氅系紧，“很好，既然你觉得朕是个好人，那你陪朕走一遭吧，我们去趟诏狱。”

深冬腊月，帛锦人在诏狱，已经被关了整整五个月。等萧彻这夜到访的时候，帛锦已经三日没进水米，人瘦得形销骨立，半倚着墙，早没了当日颠倒众生的模样。而萧彻的身体也每况愈下，他本想悄声进来，却到底没能忍住，还没进牢门口就急促地咳了一阵。

昏黑里，帛锦闻声慢慢睁开了眼，紫眸逆着烛光，依旧璀璨。萧彻顿了一顿，挥手遣退太监，自己端着盘子走了进去。帛锦依旧无话，不知是太过疲累还是真正无言。

“我想来陪你，和你喝喝酒，最后一次。”萧彻走近，将托盘放下，慢慢开始斟酒。

酒看来烫过，还很温热，在昏黑的牢房里慢慢蒸腾出一股暖意。

“什么时候处死？明天？”帛锦缓声，嗓子照旧嘶哑。

“是明日，午时，玄毅门外凌迟。”

“哦。”

“除了‘哦’，你就没别的可说？”

“说什么？说圣上且饶我一命，圣上会允吗？”

萧彻摇头。

帛锦的嘴角很含蓄地弯了起来：“那说什么？说，皇权就是皇权，皇上就是皇上？”

“说你冤屈。”

“请问，我又有什么冤屈？”

萧彻又是一顿，没有接话，只将杯举起，递到了帛锦跟前。过了许久，萧彻才语带感慨，道：“石孟，定邦侯，你东厂所谓冤死的第一个忠烈。其实，你我都知道，这人胃口极大，仗着自己开国有功又是国舅，监督盐道的时候，贪了无数银两。其余那些事，我不想再说，但是我知道，那些死在你手里的，都是该死，都是些我想动却又不能动的角色。”

“他们不都该死，至少有小半并不该死。”帛锦终于接过了话。

“我知道。”萧彻低头，淡淡一笑，“这小半不是该死，而是必须死。他们不死，我的位子便不能稳固。”

“那裴翎呢？”停顿些许，萧彻又道，“他呢？你觉得他是该死，还是必须死？”

“裴翎素有帅才，当得大用，唯一的缺点就是性子过于耿直。”

“那你又为什么害他，非要定他的死罪？”

帛锦沉默，掌心握着酒杯，却是不喝，只是眼看着那热酒一分分变冷。

“你想求死，对不对？死前参裴翎一本，那么他对你便断了念想，会对我摒弃前嫌，从此一心一意为我做事，对不对？”

“裴翎这人耿直，素来不会转弯。还望日后圣上开恩，莫要让他陷入党争。”

“这么说，那日我没有看错，你撕破脸皮咄咄逼人，真的是要求死。”

帛锦又是沉默，紧抿着唇，面容一片安宁。

萧彻唏嘘：“人生在世，总归是不能如意，既然这些大苦都已经过来，你又有什么理由非要求死？”

似乎并没有经过多少考虑，帛锦答了一句：“一千两百四十五个日夜，辗转无眠，这个理由，够不够充分？”

萧彻立刻无言。一千两百四十五个日夜，原来不经意间，阮宝玉已经去了这么久了吗？

“已经三年多了？”握着酒杯，萧彻喃喃，酒的热意渐渐散去，连掌心也渐凉了，“三年多……为什么我没觉得？只觉得好像是昨天，他絮絮叨叨说了些话，然后身体就凉了，硬了，再没有起来。”

“圣上日理万机，自没觉得时日久长。”

“那你呢？”萧彻侧了一下头，因为常年劳累，眼底一道青黑分外深涩，“既然你觉得时日长久，又为什么要活着，为什么要帮我？堂堂锦衣侯变成东厂厂公，你就没有一点恨我，没有一点想把我挫骨扬灰的意思？”

“我将你挫骨扬灰，他就能活吗？还是我们能回去，回到原先没有这些龌龌脏事的最初？”

“你们没有最初，他本来就是带着目的来接近你，你们之间，从没有干净过。”萧彻将杯盏握着死紧，骨节发白。

“是吗？”帛锦看他一眼，“如果我真的只是颗棋子，那圣上为什么要这样恨我，直至今时今日，仍然不能释怀？”

他在诏狱五个月，被各路仇人招呼过，这时候，他几乎已经手无缚鸡之力，可这轻飘飘的一句话，却立刻在萧彻心上划下一道血痕。

的确，他有恨，他始终不能释怀。明明是自己先遇见的阮宝玉，先和他成为知己，他甚至为自己谋算了一切，可为什么他到死前都在为帛锦考虑？

沉默一阵后，萧彻扬起眼，问：“那你难道不恨阮宝玉？他这样待你，你就从来不想把他挫骨扬灰？”

“恨。”帛锦的声音还是一样喑哑，“但我没有想过把他挫骨扬灰。最恨的时候，我只想把自己挫骨扬灰，问一问自己为什么要这么愚蠢，要被人这样践踏。”

“他死的时候，我不难过，我只是不想说话，是真的无话可说。你封我为厂公，我也不难过，我只是想，既然这世上的人都喜欢轻贱我，那我不妨也轻贱一下自己。

“我没法睡觉，夜跟白日一样那么长，我开始想发生的种种，怀着恨，想他是这样处心积虑、惺惺作态，每一桩每一件都是假。但大概因为他已经死了吧，我的恨没处着力，竟渐渐少了，再想起那些旧事，竟慢慢入了痴。

“我想起他为了我九死一生，每一次他都不曾犹豫；想起他处处以我为先，捧着我顺着我，辛苦避讳我的伤口，从未让我因此受过一分折辱；想起我受了杖脊之刑，他在我房门前坐了一夜；想起他为我血饲，流过的血加起来估计能装满一口大缸；想起每次我旧伤发作，他因为顾忌我倔强，都会假装不知。我渐渐没法说服自己恨下去，渐渐开始觉得，他待我未必都是假。”

话到这里，帛锦略略一顿。

“然后，我开始想另外一个问题：既然他待我未必都是假，到最后也愿意死在我刀下，那又为什么会背叛我？最后，我想到一个最为合理的答案——他应该一直是你的谋士，为了你的天下，你们付出良多，所以最后他虽然挣扎过，但还是把我献了出去。”说到这里，帛锦又是一顿。

“于是，你就原谅了他？”萧彻冷笑。

“我没原谅他。”帛锦抬起眼，紫眸里面并无半分悲喜，“无论是什么理由，我都没法原谅他。我是不由自主地为你做了那些事，起先懵懂，不知道自己在做什么。后来我渐渐明白，我是在遂他的愿。既然你的天下对他来说这么重要，那我不如遂了他的愿。他既死了，我便替他活着，再助你一程。这样，到了地下见着他，我便可以跟他说：你看，你待我一分真，我已经用十分还你，无论从前欠你什么，我都已经还清。我们缘尽于此，以后永不再见。”

萧彻的笑渐渐凝住了。

“你不必拆穿我，我知道我是在自欺欺人。你也无须恨我，我不如你。”帛锦淡淡道，“我没有抱负，也没有谋略，生得愚昧，这一辈子想要的无非是一腔赤诚。我那个叔叔说得对，我生在皇族，却这样天真，注定是个悲剧。”

话说到这里，算是作结，帛锦复又沉默，却没有叹气。

这一千多个日夜，他辗转无眠，却没有成魔成狂，只是看清了自己。就算结局如斯，他却仍信真心，仍愿为一个真诚待他之人死生不计。他的天真是这般顽强，经历过这许多磨折，仍然没有褪色。

“那我呢？”刹那之间，萧彻突然觉得自己独立于世，是这般萧瑟凄凉，“你们……就这样放过了我？给我个清平盛世，让我这样逍遥快活？”

“若圣上调理得当，日日汤药不断，应该还有几年活头吧？活了三十多载，费了人家几世的心力，却失去至亲，不得所愿。如果你觉得这样也算逍遥快活，我并不介意。”

萧彻脸色煞白，不自觉间已将酒杯握得粉碎。

是啊，一个天真愚钝，你待他一分真心，他便粉身碎骨相报。一个终生营役，血冷齿寒，你为他肝脑涂地，他却仍心生嫉恨。他是比帛锦要强，更适合做一个王者，可谁更值得去追随，却显而易见。阮宝玉生得这样聪明，断断不会选错。这些他其实早已明白，只是到了今时今日，才突然生出力气承受。

“酒杯碎了。”过了一会儿，他才喃喃地说，“酒也没了，五福，来，上酒！”

牢外的青年太监立刻弯腰托着一个小小铜壶上前。

很小的一只酒壶，兜了底倒在帛锦跟前，也只得浅浅一杯。很是清澈的一杯酒，在帛锦跟前轻轻摇晃，闪着莫测的光。帛锦有些不可置信，抬头去看萧彻。

“东厂厂公帛锦，畏罪自尽，死于诏狱之中。”萧彻虽然手中已经无杯，但仍将手高执，“这一杯酒，我不是敬你，我敬阮宝玉。”

“不将我凌迟，你能平众口吗？”

“不能平便杀，今时朕的江山稳固，早已不同往日。”

帛锦不再多话，枯瘦的手指很是稳固，将那杯酒拿起。

“走到今日，我满身血腥，是不得不如此，我不觉得自己哪里有错。”萧彻仍空握着那个虚无的酒杯，一时痴惘，只觉得自己对着的真是阮宝玉，“我唯一亏欠的，可能就是你。所以阮宝玉，我欠你一个真相，喝了这杯酒，我就把它还给他。”

等说完那些旧事后，萧彻深觉倦怠，一只手掩住了半边脸。

“所谓真相，不外如是，因为你已经猜得八九不离十，所以我才慷慨告诉你。这杯也的确是毒酒，你之所以还没死，是因为它发作得比较慢。”之后，他又说，“我也不知道自己是不是疯了，我觉得你在死前应该去见个人。”

帛锦没有说话，还在原先那个位置，久久没有移动。

“你还能不能走？”萧彻起身，拥着那几乎将他淹没的大氅，冷声道，“我陪你去。”

过了一会儿，帛锦单手扶着牢墙，慢慢站直，回答：“能。”

深冬风寒，下了三天的大雪此时已经停了，雪铺在前路，被月光一照，白得刺眼。

因为右腿已经断了近一个月，所以帛锦走得并不快。一路腹中绞痛，到后来他压制不住，血沫从他掩着嘴的指缝中涌了出来。跛行的脚印便带了血，一路向前，看着更加刺眼。

萧彻笼着衣袖，走到这里却突然停了。 他面无表情地道：“太冷了，五福，我们回宫吧。”

“是。”五福弯腰，“天太冷了，圣上回宫吧，奴才替您盯着。”

“你也回去。”

“这……”

“他不会想活了，无论是谁，活他这一世，都该够了。”萧彻转身，这一次没有犹豫，“我也累了，我们回去吧，阮宝玉这时候并不想见我，也不想见你，你我又何必自讨没趣？”

然后，萧彻就真的转了身，回了他深寂的皇宫。

于是，雪地里只剩下帛锦，他穿着单薄衣衫，披月跛行，默默走了小半夜。

因为一生已经受尽苦楚，所以他也不觉得这一路有多艰难，而且因为赤着足，脚渐渐木了，伤腿便也不觉得如何疼痛。

阮宝玉的墓地终于到了，比想象之中要稍近些。他知道他葬在这里，但自从阮宝玉死后，他从没来过。来了之后该当如何？是十指做锹把他挖出来，掐着他的尸骨问他凭什么就死了，凭什么就一闭眼将烦恼抛却？还是扶着他的碑，沤着血哭一场？好像哪一种都不合适，都没有意义。所以他没来，虽然阮宝玉不过葬在京郊，但他总觉得这一段路很难、很长。

但是今日，他来了，站在墓前，他发现也不过就是如此。没有撕心裂肺，也没有痛断肝肠，那些人与事早已成为过去。阮宝玉已经死了，天地苍茫，而他站在这个人的墓前，彼此对望，不过如此。

月光还是很亮，墓旁的雪松被风吹动，簌簌落下细雪。帛锦吸了一口气，缓缓走上前去。

阮氏少卿，风光大葬，墓碑用白玉做成，有一人多高，上面封号累牍，倒显得后面的阮宝玉三个字单薄凄凉了些。

帛锦伸出手去，手指顺着那个纹路轻轻描画起来。指间有血，色深腻重，盖过了那三个字上面的描金，一路清晰。

阮宝玉，这三个字跳脱俗号，重又有了颜色。

多俗气一个名字，多蠢笨的一个人，自己给自己下了一个死局，还拉着人一起陪葬。比情义，他比不过段子明。比纯粹，他甚至比不过帛泠。可是他们都不像他，他们都不是他。

这世间只得一个阮宝玉。

“阮宝玉。”帛锦喃喃，念这个名字念了三遍，到最后无嗔无喜。

腹间已经不痛了，也再没有血顺着喉管涌上来，脊背也很好，再没有蚊虫在骨间啃噬。身体很轻，虽在雪地，但隐约有一股暖意在四肢流转。似乎有一片羽毛在托着他，为他洗涤这世间的创痛，而后缓缓腾空。帛锦仰了头，知道时辰已至。

如有可能，他并不想死在这里。他应该站起来，走一段路，然后死在莽原，尸体被白雪覆盖，来年覆满哀草，无人祭拜亦无人打扰。说到底，他并不是圣贤，无论真相如何，他都还没能原谅。可是他走不动了，这一刻的解脱，让他觉得这样安逸。在这世间，除却生死皆闲事，到此时此刻，又何必还对过往这样执着？

"就这样吧。"帛锦叹了口气，理了理鬓发，将褴褛的衣衫掸了一掸，换了一个舒适的坐姿，双手垂在膝边，抬眼看着天。

一片微小的雪花落了下来，覆在他渐渐黯淡的紫眸上，融化成水，似乎是泪。帛锦没有回头，但最终嘴角慢慢上扬，扬成一道漂亮的弧线。

这年，牛家村来了名外乡客，这爷多少有点缺心眼，有事没事都会跑到村外半里处的空地，独自站在大树下。有人路过，他就歪着脑袋看看人家的后脑勺，好像在等人。

太阳再毒，他也去。雨再大，他也去。等啊等啊，半个人影都没见他等到过。

村里人暗地赞叹，异乡客真乃独树一帜的铁人。

两个半月后，铁人还是没等到要等的人，索性在大杉树下，路边茶摊的对面，立了个炒栗子的摊位。

这新摊的老板人有只记衣衫不记人的毛病，可面皮子生得好看，所以生意一开张就很红火。有钱和美丽一样，皆是一种错误。消息一传开，膀大腰圆的地痞自然找上了门，恨声恨气地向人讨好处费。

他们是拍着胸脯来的，却是挨了耳光走的，被好看的摊主滋润地送了几个烫烫的栗子后，那些人再不敢在这块空地惹是生非。由此，更多机灵的小贩子纷纷转移来这里做生意，空地成了街道，而后成了商业街。对此，栗子摊主没有意见，他安分地卖卖栗子，瞧瞧人的后脑勺。

栗子是应季货，过了月头便没了。摊主也不贪心地转去搞别的产业，只省下银子过日子，天天在茶摊喝茶、吃李子蜜饯，耗到下一年栗子上市的日子。很亏的生活方式，却与他摆摊的情况相同，天天如此，风雨无阻。

如此安定地过了几年，某年秋，寒雁横空，栗子摊迎来了位贵客。贵客风轻云淡地试尝了一枚栗子后，半眯着笑眼，示意要称上几斤。摊主点头，却见远处知府领着一干官员心急火燎地追了来。

见了贵客，官员赶紧齐齐跪下，音带惶恐地高唱“皇帝陛下”。摊主方与街上的乡亲们一同领悟，这是君主微服私访，顷刻间跪成一大片。皇帝颔首微笑，却独独只拉起了摊主：“朕来，只想与你说说会儿话。”

随后，有传言说当今天子与小摊主在茶摊聊得万分投机。有几个耳尖的还号称自己隐约听到摊主问皇帝，有没有想过放过阮宝玉他们两个。皇帝沉默了好一阵，才答“有过”。

无名的小村当然无人晓得皇帝说的是谁，不管是谁，皆是他们高攀不上的人物，所以所有名字均无关紧要。

据说帝王临走前，动了动嘴唇想再言语些什么，可最后啥也没说，只嘴角浮笑，重重拍了拍摊主的肩膀，走了。天子欲言又止的态度丝毫没影响到摊主的情绪，他依然安分地卖着他的栗子，继续一门心思地守望着他要等的“后脑勺”。天天如此，风雨无阻。

只是打这以后，栗子摊头倚了当今皇帝做靠山，生意火得能烧到天上的白云。于是，即使没有栗子的日子，也有人给摊主下定金预定下一批栗子。

茶摊的生意也跟着好了起来，茶老板干脆下了大血本建起了茶楼，还从外头聘了位说书先生过来凑趣。栗子摊头还是没变，只是摊主忙了许多，忙得连上门说亲的媒婆都没工夫搭理，气得一个个穿戴得如花似玉的媒婆，全都顶着绿得滴水的脸蛋子无功而返。

就这样又过了几年，茶楼说书的老头已经满脸菊花，且越绽越大，牙也落了几颗，说话都有点漏风了。栗子摊主的发鬓染了点点寒霜，却依旧是一张干净的娃娃脸，岁月不居。神情也从未变过，没有半分怨怼，左眼下的泪痣仍如血在滴。都说嘛，人长得后生，自然是好。可惜，他从没改掉看人后脑勺的毛病，也就是说，他要等的人一直没出现过。

这一年，说书老头的故事翻了新花头，不再讲戎马倥偬的岁月，只因江湖上出了个邪教，传奇里这位教主姓阮。故事里头的阮教主才二八风华，人却邪乎得做任何事都没有概念，功夫底子不错，拳脚门路也正派，不像旁门左道。此书的段子入了摊主的耳，便又是蹉跎了那么几个月，全村人一块儿千里同风。

不知何时起，小村外头卷进了八卦，说邪门阮教主出关了，第一目标竟是要来牛家村。

天下之大，当然不知是指哪个牛家村。然而这个消息让全村的心齐刷刷地忐忑起来。不怕一万，就怕万一，许多有原则的商贩早早歇了铺子，躲进家门，好避开这传说中的人祸。只有栗子摊头一切照旧。然而，报应的时候终于来到。

某日傍晚，摊主收摊时，听得对面有人唤他的名："苏银。"

好看的摊主眨眨眼，逆着光，风可能吹迷了他的眼，他几乎什么都瞧不清楚，唯见眼前秋景萧瑟，而对面夕照下，唤他的那人，愣是站出了一场喧哗。

是时，枫叶当红，西风正瘦，村外河边有几名路人边饮马边休息。

"你说咱教主化了装扮，去见的是哪位尊神啊？"

"不知道。"

答话的那位正在埋头整理散了线的画册。一阵风袭，册子最后一页带着凄美的调调，被刮进了河里。纸片吻贴河面，洒脱地随波逐流，不知天高地厚地起起伏伏，最后还是被水浸没，消失不见。

弯弯小河波光粼粼，细水长流，笑过春秋。

番外一 罪孽

“这孩子，难养。”迷迷糊糊地，他又听到那么一句叹息，声音不轻不重，却还是很刺耳。只是心被刺得麻木了，根本不算什么。

他睁开眼，窗外碧空万里，他仔细看着，想将这天全数映进他的眼里，也……只能映进他眼里。

“铭儿，你醒了？”

他听得有人唤自己，扭过脸，微笑：“是。”

“外面起风了，把窗关上吧。”他听见母亲在指挥。

关上窗的时候，他的眸子有些水痕，仅此而已。

管铭出名早，据说，四岁时他就能左右开弓，人模人样地书写梅花小篆。消息传到皇帝耳朵里，龙颜大悦，大笔一挥，送出“神童”二字。可惜，天才向来短命，所以管铭一直在生病。

请医，曰养身；请道，说靠福。兜兜转转，到头来就是那么几句，要活得长些，就得吃药、吞丹。房间几乎就是他的整个世界，窗外的天，是他能见的最远的地方。

突然有一天，有人踢开他的房门。管铭抬起头，撞上一道眼神，那眼神很有力道，一副咄咄逼人的架势。

“喂，你是管铭？”说话的那人也是个小孩，衣着华楚，年纪与自己差不多，只是比他结实，比他高，“肯定是你，身上一股子药罐味。”小孩十分挑剔地皱起鼻。

“谢谢。滚出去！”管铭放下书，明显不买账。

“喂！我是十三皇子帛泠！你叫我滚，我如果告诉了父皇，哼，立刻杀你全家，嚓嚓嚓！”帛泠坏笑着，举手示范。

管铭被吓住了，又开始气喘。

帛泠见自己占上了上风，得意地勾起坏笑：“姓管的，我哪里不好，你竟不肯给我当伴读？”

管铭根本不知道是怎么回事，只能边摇头边努力顺气。

“算了。”帛泠挥挥手，门外立即出现一名太监，迅速地将一杯墨汁、一只绿色的大虫子、一盒糯米饼，端端正正地摆在管铭面前，又退了出去。

“喂，这三种东西，你最想吃哪个？”帛泠歪着头很认真地问。

“你认为我会吃虫子？”管铭眨眨眼，脸色有点发青。

“我想瞧瞧你哪里不一样。”帛泠端详着这个很羸弱的神童。

“殿下，如果我叫你滚出去，你真的会杀了我全家吗？”

“当然是真的！”

“哦。”管铭认真地想了想，仍是按捺不住自己的好奇心，指着那只绿里带黄的虫子问，“这是什么？”

“虫子啊！”帛泠想当然地回答。

“什么虫子？”

帛泠瞬间石化。

桌子上的虫子不客气地跳了一下，所幸有细绳系着，逃不掉，被帛泠一下就拉了回来。“喂，有口气的，都给我进来。”帛泠吼着门外的太监。

管铭轻蔑地白了帛泠一眼：“亏你还是成天在外面，居然自己都不认得，还要问宦官。”

帛泠被气到，一脚踢翻墨汁，将刚进门的小太监给骂了出去，指着管铭的鼻头怒道：“你还神童呢，还不是一样不知道？”

管铭拍开帛泠的手：“我不喜欢别人碰我。你过去把书柜第四排右起第五本书拿来给我。”

“这本？”

“嗯。”不久，管铭颇为慎重地指着书的其中一页，“肯定了，这是只蚂蚱。”

两个孩子带着稚气相视一笑。

“管铭，你真的不能做我的陪读吗？”

“我身体不好，出不了门。”管铭慢慢嚼着糯米饼。

“那还不简单？我来这里呗。”

蚂蚱跳起又落下，落在管铭刚刚翻的书上……

管铭，帝伴读，时年五岁。帛泠十四岁时被立为太子，随后，帛锦入宫。

“管铭，他大哭的时候怎么不流眼泪的？”帛泠指着摇篮里的帛锦问管铭。

“孩子刚出生时都是这样的。”管铭无动于衷地回答。

“他在吮我的手指。”

“那是饿了。”

“来人……”

“太子殿下，忘记他的爹是谁了吗？”

帛泠生生顿住，将想去抱婴儿的手收回，望向管铭，配合性地冷笑：“我只是想，如果手上沾上点什么药，他吃了会是什么反应。”

时间又好似回到了那一夜，谁都不该忘记那一夜。

管铭从没想到帛泠会怕得发抖，他听完帛泠说的秘密后，平静地吞下了新拿来的难吃的丹药：“等我出仕，立于朝堂后，我来解决这件事。”

帛泠点头。

那年，他们才十一岁，已然锋芒乍现。

可能野心勃勃，可能迫于无奈，那夜开始，管铭时时做梦，梦见他少时总扬起脸问父亲：“什么叫逆天？”

梦里，他父亲有没有回答，管铭不记得了。但现在他很明白，逆天者会遭天谴。

“原来如此。”管铭终是了然，世间还有一词，为“罪孽深重”。

管铭随着帛泠走出殿门，外面落叶萧瑟。一旦脱离温暖的大殿，管铭的身体就会冷得直哆嗦。没走出三步，管铭就开始扶着柱子大口大口地喘息。帛泠回首，深望着管铭，想伸手拉他，却想起来这人一向不喜旁人碰。

“你……没事吧？”

“太子殿下放心，臣没事。”新配的丹药比原先的药效要强许多，看来他还能撑着活许多年。即使，形状如鬼。

“好。”最后，帛泠没有伸出手。

之后，帛泠登基。从此，君与臣，注定的死结。

是祸？是福？不详。

番外二　墨兰

“店主，卖幅画草的图给这么好看的顾客，你居然要二百两！”

“爷，这个不是草，是最著名的墨兰图。”胖嘟嘟的店主咳嗽着补充，“《无根墨兰图》。”

“哦。”阮宝玉胸闷半天，终是喃喃，“那我看看，就看看。”反正看是不要钱的。

而后，他目不转睛地看着那幅墨兰图，偶尔花痴地流下口水。如是这般，宝公子凝视了这幅画整整三日，店主熬不住了！

“县太爷生得光鲜，可您日日如此横刀立马地站在这幅墨兰图跟前，实在影响本画斋的生意。”店家咬牙软语劝道。

穿着官袍的宝公子一如既往地念经：“那你把画卖我吧，便宜点卖我吧。”

店主眼眶发红，嘴唇颤抖着问道：“那……您出多少？”

宝公子一副作奸犯科的模样，痞笑着伸出二根指头，好声好气地打商量：“二两银子把画卖我。”

“亏本生意是不做的！”官有官腔，商有商骨，店主的商骨在此刻体现出来，“画可烧，不可辱！就算你是当官的也一样，这画二百两，一个子都不能少！”

一炷香后，阮宝玉掏掏发涩的耳朵，一路小跑来找萧彻借银子。当日黄昏，阮宝玉怀抱着现银来买顶顶好看的墨兰图，店主却笑吟吟地摇头：“县太爷，您来晚了，画刚被人买走了。”

银子“哗啦啦”地掉落一地，宝公子发出一声惨叫：“谁？”

其实买主早已离开，但是这惊悚的声音吓得店主汗毛倒竖，硬生生把“不知道”这三个字逼回了肚里。

虽说阮宝玉为官端正，然而店主为了他以后的商人生涯顺当考虑，还是不负责地指着远处一个即将跳上马车的身影，道：“好像是他。”

宝公子望去，煦日下，一抹紫色的背影在他眼前浅浅掠过。

萧彻喝完苦药，望着宝公子浅笑。

阮宝玉好兰非同别人，没有文酸的典雅，只解释说这样的草质地好，还能开花，释放一屋香。然而宝公子肯为墨兰图大出血本，倒是罕见。

问他缘由，他只赞这图忒好看了。借到了银子还不能遂心，萧彻心底也为宝公子可惜，于是他出声安慰宝公子，画没买成，但只要有心，以后总会有机会得到的。

阮宝玉茫然摇首：“你不懂。见过最好的，其他的就难入眼了。”

过了几日，宝公子肃穆地来求萧彻代养兰花。

萧彻侧目：“我倒想瞧瞧这《无根墨兰图》究竟如何漂亮，会让你连真的兰草都不想要了。”

“不为画，是为人。见到个人，人如兰，气质万丈，孤俊无朋。”

“谁？”

“不知道，只见到一个背影。”阮宝玉将头低埋，脚尖慢慢地刨着土。

光阴荏苒，萧彻没缘见墨兰图，却见到一人。那人，斜斜靠立在青墙下，墙头上闹盈盈的杏花压枝怒放。灰天、青墙、润娇的红杏，都镇不住那人那份质地。

萧彻眉心一动，了然：这不容征服的傲气，确实无与伦比，确实无人比肩。

随后，他又庆幸，幸好阮宝玉不记得许多往事。只是，那人有时出现在跟前，于是他空落落地一记苦笑：“我养了一屋的兰，却没有一株比得上侯爷你这般兰香馥郁。”

那人挑眉：“少保讽刺我？”

萧彻摇摇手指：“不是。是妒忌。”

阮宝玉就是阮宝玉，从来都知道自己要的是什么。因此，萧彻报复性地不点破《无根墨兰图》的记忆。是的，他绝对不去补充说明，只当从未发生过。

若干年后，萧彻称帝，终于有幸见到此画。暮日映照，浮云如锦。见画，当真如见帛锦。

萧彻皱眉，果然，人与画一般清致。

萧彻拂袖：“画入库吧。”

（全文完）

图书在版编目（C I P）数据

拙玉记 / 殿前欢著 . -- 北京 : 团结出版社 , 2025.
3. -- ISBN 978-7-5234-1614-3
Ⅰ . I247.5
中国国家版本馆 CIP 数据核字第 2025V5H323 号

责任编辑：张　茜
封面设计：青空 · 阿鬼

出　版：团结出版社
（北京市东城区东皇城根南街 84 号　邮编：100006）
电　话：（010）65228880　65244790
网　址：http://www.tjpress.com
E-mail：zb65244790@vip.163.com
经　销：全国新华书店
印　装：三河市兴博印务有限公司

开　本：145mm × 210mm　32 开
印　张：9.5　字　数：301 千字
版　次：2025 年 3 月 第 1 版　印　次：2025 年 3 月 第 1 次印刷

书　号：978-7-5234-1614-3
定　价：49.80 元